# Tess

Texte abrégé

Photographie de couverture : © Susan Fox/Arcangel Images

Thomas Hardy

# Tess

Traduit de l'anglais
par Josette Chicheportiche

hachette

# Première Partie

# La jeune fille

# 1

Un soir de mai, un homme d'un certain âge rentrait chez lui, à pied, au village de Marlott, situé dans la vallée de Blackmoor. Il allait d'un pas chancelant et, de temps en temps, hochait la tête, comme s'il se confirmait à lui-même quelque opinion, bien qu'il ne pensât à rien en particulier. Coiffé d'un chapeau de feutre au poil tout hérissé, dont la bordure usée portait la marque de son pouce, il tenait en bandoulière un panier à œufs vide. En chemin, il croisa un pasteur, monté sur une jument grise.

— Bien le bonsoir, dit l'homme au panier.

— Bonsoir, Sir John, répliqua le pasteur.

L'homme continua de marcher, puis s'arrêta brusquement et se retourna.

— Faites excuse, dit-il, mais nous nous sommes déjà rencontrés sur cette même route, au dernier jour de marché, et à peu près à cette heure, et quand je vous ai dit : « Bonsoir », vous avez répondu : « Bonsoir, Sir John », comme maintenant.

— C'est exact.

— Et pareil, la fois précédente, il y a un mois environ.

— Possible.

— C'est quoi votre idée quand vous m'appelez « Sir John » alors que je ne suis que le brave John Durbeyfield, le marchand ambulant ?

— C'est à cause d'une découverte que j'ai faite en étudiant des documents généalogiques pour la nouvelle histoire du comté. Je suis le pasteur Tringham, de Stagfoot Lane, et je suis passionné d'histoire ancienne. Ne savez-vous vraiment pas, Durbeyfield, que vous êtes le descendant direct de la famille des chevaliers d'Urberville, laquelle vint de Normandie avec Guillaume le Conquérant ?

— Jamais entendu parler de ça !

— Eh bien, c'est la vérité. Relevez la tête que je voie mieux votre profil. Oui, vous avez le nez et le menton des d'Urberville. Votre ancêtre était l'un des douze chevaliers qui a aidé à la conquête du comté de Glamorgan. Votre famille a possédé des manoirs partout dans cette région d'Angleterre et son nom apparaît sous le règne de Stephen, et sous celui du roi John, elle était suffisamment riche pour faire don d'un château aux Chevaliers Hospitaliers. Au temps du roi Edward, votre aïeul Brian a assisté au Grand Conseil, à Westminster. Vous avez quelque peu décliné à l'époque de Cromwell, mais sous le règne de Charles II, votre loyauté vous a valu d'être faits chevaliers du Chêne royal.

— Ça alors ! s'exclama Durbeyfield.

— Bref, conclut le pasteur, il n'y a guère de famille pareille à la vôtre dans toute l'Angleterre !

— Sacré nom ! J'en reviens pas ! Dire qu'il m'a fallu bourlinguer pendant des années et m'échiner ici ou là comme si je valais pas plus que le plus misérable des quidams de la paroisse. Et depuis quand on sait cela sur moi, pasteur Tringham ?

Le pasteur lui expliqua, qu'à sa connaissance, tout ceci était un peu tombé dans l'oubli et qu'à vrai dire, personne n'était vraiment au courant. Mais alors qu'au printemps dernier, il menait des recherches sur la famille d'Urberville, il remarqua le nom de Durbeyfield sur le chariot du marchand ambulant et, après avoir enquêté sur son père et son grand-père, il n'eut plus aucun doute.

— Au départ, je ne tenais pas à vous en parler, mais il arrive parfois que nos impulsions l'emportent sur notre jugement. Je pensais que vous saviez vous-même peut-être quelque chose.

— Sûr que j'ai entendu dire une ou deux fois que ma famille avait connu des jours meilleurs avant de s'installer dans la vallée de Blackmoor. Mais j'y avais point prêté attention et je me disais que, si dans le temps d'avant nous possédions deux chevaux, aujourd'hui nous n'en avions plus qu'un. Cela dit, j'ai une vieille cuillère en argent et un vieux cachet gravé. Mais bon Dieu, qu'est-ce qu'une cuillère et un cachet ? De là à penser que ces nobles d'Urberville et moi, on était de la même chair ! En même temps, on racontait que mon grand-père, il avait des secrets et qu'y voulait point parler de là où y venait… Mais dites-moi, pasteur, où vivons-nous maintenant, nous, les d'Urberville ?

— Nulle part. Votre famille s'est éteinte.

— C'est bien dommage.

— Oui.

— Et où sommes-nous enterrés ?

— À Kingsbere. Dans vos caveaux, avec vos effigies sous des baldaquins de marbre.

— Et où sont les châteaux et les domaines ?

— Vous n'en avez plus.

— Oh ? Et plus de terre non plus ?

— Non, bien qu'autrefois vous en possédiez en abondance.

— Et elles nous reviendrons jamais ?

— Cela, je ne puis le dire.

— Que faut-il que je fasse, alors ? interrogea Durbeyfield après une pause.

— Rien, vraiment. Ce que je vous ai raconté ne présente d'intérêt que pour les historiens et les généalogistes, c'est tout. Bonsoir.

— Vous voulez point venir boire une petite pinte avec moi, pasteur ?

— Non, merci. Pas ce soir, Durbeyfield. Et vous-même avez déjà assez bu.

Sur ces mots, le pasteur s'éloigna en se demandant s'il n'aurait pas mieux valu ne rien révéler de cette curieuse découverte.

Après son départ, Durbeyfield fit quelques pas, plongé dans une profonde rêverie, et finit par s'asseoir au bord de la route, son panier posé devant lui. Quelques minutes plus tard, un jeune garçon parut au loin. L'apercevant, Durbeyfield lui fit signe de s'approcher.

— Petit, dit-il, prends ce panier. Tu vas faire une course pour moi.

Le jeune garçon fronça les sourcils.

— Pour qui que tu te prends, John Durbeyfield, pour me donner un ordre et m'appeler petit ? Tu connais mon nom aussi bien que je connais le tien !

— Ha, ha ! C'est ce que tu crois ? Mais c'est un secret, c'est un secret ! Maintenant, fais ce que je te dis et porte mon message. Bon, finalement, Fred, je veux bien te dire mon secret : j'appartiens à une noble famille. Je l'ai appris cet après-midi.

Et tout en faisant cette déclaration, Durbeyfield s'étendit voluptueusement sur le talus où il était assis. Le jeune garçon le contempla des pieds à la tête.

— Sir John d'Urberville, c'est mon nom, continua Durbeyfield. Tu connais Kingsbere, petit ?

— Oui. J'y suis allé, pour la foire.

— Eh ben, sous l'église de cette ville…

— C'est point une ville, du moins ça l'était point quand j'y suis allé. C'est juste un malheureux petit endroit qui…

— Qu'importe l'endroit, mon garçon. C'est point la question qui nous intéresse. Sous l'église de cette paroisse, reposent mes ancêtres. Y a pas un homme dans le comté du South Wessex qu'a une famille plus grande et plus noble que moi.

— Oh ?

— Maintenant, prends ce panier et va à l'auberge Pure Drop, à Marlott. Là, demande-leur de m'envoyer une voiture et un cheval pour me ramener chez moi. Et dis-leur de déposer au fond de la voiture un petit pot de rhum. Qu'ils le notent sur mon ardoise. Ensuite, tu iras voir ma femme et tu lui diras de point s'embêter avec la lessive et d'attendre mon retour. J'ai de grandes nouvelles à lui annoncer.

Tandis que le garçon se tenait devant lui, l'air dubitatif, Durbeyfield plongea la main dans sa poche et en sortit un shilling, l'un des rares en sa possession.

— Tiens, voilà pour ta peine.

Aussitôt, le jeune garçon changea d'attitude.

— Oui, Sir John, dit-il. Merci. Rien d'autre que je puisse faire pour vous, Sir John ?

— Dis-leur, chez moi, que pour dîner, j'aimerais une fricassée d'agneau, et si c'est point possible, du boudin noir. Sinon, des tripes feront l'affaire.

— Bien, Sir John.

Le garçon ramassa le panier et, alors qu'il se mettait en route, le son d'une fanfare se fit entendre en direction du village.

— Qu'est-ce que c'est ? demanda Durbeyfield. Ce n'est point pour moi, si ?

— C'est le club des femmes de la paroisse, Sir John. Y a votre fille qu'en fait partie.

— Parbleu ! J'avais oublié à cause que j'ai des choses plus importantes à penser. Allez, file à Marlott me commander cette voiture. Qui sait, j'en profiterai peut-être pour aller voir ce club de plus près.

Le garçon partit et Durbeyfield demeura allongé sur l'herbe, au milieu des pâquerettes, sous le soleil couchant. Pas une âme ne passa par là pendant un long moment durant lequel ne résonna dans l'enceinte des collines que la lointaine fanfare.

# 2

Le village de Marlott niche dans la vallée de Blackmoor, vaste étendue de verdure et d'arbres où les champs ne sont jamais roussis et les sources jamais à sec. Jusqu'à une époque relativement récente, le pays était couvert de bois épais, et si les forêts ont maintenant disparu, certaines coutumes, tenues dans leur ombrage, demeurent. Ainsi, la danse du mois de mai, un événement plein d'intérêt pour les jeunes habitants de Marlott, dont la singularité ne résidait pas tant dans le maintien d'une tradition qui voulait que le cortège marche en procession à chaque anniversaire, que dans sa composition exclusivement féminine.

Vêtues de robes blanches, une baguette de saule dans la main droite et un bouquet de fleurs blanches dans la main gauche, les femmes faisaient d'abord le tour de la paroisse en allant deux par deux. Parmi elles, quelques-unes étaient d'un âge mûr voire franchement avancé, et leurs cheveux argentés et leurs visages ridés par le temps et les soucis avaient quelque chose de grotesque, de pathétique même, en si pimpante circonstance. Les jeunes filles formaient cependant l'essentiel du cortège, et leurs cheveux reflétaient, sous le soleil, tous les tons d'or, de noir et de brun. Certaines avaient de beaux yeux, d'autres un joli nez, d'autres une bouche bien dessinée et une silhouette fine ; peu, si ne n'est aucune, n'avaient le tout réuni. À l'embarras qu'elles éprouvaient à être ainsi exposées en public, on voyait bien qu'elles n'étaient que des filles de la campagne, guère habituées à être l'objet d'autant de regards.

Alors qu'elles passaient devant The Pure Drop pour rejoindre les prés par un portillon, une des femmes s'écria :

— Seigneur, Tess Durbeyfield ! Ce ne serait pas ton père qui rentre en voiture ?

À ces mots, une jeune fille du cortège dressa la tête. Si elle n'était peut-être pas plus jolie que d'autres, sa bouche couleur pivoine et ses grands yeux innocents ajoutaient de l'éloquence à la couleur et à la forme. Elle portait un ruban rouge dans les cheveux et était la seule à pouvoir se vanter d'arborer, au milieu de tant de blancheur, pareille décoration. Au moment où elle se retournait, Durbeyfield avançait sur la route dans un cabriolet conduit par la jeune servante de l'auberge. Les yeux voluptueusement fermés, il agitait la main au-dessus de sa tête en chantant.

— J'ai… un… grand caveau… de famille… à Kingsbere… et mes ancêtres… chevaliers… y reposent… dans des cercueils de plomb !

Les filles du cortège gloussèrent, à l'exception de Tess, chez qui une lente colère sembla monter à la pensée que son père se ridiculisait aux yeux de tous.

— Il est fatigué, c'est tout, dit-elle précipitamment, et il a pris une voiture parce que notre cheval doit se reposer aujourd'hui.

— Sois bénie pour ta simplicité, Tess, répondirent ses compagnes. Il tient son pompon des jours de marché !

— Je vous préviens, je ne vous accompagne pas si vous continuez de vous moquer de lui ! s'écria Tess, le visage et le cou aussi empourprés que ses joues.

Puis elle baissa les yeux, humides de larmes. Devinant qu'elles l'avaient blessée, ses compagnes se turent et l'ordre revint dans le cortège. La fierté de Tess l'empêcha de regarder de nouveau son père pour essayer de comprendre quelle était son intention, s'il en avait une, et elle suivit les autres vers le pré où la danse devait avoir lieu. Le temps qu'elles l'atteignent, Tess avait retrouvé sa sérénité d'esprit.

À cette époque de sa vie, Tess Durbeyfield n'était qu'un réceptacle d'émotions, intact de toute expérience, et l'on retrouvait encore parfois dans son allure des traces de l'enfant qu'elle avait été jadis. Ce jour-là, malgré la plénitude de sa beauté, ses douze ans apparaissaient dans ses joues, ses neuf ans dans ses yeux pétillants et même ses cinq ans dans le dessin de sa bouche.

Cependant, peu de gens le remarquaient et moins encore le prenaient en considération. Seuls quelques étrangers, qui la regardaient longuement en passant, étaient fascinés par sa fraîcheur et se demandaient s'ils la reverraient un jour. Mais pour tous les autres, elle n'était qu'une belle et charmante fille de la campagne, rien de plus.

On n'entendit plus parler de Durbeyfield et, le cortège des femmes étant arrivé au pré, la danse commença. Comme il n'y avait pas de cavaliers, les jeunes filles dansèrent d'abord ensemble puis, quand approcha la fin de la journée de labeur, les garçons du village et d'autres flâneurs les rejoignirent.

Trois jeunes hommes de classe supérieure, un havresac en bandoulière et un solide bâton à la main, figuraient parmi l'assistance. D'après leur ressemblance et leur âge, on pouvait supposer qu'ils étaient frères, ce qu'ils étaient effectivement. L'aîné portait la cravate blanche, le gilet et le chapeau à bord mince du pasteur ; le second avait tout de l'étudiant ; quant au troisième, le plus jeune, son apparence ne suffisait guère à ce qu'on le caractérisât. Il y avait quelque chose de fougueux et de libre dans son regard et dans sa façon de s'habiller qui laissait entendre qu'il n'avait pas encore trouvé sa voie.

Les trois frères expliquèrent à l'homme à côté d'eux qu'ils profitaient des vacances de la Pentecôte pour découvrir la vallée de Blackmoor à pied. Penchés par-dessus la barrière, ils s'enquirent de la signification de cette danse et des jeunes filles en robes blanches. Les deux aînés n'avaient visiblement pas l'intention de s'attarder, mais le plus jeune, qui semblait se divertir du spectacle de ces filles dansant sans partenaire, ne paraissait nullement pressé de repartir. Il posa son havresac et sa canne contre la haie et ouvrit le portillon.

— Que fais-tu, Angel ? demanda l'aîné.

— J'ai envie de m'amuser un peu. Pourquoi n'irions-nous pas danser tous les trois, juste une minute ou deux ? Cela ne nous retardera guère.

— Non, voyons, ne dis pas n'importe quoi ! Danser en public avec une bande de paysannes ! Et si on nous voyait ! Allez, viens, sinon il fera nuit quand nous arriverons à Stourcastle et nous ne trouverons pas de chambre.

— Je vous rejoins dans cinq minutes, Cuthbert et toi. Je te le promets, Felix.

Les deux frères laissèrent leur cadet à contrecœur et reprirent la route.

— Comme c'est bien dommage, dit le jeune homme aux trois jeunes filles qui se tenaient près de lui. Où sont donc vos partenaires, mes chères ?

— Encore au travail, répondit la plus hardie. Mais ils seront là bientôt. En attendant, vous ne voulez pas les remplacer, monsieur ?

— Certainement. Mais qu'est-ce qu'un seul danseur pour tant de jeunes filles ?

— C'est mieux que rien ! Allez, faites votre choix.

— Chut, ne sois pas si dévergondée, dit timidement une des filles.

Le jeune homme ainsi invité jeta sur elles un coup d'œil. N'en connaissant aucune, il choisit la première qui lui tomba sous la main, et qui n'était pas la jeune fille entreprenante, comme celle-ci s'y attendait, pas plus que ce ne fut Tess Durbeyfield. Celle qui les éclipsa fut enviée par toutes les autres, car elle jouissait avant elles du luxe d'un partenaire masculin. Mais, et telle est la force de l'exemple, les hommes du village, qui ne s'étaient guère pressés de passer le portillon tant qu'il n'y avait pas d'intrus, arrivèrent rapidement et bientôt les couples se formèrent.

Quand l'horloge de l'église sonna, le jeune étudiant annonça qu'il devait partir. Au moment où il s'éloignait, son regard se posa sur Tess Durbeyfield, dont les grands yeux semblaient, pour tout dire, lui reprocher de ne pas l'avoir choisie. Il parut lui aussi tout autant désolé de ne pas l'avoir remarquée, et, cette pensée en tête, il quitta le pré.

Une fois atteint le sommet de la colline, il se retourna et contempla les silhouettes blanches des jeunes filles qui dansaient dans l'enclos vert comme elles avaient dansé en sa présence, et qui déjà semblaient l'avoir oublié.

Toutes, sauf une, peut-être, qui se tenait seule, contre la haie. Il reconnut la jolie jeune fille avec qui il n'avait pas dansé et il sentit instinctivement qu'il l'avait blessée. Il regretta de ne pas l'avoir invitée ni de s'être enquis de son nom. Elle semblait si timide, si expressive et elle lui avait paru si douce dans sa fine robe blanche qu'il s'en voulut d'avoir agi aussi bêtement.

Cependant, n'y pouvant rien, il repartit et n'y pensa plus.

# 3

Tess Durbeyfield, elle, n'oublia pas de sitôt ce qu'elle considérait comme une rebuffade. Danser ne la tenta plus pendant un moment. Pourtant, les cavaliers ne manquaient pas, mais, aucun ne parlait aussi bien que le jeune étranger ! Elle demeura toutefois avec ses camarades jusqu'au coucher du soleil et serait sans doute restée plus longtemps si les curieuses manières de son père ne lui étaient revenues à l'esprit. Se demandant ce qu'il était advenu de lui, elle abandonna les danseurs et partit en direction de la chaumière de ses parents, tout au bout du village.

Alors qu'elle se trouvait à une vingtaine de mètres de l'humble logis, elle entendit des coups réguliers qui montaient de l'intérieur et reconnut le balancement du berceau sur le sol en pierre, accompagné par une voix féminine qui chantait. Tess ouvrit la porte et, s'arrêtant un instant sur le seuil pour observer la scène, fut saisie d'une indescriptible tristesse. Quel contraste entre la gaieté qui régnait dans le pré – robes blanches, petits bouquets, virevoltes sur l'herbe et coups d'œil tendres adressés au jeune étranger – et la jaune mélancolie de ce spectacle qu'éclairait une unique chandelle ! Sa mère se trouvait là, avec les enfants, exactement comme Tess l'avait laissée, penchée sur la bassine dans laquelle elle faisait la lessive. Prise d'un violent remords, la jeune fille songea que de cette même bassine était sortie la veille la robe qu'elle portait aujourd'hui et qu'elle avait si négligemment salie dans l'herbe humide.

Mrs. Durbeyfield se tenait en équilibre, comme à son habitude, un pied contre la bassine et l'autre berçant son plus jeune enfant. Au fil des années, les bascules du petit lit avaient été mises à si rude épreuve sous le poids de tant d'enfants, qu'elles étaient presque aplaties.

— Je vais balancer le berceau pour vous, mère, dit Tess doucement. À moins que vous ne préfériez que j'essore le linge ? Je pensais que vous aviez fini la lessive depuis longtemps.

Joan Durbeyfield, dont les traits exprimaient encore la fraîcheur de sa jeunesse, et même la beauté, leva les yeux vers sa fille. Elle ne lui en voulait pas d'être partie si longtemps et de l'avoir laissé faire tout le travail dans la maison ; à vrai dire, elle la réprimandait rarement de ne pas la seconder davantage, car pour se soulager des diverses tâches à accomplir, elle se contentait tout simplement de les remettre à plus tard. Ce soir-là, cependant, elle paraissait plus joyeuse qu'à l'accoutumée et avait un regard rêveur et exalté qui échappait à sa fille.

— Ah, je suis bien contente que tu soyes rentrée, déclara-t-elle. Faut que j'allions chercher le père, mais avant, je dois te raconter ce qui est arrivé. C'est que tu vas être bien fière, ma mignonne, quand tu le sauras. Mrs. Durbeyfield parlait plus ou moins le dialecte de la région, mais sa fille, qui était allée à l'école et avait eu une maîtresse de Londres, parlait anglais.

— Cela a-t-il un rapport avec père se donnant en spectacle cet après-midi ? J'avais tellement honte que j'aurais voulu rentrer sous terre !

— Ça fait partie de la célébration ! On a découvert que notre famille est la plus grande du comté. Même que du temps du roi Charles, nous sommes été faits chevaliers du Chêne royal, et notre vrai nom est d'Urberville. Tu es point tout enflée d'orgueil ? C'est pour ça que le père est rentré en voiture, et pas parce qu'il avait bu, comme les gens le racontaient.

— J'en suis bien aise, mais cela changera-t-il quelque chose pour nous ?

— Oh, oui. Même qu'y peut en sortir de grandes choses. Pour sûr qu'une flopée de gens de notre rang vont arriver dans leurs carrosses dès que ça se saura. Le père l'a appris en rentrant de Shaston, et y m'a fait tout l'arbre généalogique.

— Où est père en ce moment ? demanda Tess.

Joan Durbeyfield ne répondit pas directement à la question de sa fille.

— Il est allé voir le docteur à Shaston au jour d'aujourd'hui. Ce n'est point la phtisie, comme on pensait. Il a du gras autour du cœur, voilà ce qu'a dit le docteur. Comme ça.

Et elle forma avec le pouce et l'index la lettre *c*, et se servit de l'autre index comme d'une règle.

— Pour l'instant, il a fait au père, votre cœur est fermé là, et là, mais cet endroit est encore ouvert. Sitôt qu'il se refermera – elle fit un cercle complet avec ses doigts –, vous vous éteindrez comme une chandelle, Mr. Durbeyfield. Vous pouvez bien tenir dix ans comme passer en dix mois ou en dix jours.

Tess parut inquiète à l'idée que son père perde la vie si tôt malgré cette soudaine grandeur !

— Mais où est-il ? demanda-t-elle à nouveau.

Sa mère prit un air désapprobateur.

— Maintenant, va point te fâcher. Le pauvre homme, il était si chamboulé par l'annonce que lui a faite le pasteur qu'il est allé chez Rolliver il y a une demi-heure. C'est qu'il a besoin de se requinquer, pardi, s'il veut livrer les ruches, demain, grande famille ou pas. Faudra même qu'y parte juste après minuit. La route est longue.

— Se requinquer ! répéta Tess. Mon Dieu ! Aller dans une taverne pour prendre des forces ! Et vous l'avez laissé faire, mère !

— Non, rétorqua celle-ci avec susceptibilité. C'est que j'étions point d'accord, et j'attendions que tu reviennes pour aller le chercher.

— J'y vais.

— Oh, non, Tess. Ça ne servirait à rien.

La jeune fille ne protesta pas. Elle savait ce que signifiait l'objection de sa mère. Sa veste et son chapeau étaient d'ailleurs déjà sur la chaise, prêts à être enfilés pour cette petite sortie.

— Et range le *Compleat Fortune-Teller* dans la remise, continua-t-elle en s'essuyant rapidement les mains avant de s'habiller.

Le *Compleat Fortune-Teller*, un épais ouvrage de chiromancie, était posé sur la table à côté d'elle. Il avait si souvent servi que les marges atteignaient le bord de la page. Tess le ramassa et sa mère partit.

Ramener de chez Rolliver son paresseux de mari était l'un des grands plaisirs de Mrs. Durbeyfield car, là, assise à son côté pendant une heure ou deux, elle oubliait ses soucis et les enfants.

Restée seule avec ses frères et sœurs, Tess alla dans la remise pour y ranger l'ouvrage de chiromancie. Curieusement, il provoquait chez sa mère une sorte de crainte fétichiste qui l'empêchait de le garder dans la maison pendant la nuit. Aussi, le remettait-on systématiquement à sa place après l'avoir consulté.

Alors qu'elle rentrait par l'allée du jardin, Tess se demanda ce que sa mère avait bien pu souhaiter vérifier dans le livre, ce jour-là en particulier. Elle supposait que la récente découverte de leurs ancêtres s'y rapportait, mais ne se doutait guère qu'elle seule était concernée. Chassant cette idée de son esprit, elle aspergea le linge qui avait séché dans la journée avec l'aide d'Abraham, son frère de neuf ans, et d'Eliza-Louisa, sa sœur âgée de douze ans et demi, qu'on surnommait Liza-Lu. Les petits étaient déjà au lit. Il y avait un écart de quatre ans et plus entre Tess et le reste de la fratrie, les deux enfants nés pendant cet intervalle étant morts en bas âge, ce qui fait que Tess jouait souvent le rôle de la mère en l'absence de leurs parents. Après Abraham, venaient deux autres filles, Hope et Modesty, puis un garçon de trois ans et enfin le bébé, qui venait de fêter son premier anniversaire.

Ces jeunes âmes étaient comme les passagers à bord du vaisseau Durbeyfield, entièrement dépendants du jugement des deux Durbeyfield adultes pour ce qui relevait de leurs plaisirs, de leurs besoins, de leur santé, voire de leur existence. Si John et Joan Durbeyfield choisissaient de voguer vers les ennuis, le désastre, la famine, la maladie, le déshonneur, la mort, ces sept petits captifs se trouvaient obligés de les suivre – sept créatures sans défense à qui l'on n'avait jamais demandé ce qu'ils désiraient dans la vie, et encore moins s'ils souhaitaient une vie aussi dure que celle de l'insouciante maison Durbeyfield.

Il commençait à se faire tard, et ni le père ni la mère ne réapparurent. Tess regarda dehors et voyagea mentalement à travers Marlott. Le village fermait ses yeux, les chandelles et les lampes s'allumaient un peu partout.

— Abraham, appela-t-elle. Mets ton chapeau et va chez Rolliver voir ce que font les parents.

Le garçon bondit aussitôt de sa chaise et ouvrit la porte. La nuit l'avala en un instant. Une demi-heure passa, personne n'était revenu. Abraham, comme ses parents, semblait avoir été pris dans les filets de l'auberge.

— Il faut que j'y aille moi-même, se dit Tess.

Liza-Lu partit se coucher et Tess, après avoir fermé la maison à clé, se mit à son tour en route, sur le chemin sombre et tortueux.

# 4

Rolliver, l'unique taverne de ce côté-ci du village, ne possédait pas vraiment de licence pour servir de l'alcool. Aussi comme on ne pouvait pas y boire légalement, les clients assoiffés restaient à l'extérieur et posaient leurs gobelets sur une petite planche qui, fixée aux palissades du jardin, formait comme un comptoir au-dessus de la route.

Voilà pour les étrangers. Les gens du pays, eux, se réunissaient dans une vaste chambre, à l'étage, dont la fenêtre était couverte d'un épais châle en laine que sa propriétaire, Mrs. Rolliver, avait renoncé à porter. Ce soir-là, ils étaient une bonne douzaine, tous des habitants de cette partie-là de Marlott et tous des habitués. Non seulement The Pure Drop, l'auberge dûment patentée, se trouvait-elle trop loin, mais la qualité de l'alcool confirmait l'opinion générale selon laquelle il valait mieux boire chez Rolliver, dans un renfoncement du grenier, que chez l'autre patron, dans sa grande maison.

Dans un coin de la chambre, un lit austère à quatre colonnes servait de siège à plusieurs personnes ; deux hommes se tenaient également assis sur une commode, un autre trônait sur le coffre en chêne sculpté, un autre sur un tabouret, et deux s'appuyaient à la table de toilette, tant et si bien que tous étaient plus ou moins installés à leur aise. À cette heure-là, ils avaient atteint cet état de bien-être mental où leur âme s'échappait d'eux et répandait chaleureusement leurs personnalités à travers la pièce. La chambre et son mobilier prenaient alors de plus en plus des allures dignes et luxueuses, le châle suspendu à la fenêtre avait la richesse d'une tapisserie, les boutons en cuivre des tiroirs de la commande brillaient comme des heurtoirs en or et les colonnes du lit évoquaient les piliers d'un temple.

Après avoir quitté sa fille, Mrs. Durbeyfield s'était dépêchée de gagner la taverne, d'ouvrir la porte, de traverser la pièce du bas, qui était plongée dans l'obscurité, et de soulever le loquet de la porte de l'escalier. Son ascension fut plus lente et quand, à la dernière marche, elle arriva en pleine lumière, son visage rencontra le regard de toutes les personnes rassemblées dans la chambre.

— Oh, c'est vous, Mrs. Durbeyfield, comme vous m'avez fait peur ! s'écria la propriétaire des lieux. Je croyais que c'était un envoyé du gouvernement.

Les autres l'accueillirent d'un coup d'œil ou d'un hochement de tête, et Joan Durbeyfield se dirigea vers son mari, assis dans un coin. Il chantonnait tout bas d'un air absent.

— Je vaux, ma foi, tout autant que certains ici ou là ! Car j'ai un caveau de famille à Kingsbere et les plus beaux sque-squelettes de tout le Wessex !

— J'ai quelque chose à te dire, que ça m'est venu à ce propos, murmura-t-elle joyeusement. Un grand projet ! John, tu m'entends ?

Elle lui donna un coup de coude tandis qu'il la regardait comme à travers une vitre tout en continuant de chanter.

— Chut, fit la patronne. Pas si fort, mon brave. Si un membre du gouvernement passe par là, je risque de perdre ma licence.

— Y vous a raconté ce qui nous est arrivé ? demanda Mrs. Durbeyfield.

— Oui, plus ou moins. Vous pensez qu'il y a de l'argent à la clé ?

— Ça, c'est un secret, répondit sagement Mrs. Durbeyfield. En tout cas, c'est bon d'être parent avec un carrosse, même si on roule point dedans.

Puis elle baissa la voix et reprit, à l'intention de son mari :

— J'ai réfléchi depuis que tu m'as appris la nouvelle. Y a une grande et riche dame à Tantridge du nom de d'Urberville.

— Et alors ? fit Sir John.

— Elle doit être notre parente, et mon projet est de lui envoyer Tess pour qu'elle se réclame de ses origines.

— Oui, maintenant que tu le dis, il y a une dame de ce nom. Le pasteur Tringham n'y a pas pensé… Mais elle n'est rien comparée à nous. Juste une branche cadette.

Le couple était si occupé à discuter qu'il ne remarqua pas l'arrivée du petit Abraham dans la pièce.

— Elle est riche, continua Joan Durbeyfield, et elle devrait s'intéresser à la petite. Ça serait une bonne chose. Je voyons point pourquoi deux branches de la même famille ne se fréquenteraient pas.

— Oui, et on lui dira qu'on est de sa famille ! s'exclama Abraham. Et on ira tous voir Tess quand elle vivra là-bas, on se promènera dans son carrosse et on portera des habits tout noirs !

— Que fais-tu ici, petit ? Et qu'est-ce que tu racontes là ? File jouer dans l'escalier en attendant que le père et moi, on soye prêts ! John, faut que Tess rende visite à cet autre membre de la famille. Sûr qu'elle gagnerait ses faveurs – là-dessus, on peut faire confiance à Tess. Et c'est plus que probable qu'un riche gentleman l'épouse ensuite. Je le sais.

— Et comment ?

— J'ai consulté le *Fortune-Teller* et c'est ce qu'est dit. Oh, si tu avais vu comme elle était toute belle aujourd'hui !

— Et qu'est-ce qu'en pense la petite ?

— Je lui ai point demandé. Elle connaît pas l'existence de cette dame. Mais ça lui permettrait de faire un grand mariage, et à ça, elle dirait certainement point non.

— Tess est bizarre.

— Mais elle est malléable, au fond. Laisse-moi faire.

Bien que cette conversation eût lieu à voix basse, ceux qui entouraient le couple Durbeyfield en entendirent suffisamment pour comprendre que Tess, leur fille aînée, avait de belles espérances en perspective.

— Tess est un beau brin de fille, c'est ce que je me suis dit quand je l'ai vue au jour d'aujourd'hui, fit observer un des vieux ivrognes, mais Joan Durbeyfield ferait bien de veiller à ce qu'elle fasse point macérer du malt vert.

C'était une expression locale d'un sens particulier, et personne ne répliqua.

Au même moment, un bruit de pas monta de la pièce en bas et Tess apparut.

Même aux yeux de sa mère, le visage de la jeune fille parut tristement déplacé au milieu des vapeurs d'alcool qui flottaient là et seyaient mieux aux rides de l'âge mûr. Il suffit à Tess d'adresser un regard plein de reproche à ses parents pour que ceux-ci se lèvent aussitôt, finissent leur bière d'un trait, et descendent derrière elle dans l'escalier.

— Surtout, pas de bruit, mes amis ou je risque de perdre ma licence, et être convoquée et tout le reste ! lança Mrs. Rolliver. Allez, bonne nuit !

Ils rentrèrent à la chaumière, Tess tenant son père par un bras, Mrs. Durbeyfield par l'autre. Celui-ci avait en vérité très peu bu mais à cause de sa faible constitution, ce genre de petits péchés se transformaient en montagnes. Alors qu'ils approchaient de leur porte, John Durbeyfield recommença à chanter comme pour fortifier son âme devant la petitesse de sa présente demeure.

— J'ai un caveau de famille à Kingsbere !

— Tais-toi donc et ne fais point l'idiot, John ! dit sa femme. Ta famille n'est pas la seule à avoir compté, dans le temps ! Regarde les Anktell et les Horsey, et même les Tringham… Ils sont montés en graine presque autant que vous, bien que vous soyez été de plus grosses gens qu'eux, c'est vrai. Dieu merci, ça n'a jamais été le cas de ma famille, et je n'ai point de honte à le dire.

— N'en sois pas si sûre. Vu ton caractère, m'est idée que vous vous êtes déshonorés plus qu'aucun de nous, et que vous étiez des rois et des reines dans le temps d'avant.

Tess changea de sujet et dit ce qui lui paraissait, selon elle, bien plus important que ses ancêtres :

— J'ai peur que père ne puisse faire le voyage demain matin avec les ruches.

— Moi ? Mais d'ici une heure ou deux, je me porterai comme un charme, répliqua Durbeyfield.

Il était onze heures du soir quand toute la famille alla se coucher, et, pour livrer à temps les ruches à Casterbridge avant l'ouverture du marché, il fallait partir à deux heures du matin, dernier délai. À une heure et demie, Mrs. Durbeyfield entra dans la grande chambre où Tess et ses frères et sœurs dormaient.

— Le père peut point se lever, dit-elle à sa fille aînée qui avait ouvert les yeux en l'entendant pousser la porte.

Tess se redressa aussitôt dans son lit.

— Quelqu'un doit y aller à sa place, répondit-elle. Il est déjà tard pour les ruches. L'essaimage sera bientôt fini et, si nous attendons la semaine prochaine pour les porter au marché, personne ne nous les prendra et elles nous resteront sur les bras.

— Un des jeunes gars pourrait peut-être y aller ? Un de ceux qu'était après toi pour danser, hier ? suggéra Mrs. Durbeyfield.

— Certainement pas ! s'exclama Tess fièrement. Et que tout le monde sache pourquoi, quelle honte ! Je pense que *je* peux y aller si Abraham m'accompagne.

Mrs. Durbeyfield finit par accepter. Elle tira le petit garçon de son profond sommeil et le fit s'habiller pendant que Tess se vêtait à la hâte. Puis, une lanterne à la main, le frère et la sœur se rendirent à l'étable. La petite voiture bringuebalante était déjà prête et Tess sortit Prince, le cheval. La malheureuse bête était à peine plus vaillante que la voiture et ils durent marcher à son côté, pendant la montée, afin de ne pas trop la fatiguer. Pour se réconforter autant que faire se peut, ils s'inventèrent un faux matin, grâce à la lanterne, du pain et du beurre, le vrai matin étant encore loin à venir. Abraham, à présent tout à fait réveillé, se mit à parler des silhouettes étranges qui se découpaient contre le ciel, comme cet arbre qui évoquait un tigre bondissant hors de sa tanière, ou cet autre qui ressemblait à la tête d'un géant.

Une fois qu'ils eurent passé la petite ville de Stourcastle, encore endormie sous ses épais toits de chaume, ils atteignirent des terres plus élevées. Sur leur gauche, se dressait le sommet de Bulbarrow, le plus haut de tout le South Wessex. De là, comme la route continuait en pente douce sur une longue distance, ils montèrent à l'avant de la voiture.

— Tu n'es pas contente, Tess, qu'on soit devenus nobles ? demanda Abraham d'un air songeur.

— Pas particulièrement, non.

— Mais tu dois être contente de te marier avec un gentleman.

— Quoi ? fit Tess en levant la tête.

— Notre riche parente va t'aider à épouser un gentleman.

— Moi ? Notre riche parente ? Nous n'en avons pas. Qui t'a mis cette idée en tête ?

— J'ai entendu les parents en parler chez Rolliver quand je suis allé chercher père. Il y a une riche dame de notre famille qui vit à Tantridge et mère dit que, si tu te réclames de nos origines, elle te fera rencontrer un gentleman qui t'épousera.

Tess tomba brusquement dans un silence méditatif tandis qu'Abraham continuait de parler, plus pour le plaisir de s'exprimer que pour celui d'être écouté. Adossé aux ruches, il leva les yeux et contempla les étoiles qui scintillaient froidement dans les noirs abîmes, sereines et si loin de ces deux petits brins de vie humaine. Il demanda à quelle distance elles se trouvaient, si Dieu habitait de l'autre côté. Mais de temps à autre, son bavardage enfantin revenait à ce qui impressionnait encore plus son imagination que les merveilles de la nature : si Tess devenait riche en épousant un gentleman, aurait-elle assez d'argent pour acheter un télescope qui rapprocherait les étoiles d'eux ? Ce sujet, dont toute la famille semblait obnubilée, remplit Tess d'agacement.

— Ne t'occupe pas de cela maintenant ! s'exclama-t-elle.

— Tu disais un jour que les étoiles étaient des mondes, Tess ?

— Oui.

— Comme notre monde ?

— Je ne sais, mais je crois. Les étoiles font parfois penser aux pommes de notre pommier. La plupart sont belles et bonnes, mais quelques-unes sont talées.

— Sur laquelle vit-on ? Sur une belle ou une talée ?

— Une talée.

— C'est vraiment dommage que nous ne soyons pas tombés sur une bonne, alors qu'il y en a autant !

— Oui.

— Mais dis, Tess, c'est *vraiment* comme ça ? demanda Abraham après réflexion. Comment cela aurait été si on était tombés sur une bonne ?

— Eh bien, père n'aurait pas toussé et ne se traînerait pas comme il le fait, il n'aurait pas trop bu et aurait pu aller au marché à notre place, et mère ne passerait pas son temps à faire des lessives qu'elle ne finit jamais.

— Et tu aurais été riche et tu ne serais pas obligée d'épouser un gentleman pour le devenir !

— Oh, Abraham, ne parle plus de cela !

Laissé à ses réflexions, le petit garçon finit par s'endormir. Tess lui fit une sorte de petit nid devant les ruches afin qu'il ne tombe pas, et reprit les rênes en main. Sans plus de compagnon pour la distraire, elle ne tarda pas à s'enfoncer dans la rêverie. La muette procession d'arbres et de haies qui passait à ses côtés se rattacha bientôt à des scènes fantastiques, et le souffle occasionnel du vent résonnait comme le soupir d'une âme immensément triste. Réfléchissant aux récents événements de sa vie, il lui sembla voir la futilité de l'orgueil de son père ; quant au noble prétendant qui l'attendait dans l'imagination de sa mère, il lui apparaissait comme un personnage grimaçant, se moquant de sa pauvreté et de ses ancêtres chevaliers ensevelis dans leur linceul. Tout devint de plus en plus outré et elle perdit la notion du temps. Une brusque secousse la fit chanceler sur son siège, et elle se réveilla du sommeil où, elle aussi, était tombée.

Ils avaient parcouru une longue distance depuis qu'elle s'était assoupie, et la voiture était à l'arrêt. Un gémissement sourd, comme elle en avait rarement entendu, s'éleva devant elle, suivi d'un cri.

— Hé, là !

La lanterne suspendue à la voiture s'était éteinte mais une autre, bien plus vive, lui éclairait le visage. Il s'était passé quelque chose de terrible. Le harnais était pris dans un objet qui barrait la route.

Tess sauta aussitôt à terre et découvrit l'effroyable vérité : le gémissement venait de ce pauvre Prince. La malle-poste qui filait comme à son habitude le long des chemins avait heurté la voiture, et le timon pointu était entré comme une épée dans le poitrail de la malheureuse bête. Le sang giclait de la plaie. Tess, dans son désespoir, mit la main sur le trou béant et se trouva éclaboussée, de la tête aux pieds, de gouttelettes rouges. Elle s'écarta aussitôt et considéra la scène, impuissante. Prince, jusqu'alors droit et immobile, s'affaissa tout à coup. Le postier, qui avait alors rejoint Tess, tira sur le corps encore chaud du cheval pour lui ôter le harnais. Mais la bête était morte. Comprenant qu'il n'y avait plus rien à faire, il déclara :

— Vous étiez du mauvais côté de la route. Je dois porter les sacs de courrier, aussi, le mieux que vous ayez à faire, c'est d'attendre ici avec votre charge. Je vous envoie quelqu'un le plus vite possible. Le jour va bientôt se lever, vous n'avez rien à craindre.

Il monta dans sa voiture et s'éloigna rapidement. L'atmosphère ne tarda pas à pâlir, les oiseaux à se réveiller dans les haies et à gazouiller. Le sentier se révélait dans toute sa blancheur, et Tess dans la sienne, encore plus blanche. Devant elle, la mare de sang se coagulait déjà et, quand le soleil se leva, ses rayons s'y reflétèrent en prisme d'une centaine de teintes. Prince gisait au sol, immobile, les yeux à moitié ouverts, le trou dans son poitrail suffisamment gros pour que toute vie se soit échappée de lui.

— C'est ma faute ! s'écria Tess. Je n'ai aucune excuse ! Comment mère et père vont-ils faire maintenant ? Abraham ! Abraham !

Elle secoua son petit frère pour le réveiller.

— Nous ne pouvons pas poursuivre avec la charge. Prince est mort.

Quand l'enfant comprit ce qui s'était passé, son jeune visage se rida comme s'il eut cinquante ans.

En silence, ils attendirent ce qui leur parut une éternité, puis, enfin, ils entendirent un bruit et virent s'approcher le domestique d'un fermier qui conduisait un vigoureux cheval roux. Il attela celui-ci à la voiture à la place de Prince et les ruches purent être portées à Casterbridge.

Dans la soirée, la voiture, à présent vide, repassa devant le lieu de l'accident. Le cheval reposait dans le fossé et l'on voyait encore au milieu de la route des traces de sang. Sa dépouille fut hissée dans le chariot qu'il avait tiré le matin, et, les sabots en l'air, la pauvre bête reparcourut au soleil couchant les neuf miles jusqu'à Marlott.

Tess était rentrée plus tôt. Annoncer la nouvelle à ses parents lui paraissait impensable. Aussi, fut-elle soulagée de constater, à leur physionomie, qu'ils savaient déjà leur perte, même si cela n'atténuait en rien les reproches dont elle continuait de s'accabler.

Lorsqu'ils apprirent que l'équarrisseur et le tanneur ne donneraient pas plus que quelques shillings pour la carcasse de Prince, étant donné sa décrépitude, Durbeyfield se montra à la hauteur de la situation.

— Je refuse de le vendre, déclara-t-il. Quand nous autres, les d'Urberville, étions chevaliers, nous ne vendions pas nos chevaux de combat pour acheter de la viande de chat. Qu'ils gardent leurs shillings ! Prince s'est toujours montré loyal avec moi, je ne me séparerai pas de lui maintenant.

Le lendemain, il se donna plus de peine pour l'enterrer qu'il ne s'en était donné les mois précédents pour faire pousser la récolte de la famille. Tous les enfants pleurèrent. Tous, sauf Tess. Elle avait le visage sec et pâle, comme si elle se considérait comme une meurtrière.

# 5

Le métier de marchand ambulant, qui dépendait en grande partie du cheval, ne fut dès lors plus possible. L'indigence, si ce n'est la misère, menaçait. Durbeyfield avait la réputation d'être un cossard dans la région. Il manifestait pourtant par moments une belle énergie pour travailler, mais ces moments-là ne coïncidaient pas forcément avec les heures où le travail était requis, et quand c'était le cas, il ne se montrait guère endurant, n'ayant pas été habitué au labeur régulier des ouvriers agricoles.

Tess, pendant ce temps, se demandait comment aider ses parents à se sortir de ce mauvais pas où elle les avait mis. C'est alors que sa mère lui fit part de son projet.

— Faut faire avec les hauts et les bas, Tess, et la découverte de ton sang noble ne pouvait point mieux tomber que maintenant. Sais-tu qu'une dame très riche, une Mrs. d'Urberville, vit à la lisière de The Chase ? C'est sans doute notre parente. Tu dois aller la voir pour lui parler de tes origines et lui demander de nous aider dans notre peine.

— Je n'y tiens pas, répondit Tess. Si cette dame existe, ce serait déjà bien qu'elle se montre bienveillante à notre égard. De là à ce qu'elle nous aide…

— Tu pourrais obtenir d'elle n'importe quoi. Et pis, y a peut-être là plus que tu ne penses. Je sais ce que je sais.

Le sentiment d'être fautive poussa Tess à montrer plus de déférence envers sa mère qu'elle ne l'aurait fait autrement, mais elle ne comprenait pas quelle satisfaction celle-ci trouvait dans une entreprise dont le profit lui paraissait plus que douteux à ses yeux. Sa mère avait peut-être mené son enquête et découvert que cette Mrs. d'Urberville était une dame de vertus et de charité sans égales. Mais la fierté de Tess lui faisait détester ce rôle de parente pauvre.

— Je préférerais trouver du travail, murmura-t-elle.

— Durbeyfield, à toi de trancher, déclara Joan en se tournant vers son mari, assis au fond de la pièce. Si tu dis qu'elle doit y aller, elle ira.

— Je n'aime pas que mes enfants soient les obligés de parents étrangers, répondit-il tout bas. Je suis le chef de la branche la plus noble de la famille, et je me dois de tenir mon rang.

Les raisons invoquées par John Durbeyfield pour rester à l'écart du débat parurent à Tess pires que ses propres objections.

— Puisque je suis responsable de la mort du cheval, mère, je suppose que je dois faire quelque chose, dit-elle. J'irai donc voir cette dame, mais laissez-moi libre de décider si je lui demande ou pas de l'aide. Et n'allez pas vous mettre en tête qu'elle me trouvera un mari, c'est ridicule.

— Très bien parlé, Tess, fit son père d'un son sentencieux.

— Qui a dit que je pensais à cela ? questionna Joan.

— C'est l'impression que vous donnez, mère. Mais j'irai.

Le lendemain matin, Tess se leva de bonne heure et marcha jusqu'à Shaston. De là, elle profita de la diligence qui faisait deux fois par semaine le trajet de Shaston à Chaseborough, et qui passait non loin de Tantridge, la paroisse où habitait la mystérieuse Mrs. d'Urberville.

Le voyage de Tess, en cette mémorable matinée, la fit traverser la vallée de Blackmoor, où elle était née et où sa vie s'était jusqu'alors déroulée. Elle s'était rarement aventurée au-delà. Ce qu'elle savait du monde extérieur, elle l'avait appris à l'école du village, où elle avait toujours été la meilleure élève, et ce jusqu'à son départ, deux ans auparavant.

À présent qu'elle ne la fréquentait plus, elle cherchait à se rendre la plus utile possible, donnant un coup de main lors de la fenaison ou de la moisson dans les fermes voisines, ou, ce qu'elle préférait, participant à la traite des vaches et à la fabrication du beurre.

Chaque jour, il semblait que sa famille se reposât davantage sur ses jeunes épaules. Aussi, qu'elle représentât les Durbeyfield dans la demeure des d'Urberville paraissait tout à fait naturel.

Elle descendit de la diligence à Tantridge Cross et gravit une colline en direction de la demeure de Mrs. d'Urberville. Il ne s'agissait pas d'un manoir, au sens propre du terme, mais plutôt d'une maison de campagne, construite pour le plaisir uniquement, avec juste ce qu'il fallait de terres pour les besoins de la résidence.

Apercevant un pavillon de brique rouge, qui croulait sous la verdure, Tess crut qu'elle était arrivée, mais alors qu'elle passait une petite porte sur le côté puis longeait l'allée qui tournait, la maison elle-même apparut devant elle. Elle était de construction récente et, comme le pavillon, de la même couleur rouge. Au loin, derrière, s'étendaient les terres boisées de The Chase.

Tout, dans cette coquette propriété, brillait et était bien entretenu, et tout évoquait l'argent, depuis les serres au pied desquelles poussaient des taillis aux écuries aussi dignes qu'une chapelle. Sur la vaste pelouse, se dressait une tente d'agrément.

Tess se tint au bord de l'allée de gravier et contempla l'ensemble, légèrement inquiète. Ses jambes l'avaient portée là avant même qu'elle s'en rendît compte, et à présent, rien ne correspondait à ses attentes.

« Je pensais que nous étions issus d'une vieille famille et tout est neuf ici ! » se dit-elle en regrettant d'avoir écouté sa mère au lieu d'aller chercher de l'aide plus près de chez elle.

Les propriétaires des lieux, les d'Urberville – ou Stoke-d'Urberville, comme ils se faisaient appeler au début – appartenaient à ces familles qu'on ne rencontre guère dans une région aussi reculée. Le pasteur Tringham avait dit vrai en affirmant à John Durbeyfield qu'il était le seul et vrai représentant de l'ancienne famille des d'Urberville vivant dans le pays. Il aurait pu ajouter, ce qu'il savait très bien, que les Stoke-d'Urberville n'étaient pas plus d'Urberville que lui. Quand le vieux Simon Stoke, récemment décédé, avait fait fortune comme honnête négociant dans le nord de l'Angleterre, il décida de s'installer à la campagne, dans le sud. Ce faisant, il éprouva la nécessité de prendre un nouveau nom qui ne l'identifierait pas comme l'ancien commerçant qu'il était, et ne serait pas aussi commun que le sien. Après avoir consulté au British Museum les ouvrages consacrés aux familles éteintes et ruinées de cette partie de l'Angleterre où il envisageait de se fixer, il trouva que d'Urberville n'était pas plus mal qu'un autre. D'Urberville fut donc ajouté à son nom et à celui de ses héritiers, ce que la pauvre Tess et ses parents ignoraient évidemment.

Alors qu'elle attendait, hésitante, tel un baigneur sur le point de plonger, ne sachant si elle devait revenir sur ses pas ou poursuivre son chemin, une silhouette apparut à l'entrée de la tente. C'était un jeune homme, qui fumait un cigare. Il avait le teint presque basané, des lèvres charnues, mal dessinées, quoique rouges et lisses, et surmontées d'une moustache noire, en croc. Il ne devait guère avoir plus de vingt-trois à vingt-quatre ans et il se dégageait de son visage et de son regard plein d'audace une singulière force.

— Eh bien, ma beauté, que puis-je pour vous ? demanda-t-il en s'approchant.

Mais voyant que Tess paraissait toute déconcertée, il ajouta :

— N'ayez crainte. Je suis Mr. d'Urberville. Êtes-vous venue pour me voir, moi, ou pour voir ma mère ?

Ce représentant des d'Urberville correspondait encore moins que la maison et le jardin à ce que Tess s'était imaginé. Elle avait rêvé d'un visage âgé et digne, magnifiant tous les traits des d'Urberville, ridé par les souvenirs et racontant en hiéroglyphes l'histoire séculaire de sa famille et de l'Angleterre. Mais elle prit son courage à deux mains, puisqu'elle ne pouvait pas faire autrement, et répondit :

— Je suis venue voir votre mère, monsieur.

— J'ai bien peur que cela ne puisse être possible. Elle est impotente, répliqua le faux d'Urberville, car il s'agissait d'Alec, le fils unique de feu Simon Stoke-d'Urberville. Mais ne pourrais-je pas vous renseigner ? De quelle affaire souhaitez-vous l'entretenir ?

— Ce n'est pas pour une affaire… c'est… je ne sais même pas quoi !

— Pour le plaisir ?

— Oh, non ! Voyez-vous, monsieur, si je vous le disais, vous penseriez…

Malgré la crainte que lui inspirait le jeune homme et son embarras, Tess jugeait à présent sa visite tellement ridicule qu'elle ne put empêcher un sourire d'apparaître sur ses lèvres roses, ce qu'Alec trouva fort séduisant.

— C'est trop absurde, reprit-elle. Non, vraiment, je ne peux pas vous le dire.

— Allez, j'aime les choses absurdes. Faites un effort, ma chère, dit-il gentiment.

— Mère m'a demandé de venir, et en vérité, je songeais à le faire, mais je ne m'attendais pas à cela. Je suis venue, monsieur, pour vous dire que nous sommes de la même famille.

— Oh ? Des parents pauvres ?

— Oui.

— Stoke ?

— Non. D'Urberville.

— Oui, bien sûr, je voulais dire d'Urberville.

— Notre nom s'est changé en Durbeyfield, mais nous possédons plusieurs preuves comme quoi nous sommes des d'Urberville. Nous avons ainsi un vieux cachet, gravé d'un lion sur un blason, avec au-dessus un château. Et nous avons aussi une vieille cuillère en argent, marquée du même château. Mais elle est si usée que mère s'en sert pour remuer la soupe.

— Un château en argent figure certainement sur mes armoiries, tout comme un lion.

— Aussi, mère pensait que nous devions nous faire connaître auprès de vous… C'est que nous avons perdu notre unique cheval, et… et nous sommes la plus vieille branche de la famille.

— C'est très aimable à votre mère, et personnellement, je ne regrette pas sa décision.

Tout en parlant, Alec regardait Tess d'une façon qui la fit légèrement rougir.

— Bref, ma jolie, vous êtes venue nous rendre une visite amicale, en parente ?

— Eh bien… oui, bredouilla Tess, de nouveau gênée.

— Il n'y a pas de mal à cela ! Où vivez-vous ?

Tess le lui expliqua en quelques mots puis, répondant à d'autres questions, elle déclara qu'elle avait l'intention de reprendre la même diligence pour rentrer.

— Elle ne passera pas à Tantridge Cross avant un moment. Que diriez-vous, ma jolie cousine, de faire le tour de la propriété, en attendant.

Tess aurait préféré écourter sa visite, mais le jeune homme insistait et elle finit par l'accompagner. Il lui montra les pelouses, les parterres de fleurs, le jardin d'hiver, puis le verger et les serres où il lui demanda si elle aimait les fraises.

— Oui, répondit Tess, quand c'est la saison.

— Elle a déjà commencé ici.

D'Urberville lui en cueillit quelques-unes puis, ayant choisi un spécimen de la variété des British Queen, il le lui porta à la bouche.

— Non, non ! s'écria vivement Tess en plaquant les doigts sur ses lèvres. Je préfère la tenir moi-même.

— Allons, insista-t-il.

Légèrement troublée, Tess entrouvrit les lèvres et prit la fraise dans sa bouche.

Ils flânèrent ainsi pendant un certain temps, Tess mangeant, mi-enchantée, mi-réticente, tout ce que d'Urberville lui offrait. Lorsqu'elle ne put plus avaler une seule fraise, il lui en remplit son panier, puis, passant à côté des rosiers, il lui cueillit des fleurs pour qu'elle les porte à son corsage. Elle lui obéissait comme dans un rêve, et quand elle ne put en fixer davantage, il orna lui-même son chapeau d'un ou deux boutons et en déposa d'autres avec prodigalité dans son panier. Enfin, jetant un coup d'œil à sa montre, il déclara :

— Le temps que vous mangiez quelque chose, il sera l'heure de partir si vous voulez attraper la diligence de Shaston. Venez, je vais voir ce que je peux vous trouver.

Il la conduisit sous la tente où il l'abandonna pour réapparaître bientôt avec un panier contenant une légère collation. De toute évidence, il ne souhaitait pas être importuné par les domestiques pendant ce plaisant tête-à-tête.

— Cela vous dérange-t-il si je fume ? demanda-t-il.

— Oh, non, pas du tout, monsieur.

Tandis que les volutes bleuâtres montaient dans la tente, Alec observa l'adorable façon que Tess avait de manger, et elle, qui gardait innocemment les yeux baissés sur les roses de son corsage, ignorait que derrière la fumée du tabac se tenait celui qui serait un jour responsable de la tragédie de sa vie. Tess possédait des attributs qui, en ce moment, lui portaient préjudice, et c'était à cause d'eux qu'Alec ne pouvait la quitter du regard : la générosité de ses formes, leur plénitude la faisaient apparaître plus femme qu'elle ne l'était. Elle avait hérité la silhouette de sa mère, sans se rendre compte de ce qu'elle indiquait. Elle s'en était troublée parfois, mais ses amies lui avaient dit que le temps effacerait ce défaut.

— Je vais rentrer, maintenant, monsieur, dit-elle quand elle eut fini de déjeuner.

— Et comment vous appelle-t-on ? demanda d'Urberville tout en l'accompagnant le long de l'allée jusqu'à ce que la maison fût hors de vue.

— Tess Durbeyfield.

— Et vous dites que vos parents ont perdu un cheval ?

— Je… je l'ai tué, répondit-elle, ses yeux s'emplissant de larmes à mesure qu'elle racontait la mort de Prince. Je ne sais que faire pour père, à présent.

— Je vais y réfléchir. Il faut que ma mère vous trouve une place. Mais Tess, s'il vous plaît, ne parlons plus de cette histoire de d'Urberville. Durbeyfield est un très joli nom.

— Et je n'en souhaite pas de meilleur, déclara-t-elle avec une certaine dignité.

L'espace d'un instant – d'un instant seulement –, alors qu'ils passaient le coin de l'allée, entre les rhododendrons et les conifères, avant que le pavillon ne soit visible, il se pencha vers elle comme si… Mais non, il se ravisa et la laissa partir.

Et c'est ainsi que les choses commencèrent. Tess eût-elle perçu la portée de cette rencontre, elle aurait pu se demander pourquoi la fatalité voulut que ce jour-là, elle fût convoitée par le mauvais homme, et pas un autre, juste et désirable à tous les égards. Mais parmi ceux qu'elle avait croisés, celui qui aurait pu le plus se rapprocher de cet idéal l'avait déjà à moitié oubliée.

Quand d'Urberville retourna dans la tente, il s'assit à califourchon sur une chaise, un sourire ravi au visage. Puis il éclata de rire.

— Eh bien ! Voilà qui est trop fort ! Mais comme c'est drôle, et quel beau brin de fille !

# 6

Tess descendit la colline jusqu'à Tantridge Cross et attendit la diligence qui revenait de Chaseborough à Shaston. Elle était tellement plongée dans ses pensées qu'elle ne prêta pas vraiment attention à ce que lui dirent les passagers quand elle monta à bord et leur répondit vaguement. L'un d'eux, cependant, s'adressa à elle plus directement, et déclara :

— Eh, mais c'est que vous êtes un vrai petit bouquet de fleurs ! Et des roses, qui plus est, si tôt en juin !

Elle prit alors conscience du spectacle qu'elle offrait à leurs regards surpris : des roses à la poitrine, des roses à son chapeau, des roses et des fraises qui regorgeaient de son panier. Les joues empourprées, elle expliqua confusément que les fleurs lui avaient été données, et dès que ses voisins se détournèrent, elle retira celles sur son chapeau et les posa dans son panier qu'elle recouvrit d'un mouchoir. Puis elle retomba dans ses réflexions, et, baissant la tête, elle se piqua le menton par inadvertance à l'épine de la rose qui ornait encore son corsage. Comme tous les habitants de la vallée de Blackmoor, Tess était imprégnée de superstitions : elle songea aussitôt que c'était là un mauvais présage, le premier qu'elle remarquât de la journée.

Arrivée à Shaston, comme la route était encore longue, elle suivit le conseil de sa mère et passa la nuit dans la maison de l'une de leurs connaissances, ne retournant chez elle que le lendemain après-midi.

À peine franchi le seuil de la chaumière, elle devina, à l'air triomphant de sa mère, que quelque chose s'était passé pendant son absence.

— Je le savais ! s'exclama celle-ci. Je te l'avions dit que tout irait bien, et j'ai la preuve maintenant !

— Depuis que je suis partie ? demanda Tess, légèrement lasse.

Sa mère la toisa des pieds à la tête d'un air approbateur et poursuivit gaiement :

— Ainsi donc, tu as fait leur conquête !

— Qu'en savez-vous, mère ?

— J'ai reçu une lettre.

Tess calcula qu'il s'était effectivement écoulé le temps nécessaire pour l'envoyer.

— Y disent – nan, Mrs. d'Urberville dit – qu'elle veut que tu t'occupes de sa petite basse-cour. C'est juste une manière habile de te faire venir sans te donner trop d'espoirs. Elle va t'accepter comme parente, voilà la vérité.

— Mais je ne l'ai pas vue.

— Tu as vu quelqu'un, j'imagine ?

— Son fils.

— Et y t'a reçue comme sa parente ?

— Il m'a appelée « cousine ».

— Ah ! Je le savais ! John, il l'a appelée « cousine » ! annonça Joan à son mari. L'a dû parler à sa mère, et elle te veut là-bas.

— Mais je ne suis pas sûre de savoir m'occuper d'une basse-cour.

— Dans ce cas, je vois point qui peut s'en occuper. Tu es née et tu as grandi au milieu des volailles. De toute façon, c'est juste une fausseté, pour que tu ne te sentes point redevable.

— Je ne pense pas que je devrais accepter, déclara Tess, songeuse. Qui a écrit la lettre ?

— Mrs. d'Urberville. Tiens, la voilà.

La missive, écrite à la troisième personne, informait Mrs. Durbeyfield que les services de sa fille seraient utiles à l'entretien de la basse-cour, et qu'on lui procurerait une chambre confortable et de bons gages si elle faisait l'affaire.

— Oh… c'est tout ? s'étonna Tess.

— Tu ne gageais quand même pas à ce qu'elle te saute au cou et t'embrasse tout de suite ?

Tess regarda par la fenêtre.

— Je préférerais rester ici avec père et vous, dit-elle.

— Mais pourquoi ?

— J'aimerais mieux ne pas vous le dire, mère… En fait, je ne sais pas vraiment moi-même pourquoi.

Une semaine plus tard, elle revint un soir à la maison après avoir vainement cherché du travail dans le voisinage immédiat. Son idée était de gagner suffisamment d'argent au cours de l'été pour acheter un nouveau cheval. À peine était-elle entrée qu'un des enfants se mit à danser à travers la pièce en criant :

— Le monsieur est venu !

Joan Durbeyfield s'empressa d'expliquer que le fils de Mrs. d'Urberville était passé, alors qu'il se promenait à cheval du côté de Marlott. Il voulait savoir si Tess pouvait ou non s'occuper de la basse-cour de sa mère, le garçon qui y était jusqu'à présent employé ne se révélant pas digne de confiance.

— Mr. d'Urberville, y dit que tu dois être une brave fille, si tu es ce que tu as l'air d'être. Y sait que tu vaux ton pesant d'or. Y s'intéresse beaucoup à toi, c'est moi qui te le dis.

— C'est très gentil de sa part, et si j'étais sûre de savoir quel genre de vie je mènerais là-bas, je n'hésiterais pas à y aller de ce pas.

— L'est assez bel homme.

— Ce n'est pas mon avis, répliqua Tess froidement.

— En tout cas, c'est une chance pour toi. Et il a un très beau diamant à sa chevalière.

— Oh, oui ! fit le petit Abraham. Même que je l'ai vu, et qu'il brillait quand il portait sa main à sa moustache. Mais dites, mère, pourquoi notre riche parent portait-il continuellement sa main à sa moustache ?

— Écoutez-moi cet enfant ! s'exclama Joan, pleine d'admiration.

— C'est peut-être pour montrer son diamant, marmonna Sir John Durbeyfield depuis sa chaise.

— Je vais y réfléchir, déclara Tess en sortant de la pièce.

— Elle a fait la conquête de notre plus jeune branche, et en un rien de temps, continua Joan à l'adresse de son mari. Elle serait bien bête de ne point accepter.

— Je n'aime pas que mes enfants s'en aillent de la maison, annonça John. En tant que chef de notre grande famille, c'est aux autres de venir me voir.

— Laisse-la y aller, John, fit Joan d'une voix enjôleuse. Il l'a appelée « cousine ». Il l'épousera, c'est plus que probable, et y fera d'elle une dame. Elle sera alors comme ses ancêtres.

John Durbeyfield avait plus de vanité que d'énergie ou de santé, et la remarque de sa femme lui plut.

— Après tout, peut-être que c'est ce qu'il souhaite, ce jeune Mr. d'Urberville, admit-il. Sûr qu'il doit vouloir redorer le blason de sa famille en cherchant à se lier à une branche plus ancienne. Quelle petite coquine, cette Tess. Elle leur a vraiment rendu visite pour arriver à ça ?

Pendant ce temps, Tess allait, songeuse, au milieu des groseilliers du jardin et autour de la tombe de Prince.

À son retour, sa mère, qui sentait qu'elle avait l'avantage, demanda :

— Eh bien, que vas-tu faire ?

— J'aurais préféré voir Mrs. d'Urberville, répondit Tess.

— Si tu t'installes là-bas, tu la verras bien assez tôt comme ça.

John Durbeyfield se mit à tousser.

— Je ne sais que dire ! s'écria la jeune fille nerveusement. C'est à vous de décider. J'ai tué le vieux cheval, aussi, je suppose que je dois faire quelque chose pour le remplacer. Mais… je n'aime pas que Mr. d'Urberville soit dans les parages.

Les enfants, qui s'étaient fait à l'idée que leur grande sœur allait être emmenée par leur riche parent, se mirent à pleurer devant sa réticence et lui reprochèrent d'hésiter.

— Tess ne veut pas devenir une dame ! gémirent-ils. Et à cause d'elle, on n'aura pas de nouveau cheval et de pièces d'or à dépenser à la foire.

Sa mère se joignit à leurs lamentations. Seul son père conserva une attitude neutre.

— Très bien, j'irai, dit enfin Tess.

— À la bonne heure ! s'exclama Joan Durbeyfield, qui se réjouissait déjà de la vision nuptiale évoquée par le consentement de sa fille. Pour une jolie fille comme toi, c'est une chance !

Tess sourit avec humeur.

— J'espère que ce sera plutôt l'occasion de gagner de l'argent, et rien d'autre. Et n'en parlez à personne dans la paroisse.

Mrs. Durbeyfield préféra ne rien promettre, tant les paroles du visiteur avaient attisé sa fierté.

Tout fut donc arrangé et Tess écrivit une lettre où elle annonçait qu'elle était prête à travailler dès que l'on aurait besoin d'elle. Elle fut dûment informée que Mrs. d'Urberville était heureuse de sa décision et lui annonçait qu'une carriole viendrait la chercher, elle et ses bagages, le surlendemain. Mrs. d'Urberville avait une écriture plutôt masculine.

— Une carriole ? murmura Joan Durbeyfield, sceptique. L'aurait pu envoyer une voiture à une parente.

À présent que sa décision était prise, Tess était moins agitée et soucieuse. Elle vaqua à ses occupations, assurée que, grâce à ce travail qui ne lui demanderait pas trop de peine, elle pourrait acheter un cheval à son père. Elle avait espéré devenir maîtresse d'école, mais le destin en avait, semble-t-il, décidé autrement. Pas un instant, elle ne songea sérieusement aux espoirs de mariage que sa mère avait pour elle, d'autant plus que, depuis presque sa naissance, celle-ci n'avait cessé de découvrir de beaux partis pour sa fille.

# 7

Le jour du départ, Tess se réveilla avant l'aube. Elle demeura dans sa chambre, à l'étage, où elle finit de préparer son sac, puis, à l'heure du petit déjeuner, descendit dans ses vêtements de tous les jours, sa robe du dimanche étant soigneusement pliée dans sa malle.

— Tu ne vas quand même point aller voir notre famille habillée comme ça ! s'exclama sa mère.

— Mais je vais travailler, répondit Tess.

— Oui, bien sûr, mais je croye qu'il serait plus sage de te montrer sous ton meilleur jour.

— Très bien, puisque vous le dites, concéda Tess avec un calme abandon.

Et pour plaire à ses parents, elle s'en remit à sa mère, laquelle se réjouit devant tant de docilité. Mrs. Durbeyfield commença par lui laver les cheveux avec une telle minutie que, lorsqu'elle les lui sécha et les brossa, ils paraissaient deux fois plus volumineux qu'à l'ordinaire. Puis, elle les attacha avec un ruban rose et lui fit enfiler la robe blanche que Tess portait pour la fête du club des femmes de la paroisse, dont l'ampleur tout aérienne, ajoutée à la coiffure imposante, la faisait paraître femme alors qu'elle n'était qu'une enfant.

— Il y a un trou dans le talon de mon bas, dit Tess.

— Fais y point attention, les bas ne parlent pas ! Quand j'étais jeunette, tant que j'avions un joli chapeau sur la tête, le diable pouvait me chercher des trous dans les talons !

Elle s'écarta alors de sa fille comme un peintre devant son chevalet et admira son travail.

— Faut que tu te voyes ! s'exclama-t-elle. C'est bien mieux encore que l'autre jour.

Comme le miroir n'était pas assez grand pour que Tess puisse se voir en entier, Mrs. Durbeyfield suspendit un manteau noir à l'extérieur de la fenêtre de façon à former un large réflecteur. Elle alla ensuite rejoindre son mari.

— Tu veux que je te dise, John, annonça-t-elle d'un air triomphant, ce monsieur d'Urberville l'aura certainement point le cœur de ne pas tomber amoureux d'elle. Mais surtout, va pas parler à Tess de sa foucade pour elle, et de la chance qu'elle a. C'est une fille curieuse, et ça pourrait la monter contre lui et contre le fait d'y aller, même aujourd'hui. Si tout se passe bien, je suis pour donner quelque chose à ce pasteur pour nous avoir parlé. Ah, le cher brave homme !

Cependant, quand le moment de partir approcha et que l'excitation de la toilette s'était estompée, une légère inquiétude saisit Mrs. Durbeyfield et l'incita à vouloir faire un bout de chemin avec sa fille. Voyant que leur mère mettait son chapeau, les petits insistèrent pour l'accompagner.

— Je vais juste avec votre sœur jusqu'à la carriole, maintenant qu'elle va épouser son cousin gentleman et porter de beaux habits.

— Je ne veux plus entendre parler de cela, mère ! s'écria Tess, rouge de colère. Comment avez-vous pu leur mettre une idée pareille dans la tête ?

— Maintenant qu'elle va travailler pour notre riche parente, mes chéris, et gagner assez d'argent pour acheter un nouveau cheval, corrigea Mrs. Durbeyfield, pacifiquement.

— Au revoir, père, dit Tess, la gorge nouée.

— Au revoir, ma fille, répondit Sir John. J'espère que mon jeune ami appréciera un si bel échantillon de son propre sang. Et dis-lui, Tess, qu'étant déchu de notre ancienne grandeur, je veux bien lui vendre le titre, oui, je veux bien lui vendre, et à un prix raisonnable.

— Pas moins de mille livres ! intervint Mrs. Durbeyfield.

— Très bien. Va pour mille livres. Mais tout bien réfléchi, je suis prêt à accepter moins. Il le fera mieux valoir qu'un pauvre bougre comme moi. Dis-lui qu'il peut l'avoir pour cent livres… Mais je ne m'arrêterai point à des bagatelles. Il peut l'avoir pour cinquante. Pour vingt même ! Oui, vingt livres, c'est mon dernier prix. Que diable, on ne plaisante pas avec l'honneur de la famille. Je n'accepterai pas un sou de moins !

Tess avait les yeux si emplis de larmes et la voix si brisée qu'elle fut incapable d'exprimer ses sentiments. Elle se détourna vivement et partit.

Les filles et leur mère s'en allèrent ensemble, Tess ayant de chaque côté un enfant qui lui tenait la main et la regardait de temps en temps d'un air songeur, comme on regarde quelqu'un qui s'apprête à faire de grandes choses. Joan Durbeyfield marchait derrière, avec la plus jeune. Elles formaient toutes les cinq un tableau d'une beauté candide, flanqué de l'innocence et fermé par la vanité des âmes simples. Elles marchèrent ainsi jusqu'en bas de la côte, en haut de laquelle la voiture de Tantridge devait prendre Tess.

— Attendons un peu ici, dit Mrs. Durbeyfield. La carriole ne devrait plus tarder. Oui, je la vois !

La mère et les enfants ayant décidé de ne pas aller plus loin, Tess leur fit rapidement ses adieux et grimpa seule la colline.

Avant même qu'elle n'atteignît la carriole où un jeune garçon avait déjà chargé sa malle, une seconde voiture sortit d'un bosquet, s'engagea sur la route et s'arrêta à la hauteur de Tess qui leva les yeux, fort surprise.

Joan Durbeyfield vit alors qu'il ne s'agissait pas d'un modeste moyen de transport, mais d'un cabriolet reluisant de propreté et superbement équipé. Le conducteur, un jeune homme de vingt-trois ou vingt-quatre ans, avait un cigare entre les dents, une casquette de dandy, une veste de grosse toile bise, des hauts-de-chausses de la même teinte, une cravate blanche, un col montant et des gants de cheval marron – bref, c'était le beau cavalier qui leur avait rendu visite une semaine ou deux auparavant et s'était enquis de la réponse de Tess.

Mrs. Durbeyfield frappa dans les mains comme une enfant. Puis elle baissa les yeux et, les relevant, regarda de nouveau. Pouvait-elle se tromper sur la signification de cette apparition ?

— C'est le monsieur qui va faire de Tess une grande dame ? demanda la plus jeune des fillettes.

Pendant ce temps, on pouvait voir Tess, debout, indécise, à côté du cabriolet tandis que son propriétaire lui parlait. Cette apparente indécision était, en fait, plus que de l'indécision : c'était de la méfiance. La jeune fille aurait préféré voyager dans la carriole. Le jeune homme descendit de son siège et la pressa de monter. Tess jeta alors un regard vers sa mère et ses sœurs, en bas de la colline. Quelque chose parut la décider brusquement : peut-être la pensée qu'elle était responsable de la mort de Prince. Elle grimpa dans le cabriolet, puis le jeune homme s'installa à son côté, et fouetta son cheval. Une seconde plus tard, ils avaient dépassé la carriole avec la malle de Tess et disparaissaient derrière l'épaulement de la colline.

Dès que Tess fut hors de vue, les yeux des petites filles se remplirent de larmes.

— Je voudrais que notre pauvre, pauvre Tess ne soit pas partie pour devenir une dame, murmura la plus jeune d'entre elles avant d'éclater en sanglots.

Bientôt ce fut tous les enfants qui pleuraient. Mrs. Durbeyfield, aussi, avait les larmes aux yeux quand elle reprit le chemin de sa maison, mais quand elle arriva au village, elle était partisane de s'en remettre passivement au hasard. Le soir, dans son lit, elle soupira, cependant, et son mari lui en demanda la cause.

— Je ne sais pas, mais je me disais que ça aurait peut-être mieux valu pour Tess qu'elle ne parte point.

— Tu n'aurais pas pu y penser avant ?

— Si, mais c'est une chance pour elle. En même temps, si c'était à refaire, je la laisserais point partir avant de savoir si ce gentleman a vraiment bon cœur.

— Oui, tu aurais peut-être dû faire ça, grogna Sir John.

Joan Durbeyfield, qui trouvait cependant toujours le moyen de se consoler, répliqua :

— Comme elle est de la vieille souche, elle fera son chemin avec eux si elle joue son atout. Et s'il ne l'épouse pas tout de suite, il l'épousera plus tard. Il est tout feu tout flamme pour elle, ça saute aux yeux.

— De quel atout parles-tu ? demanda Sir John. Son sang d'Urberville ?

— Mais non, bêta. Son visage. Comme ça l'a été pour moi.

# 8

Après s'être installé à côté de Tess, Alec d'Urberville se mit à rouler à vive allure le long de la crête de la colline tout en débitant toutes sortes de compliments à la jeune fille. Un paysage immense s'étendait autour d'eux ; derrière, la verte vallée où Tess était née, devant des terres grisâtres dont elle ne savait rien, sinon par sa première et brève visite à Tantridge. Ils arrivèrent au bord d'une pente d'où la route descendait sur deux ou trois miles. Depuis l'accident qui avait coûté la vie de Prince, Tess, pourtant naturellement courageuse, était devenue excessivement craintive en voiture.

— Vous allez ralentir, monsieur, n'est-ce pas ? dit-elle, faussement indifférente.

D'Urberville se tourna vers elle, mordilla son cigare et sourit.

— Comment, Tess ? Est-ce une brave fille comme vous qui demande cela ? Je descends toujours cette pente au galop. Il n'y a rien de tel pour vous remonter le moral.

— Mais peut-être n'est-ce pas utile maintenant.

— Ah, mais c'est que nous sommes deux à décider. L'avis de Tib doit être pris en considération, et elle a un sacré caractère.

— Qui ?

— Eh bien, cette jument. J'ai l'impression qu'elle vient de me lancer un regard sévère. Vous n'avez pas remarqué ?

— N'essayez pas de m'effrayer, monsieur, fit Tess d'un air pincé.

— Loin de moi cette idée. Mais si quelqu'un peut maîtriser ce cheval, c'est moi, et moi seul.

— Mais pourquoi avoir un cheval pareil ?

— Ah ! Bonne question. Le destin, je suppose… Tib a tué un cavalier, et juste après que je l'ai achetée, elle a failli me tuer. Croyez-moi, j'ai alors failli la tuer. Mais elle est susceptible, très susceptible, et on n'est pas toujours en sécurité derrière elle.

Ils commençaient tout juste à descendre la pente, et il était manifeste que la jument, que ce soit de sa propre volonté ou celle de son maître, savait si bien ce qu'on attendait d'elle qu'elle n'eut guère besoin d'être guidée.

Ils allaient de plus en plus vite, les roues tournant comme des toupies, et le cabriolet se balançant de droite et de gauche, sur un axe légèrement oblique. Devant eux, la silhouette de Tib ondulait. Parfois, une roue ne touchait plus terre sur plusieurs mètres, semblait-il, et parfois, un caillou volait sur le côté. Le vent soufflait à travers la robe de mousseline de Tess et dans ses cheveux fraîchement lavés. Bien que déterminée à ne pas montrer sa peur, elle s'accrocha cependant au bras de d'Urberville qui tenait les rênes.

— Laissez mon bras, sinon nous nous renverserons ! Tenez-vous plutôt à ma taille !

Elle se cramponna aussitôt à lui et ils atteignirent le bas de la colline.

— Nous sommes sains et sauf, Dieu merci, malgré votre folie ! s'écria-t-elle, les joues en feu.

— Fi donc, Tess ! En voilà un accès de colère ! répliqua d'Urberville.

— C'est la vérité.

— Pourquoi donc vous écarter de moi avec autant d'ingratitude dès que vous vous savez hors de danger ?

Elle n'avait pas réfléchi à ce qu'elle faisait, qu'il soit homme, femme, bâton ou pierre, quand elle s'était involontairement agrippée à lui. Recouvrant sa réserve, elle demeura silencieuse et ils atteignirent le sommet d'une autre pente.

— Et maintenant, recommençons ! dit d'Urberville.

— Non, non, s'il vous plaît, supplia Tess.

— Mais quand on se trouve sur l'une des hauteurs les plus élevées du comté, il faut bien en redescendre, rétorqua-t-il.

Et sur ces paroles, il lâcha les rênes et ils dévalèrent cette nouvelle pente à bride abattue.

— Accrochez-vous à moi comme vous l'avez fait tout à l'heure, ma belle, dit d'Urberville.

— Jamais ! fit Tess en se tenant tant bien que mal loin de lui.

— Si vous me laissez poser un petit baiser sur ces lèvres rouges comme des baies de houx, ou sur cette joue brûlante, j'arrête. Parole d'honneur !

Tess, choquée, recula le plus possible dans son siège. D'Urberville pressa alors à nouveau son cheval, et elle fut encore plus secouée.

— Rien d'autre ne ferait l'affaire ? finit-elle par demander, désespérée, en le fixant de ses grands yeux apeurés.

— Rien, chère Tess, répondit-il.

— Oh, je ne sais pas… Très bien, ça m'est égal, hoqueta-t-elle, misérablement.

Il tint le cheval en bride et, alors que la voiture ralentissait et qu'il s'apprêtait à porter le baiser désiré, par un mouvement de pudeur dont elle eut à peine conscience, elle l'esquiva.

— Bon sang ! pesta-t-il. Je vais nous briser le cou à tous deux ! Ainsi, vous manquez à votre parole, petite sorcière, c'est cela ?

— Très bien, répliqua-t-elle. Je ne bougerai pas puisque vous y tenez ! Mais je… je pensais que, comme nous sommes parents, vous seriez bon avec moi et me protégeriez.

— Au diable la parenté ! Allons-y !

— Mais je ne veux être embrassée par personne, monsieur, s'écria Tess d'une voix implorante, une grosse larme commençant à rouler le long de sa joue tandis que les coins de sa bouche tremblaient, tant elle se retenait de ne pas pleurer. Je ne serais pas venue si j'avais su !

Il fut insensible et elle demeura immobile le temps qu'il lui donnât le baiser du maître. Mais à peine s'écarta-t-il qu'elle rougit de honte, sortit son mouchoir et s'essuya la joue qu'il avait touchée de sa bouche.

— Vous êtes bien susceptible pour une paysanne, dit-il, vexé.

Tess ne commenta pas sa remarque dont, en vérité, elle ne comprenait pas le sens général, n'ayant pas conscience de la rebuffade qu'elle lui avait administrée en s'essuyant instinctivement la joue. Elle avait, en fait, effacé le baiser, si cela était chose physiquement possible. Devinant vaguement qu'il était fâché, elle regardait droit devant elle tandis qu'ils continuaient d'avancer jusqu'à ce qu'elle découvre, à son grand désarroi, une autre descente.

— Vous vous en repentirez, déclara d'Urberville, sur le même ton blessé tout en agitant de nouveau sa cravache. À moins que vous n'acceptiez de bonne grâce de me laisser recommencer. Mais pas de mouchoir, cette fois.

— Très bien, monsieur, soupira-t-elle. Mais… ah ! mon chapeau !

Au même moment, son chapeau s'était envolé sur la route. D'Urberville arrêta la voiture et annonça qu'il allait le lui chercher, mais Tess était déjà descendue de l'autre côté.

— Vous êtes bien plus jolie sans chapeau, si une telle chose est possible ! dit d'Urberville en la regardant. Allez, remontez maintenant... Que se passe-t-il ?

Tess, qui avait remis son chapeau, ne bougea pas d'un pas.

— Non, monsieur, dit-elle, révélant le rouge et l'ivoire de sa bouche tandis que ses yeux brillaient d'un éclat triomphant. Je ne remonterai pas. Je préfère marcher.

— Mais il y a au moins cinq miles jusqu'à Tantridge.

— Ça m'est égal. Et de toute façon, la carriole est derrière.

— Petite coquine ! Mais dites-moi... avez-vous fait en sorte que votre chapeau s'envole ? J'en mettrais ma main à couper.

Le silence stratégique de Tess confirma ses soupçons. D'Urberville lâcha alors un juron et la traita de tous les noms.

— Vous devriez avoir honte de dire de si vilains mots, s'écria Tess avec fougue. Je ne vous aime pas ! Je vous hais, je vous déteste ! Je vais retourner chez ma mère !

La mauvaise humeur de d'Urberville s'envola aussitôt à la vue de la sienne. Il rit de bon cœur.

— Ah, je ne vous en aime que mieux ! Allons, faisons la paix. Je ne recommencerai plus jamais sans votre consentement. Sur ma vie, je le jure !

Tess refusa cependant de remonter dans le cabriolet. Mais elle n'émit aucune objection à ce qu'il roula au pas, à son côté, et c'est ainsi qu'ils rejoignirent le village de Tantridge. De temps en temps, d'Urberville manifestait un franc désarroi à la voir marcher de la sorte sur la route par sa faute. En vérité, elle aurait pu alors se fier à lui en toute sécurité. Mais pour le moment il avait trompé sa confiance et, tout en avançant sur le chemin, elle se demanda s'il ne serait pas plus sage de retourner chez elle. Pourtant, sa résolution était prise, et, à moins que des raisons plus graves ne l'y poussent, l'abandonner à présent relevait de l'indécision, voire de l'enfantillage. Comment pourrait-elle affronter ses parents, récupérer sa malle et mettre en pièces le plan de réhabilitation de sa famille sous prétexte qu'elle était trop émotive ?

Quelques minutes plus tard, les cheminées de la maison de Mrs. d'Urberville apparurent au loin, et dans un coin, sur la droite, la basse-cour et le cottage qui attendaient Tess.

# 9

Les volailles dont Tess avait la charge occupaient une vieille chaumière, située dans ce qui était autrefois un jardin et qui n'était plus aujourd'hui qu'un carré de terre piétiné et sablonneux. La maison croulait sous le lierre et les pièces du bas, entièrement abandonnées aux volatiles, résonnaient des coups de bec des poussins tout juste naissants. Là où autrefois des agriculteurs paisibles s'asseyaient, s'entassaient des cages dans lesquelles se trouvaient des poules affolées. Devant tout un coin de la cheminée, ainsi que dans l'âtre, on avait posé des ruches renversées où les poules pondaient, tandis qu'à l'extérieur, les plates-bandes, jadis soigneusement entretenues, avaient été détruites de la pire manière par les coqs.

Le lendemain de son arrivée, alors que Tess, en digne fille de marchand de volailles, effectuait quelques changements et améliorations dans le poulailler, la porte du jardin s'ouvrit et une domestique en bonnet blanc et tablier entra. Elle venait de la grande maison.

— Mrs. d'Urberville demande à voir ses volatiles, annonça-t-elle. Puis voyant que Tess ne comprenait pas, elle ajouta : la maîtresse est une vieille dame aveugle.

— Aveugle ! répéta Tess.

Avant même que son appréhension, causée par cette nouvelle, ne se matérialisât, Tess prit, sur les instructions de sa compagne, deux des plus beaux spécimens dans ses bras et suivit la servante, qui elle-même en avait pris deux aussi. La maison de Mrs. d'Urberville, quoique élégante et imposante, témoignait partout, de ce côté-ci, de l'amour de sa propriétaire pour les bêtes : des plumes flottaient devant l'entrée et des cages à poule trônaient sur la pelouse.

Dans un salon du rez-de-chaussée, bien installée dans un fauteuil, le dos à la lumière, se tenait la maîtresse de maison, une femme aux cheveux blancs, ayant tout au plus une soixantaine d'années, voire moins, et coiffée d'un bonnet. Elle avait le visage mobile, si fréquent chez ceux dont la vue s'est détériorée avec l'âge et qui se sont battus pour la conserver, et non pas fixe comme les personnes qui ont perdu la vue il y a longtemps ou sont aveugles de naissance. Tess s'avança vers elle.

— Ah, c'est vous la jeune femme qui est venue pour s'occuper de mes oiseaux ? dit Mrs. d'Urberville en reconnaissant un pas nouveau. J'espère que vous serez bonne avec eux. Mon intendant me dit que vous êtes la personne idéale. Eh bien, où sont-ils ? Ah, voici Strut ! Mais il est moins vif aujourd'hui que d'habitude. C'est sans doute parce qu'il est inquiet d'être tenu par des mains étrangères. Et Phena aussi… Oui, ils ont un peu peur, n'est-ce pas, mes mignons ? Mais ils s'habitueront vite à vous.

Tandis que la vieille femme parlait, Tess et la domestique avaient déposé sur ses genoux les volatiles. Par son simple toucher, elle les reconnaissait immédiatement et savait si une plume était endommagée ou souillée, ou bien, en palpant leurs jabots, ce qu'ils avaient mangé, et en quelle quantité.

Les oiseaux que les deux filles avaient apportés furent dûment ramenés à la basse-cour, et l'opération se répéta jusqu'à ce que la vieille femme eût inspecté tous ses coqs et ses poules préférés. Une fois cela terminé, Mrs. d'Urberville demanda abruptement à Tess :

— Savez-vous siffler ?

— Siffler, madame ?

— Oui, siffler des airs.

Comme la plupart des filles de la campagne, Tess savait siffler.

— Dans ce cas, vous vous entraînerez tous les jours. J'avais un jeune garçon qui sifflait très bien, mais il est parti. Je veux que vous siffliez pour mes bouvreuils. Comme je ne peux pas les voir, j'aime les entendre, et nous leur apprenons des airs de cette façon. Montrez-lui où sont les cages, Elizabeth. Vous commencerez demain. Voici plusieurs jours qu'on les a négligés.

— Mr. d'Urberville a sifflé pour eux ce matin, madame, déclara Elizabeth.

— Lui ? Peuh !

L'aversion rida le visage de la vieille femme et elle ne fit pas d'autre réponse.

C'est ainsi que se termina la présentation de Tess à sa parente supposée, et les volatiles furent ramenés à leurs quartiers. La jeune fille n'était pas si surprise que cela par les curieuses manières de Mrs. d'Urberville : étant donné la taille de la maison, elle ne s'attendait pas à plus. Mais elle était loin de se douter que la vieille dame n'avait jamais entendu parler d'un prétendu lien de parenté. D'après ce qu'elle pouvait en déduire, il n'existait que peu d'affection entre l'aveugle et son fils. Elle se trompait. Mrs. d'Urberville n'était pas la première mère obligée d'aimer son enfant à contrecœur et de lui être amèrement attachée.

Bien que son arrivée à Tantridge ait mal commencé, Tess appréciait la liberté et la nouveauté de sa position, et, en cette matinée ensoleillée, à présent qu'elle était tout à fait installée, elle fut curieuse de tester ses pouvoirs pour cette tâche inattendue qu'on lui avait confiée et de s'assurer ainsi qu'elle pourrait garder son poste. Elle se rendit dans le jardin et se mit à plisser la bouche dans l'espoir de réacquérir une pratique depuis longtemps négligée. Elle découvrit vite que ses anciens talents avaient baissé : à travers ses lèvres, ne passait qu'un filet d'air sans qu'une seule note ne l'accompagne. Elle continua de souffler en vain, se demandant comment elle avait pu perdre un savoir-faire si naturel. C'est alors qu'elle entendit du bruit dans le lierre qui recouvrait les murs du jardin. Elle se retourna et vit quelqu'un sauter d'entre les branches et la rejoindre. C'était Alec d'Urberville. Elle ne l'avait pas croisé depuis qu'il l'avait conduite, la veille, à la porte de la chaumière.

— Parole d'honneur ! s'écria-t-il. La nature ni les arts n'ont jamais rien produit d'aussi beau que vous, cousine Tess ! Je vous observe depuis un moment plisser cette adorable bouche pour essayer de siffler et jurer tout bas sans être capable d'émettre le moindre son. Oh, je vois que vous êtes fâchée de ne pas y arriver.

— Je suis fâchée, mais je n'ai pas juré.

— Ah, je comprends la raison de tous ces efforts ! Les bouvreuils ! Ma mère veut que vous continuiez leur éducation musicale. Quel égoïsme de sa part ! Comme si vous occuper de la basse-cour n'était pas déjà suffisant. J'aurais refusé si j'étais vous.

— Mais elle y tient tout particulièrement, et je dois être prête pour demain matin.

— Vraiment ? Dans ce cas, je vais vous donner une leçon ou deux.

— Oh, non, ce n'est pas nécessaire, fit Tess en reculant vers la porte.

— Ne dites pas de bêtises. Je ne vous toucherai pas. Regardez, je reste de ce côté-ci du grillage, et vous de ce côté-là, ainsi vous n'avez rien à craindre. Maintenant, ne plissez pas autant la bouche quand vous sifflez. Faites plutôt comme ça.

Là-dessus, il joignit le geste à la parole et siffla.

— À vous, dit-il.

Tess ne bougea pas et tenta de prendre une expression sévère. Mais comme il insistait, elle finit, pour se débarrasser de lui, par avancer les lèvres comme il le lui indiquait, tout en riant, l'air désolé, puis en rougissant de contrariété parce qu'elle avait ri.

— Recommencez ! l'encouragea-t-il.

Tess était alors très sérieuse et elle essaya à nouveau jusqu'à ce qu'elle émette, par hasard, une note ronde. Le plaisir de la réussite l'emporta sur tous ses autres sentiments, ses yeux s'agrandirent, et elle lui sourit involontairement.

— Et voilà ! Maintenant que je vous ai montré comment faire, je suis sûr que vous allez y arriver à la perfection. Je vous ai dit que je ne m'approcherais pas, et bien qu'aucun homme n'ait subi pareille tentation, je tiendrai ma parole. Dites-moi, Tess, pensez-vous que ma mère est une vieille femme bizarre ?

— Je ne la connais pas encore vraiment bien, monsieur.

— Vous vous en rendrez bientôt compte. Elle doit l'être, en tout cas, pour vous demander d'apprendre à siffler à ses bouvreuils. Je ne suis pas dans ses petits papiers en ce moment, mais elle saura vous apprécier si vous vous occupez bien de ses bêtes. Je vous laisse. Si vous avez besoin d'aide, n'allez pas voir l'intendant. Venez me trouver.

Tess allait dès lors vivre ainsi, les expériences des jours suivants étant sensiblement identiques à celles de cette première journée. Elle s'habitua peu à peu à la présence d'Alec d'Urberville, se montrant moins timide avec lui, sans laisser naître pour autant quelque sentiment qui pourrait engendrer une timidité d'une autre sorte, plus tendre. Mais elle était plus malléable entre ses mains, puisqu'elle dépendait inévitablement de sa mère, et, étant donné la relative impuissance de cette dernière, de lui, par conséquent.

Elle s'aperçut bientôt que siffler aux bouvreuils dans la chambre de Mrs. d'Urberville n'était pas une tâche trop pénible. La vieille dame dormait dans un grand lit à colonnes, garni de lourds rideaux de damas, et les bouvreuils voletaient en toute liberté dans la pièce à certaines heures, souillant les meubles et les tapisseries. Un jour, alors qu'elle se tenait près de la fenêtre et donnait sa leçon quotidienne, elle entendit un bruissement derrière le lit. Mrs. d'Urberville n'était pas là et, en se retournant, Tess crut apercevoir le bout d'une paire de bottes sous la frange des rideaux. Son sifflement devint alors si décousu que l'importun, s'il y en avait un, comprit qu'elle se méfiait de sa présence. Elle inspecta les rideaux tous les matins par la suite, sans jamais découvrir qui que ce soit. Alec d'Urberville s'était évidemment ravisé, jugeant préférable de renoncer à son idée saugrenue et de ne pas effrayer la jeune fille par une embuscade de la sorte.

# 10

Tous les samedis soir, le travail fini, les habitants de Tantridge avaient pour habitude de se rendre à Chaseborough, un bourg à deux ou trois miles. Ils revenaient au petit matin et passaient le dimanche à dormir pour oublier les effets du curieux mélange qu'on leur avait vendu sous le nom de bière. Pendant longtemps, Tess ne se joignit pas à eux, mais sous la pression des mères de famille à peine plus âgées qu'elle, elle consentit à les suivre. Sa première sortie à Chaseborough lui procura plus de plaisir qu'elle ne se l'était imaginé, la gaieté des autres étant assez contagieuse après la monotonie de ses journées dans la basse-cour, et les semaines suivantes, elle y retourna. Étant gracieuse et à ce moment de la vie où une jeune fille se tient au seuil de la féminité, elle attirait souvent les regards des hommes dans les rues de Chaseborough. Aussi, bien qu'elle fît seule parfois le trajet jusqu'à la ville, elle attendait toujours ses camarades à la nuit tombée pour profiter de la protection de leur compagnie à son retour.

Un samedi soir de septembre, comme ses occupations l'empêchèrent de partir en même temps que les autres, elle arriva à Chaseborough, alors que la nuit approchait. Là, elle apprit que les paysans de Tantridge s'étaient tous rendus à une petite fête privée chez un botteleur de foin qui vivait dans un coin reculé du bourg. Elle cherchait son chemin pour les y retrouver quand son regard tomba sur Mr. d'Urberville, debout au coin de la rue.

— Eh bien, ma beauté, que faites-vous ici si tard ? demanda-t-il.

Elle lui expliqua qu'elle allait rejoindre ses amis pour rentrer.

— On se reverra plus tard ! lança-t-il par-dessus son épaule tandis qu'elle poursuivait sa route.

Lorsqu'elle approcha de la maison du botteleur, le son d'un violon lui parvint de la bâtisse située sur l'arrière, une construction sans fenêtre qui servait de remise. De la porte s'échappait un nuage de poussière éclairé par les bougies qui se trouvaient à l'intérieur. Elle s'avança et, quand elle regarda ce qui se passait au-dedans, elle ne vit que de vagues silhouettes qui s'agitaient dans tous les sens, le bruit de leur pas étant étouffé par l'épaisse couche des résidus de la tourbe qui y avait été entreposée. L'odeur de renfermé, mêlée à la transpiration et à la chaleur des danseurs qui toussaient et riaient en toussant, formait une sorte de pollen à la fois végétal et humain. De temps en temps, un couple sortait pour prendre l'air. Un garçon, assis sur un banc à l'extérieur, reconnut Tess et dit :

— Comme les jeunes filles ne trouvent pas respectable de danser au Flower-de-Luce, parce qu'elles n'aiment pas qu'on les voie avec leurs amoureux, on vient ici et on apporte à boire.

— Mais quand allez-vous rentrer ? demanda-t-elle.

— Bientôt. C'est la dernière danse.

Tess attendit. La musique cessa et quelques danseurs évoquèrent l'idée de partir, mais tous ne le souhaitant pas, une nouvelle danse démarra. Cela va bientôt finir, pensa Tess. Malheureusement, la danse fut suivie d'une autre, et d'une autre encore. Tess commença à s'agiter avec nervosité. Pourtant, ayant attendu si longtemps, elle ne pouvait qu'attendre.

— Ne t'inquiète donc pas, ma petite, dit un jeune homme entre deux quintes de toux, le visage luisant de sueur. À quoi bon se presser ? Demain, c'est dimanche et on pourra dormir pendant la messe ! Allez, viens danser avec moi !

Tess ne détestait pas danser, mais elle se refusait de danser ici. La cadence devint de plus en plus endiablée. Le violoniste, derrière une colonne de fumée, s'amusait à varier ses airs en jouant du mauvais côté du chevalet ou avec le dos de l'archet. Mais peu importait. Les danseurs tournoyaient.

Tout à coup, il y eut un choc sourd au sol : un couple était tombé, et le couple suivant, qui ne parvint pas à s'arrêter à temps, le heurta et tomba à son tour. Un nuage de poussière s'éleva des quatre danseurs à terre, dont les bras et les jambes s'emmêlaient.

Tess entendit alors éclater de rire dans son dos. Elle se retourna et vit le bout incandescent d'un cigare. Alec d'Urberville se tenait seul, dans l'ombre du jardin. Il lui fit signe et elle le rejoignit à contrecœur.

— Eh bien, ma beauté, que faites-vous ici ?

Elle était si fatiguée après sa longue journée et sa marche qu'elle se confia à lui, expliquant qu'elle attendait que quelqu'un rentre avec elle car elle craignait, la nuit, de ne pas reconnaître la route.

— Mais j'ai l'impression qu'aucun ne veut partir et j'ai peur de ne pas pouvoir attendre plus longtemps.

— Vous avez raison. Je n'ai qu'un cheval de selle mais retrouvez-moi au Flower-de-Luce, et je louerai une voiture pour vous reconduire.

Tess, quoique flattée, se méfiait toujours un peu de lui, et malgré l'heure, préférait rentrer avec ses compagnons. Aussi, le remercia-t-elle en lui répondant qu'elle ne voulait pas le déranger.

— Je leur ai dit que je les attendrais, ils ne comprendraient pas s'ils ne me voyaient pas.

— Très bien, Miss Indépendante, comme il vous plaira… Mon Dieu, mais quel raffut ils font !

Il était resté dans l'ombre, mais certains des villageois l'avaient aperçu, et sa présence les fit marquer une pause et constater que le temps filait. Sitôt que d'Urberville eut rallumé son cigare et se fut éloigné, ils se mirent à rassembler leurs affaires et, une demi-heure plus tard, alors que le carillon sonnait onze heures et quart, ils remontaient la petite route qui, au-delà de la colline, les conduisait chez eux.

Tandis qu'elle marchait au milieu de la petite troupe, passant de l'un à l'autre, Tess s'aperçut qu'à l'air frais de la nuit, les hommes titubaient légèrement, tout comme certaines femmes, parmi les plus insouciantes, dont Car Darch, l'ancienne favorite de d'Urberville. Pourtant, si lourdauds fussent-ils alors dans leur apparence à des yeux étrangers, eux se voyaient autrement. Ils allaient avec la sensation de flotter, possédés de pensées profondes et originales. Ils étaient aussi sublimes que la lune et les étoiles au-dessus ; et la lune et les étoiles brillaient de la même ardeur qu'eux.

Tess, cependant, avait déjà assisté à ce genre de comportement dans la maison de son père. L'expérience lui avait été si pénible qu'en découvrant dans quel état se trouvaient ses compagnons, le plaisir de cette promenade au clair de lune lui fut gâché. Mais elle ne pouvait se séparer d'eux, pour la raison déjà mentionnée.

Jusque-là, ils avaient marché en ordre dispersé, mais la route les faisait à présent traverser un champ clôturé, et ils durent se rassembler pour passer la barrière. Darch menait la troupe.

Elle portait un panier en osier sur la tête contenant les produits d'épicerie pour sa mère ainsi que d'autres achats qu'elle avait faits pour la semaine.

— Mais qu'est-ce qui glisse comme ça dans le dos de la Car Darch ? demanda quelqu'un dans le groupe.

Tous regardèrent la jeune femme et virent, le long de sa robe de coton, comme une sorte de corde qui lui descendait jusqu'à la taille.

— C'est ses cheveux qu'elle a dénoués, répondit un autre.

Ce n'était pas ses cheveux, mais un liquide noir et épais qui coulait de son panier, et qui brillait comme un serpent au clair de lune.

— C'est de la mélasse fit observer une mère de famille.

C'était effectivement de la mélasse. La pauvre Car Darch, sachant que sa grand-mère avait un faible pour cette sucrerie, en avait acheté un pot pour le lui offrir, et celui-ci s'était brisé.

Un éclat de rire s'éleva alors de tout le groupe tandis que la malheureuse s'élançait vers le pré qu'ils s'apprêtaient à traverser et se roulait dans l'herbe avec l'espoir de nettoyer sa robe du mieux possible. Le rire monta en puissance et Tess, qui jusqu'à présent était restée silencieuse, se joignit bientôt à l'hilarité générale.

Elle n'aurait pas dû, car à peine Car Darch reconnut-elle le rire de Tess que, mue par un sentiment de rivalité qui la fit voir rouge, elle se redressa et s'approcha de l'objet de sa haine.

— Comment que t'oses te moquer de moi, petite dévergondée ?

— Je n'ai pas pu m'en empêcher, les autres faisant de même, s'excusa Tess.

— Ha ! Tu te croyes mieux que nous, parce que t'es sa favorite en ce moment ! Mais attends de voir un peu, ma belle, attends de voir. J'en vaux deux comme toi ! Tiens, regarde !

Là-dessus, horrifiée, Tess la vit déchirer son corsage et dénuder sa poitrine rebondie, ses épaules et ses bras, puis serrer les poings, prête à lui régler son compte.

— Je refuse de me battre, déclara Tess, majestueusement. Et si j'avais su quel genre de femme tu es, je ne me serais pas abaissée à te fréquenter.

Cette remarque fit s'abattre sur la jolie et malheureuse Tess un torrent d'injures venant de toutes parts, et surtout d'une femme qui, ayant eu avec d'Urberville les mêmes relations que Car Dach, s'unit à celle-ci contre l'ennemie commune. Les autres femmes ne tardèrent pas à se joindre à elles, avec une animosité qu'aucune n'aurait été assez stupide de manifester si elles n'avaient pas fait ce soir de joyeuses libations. Trouvant qu'elles se montraient particulièrement injustes avec Tess, les maris et les jeunes galants tentèrent de ramener la paix en prenant sa défense, mais leurs efforts ne firent qu'attiser le feu de la guerre.

Tess était indignée. Peu lui importait à présent de rentrer seule. Elle ne pensait qu'à une chose : échapper à toute cette clique sans plus tarder, même si elle savait que les meilleurs d'entre eux se repentiraient dès le lendemain. Alors qu'elle faisait demi-tour pour retourner sur la route, un cavalier surgit en silence du coin de la haie qui bordait le champ, et Alec d'Urberville leur jeta à tous un regard.

— Quel est donc ce tapage, mes braves ? demanda-t-il.

On ne lui répondit pas tout de suite, mais en vérité, il ne cherchait pas vraiment à savoir ce qui s'était passé. Ayant entendu leurs voix, il s'était approché doucement et en apprit suffisamment pour satisfaire sa curiosité. Tess se tenait à l'écart du groupe, près de la barrière. Il se pencha vers elle.

— Grimpez derrière moi, murmura-t-il.

Tess crut qu'elle allait défaillir tant la situation mettait sa sensibilité à fleur de peau. N'importe quel autre jour, elle aurait refusé l'aide de d'Urberville, comme elle l'avait déjà refusée bien souvent. Mais la proposition venait au moment même où elle pouvait transformer sa peur et son indignation en un départ triomphal. Aussi, s'abandonnant à son impulsion, elle escalada la barrière, posa le pied sur celui de d'Urberville et se hissa à califourchon sur la selle derrière lui. Ils étaient déjà loin quand les fêtards comprirent qu'ils étaient partis.

# 11

Le couple chevaucha pendant un moment sans parler. Tess, encore haletante dans son triomphe, bien qu'à d'autres égards, elle fût assaillie par le doute, se cramponnait à Alec. Elle avait remarqué que le cheval n'était pas la fougueuse jument qu'il montait parfois, ce qui eut pour effet de la rassurer malgré sa position instable. Lorsqu'elle pria Alec de ralentir, celui-ci s'exécuta aussitôt de bonne grâce.

— C'était bien joué, n'est-ce pas, chère Tess, dit-il.

— Oui ! C'est sûr que je devrais vous remercier.

— Le ferez-vous ?

Elle ne répondit pas.

— Tess, pourquoi refusez-vous que je vous embrasse ?

— Parce que je ne vous aime pas.

— En êtes-vous certaine ?

— Je suis en colère contre vous parfois.

— Ah, je m'en doutais. Mais pourquoi ne m'en avez-vous rien dit ?

— Vous le savez très bien. Parce que je suis impuissante ici.

— Je ne vous ai pas souvent offensée en vous faisant la cour ?

— Quelquefois.

— Combien de fois ?

— Vous le savez aussi bien que moi… Trop souvent.

— Chaque fois que j'ai essayé ?

Elle garda le silence, et le cheval alla l'amble sur plusieurs miles jusqu'à ce qu'un faible brouillard, qui s'était étiré sur la vallée pendant toute la soirée, ne les enveloppât tout à fait. On aurait dit qu'il tenait le clair de lune en suspens, le rendant plus pénétrant que par temps dégagé. Fût-ce pour cette raison ou parce qu'elle avait l'esprit ailleurs ou s'assoupissait, Tess ne s'aperçut pas qu'ils avaient passé depuis longtemps la route menant à Tantridge.

Elle était extrêmement lasse. Levée à cinq heures tous les matins de la semaine et travaillant sans répit chaque jour, elle avait en plus ce soir-là parcouru à pied trois miles jusqu'à Chaseborough, attendu trois heures ses compagnons sans manger ni boire, puis avait ensuite marché un mile et demi avec eux avant que ne survienne la dispute qui l'avait fortement échauffée. Le coursier allant au pas, il était à présent presque une heure du matin. Une fois seulement, elle succomba au sommeil, et, dans ce moment d'oubli, sa tête reposa doucement contre Alec. D'Urberville arrêta le cheval, retira ses pieds des étriers, se retourna sur la selle et prit la jeune fille par la taille pour la soutenir. Son geste réveilla Tess qui, aussitôt sur la défensive, le repoussa. D'Urberville faillit perdre l'équilibre et évita de justesse de rouler à terre.

— Voilà qui est diablement méchant ! s'exclama-t-il. Je voulais juste vous empêcher de tomber.

Elle réfléchit, méfiante, puis, comprenant qu'il disait peut-être la vérité, elle répondit humblement :

— Je vous demande pardon, monsieur.

— Je ne vous accorderai mon pardon que si vous me montrez que vous avez confiance en moi. Grands dieux, que suis-je donc, pour être repoussé de la sorte par une gamine comme vous ! Depuis trois mois, vous traitez mes sentiments à la légère, vous m'évitez, vous me snobez. Je ne le supporte plus !

— Je partirai demain, monsieur.

— Non, vous ne partirez pas demain. Je vous le demande encore une fois, voulez-vous bien me prouver que vous croyez en moi en me laissant vous prendre par la taille ? Allez, il n'y a que nous et personne d'autre. Nous nous connaissons bien, et vous savez que je vous aime et que je pense que vous êtes la plus jolie fille au monde. Ne puis-je me comporter avec vous comme un amoureux ?

— Je ne sais pas, murmura-t-elle en s'agitant, mal à l'aise sur la selle. J'aimerais… comment pourrais-je répondre oui ou non quand…

Il régla la question en glissant un bras autour d'elle, comme il le désirait, et Tess n'émit plus aucune objection. Ils repartirent ainsi lentement jusqu'à ce que Tess se rende compte qu'ils chevauchaient depuis longtemps, bien plus longtemps qu'il n'était nécessaire pour parcourir le trajet depuis Chaseborough, et qu'ils n'allaient plus sur la route, mais suivaient un sentier.

— Où sommes-nous ? demanda-t-elle.

— Nous passons par un bois.

— Un bois ? Lequel ? Nous avons quitté la route.

— Nous sommes dans The Chase, la plus vieille forêt d'Angleterre. C'est une nuit délicieuse, pourquoi ne pas en profiter pour prolonger un peu notre promenade ?

— Comment avez-vous pu me tromper de la sorte ? s'écria Tess en lui tirant sur les doigts un par un pour se débarrasser de son bras. Au moment où je commençais à vous faire confiance et que je m'en voulais de vous avoir repoussé. Laissez-moi descendre ici. Je vais rentrer à pied.

— Vous ne pouvez pas rentrer à pied, chérie, même si le temps était plus clair. Nous sommes à des miles de Tantridge, et avec ce brouillard, vous risqueriez de vous perdre au milieu des arbres.

— Ce n'est pas grave. Laissez-moi descendre, s'il vous plaît. Peu m'importe où nous sommes, mais je vous en prie, monsieur, laissez-moi descendre.

— Très bien, mais à une condition. Puisque c'est moi qui vous ai conduit dans ce coin perdu, il est de ma responsabilité de vous reconduire saine et sauve chez vous, quoi que vous en pensiez. Quant à rentrer seule à Tantridge, c'est impossible. Pour tout vous dire, ma chère, à cause de ce brouillard qui transforme tout, je ne suis pas sûr de savoir moi-même où nous sommes. À présent, si vous me promettez d'attendre près du cheval pendant que j'explore ces buissons le temps de retrouver la route ou de tomber sur une maison, je vous laisse descendre ici. À mon retour, je vous donnerai toutes les indications, et si vous insistez pour rentrer à pied, vous rentrerez à pied. Sinon, je vous reconduirai. Comme il vous plaira.

Elle accepta ces conditions et glissa à terre mais pas avant qu'il ne lui ait volé un baiser. Il sauta à son tour de l'autre côté.

— Il faut que je tienne le cheval, j'imagine, dit-elle.

— Non, ce n'est pas nécessaire, répondit Alec en tapotant l'animal. Il a eu son compte pour ce soir.

Il tira le cheval vers les buissons, l'attacha à une branche puis ménagea une sorte de couche pour Tess dans l'épais tapis de feuilles mortes.

— Vous pouvez vous asseoir là, dit-il. Les feuilles ne sont pas encore mouillées. Jetez juste un coup d'œil au cheval de temps en temps, cela devrait suffire.

Il s'éloigna de quelques pas, puis revint, et dit :

— Au fait, Tess, votre père a eu un nouveau cob, aujourd'hui. Quelqu'un le lui a donné.

— Quelqu'un ? Vous !

D'Urberville hocha la tête.

— Oh, comme c'est gentil de votre part ! s'exclama-t-elle, douloureusement consciente de son embarras à le remercier à ce moment.

— Et les enfants ont eu des jouets.

— Je ne savais pas que vous leur aviez envoyé des cadeaux, murmura-t-elle, très émue. J'aurais presque préféré que vous n'en fassiez rien.

— Mais pourquoi ?

— Cela me gêne.

— Tessy… ne m'aimez-vous pas un tout petit peu maintenant ?

— Je vous suis reconnaissante, admit-elle à regret, mais je crains de ne pas…

Comprenant brusquement qu'il avait agi de la sorte par amour pour elle, elle éclata en sanglots tant elle était bouleversée.

— Ne pleurez pas, ma chérie, ne pleurez pas. Asseyez-vous là et attendez mon retour.

Elle obéit docilement et s'installa sur le tas de feuilles en frissonnant légèrement.

— Avez-vous froid ? demanda-t-il.

— Non… Un peu.

— Vous n'avez rien d'autre que cette robe de mousseline ?

— C'est ma plus jolie robe d'été. Il faisait chaud quand je suis partie, et je ne savais pas que j'irais à cheval tard dans la nuit.

— Les nuits sont fraîches en septembre. Voyons…

Il ôta le manteau qu'il portait et le lui posa tendrement sur les épaules.

— Voilà, vous aurez plus chaud maintenant, continua-t-il. Pour le moment, reposez-vous, ma jolie. Je reviens le plus vite possible.

Sur ces paroles, il s'enfonça dans les nuages de brume qui formaient à présent des voiles entre les arbres. Tess entendit le bruissement des feuillages tandis qu'il gravissait la pente, puis elle perçut un bruit à peine plus sonore que le sautillement d'un oiseau, et enfin plus rien du tout. Avec la lune qui se couchait, la lumière pâle s'atténua et Tess, devenue invisible, sombra dans la rêverie, sur le tapis de feuilles où il l'avait laissée.

Pendant ce temps, Alec d'Urberville avait grimpé la pente et tâchait de découvrir dans quelle partie de la forêt ils se trouvaient. Il avait, en fait, chevauché au hasard pendant plus d'une heure, prenant tous les détours qui se présentaient dans le seul but de prolonger sa promenade avec la jeune fille. Comme la pauvre petite avait besoin de se reposer, il ne se pressa pas, escalada la colline menant au vallon voisin, et arriva au bord d'une route qu'il reconnut. Il pouvait dès lors revenir sur ses pas. La lune était tout à fait couchée à présent, et à cause du brouillard, la forêt semblait plongée dans d'épaisses ténèbres. Il dut avancer les mains tendues devant lui pour éviter de se cogner aux branches et s'aperçut bientôt qu'il ne retrouvait pas l'endroit d'où il était parti. Il erra de gauche à droite, tourna en rond et finit par entendre un léger mouvement venant du cheval. Puis il se prit le pied dans la manche de son manteau.

— Tess ! appela-t-il.

Pas de réponse. L'obscurité était alors si profonde qu'il ne voyait rien hormis une pâle nébuleuse à ses pieds, qui n'était autre que la silhouette de mousseline blanche qu'il avait abandonnée sur le lit de feuilles mortes. Tout le reste se confondait avec la nuit. D'Urberville se pencha et perçut une respiration douce et régulière. Il s'agenouilla, se pencha encore plus près jusqu'à ce que le souffle de la dormeuse lui réchauffât le visage. L'instant d'après, il plaquait sa joue contre la sienne. Tess dormait profondément, et sur ses cils, perlait une larme.

La nuit et le silence régnaient autour d'eux et au-dessus, se dressaient les ifs et les chênes centenaires de la forêt où perchaient des oiseaux dans leur dernier somme avant le lever du jour, tandis qu'à terre, les lapins et les lièvres filaient furtivement.

Où était l'ange gardien de Tess, à ce moment-là ? peut-on se demander. Pourquoi faut-il que ce délicat tissu féminin, à la blancheur de neige, soit souillé d'une empreinte si grossière ? Et pourquoi faut-il que la grossièreté s'approprie la délicatesse, l'homme vil la femme, la femme vile l'homme ? On peut, certes, penser qu'un châtiment se dissimulait derrière le drame qui se jouait là. Sans nul doute, des ancêtres de Tess d'Urberville, revenant gaiement d'un combat, avaient fait subir semblable traitement, plus brutalement peut-être encore, à de jeunes paysannes. Mais si punir la faute des pères sur les fils s'applique aux dieux, cette morale est méprisée par le commun des mortels, et n'arrange par conséquent pas les choses.

« Cela devait être », dit-on avec fatalisme parmi les gens de la classe de Tess. Et c'est bien regrettable. Un abîme social incommensurable allait dès lors séparer la personnalité de notre héroïne de celle qui avait quitté la maison de sa mère pour tenter sa chance à Tantridge.

# Deuxième Partie

# La jeune fille n'est plus

# 12

Le panier était lourd et le ballot volumineux, mais elle les portait comme quelqu'un qui ne plaçait pas son fardeau dans les choses matérielles.

C'était un dimanche matin de la fin octobre, quatre mois environ après l'arrivée de Tess Durbeyfield à Tantridge, et quelques semaines après la promenade nocturne dans la forêt. Le jour venait de se lever et le soleil, à l'horizon, éclairait la crête vers laquelle elle se dirigeait et qu'elle allait devoir gravir pour atteindre son village natal. La côte était celle que d'Urberville lui avait fait descendre à un train d'enfer, en ce jour-là de juin. Tess grimpa les derniers mètres, et une fois arrivée au sommet, s'arrêta au bord de l'escarpement pour contempler le monde verdoyant et familier qui s'étendait devant elle, alors à moitié voilé par la brume. Le paysage était toujours le plus beau vu d'ici, et il était terriblement beau aujourd'hui aux yeux de Tess car, depuis la dernière fois qu'elle l'avait admiré, elle avait appris que le serpent siffle là où les oiseaux chantent, et cette leçon avait totalement changé son regard sur la vie. En vérité, elle n'était plus du tout la fille simple d'autrefois. Courbée sous le poids de ses pensées, elle se tint là, un instant, immobile, puis se retourna pour jeter un coup d'œil en arrière. Elle n'avait pas le courage de regarder devant elle, vers la vallée.

Sur la longue route blanche qu'elle venait de gravir, elle vit alors monter une voiture à deux roues, à côté de laquelle marchait un homme qui lui faisait signe d'attendre. Elle obéit sans chercher à réfléchir et l'homme la rejoignit quelques minutes plus tard.

— Pourquoi vous êtes-vous sauvée ainsi à la dérobée ? gronda d'Urberville, essoufflé. Un dimanche matin, qui plus est, quand tout le monde est au lit ! Je me suis aperçu de votre départ par hasard et j'ai dû aller à fond de train pour vous rattraper. Regardez l'état dans lequel est la jument ! Pourquoi vous en aller ainsi ? Vous saviez pourtant que personne ne vous en aurait empêchée ? Et à quoi bon rentrer à pied et vous encombrer d'une si lourde charge ? Je vous ai suivie comme un fou pour vous conduire en voiture le reste du chemin, si vous ne souhaitez pas revenir.

— Je ne reviendrai pas.

— Je m'en doutais. Allez, mettez vos affaires à l'arrière et laissez-moi vous aider.

Elle posa son panier et son ballot dans la voiture d'un air apathique et puis ils s'installèrent côte à côte sur le siège. Elle ne le craignait plus maintenant, mais la raison de sa confiance s'expliquait par son chagrin.

D'Urberville alluma machinalement un cigare et ils repartirent. Il avait oublié comme il s'était escrimé à l'embrasser l'été précédent, tandis qu'ils roulaient sur cette même route dans la direction opposée. Mais pas elle, et elle se tenait là telle une marionnette, répondant à ses questions par monosyllabes. Au bout de quelques miles, ils aperçurent le bosquet derrière lequel nichait le village de Marlott. Alors seulement, le visage de Tess manifesta-t-il quelque émotion, et une larme ou deux coulèrent le long de sa joue.

— Pourquoi pleurez-vous ? demanda d'Urberville froidement.

— Je pensais que je suis née là, murmura Tess.

— Nous sommes tous nés quelque part.

— J'aurais préféré ne jamais voir le jour. Ici ou ailleurs.

— Pft ! Si vous n'aviez pas envie d'aller à Tantridge, pourquoi être venue ?

Elle ne répondit pas.

— Vous n'êtes certainement pas venue par amour pour moi.

— Certainement pas. Si j'étais venue par amour pour vous, si je vous avais aimé, si je vous aimais encore, je ne me mépriserais ni me haïrais autant pour ma faiblesse ! J'ai été éblouie par vous pendant un temps, mais c'est tout.

Il haussa les épaules.

— Je n'ai compris que trop tard vos intentions, ajouta-t-elle.

— C'est ce que disent toutes les femmes.

— Comment osez-vous parler de la sorte ! s'écria-t-elle. Ne vous a-t-il jamais traversé l'esprit que ce que disent toutes les femmes, certaines peuvent le ressentir.

— Très bien, déclara-t-il en riant. Je suis désolé de vous avoir blessée. J'ai mal agi, je l'admets. Mais vous n'êtes pas obligée de me le rappeler sans arrêt. Je suis prêt à payer jusqu'au dernier centime. Vous savez que vous n'avez plus besoin de travailler dans les champs ou les laiteries, et que vous pouvez porter les plus jolies toilettes qui soient au lieu de vous habiller avec cette simplicité que vous affectez depuis quelque temps.

— Je vous ai dit que je n'accepterais plus rien de vous, et je n'accepterai plus rien. Je ne peux pas ! Je serais alors votre créature, et je m'y refuse.

— Avec vos manières, on pourrait penser que vous êtes une princesse en plus d'être et une vraie et authentique d'Urberville ! Ha, ha ! Eh bien, Tess, ma chère, je ne peux rien dire de plus. Je suppose que je suis un mauvais compagnon. Je suis né mauvais, j'ai mené une mauvaise vie et je mourrai probablement mauvais, mais je vous donne ma parole, Tess, que je ne serai plus jamais mauvais avec vous. Et s'il arrivait certaines circonstances – vous voyez de quoi je parle –, si vous êtes dans le besoin, si vous rencontrez la moindre difficulté, écrivez-moi, et je vous enverrai ce que vous me demandez. Je ne serai peut-être pas toujours à Tantridge… Je vais partir pour Londres pendant quelque temps, je ne supporte plus ma mère. Mais on fera suivre mon courrier.

Elle le pria à ce moment-là de ne pas la conduire plus avant et ils s'arrêtèrent juste sous le bosquet. D'Urberville sauta à terre et la prit dans les bras pour l'aider à descendre, puis il déposa ses affaires près d'elle. Elle s'inclina légèrement, laissant son regard s'attarder un instant sur le sien, puis elle ramassa son panier et son ballot, et se détourna pour partir.

Alec d'Urberville ôta son cigare, se pencha vers elle et dit :

— Vous n'allez pas vous sauver comme ça ! Approchez !

— Si vous le souhaitez, répondit-elle avec indifférence. Vous avez vu comme vous êtes devenu mon maître.

Elle leva le visage vers lui et demeura de marbre pendant qu'il imprimait un baiser sur sa joue, moitié sans conviction, moitié comme si la saveur n'en avait pas tout à fait disparu. Pendant ce temps, Tess fixait les lointains arbres du chemin, comme si elle était à peine consciente de ce qu'il faisait.

— L'autre joue, à présent. En souvenir du bon vieux temps.

Elle tourna le visage du même air passif, comme on pourrait tourner la tête à la demande d'un peintre ou d'un coiffeur, et il l'embrassa une seconde fois, effleurant de ses lèvres sa peau moite et fraîche comme la peau des champignons dans les prés alentour.

— Vous ne me présentez pas votre bouche et ne me rendez pas mon baiser. Vous n'avez jamais voulu faire cela… Vous ne m'aimerez jamais, je le crains.

— Je l'ai dit souvent, et c'est vrai. Je ne vous ai jamais vraiment aimé, et je crois que je ne vous aimerai jamais. Peut-être que vous mentir me ferait du bien maintenant, ajouta-t-elle tristement, mais s'il me reste peu d'honneur, il m'en reste suffisamment pour ne pas vous mentir. Si je vous aimais, j'aurais les meilleures raisons de la terre pour vous le dire. Mais je ne vous aime pas.

Il lâcha un soupir laborieux, comme si la scène devenait trop pesante à son cœur, ou à sa conscience, ou à sa prétention à la distinction.

— Vous êtes d'une mélancolie absurde, Tess. Il est inutile que je vous flatte maintenant, aussi puis-je vous dire en toute franchise que vous n'avez pas besoin d'être triste. Votre beauté surpasse celle de toutes les femmes de cette région, nobles ou pas, et je vous le dis en homme pratique qui vous veut du bien : ayez la sagesse de la montrer au monde plus que vous ne le faites, car un jour, elle se fanera… Mais, oh, Tess, ne voulez-vous pas me revenir ? Je n'aime pas vous laissez partir ainsi !

— Jamais ! Jamais ! J'ai pris ma décision dès que j'ai vu… ce que j'aurais dû voir plus tôt. Je ne reviendrai pas.

— Dans ce cas, bien le bonjour, ma cousine de quatre mois.

Il sauta prestement sur le siège de la voiture, arrangea les rênes et disparut entre les haies de baies rouges.

Tess ne le suivit pas du regard mais s'en alla lentement le long de la route. Il était encore tôt, et bien que le soleil commençât tout juste à se dégager de la colline, ses rayons éclairaient plus qu'ils ne réchauffaient. Il n'y avait pas une âme alentour. Le triste mois d'octobre et Tess, encore plus triste, semblaient seuls hanter le chemin.

Au bout d'un moment, cependant, un bruit de pas se fit entendre derrière elle, le pas d'un homme ; étant donné l'allure à laquelle celui-ci avançait, il la rejoignit et la salua avant même qu'elle n'eût conscience de sa proximité. Avec son pot de peinture rouge qu'il tenait à la main, elle se dit que ce devait être un artisan. Il lui proposa de porter son panier, ce qu'elle accepta, et il se mit à marcher à son côté.

— Il est bien tôt pour être debout un dimanche matin, dit-il gaiement.

— Oui, répondit Tess.

— Quand la plupart des gens se reposent de leur semaine de labeur. Personnellement, je travaille plus aujourd'hui que les autres jours de la semaine.

— Vraiment ?

— Toute la semaine, je travaille pour la gloire de l'homme, et le dimanche, je travaille pour la gloire de Dieu. C'est une tâche bien plus réelle que l'autre, pas vrai ? Ah, j'ai quelque chose à faire sur cet échalier.

L'homme, tout en parlant, s'était tourné vers une clôture qui barrait l'entrée d'un pré.

— Si vous voulez bien m'attendre, je n'en ai pas pour longtemps.

Comme il avait gardé son panier, elle ne put faire autrement qu'accepter, et elle le vit poser son panier et le pot de peinture puis, après avoir trempé un pinceau dans le pot, se mettre à peindre de grandes lettres capitales sur la planche centrale de la clôture, plaçant une virgule entre chaque mot comme pour leur donner le temps de pénétrer dans le cœur du lecteur :

*TA, PERDITION, NE, SOMMEILLE, PAS.*

*Deuxième épitre de saint Pierre, II, 3*

Contre le paysage paisible, les teintes pâles des taillis, le bleu de l'horizon et le bois recouvert de lichen, ces mots tracés en vermillon brillaient d'un vif éclat et semblaient s'adresser à Tess avec une violence accusatrice : on aurait dit que l'homme, pourtant un étranger, était au courant de son passé récent.

Une fois qu'il eut fini, il ramassa le panier et ils repartirent sur le chemin.

— Croyez-vous aux paroles que vous peignez ? demanda timidement Tess.

— Si je crois à ces paroles ? Est-ce que je crois à ma propre existence ?

— Et si…, continua-t-elle d'une voix craintive, vous n'êtes pas responsable de votre péché ?

Il secoua la tête.

— Je ne peux pas couper les cheveux en quatre sur cette brûlante question, répondit-il. J'ai parcouru des centaines de miles l'été dernier pour peindre ce genre de paroles sur tous les murs, les portes et les clôtures que je croisais. Je laisse aux gens qui les lisent le soin de les appliquer.

— Je les trouve affreuses ! Elles peuvent accabler et tuer.

— Mais c'est à cela qu'elles servent ! répliqua-t-il. Vous devriez lire les plus virulentes. Je les garde pour les quartiers mal famés et les ports. Elles sont à vous faire tressaillir. Ah, voici un joli mur blanc, près de cette grange. Il faut que j'en peigne une ici. Elle pourrait servir à de jeunes femmes dangereuses comme vous. Vous voulez bien m'attendre ?

— Non, déclara Tess et, reprenant son panier, elle poursuivit son chemin.

Après quelques mètres, elle se retourna. Le vieux mur commençait à briller des mêmes lettres que la clôture et

Tess lut, avec une soudaine rougeur aux joues, le début de la phrase :

*TU, NE, COMMETTRAS, PAS*

Voyant qu'elle s'était arrêtée pour le regarder, l'homme s'écria :

— Si vous voulez vous éclairer sur des choses d'aussi grande importance, un homme très fervent va donner un prêche aujourd'hui dans la paroisse où vous allez. Mr. Clare, d'Emminster. Je ne suis pas de sa confession, mais c'est un homme bon et il vous expliquera tout, aussi bien que n'importe quel autre pasteur. C'est grâce à lui que je me suis lancé dans ma mission.

Mais Tess ne répondit pas et reprit sa marche, les yeux fixés au sol.

— Peuh ! Je ne crois pas que Dieu ait dit des choses pareilles, murmura-t-elle quand sa rougeur eut disparu.

En apercevant tout à coup un panache de fumée s'élever de la cheminée de son père, le cœur de Tess se serra, mais, quand elle passa le seuil de la maison et vit dans quel état était l'intérieur, il se serra davantage. Sa mère venait de descendre, et allumait dans la cheminée des écorces de chêne sous la bouilloire. Quant à ses frères et sœurs, ils étaient encore en haut, tout comme son père. On était dimanche et il se sentait autorisé à rester une demi-heure de plus au lit.

— Hé ! Ma petite Tess, s'écria Joan, surprise, en se redressant d'un bond pour embrasser sa fille. Comment vas-tu ? Je ne t'ai point vue arriver. Es-tu rentrée pour te marier ?

— Non, je ne suis pas rentrée pour cela, mère.

— Pour prendre un peu de repos, alors ?

— Oui, pour prendre du repos, un long repos.

— Comment ? Ton cousin ne va-t-il point faire la jolie chose ?

— Ce n'est pas mon cousin et il ne va pas m'épouser.

Joan plissa les yeux.

— Viens, tu vas tout me raconter, dit-elle.

Tess se blottit dans les bras de sa mère, enfouit son visage dans son cou et raconta.

— Et tu n'as point fait en sorte qu'il te mette la bague au doigt ! s'écria-t-elle. N'importe quelle femme y serait parvenue, sauf toi !

— Oui, peut-être.

— Cela aurait été au moins quelque chose comme une histoire à raconter à ton retour, continua Mrs. Durbeyfield, des larmes de contrariété plein les yeux. Avec tout ce qu'on a entendu sur vous deux, qui aurait dit que ça se terminerait de la sorte ? Pourquoi n'as-tu point pensé à faire plaisir à ta famille au lieu de ne penser qu'à toi ? Vois comme je dois travailler comme une esclave, et ton pauvre père, l'est si faible avec son cœur encrassé comme une poêle à frire. Je croyions vraiment qu'il en ressortirait quelque chose de tout ça ! Quel joli couple vous formiez, toi et lui, le jour où que vous êtes partis tous les deux ! Regarde ce qu'il nous a donné, et nous, on pensait que c'était parce qu'on appartenait à la même famille. Mais si c'est point le cas, c'est qu'il a agi par amour pour toi. Et toi, tu n'as point su te faire épouser !

Se faire épouser par Alec d'Urberville. Lui, l'épouser ! Jamais il n'avait parlé de mariage. Mais sa sotte de mère ne savait rien des sentiments qu'elle éprouvait alors pour cet homme. Peut-être était-ce étrange, étant donné les circonstances, malencontreux, inconcevable, mais c'était ainsi, et, comme elle l'avait dit, c'était à cause de tout cela qu'elle se détestait. Elle n'avait jamais vraiment tenu à lui, et ne tenait plus du tout à lui à présent. Elle l'avait craint, avait frémi en sa présence, succombé face à son habilité à tirer profit de son impuissance ; puis, un temps aveuglée par ses belles manières, elle s'était abandonnée à lui pour ressentir ensuite à son égard mépris et dégoût, et finir par fuir. C'était tout. Elle ne pouvait complètement le haïr, mais il n'était que poussière et cendres à ses yeux, et même pour sauver sa réputation, elle ne souhaitait pas l'épouser.

— Tu aurais dû être plus prudente si tu ne voulais point qu'y fasse de toi sa femme.

— Oh, mère, mère ! pleura la jeune fille, dans les affres de l'angoisse. Comment aurais-je pu savoir ? J'étais une enfant quand je suis partie il y a quatre mois. Pourquoi ne m'avez-vous pas dit qu'il y avait du danger auprès des hommes ? Pourquoi ne m'avez-vous pas prévenue ? Les dames savent contre quoi se défendre parce qu'elles lisent des livres qui leur parlent de cela mais je n'ai pas eu l'occasion d'apprendre, et vous ne m'avez pas aidée.

Joan perdit de sa véhémence.

— J'avions peur qu'en te parlant de son inclination pour toi et ce à quoi elle pouvait mener, tu aurais été désagréable avec lui et aurais laissé passé ta chance, murmura-t-elle en s'essuyant les yeux avec son tablier. Eh bien, nous allons devoir nous en accommoder, j'imagine. C'est la nature, après tout, et la volonté de Dieu.

# 13

Le retour de Tess Durbeyfield du château de sa prétendue parente fit bientôt le tour du village. Dans l'après-midi, plusieurs jeunes filles de Marlott, d'anciennes camarades de classe et connaissances de Tess, passèrent la voir. Puisqu'elles rendaient visite à une personne s'étant élevée socialement, du moins le croyaient-elles, elles portaient pour l'occasion leurs plus belles robes, qu'elles avaient soigneusement empesées et repassées. Assises en cercle dans la pièce, elles regardaient Tess avec une vive curiosité. En vérité, parce que ce cousin au trente et unième degré, ce Mr. d'Urberville qui était tombé amoureux d'elle, avait la réputation d'être un galant impénitent et un bourreau des cœurs, la position supposée de Tess les fascinait bien plus par le péril même auquel elle était exposée que si elle n'avait couru aucun risque.

Leur intérêt était si profond qu'elles se dirent à voix basse, dès que Tess eut le dos tourné :

— Comme elle est jolie, et comme cette belle robe la met en valeur. Elle doit coûter une fortune, et c'est lui qui la lui a offerte.

Tess, qui se trouvait dans le coin de la pièce, n'entendit pas. L'eût-elle fait qu'elle aurait aussitôt détrompé ses camarades. Mais sa mère, elle, entendit, et dans sa vanité, puisqu'elle s'était vu refuser l'espoir d'un beau mariage, se contenta de l'idée d'une belle amourette. Dans l'ensemble, elle était flattée, même si un triomphe aussi limité et évanescent nuisait à la réputation de sa fille. Qui sait, cela pouvait encore se terminer par un mariage, et face à l'admiration des visiteuses, elle les invita à rester prendre le thé.

Leur bavardage, leurs rires, leur bonne humeur et surtout leurs regards pleins d'envie, remontèrent aussi le moral de Tess, et à mesure que la soirée avançait, elle se laissa gagner par leur excitation et leur gaieté. Son visage se détendit, elle retrouva son pas léger d'autrefois et toute la beauté de sa jeunesse.

Le lendemain matin, en revanche, quand elle se réveilla seule dans son lit, le découragement s'abattit sur elle. Au lieu de l'animation et de l'intérêt qu'avait éveillés son retour, elle voyait devant elle une longue route de pierre qu'elle allait devoir suivre, sans aide, et avec bien peu de compassion. Son désespoir était si grand qu'elle aurait pu se cacher dans une tombe.

Au bout de quelques semaines, Tess se ressaisit cependant suffisamment pour se montrer à l'église un dimanche matin. Mais afin d'échapper aux regards et aux galanteries des jeunes hommes, elle s'assit tout au fond. Pendant l'office, cependant, les paroissiens lui jetèrent des coups d'œil et chuchotèrent entre eux. Tess, qui savait ce qu'ils se disaient, en eut le cœur brisé et décida qu'elle ne retournerait plus à l'église.

La chambre qu'elle partageait avec ses frères et sœurs devint dès lors plus que jamais sa retraite. Là, elle regardait le vent souffler, la neige et la pluie tomber, les somptueux couchers de soleil et la succession des pleines lunes. Elle s'y enfermait si souvent qu'à la fin, les gens crurent qu'elle était repartie.

Tess ne sortait que le soir, à l'heure du crépuscule. C'était là, dans les bois, que sa solitude lui pesait le moins, quand la détresse d'être en vie s'atténue jusqu'à n'être plus perceptible.

Elle n'avait pas peur des ténèbres ; elle ne songeait qu'à fuir le monde, si terrible pris globalement, et si peu formidable, si pitoyable même dans le détail.

Au milieu des collines et des vallées solitaires, elle allait d'un pas tranquille, en harmonie avec la nature qui l'entourait, et sa silhouette souple et furtive finit par faire partie intégrante du paysage. Le vent qui gémissait entre les bourgeons et l'écorce des ramilles hivernales résonnait à ses oreilles comme d'amers reproches. Un jour pluvieux était l'expression de la douleur irrémédiable qu'elle éprouvait face à son impuissance devant une conception de la morale qu'elle ne pouvait plus associer au Dieu de son enfance. Mais ce monde, dont elle créait elle-même les personnages, fondé sur des bribes de convention, peuplé de fantômes aux voix antipathiques, était une création fausse et malheureuse de son imagination. C'étaient eux qui n'étaient pas en harmonie avec l'univers, pas elle. Tandis qu'elle marchait parmi les oiseaux endormis dans les haies, qu'elle regardait les lapins de garenne qui couraient au clair de lune ou qu'elle se tenait sous une branche où perchait un faisan, elle se considérait comme l'incarnation de la culpabilité dans le royaume de l'innocence. Elle faisait une différence, alors qu'il n'y en avait pas, elle se sentait en antagonisme, alors qu'elle était en accord. On l'avait forcée à violer une loi sociale acceptée par les hommes, mais la nature où elle se croyait une anomalie ne connaissait pas cette loi.

# 14

C'était un lever de soleil brumeux du mois d'août. Deux groupes, l'un composé d'hommes et de jeunes garçons, l'autre de femmes, descendaient le sentier à l'heure où l'ombre de la haie située à l'est tombait à mi-hauteur sur la haie opposée, de sorte qu'ils avaient la tête au soleil tandis que leurs pieds baignaient encore dans les premières lueurs du jour. Puis ils disparurent entre les deux bornes qui flanquaient la barrière menant au champ. Peu de temps après, on entendit un bruit de stridulation, semblable au chant d'amour de la sauterelle. La moissonneuse, amenée dans le champ la veille, avait commencé son travail, et on pouvait l'apercevoir par-dessus la barrière, le conducteur assis sur l'un des trois chevaux, son assistant sur le siège de la machine.

Ils allaient le long d'un côté du champ, les bras de la moissonneuse mécanique tournant lentement, puis s'évanouissant en bas de la colline. Une minute plus tard, ils remontaient de l'autre côté et avançaient du même mouvement égal. La moissonneuse laissait les épis par terre en petits tas, dont chacun avait la taille requise pour former une gerbe, et les lieurs suivaient derrière. Parmi eux, les femmes étaient les plus intéressantes, sans nul doute à cause du charme qu'elles acquièrent quand elles deviennent partie intégrante de la nature, et ne sont plus un simple objet qui se trouve là comme en temps normal. Un homme qui travaille aux champs est une personnalité étrangère ; une femme qui travaille aux champs est une partie du champ, elle est comme sortie d'elle-même, elle s'imprègne de son environnement, elle s'y assimile.

Elles portaient toutes des chapeaux en coton aux larges bords qui les protégaient du soleil et des gants pour ne pas se blesser les mains avec le chaume. L'une avait une camisole rose pâle, l'autre une robe couleur crème, et une autre encore un jupon rouge. Les plus âgées étaient vêtues de l'ancien costume, plus approprié aux travaux des champs mais que la jeunesse délaissait.

Ce matin, les regards reviennent involontairement vers la fille en camisole de coton rose, car elle a la taille la plus ondoyante et la silhouette la mieux faite de toutes. Mais son chapeau est si rabattu sur son front qu'on ne voit pas son visage tandis qu'elle lie les gerbes. Peut-être attire-t-elle l'attention tout simplement parce qu'elle ne la cherche pas, tandis que les autres femmes ne cessent de promener leurs yeux alentour. Elle travaille avec la monotonie d'une horloge. Une fois une gerbe finie, elle en retire une poignée d'épis qu'elle tapote avec le plat de sa main pour les égaliser. Puis, se baissant, elle avance, rassemble le blé à deux mains contre ses genoux, pousse sa main gauche sous la botte jusqu'à ce qu'elle rencontre sa main droite de l'autre côté, et serre le blé contre elle comme dans une étreinte amoureuse. Elle rapproche les bouts et s'agenouille sur la gerbe tout en la liant, rabattant de temps en temps sa jupe quand le vent la soulève. Un peu de son bras nu est visible entre son gant de cuir et la manche de sa robe, et à mesure que la journée s'écoule, le chaume scarifie sa peau blanche et douce, et la fait saigner. Régulièrement, elle se redresse pour se reposer et rattacher son tablier, ou bien pour remettre son chapeau droit. On peut alors voir le visage ovale d'une belle jeune femme aux yeux noirs et aux longues tresses. Elle a les joues plus pâles, les dents plus régulières, les lèvres plus fines qu'elles ne le sont d'habitude chez une fille élevée à la campagne.

C'est Tess Durbeyfield, alias d'Urberville, quelque peu changée – la même, mais pas tout à fait la même – vivant ici, à ce moment-là de son existence, comme une étrangère alors que cette terre ne lui était pas étrangère. Après une longue réclusion, elle s'était décidée à chercher du travail dans son village natal ; c'était la saison la plus active de l'année dans le monde agricole, et faire la moisson était bien plus rémunérateur que ce à quoi elle pouvait s'occuper à la maison.

Les gestes des autres femmes étaient plus ou moins semblables à ceux de Tess. On les voyait se rassembler comme les danseuses d'un quadrille lorsqu'elles terminaient une gerbe puis la poser contre celles des autres jusqu'à former des tas de dix à douze bottes.

Juste avant onze heures, un groupe d'enfants, âgés de six à quatorze ans, surgit derrière le renflement de la colline. Tess, qui jetait de temps en temps un coup d'œil dans cette direction, rougit légèrement, sans pour autant faire de pause. L'aînée des enfants, les épaules couvertes d'un châle triangulaire, portait dans les bras ce qui, à première vue, ressemblait à une poupée, mais était en fait un bébé. Un autre apportait à déjeuner. Les moissonneurs arrêtèrent de travailler, sortirent leurs provisions, s'assirent contre un tas de gerbes et commencèrent à manger.

Tess fut l'une des dernières à s'interrompre et elle s'installa au bout du tas de gerbes. Dès qu'elle eut étalé son repas devant elle, elle appela la fille au châle, qui n'était autre que sa sœur, Liza-Lu, et lui prit le bébé des bras. Ravie d'être ainsi débarrassée de son fardeau, celle-ci s'en alla aussitôt rejoindre les autres enfants qui jouaient un peu plus loin. D'un mouvement furtif, bien que courageux, et les joues plus empourprées encore, Tess dégrafa alors son corsage et allaita le nourrisson. Les hommes, assis le plus près d'elle, eurent la délicatesse de se détourner, tandis que les femmes se mirent à bavarder avec animation tout en rattachant leurs cheveux.

— Elle l'aime, ce petit, même si elle prétend le contraire et qu'elle dit qu'elle aurait préféré qu'ils soient morts et enterrés tous les deux, observa une des femmes. Ah, c'est mille fois dommage que ça lui soit arrivé à elle ! Enfin, elle n'en reste pas moins la plus belle !

Oui, c'était mille fois dommage, en vérité. N'importe quel observateur, même hostile, n'aurait pu penser autrement en voyant Tess, assise là, avec sa bouche comme une fleur et ses grands yeux tendres, ni noirs, ni bleus, ni gris, ni violets, mais plutôt de toutes ces couleurs et de cent autres encore qu'on découvrait en regardant ses iris – nuance après nuance, teinte après teinte – autour de ses pupilles sans fond.

Une décision qui l'avait surprise elle-même l'avait poussée à aller aux champs cette semaine pour la première fois depuis de longs mois. Après avoir usé son cœur palpitant à force de regret, le bon sens l'avait éclairée : elle comprit qu'il était temps qu'elle se rende de nouveau utile, qu'elle goûte à nouveau, et à n'importe quel prix, la douceur de l'indépendance. Le passé était passé, et quelles que soient ses conséquences, le temps y mettrait un terme. Dans quelques années, elles sembleraient même n'avoir jamais existé, et Tess serait sous terre et oubliée. En attendant, les arbres étaient aussi verts qu'autrefois, les oiseaux chantaient et le soleil brillait avec le même éclat. Le monde qu'elle connaissait ne s'était pas assombri à cause de son chagrin, ni n'avait souffert à cause de sa peine.

Elle aurait pu se rendre compte que ce qui la faisait courber la tête était fondé sur une illusion – la pensée que le monde se souciait de sa situation. Mais elle n'était une existence, une expérience, une passion, un ensemble de sensations pour personne, excepté pour elle-même. Dans l'esprit de tous ceux qui la côtoyaient, elle ne demeurait du reste pas plus longtemps qu'une pensée fugitive. Même aux yeux de ses amies, qui pourtant songeaient souvent à elle, elle ne représentait pas plus. Si elle se faisait une vie misérable, on ne disait pas plus que : « Ah, elle se rend malheureuse. » Et si elle essayait d'être gaie, de renvoyer ses soucis, de prendre du plaisir dans la lumière du jour, les fleurs, le bébé, on disait alors : « Ah, elle le supporte bien. »

Seule dans un désert, aurait-elle été anéantie par ce qui lui était arrivé ? Pas vraiment. Si elle avait été créée pour se découvrir femme sans mari, avec aucune expérience de la vie hormis celle d'être la mère d'un enfant sans nom, sa situation lui aurait-elle causé du désespoir ? Non, elle l'aurait acceptée calmement, et y aurait trouvé des sources de joie. Sa misère venait en grande partie des conventions qu'elle s'imposait, et non de ses instincts naturels. Quel que fût son raisonnement, un certain courage l'incita à s'habiller avec autant de soin qu'autrefois et à s'en venir aux champs, la main-d'œuvre étant fortement demandée à cette époque. C'est pourquoi elle se comportait avec autant de dignité et regardait calmement les gens droit dans les yeux, même quand elle tenait son enfant dans les bras.

Les moissonneurs se levèrent, s'étirèrent et éteignirent leurs cigarettes. Les chevaux, qui avaient été dételés et nourris, furent rattachés à la machine. Tess, ayant rapidement mangé son repas, fit signe à sa sœur de venir chercher le bébé, reboutonna son corsage, réenfila ses gants et se pencha de nouveau pour tirer un lien de la dernière gerbe afin de s'en servir pour la suivante.

Le travail se poursuivit dans l'après-midi et la soirée, et Tess resta avec les moissonneurs jusqu'à l'heure du crépuscule. Ils rentrèrent tous chez eux, dans l'une des plus grandes charrettes sous une large lune. Les compagnes de Tess chantaient et semblaient contentes de la revoir parmi elles, bien qu'elles ne pussent s'empêcher de glisser malicieusement dans leurs chansons quelques paroles d'une ballade à propos de la jeune fille qui s'en était allée au bois verdoyant pour en revenir dans un état tout autre. Il existe des compensations dans la vie ; et la mésaventure de Tess, qui servait aux autres d'avertissement social, faisait d'elle également, pour bien des gens, la personne la plus intéressante du village. Aussi, gagnée par les témoignages d'amitié de ses compagnes et par leur entrain, elle en devint presque gaie.

Mais alors que sa peine s'atténuait, une autre, qui ne connaissait pas de loi sociale, la frappa dans sa chair même. Tess arriva en effet chez elle pour découvrir, atterrée, que le bébé était brusquement tombé malade dans l'après-midi. La chose était à craindre, étant donné sa constitution bien fragile. Néanmoins, ce fut un choc pour elle.

La fille-mère oublia l'offense que son enfant avait faite à la société en venant au monde, et souhaitait par-dessus tout la prolonger en préservant sa vie. Cependant, il devint bientôt évident que l'heure de libérer ce petit prisonnier de son corps était arrivée plus tôt qu'elle ne l'avait présagée dans ses pires inquiétudes. Quand elle l'eut compris, elle sombra dans un désespoir plus profond que celui de la simple perte de son enfant. Son bébé n'était pas baptisé.

Tess avait fini par adopter un état d'esprit qui la faisait accepter passivement le fait que, si elle devait brûler pour ce qu'elle avait commis, qu'elle brûle, et l'affaire serait close. Comme toutes les filles du village, elle était très versée dans les Écritures saintes et savait quelles conclusions en tirer. Mais quand la question se posa pour son bébé, elle ne considéra plus du tout les choses de la même façon. Son enfant chéri allait mourir et le salut lui serait défendu.

Bien que l'heure du coucher fût proche, elle se précipita en bas et demanda si on pouvait faire appeler le pasteur. John Durbeyfield, qui revenait de chez Rolliver, se trouvait alors plus que jamais convaincu de l'antique noblesse de sa famille, et blessé par le déshonneur que Tess avait infligé à cette noblesse. Aucun pasteur ne franchirait le seuil de sa maison pour mettre le nez dans leurs affaires, déclara-t-il, quand, par sa faute à elle, on devait les cacher. Il ferma la porte à double tour et mit la clé dans sa poche.

Toute la famille alla se coucher, et Tess, désespérée, se retira à son tour. Mais elle ne parvint pas à trouver le sommeil, et au milieu de la nuit, découvrit que l'enfant était au plus mal. De toute évidence, il se mourait. L'horloge sonna une heure, cette heure où l'imagination perd la raison et où toutes sortes de possibilités effrayantes se présentent à soi avec la certitude des faits. Elle vit son enfant relégué dans le coin le plus profond de l'enfer où il était doublement condamné, faute de baptême et de légitimité ; elle vit le Malin le retourner avec sa fourche à trois dents, comme celle qu'ils utilisaient pour chauffer le four les jours de cuisson ; elle compléta ce tableau avec toutes sortes de tortures pittoresques et curieuses. Cette horrible vision affecta tant son imagination dans le silence de la maisonnée endormie que sa chemise de nuit en fut trempée de sueur et que son lit tremblait à chaque battement de son cœur.

L'enfant avait de plus en plus de difficultés à respirer et l'angoisse de sa mère s'accrut. Il était inutile de couvrir la pauvre petite chose de baisers. Ne supportant plus de rester au lit, elle se leva et se mit à arpenter la pièce.

— Oh, Dieu miséricordieux, ayez pitié de mon bébé ! pleura-t-elle. Accablez-moi de toute la colère qu'Il vous plaira, je l'accepterai de bonne grâce, mais par pitié, épargnez mon enfant.

Elle s'appuya contre la commode et murmura longtemps d'incohérentes supplications puis, brusquement, se redressa.

— Mais peut-être puis-je sauver mon bébé ! Peut-être cela reviendra-t-il au même ?

Elle alluma alors une bougie et alla réveiller ses jeunes frères et sœurs. Tirant la cuvette de façon à passer derrière, elle y versa l'eau d'une cruche, et leur demanda de s'agenouiller autour et de se donner la main. Tandis que les enfants, à moitié endormis, impressionnés par les manières de leur sœur, demeurèrent dans cette position, elle prit le bébé dans les bras et se tint debout avec lui près de la cuvette. Sa sœur cadette lui présenta le livre de prières ouvert comme l'enfant de chœur au pasteur, et Tess se mit en devoir de baptiser son bébé.

Elle paraissait singulièrement grande et imposante dans sa chemise de nuit blanche, une longue et épaisse tresse noire tombant toute droite dans son dos jusqu'à sa taille. Les petits, agenouillés devant elle, clignant des yeux, empreints d'un sentiment d'émerveillement que leurs corps à moitié ensommeillés empêchaient de bouger, attendirent qu'elle soit prête. Le plus impressionné de tous demanda :

— Tu vas vraiment le baptiser, Tess ?

— Oui.

— Comment va-t-il s'appeler ?

Elle n'y avait pas réfléchi, mais un nom suggéré par une phrase du livre de la Genèse lui venant à l'esprit, elle déclara :

— Chagrin. Chagrin, je te baptise au nom du Père, du Fils et du Saint-Esprit.

Elle répandit l'eau et il y eut un silence.

— Dites Amen, les enfants.

Les petites voix répétèrent docilement :

— Amen.

Puis Tess poursuivit :

— Nous recevons cet enfant et le signons du signe de la croix.

Là, elle trempa la main dans la cuvette et, du bout de l'index, dessina avec ferveur une croix sur le bébé. L'extase de la foi illuminait son visage d'un éclat radieux et soulignait le milieu de chacune de ses joues d'une tache rouge, tandis que la flamme de la bougie, qui se reflétait à l'envers dans ses pupilles, brillait tel un diamant.

Ainsi mourut Chagrin, l'enfant non désiré, l'intrus, le bâtard, fruit d'une nature éhontée qui ne respecte aucune loi sociale. Un pauvre petit malheureux pour qui l'éternité ne s'était résumée qu'à quelques jours à peine, qui ignora l'existence même des années et des siècles, pour qui l'intérieur de la chaumière représentait l'univers, la température de la semaine, le climat, la toute première enfance, la vie et l'instinct de téter, la connaissance.

Tess, qui réfléchissait beaucoup à ce baptême, se demandait s'il était suffisant, du point de vue de la doctrine, pour assurer un enterrement religieux à son enfant. Seul le pasteur de la paroisse pouvait répondre à sa question, mais il était nouveau venu et ne la connaissait pas. Elle se rendit chez lui, à la tombée du jour, et se tint devant sa porte sans trouver le courage d'entrer. Elle aurait sans doute renoncé à son projet si elle ne l'avait rencontré par hasard sur le chemin. L'obscurité lui permit de parler librement.

— Je voudrais vous demander quelque chose, monsieur.

Il répondit qu'il était tout à fait disposé à l'écouter et elle lui raconta l'histoire de la maladie du bébé et de la cérémonie improvisée.

— Pouvez-vous me dire si pour lui cela aurait été la même chose que si vous l'aviez baptisé ?

Comme il avait les sentiments naturels d'un commerçant qui découvre qu'un travail pour lequel on aurait dû l'appeler a été bâclé par ses clients, il fut tenté de répondre non. Mais la dignité de la jeune fille et l'étrange douceur de sa voix touchèrent des sentiments plus nobles en lui et l'ecclésiastique s'inclina devant l'homme.

— Ma chère enfant, dit-il, cela aurait été exactement pareil.

— Alors vous lui ferez un enterrement chrétien ? s'empressa-t-elle de demander.

Le pasteur se sentit acculé.

— Ah… C'est une autre affaire, dit-il.

— Une autre affaire ? Pourquoi ?

— Eh bien, j'aurais volontiers accepté s'il ne s'agissait que de nous deux. Mais je ne peux pas, pour certaines raisons.

— Rien qu'une fois, monsieur !

— Non, c'est impossible.

— S'il vous plaît, insista Tess en lui prenant les mains.

Il la repoussa et secoua la tête.

— Dans ce cas, je ne vous aime pas, et je ne retournerai plus jamais dans votre église !

— Ne dites pas de bêtises.

— Après tout, cela ne changera peut-être rien pour lui si vous refusez ? Est-ce que cela changera quelque chose ? Pour l'amour de Dieu, ne me parlez pas comme un saint à une pécheresse, mais comme vous, vous-même, à moi, moi-même, pauvre de moi !

Les laïques ne sauraient expliquer comment le pasteur concilia sa réponse avec les strictes notions qu'il était censé observer sur ce sujet. Quoi qu'il en soit, ému de nouveau par la jeune fille, il dit encore :

— Cela ne changera rien pour lui.

Le bébé fut alors transporté, cette nuit-là, dans une petite boîte de bois blanc, et enterré à la lueur d'une lanterne, dans le coin le plus misérable du cimetière, là où poussent les orties et reposent les enfants non baptisés, les soûlards notoires, les suicidés et autres prétendus damnés. Malgré ce fâcheux environnement, Tess fabriqua une petite croix avec deux planchettes et un bout de ficelle et, l'ayant décorée de fleurs, elle la planta sur la tombe un soir qu'elle put aller au cimetière sans être vue, et déposa à ses pieds un bouquet des mêmes fleurs dans un petit pot rempli d'eau. Qu'il fût écrit dessus *Confiture Keewell* n'importait guère. L'amour maternel ne le voyait pas.

# 15

Tess resta dans la maison de son père pendant les mois d'hiver, plumant les volailles ou gavant des dindons ou des oies, ou bien encore cousant des habits pour ses frères et sœurs avec les jolies robes que d'Urberville lui avait offertes, et qu'elle avait rangées avec mépris. Elle se refusait à faire appel à lui, mais souvent, elle croisait les mains derrière la tête et méditait, alors qu'elle était censée travailler.

Elle notait certaines dates à mesure qu'elles revenaient dans l'année : celle de la nuit désastreuse qui l'avait perdue à Tantridge, dans l'obscurité de la forêt ; celles de la naissance et de la mort de son enfant ; celles aussi de son anniversaire et des jours marqués par un événement auquel elle avait pris part. Un après-midi, alors qu'elle se regardait dans le miroir, il lui vint tout à coup à l'esprit qu'il existait une autre date, bien plus importante pour elle, à savoir la date de sa propre mort, quand tous ses charmes auraient disparu, et elle songeait que, dans l'avenir, ceux qui l'avaient connue diraient : « Oh, c'est le jour où cette pauvre Tess Durbeyfield est morte. » De ce jour qui marquerait la fin de son voyage dans le temps, elle ignorait le lieu, le mois, la semaine, la saison ou l'année.

Presque d'un bond, Tess passa ainsi de la simple jeune fille à la femme complexe. Son visage prenait parfois un caractère pensif, et un accent tragique s'entendait dans sa voix. Ses yeux s'agrandissaient et exprimaient plus d'éloquence. Elle devint ce qu'on appelle une belle plante, qui ne manquait pas d'attirer les regards, et son âme était celle d'une femme que les expériences tumultueuses des deux années précédentes n'avaient pas réussi à démoraliser. N'eût été l'opinion du monde, ces expériences auraient tout simplement pu être le fruit d'une éducation libérale.

Tess s'était tant tenue à l'écart que son malheur, dont personne ne savait vraiment la teneur, fut presque oublié à Marlott. Mais elle comprit bientôt qu'elle ne pourrait plus jamais se sentir bien dans un lieu qui avait assisté à la tentative malheureuse de sa famille pour se réclamer des riches d'Urberville. Du moins, lui faudrait-il laisser passer de longues années avant qu'elle ne l'efface de sa conscience. Pourtant, même alors, elle sentait vibrer en elle une vie pleine d'espoir ; il lui serait possible d'être heureuse dans un endroit marqué par aucun souvenir. Échapper au passé et à tout ce qui s'y rapportait revenait à l'anéantir, et pour y parvenir, il lui faudrait s'en aller.

Elle attendit longtemps l'occasion de ce nouveau départ. Le printemps, cette année-là, fut particulièrement agréable ; on entendait presque les bourgeons éclater. Tess en était tout émue, comme l'étaient les animaux sauvages, et encore plus déterminée à partir. Enfin, un jour, au début du mois de mai, arriva une lettre d'une ancienne connaissance de sa mère à qui elle s'était adressée, lui annonçant qu'on cherchait une jeune trayeuse dans une laiterie de Talbothays, à quelques miles au sud de Marlott, et que le fermier serait ravi de l'avoir pendant les mois d'été.

Tess aurait préféré que la laiterie se trouve beaucoup plus loin. Pour les gens vivant dans des espaces limités, les miles sont comme des degrés géographiques, les paroisses comme des comtés, les comtés comme des provinces et des royaumes. Mais sur un point, elle était résolue : il n'y aurait plus de châteaux en Espagne avec les d'Urberville dans ses rêves et les actes de sa nouvelle vie. Elle serait Tess, la fille de la laiterie et rien de plus.

Cependant, l'inconséquence humaine veut que l'un des intérêts que lui inspira ce nouveau lieu fut qu'il était situé non loin des anciens domaines de ses aïeux, près des grandes sépultures où ils reposaient. Elle pourrait les contempler et se dire que, non seulement les d'Urberville, comme Babylone, étaient tombés, mais que l'innocence d'une humble descendante pouvait déchoir en silence. Allait-il lui arriver quelque chose de bon du fait qu'elle serait sur la terre de ses ancêtres ? se demandait-elle tandis qu'elle se sentait pleine d'une énergie qui montait en elle comme la sève dans les brindilles. C'était la jeunesse inaltérée, déferlant dans toute sa fraîcheur après avoir été momentanément stoppée, et apportant avec elle l'espoir et le besoin invincible de rechercher le bonheur.

# Troisième Partie

# Le renouveau

# 16

Par un matin de mai qui embaumait le thym et voyait éclore les oisillons, deux ou trois ans après son retour de Tantridge, Tess quitta pour la seconde fois la maison de ses parents.

Ayant fait ses bagages de sorte qu'elle se les fasse envoyer plus tard, elle partit dans une voiture de louage pour la petite ville de Stourcastle qu'elle traversa sans s'arrêter jusqu'à un carrefour où elle attendit la voiture de roulier descendant vers le sud-ouest. Un fermier qui se rendait plus ou moins dans la même direction passa alors dans sa carriole et, bien qu'il fût un étranger, elle accepta de monter à son côté, ignorant que par son offre, il ne faisait que rendre hommage à ses charmes. Il allait à Weatherbury et de là, dit-il, elle pourrait faire le reste du chemin à pied. Une fois qu'il l'eut déposée et qu'elle eut pris un léger repas dans une auberge que l'homme lui conseilla, elle repartit, son panier à la main, et atteignit bientôt le vaste plateau de bruyères qui séparait cette région des basses prairies où se trouvait la laiterie.

Tess n'était jamais venue ici et, pourtant, elle se sentait apparentée au paysage. Sur sa gauche, pas très loin, elle aperçut un bosquet qui, comme elle le supposait et qu'on lui confirma par la suite, marquait les environs de Kingsbere, le village où ses inutiles ancêtres étaient enterrés. Elle n'éprouvait aucune admiration pour eux, maintenant, et les haïssait presque de lui avoir causé tant de soucis. De tout ce qu'ils avaient possédé, il ne lui restait qu'un vieux cachet et une cuillère.

— Bah ! Je tiens autant de ma mère que de mon père. C'est d'elle que me vient mon charme, et elle n'était que fille de laiterie.

La marche qui séparait les hauteurs de la plaine fut plus pénible qu'elle ne se l'était imaginé, et elle mit deux heures avant d'arriver sur un sommet qui dominait la vallée des Grandes Laiteries. Là, le lait et le beurre étaient produits en bien plus grande quantité que chez elle, dans la vallée des Petites Laiteries, ou vallée de Blackmoor. Là, le monde semblait dessiné sur une plus grande échelle, les enclos faisaient cinquante âcres au lieu de dix, les fermes étaient plus étendues, le bétail formait des troupeaux. Jamais elle n'avait vu autant de vaches en un seul coup d'œil. Les teintes chaudes des pelages roux et bruns absorbaient la lumière du soleil couchant, tandis que les bêtes à robe blanche scintillaient presque, même de là où elle se trouvait.

La rivière qui alimentait les prés et les vaches des célèbres laiteries ne ressemblait pas aux cours d'eau de la vallée de Blackmoor. Lents, silencieux et souvent troubles, ils s'écoulaient sur des lits de vase dans laquelle s'enfonçaient et disparaissaient parfois ceux qui les traversaient sans prendre garde. Les eaux de la Froom, elles, étaient limpides, aussi rapides que l'ombre d'un nuage, et gazouillaient sur le passage des galets qui tapissaient son lit. Là-bas, la fleur d'eau était le nénuphar, ici, la renoncule.

Fût-ce le changement dans la qualité de l'air, bien plus léger, ou le sentiment d'arriver dans un cadre nouveau à l'abri des regards malveillants, Tess se sentit soudain animée d'une merveilleuse énergie et, ses espoirs se mêlant aux rayons du soleil dans une photosphère idéale, elle se mit à gambader. Elle entendait dans la brise qui soufflait une voix agréable et dans le chant des oiseaux la promesse de joies à venir. Ces derniers temps, son visage changeait en fonction de ses humeurs, beau ou ordinaire selon que ses pensées étaient gaies ou tristes. Un jour, il était rose et sans tache, un autre, pâle et tragique, mais aujourd'hui, contre la douceur du vent du sud, elle n'avait jamais été aussi jolie. L'irrésistible, universelle et naturelle tendance à trouver du plaisir en tout, de la plus petite chose à la plus grande, avait enfin triomphé de Tess. À vingt ans à peine, alors qu'elle n'avait pas encore atteint sa pleine croissance intellectuelle et sentimentale, aucun événement ne pouvait lui laisser l'impression que le temps ne pût changer. C'est pourquoi elle était malgré tout plus que jamais portée par son allégresse, sa gratitude et ses espérances.

Aussi, le cœur plein d'entrain, mue par son appétit de vivre, elle descendit la colline d'Edgon qui devait la mener au terme de son voyage. Arrivée en bas, elle se trouva sur un terrain plat qui s'étirait d'est en ouest à perte de vue, et où serpentait la rivière. Hésitant sur la direction à suivre, Tess demeura un instant immobile sur cette étendue verdoyante, telle une mouche sur le tapis d'un billard immense. Tout à coup, monta des quatre coins de la plaine un cri prolongé et répété, accompagné de temps en temps par l'aboiement d'un chien. C'était l'annonce de l'heure de la traite, quand les employés de la laiterie rentraient les vaches. Les bêtes, qui attendaient avec flegme l'appel, se dirigeaient alors vers la ferme, leurs grosses outres de lait se balançant sous elles tandis qu'elles avançaient.

Tess les suivit et entra derrière elles dans la cour par le portail ouvert. De longs hangars couverts de chaume en faisaient le tour, leurs avant-toits soutenus par des poteaux en bois polis à force d'avoir été frottés par les flancs des innombrables vaches et veaux des années passées. Entre chaque poteau, les vaches laitières étaient alignées tandis que le soleil, qui s'abaissait derrière cette patiente rangée, projetait leurs ombres sur le mur intérieur. Les vaches les moins calmes restaient dans les stalles et celles qui se tenaient tranquilles étaient traites au milieu de la cour. Les bêtes tachetées de blanc reflétaient le soleil avec un éclat aveuglant, et les boules de cuivre à leurs cornes brillaient avec quelque chose d'une parure militaire. Leurs énormes pis pendaient comme des sacs de sable, les trayons saillant telles les pattes d'un vieux cheval fourbu. Chaque bête attendait que son tour arrive, le lait suintant et tombant en gouttes sur le sol.

# 17

Les filles et les hommes de ferme avaient accouru de leurs chaumières dès le retour des vaches du pré. Les filles étaient en sabots, non pas à cause du temps, mais pour protéger leurs chaussures du paillis qui recouvrait la cour. Chacune prit place sur un tabouret à trois pieds et, la figure sur le côté, la joue droite reposant contre le flanc de la bête, elles aperçurent Tess approcher. Les hommes, ayant rabattu leurs chapeaux sur leurs yeux baissés, ne remarquèrent pas sa présence. L'un d'eux, un individu robuste d'un certain âge, portait une longue blouse plus fine et plus propre que les tabliers des autres, avec une veste des jours de marché en dessous. C'était le maître laitier, dont Tess était en quête. La voyant qui les regardait, il se leva et s'avança vers elle.

Les gens de ferme ne sont en général pas faciles quand sonne l'heure de la traite, mais Mr. Crick était ravi d'avoir une aide de plus et reçut Tess chaleureusement. Après lui avoir demandé des nouvelles de sa mère et de sa famille, il dit :

— Vous savez traire, ma fillette ? Je ne voudrais pas que mes vaches tarissent à cette époque de l'année.

Tess le rassura et il la toisa des pieds à la tête. Comme elle n'était guère sortie de chez elle ces derniers temps, son teint était devenu délicat.

— Vous êtes sûre de tenir le coup ? C'est assez confortable ici mais pour des gens habitués à vivre à la dure.

Elle répondit qu'elle s'en sentait tout à fait capable, et son entrain et sa volonté finirent par le convaincre.

— J'imagine que vous avez envie d'une bonne tasse de thé ou de manger un peu. Non ? Comme vous voulez ! Mais, ma foi, si c'était moi, j'aurais le gosier bien sec après un aussi long voyage.

— Je vais commencer à traire maintenant, pour me faire la main, dit Tess.

Une fois assise sur son tabouret, une coiffe à la place de son chapeau sur la tête, et que de ses poings serrés, le lait se mit à jaillir dans le seau, il lui sembla qu'elle venait de poser la première pierre de l'avenir qui l'attendait ici. Cette conviction lui apporta la sérénité, son pouls ralentit et elle regarda autour d'elle.

C'était une grande laiterie, avec une centaine de vaches laitières environ. Crick, lui-même, en trayait six à huit, parmi les plus difficiles, refusant de les laisser entre les mains de ses journaliers qui, par indifférence, risquaient de ne pas les traire à fond, ou des filles car il craignait qu'elles n'aient pas assez de force et qu'au bout du compte, les vaches ne tarissent.

Après que Tess se fut installée, plus personne ne parla dans la cour et l'on n'entendit que le ronronnement du lait jaillissant dans les seaux, à l'exception, de temps en temps, d'une exclamation adressée à l'une ou l'autre des bêtes pour qu'elles se tournent ou arrêtent de bouger. Les seuls mouvements étaient ceux des mains allant et venant autour des pis et le balancement des queues des vaches.

— M'est avis que les vaches donnent moins que d'habitude, dit le laitier en se levant de dessous la vache qu'il avait fini de traire pour se diriger vers la suivante, son tabouret dans une main, le seau dans l'autre.

— C'est parce qu'il y a une nouvelle venue parmi nous, déclara Jonathan Kail. J'ai déjà remarqué ce genre de choses.

— Oui, ça se peut.

— Il paraît que ça leur monte dans les cornes, intervint une fille.

— Ah, ça, je ne pourrais pas dire, répondit Mr. Crick. Mais comme les vaches sans cornes le retiennent aussi bien que les vaches à cornes, ce n'est pas tout à fait mon avis. Est-ce que tu sais pourquoi les vaches sans cornes donnent moins de lait que les vaches à cornes, Jonathan ?

— Non. Pourquoi ?

— Parce qu'elles sont moins nombreuses ! En tout cas, elles retiennent leur lait aujourd'hui. Allez, mes amis, entonnons un couplet ou deux, c'est le seul remède.

On chantait en effet souvent dans les laiteries des environs pour amadouer les vaches, lorsqu'elles semblaient ne pas vouloir livrer leur quantité de lait habituel. Les trayeurs se mirent alors tous à chanter, plus par devoir, il est vrai, et sans grande spontanéité. Au bout du quatorzième ou quinzième couplet, l'un des hommes dit :

— Vous devriez sortir votre harpe, monsieur, même s'il n'y a pas mieux que le violon.

Tess pensait qu'il s'adressait à Mr. Crick, mais elle se trompait. Une réponse, sous la forme d'un « Pourquoi ? », parut sortir du ventre d'une vache brune. Elle venait d'un homme qu'elle n'avait pas vu jusqu'à présent, qui se tenait derrière l'animal.

— Oui, c'est vrai, renchérit le fermier, bien qu'à mon avis, les taureaux sont plus sensibles à la musique que les vaches. Il y avait une fois, du côté de Mellstock, un vieil homme, William Dewy, qu'il s'appelait, qui rentrait d'un mariage où il avait joué du violon. Voulant prendre un raccourci, il traversa un champ où un taureau était mis au vert. La bête l'avait à peine vu qu'elle fonça sur lui, cornes baissées. William se sauva en courant, mais découvrit bien vite qu'il n'arriverait jamais à temps à la barrière. Finalement, il sortit son violon et, se retournant vers l'animal, attaqua une gigue tout en reculant dans un coin du pré. Le taureau s'immobilisa et fixa William qui continuait de jouer, jusqu'à ce qu'il lui semblât voir l'animal sourire. Mais si tôt qu'il s'arrêtait et se dirigeait vers la barrière, le taureau cessait de sourire et baissait de nouveau ses cornes en direction du fond de culotte de William. Quand il eut joué ainsi jusqu'à quatre heures du matin, il sentit qu'il allait devoir renoncer. C'est alors qu'il se rappela avoir vu les bestiaux se coucher la veille de Noël. On n'était pas la veille de Noël, mais il décida de jouer un tour au taureau et attaqua l'hymne de la nativité et le taureau, dans son ignorance, mit genoux à terre. William en profita pour sauter par-dessus la barrière avant que le taureau en prières ne se redresse et ne lui donne la chasse. William s'amusait à raconter qu'il avait souvent vu des hommes avec un air stupide, mais jamais aussi stupide que ce taureau quand il comprit qu'on s'était moqué de ses pieux sentiments !

— C'est une curieuse histoire, qui nous ramène aux temps médiévaux, quand la foi était chose vivante.

Cette remarque, singulière dans la cour d'une ferme, venait de l'homme derrière la vache brune. Mais comme personne ne saisit la référence, personne n'y prêta attention, sauf Mr. Crick qui crut qu'il mettait en doute son histoire.

— C'est la vérité, monsieur, vous savez, dit-il. Je connaissais bien William Dewy.

— Oh, je vous crois, répliqua l'homme derrière la vache.

L'attention de Tess fut ainsi attirée par l'interlocuteur du laitier qu'elle voyait à peine tant il enfonçait la tête dans le flanc de la vache. Elle ne comprenait pas pourquoi tous s'adressaient à lui en disant « monsieur », y compris Mr. Crick lui-même. Mais l'explication serait pour plus tard. L'homme resta si longtemps sous la vache qu'il aurait pu en traire trois, et poussait de temps en temps une exclamation comme s'il n'arrivait pas à en venir à bout.

— Doucement, monsieur, lui dit le laitier. La traite nécessite plus d'adresse que de force.

— C'est ce que je vois, répondit-il en se levant pour s'étirer. Je crois que j'ai fini avec elle, mais comme j'ai mal aux doigts !

Tess put alors le voir en entier. Il portait le tablier blanc et les guêtres de cuir d'un maître laitier, et ses bottes étaient couvertes du paillis de la cour. Mais sa livrée locale s'arrêtait là : en dessous, on sentait un homme éduqué, réservé, subtil, triste et différent.

Tess ne s'intéressa bientôt plus à son aspect extérieur quand elle s'aperçut qu'elle l'avait déjà vu. Mais elle était passée par tant de vicissitudes depuis, que l'espace d'un instant, elle ne se souvint pas quand elle l'avait rencontré. Puis il lui vint brusquement à l'esprit que c'était le jeune homme qui s'était joint au club de femmes, à Marlott – l'étranger qui avait dansé avec toutes sauf elle avant de reprendre la route. Le flot de souvenirs ramené par le réveil de cet incident antérieur à ses malheurs la jeta dans le désarroi car, s'il la reconnaissait à son tour, elle redoutait qu'il ne découvrît son histoire. Mais ses craintes s'envolèrent quand elle comprit qu'il ne la remettait pas.

Elle remarqua que, depuis leur première et unique rencontre, son visage mobile était devenu plus grave, et qu'il s'était fait pousser la moustache et la barbe. Sous son tablier de laitier, il portait une veste de velours noir, une culotte à côtes et des guêtres, et une chemise d'un blanc immaculé. Sans sa tenue de travail, personne n'aurait pu deviner qui il était. Il pouvait aussi bien passer pour un propriétaire excentrique ou un laboureur distingué. Mais qu'il fût novice à la ferme, elle s'en rendit tout de suite compte en voyant le temps qu'il mit à traire une seule vache.

Quand la traite fut terminée, ils gagnèrent tous la ferme où les attendait Mrs. Crick. Tess apprit que deux ou trois filles seulement logeaient sur place avec elle. À l'heure du souper, elle ne vit pas le jeune homme qui avait commenté l'histoire de Mr. Crick et n'eut pas l'occasion de se renseigner sur lui, car elle passa le restant de la soirée à s'installer dans la chambre commune, une vaste pièce, au-dessus de la laiterie. Les trois filles avec qui elle la partageait étaient florissantes et jeunes, une seule exceptée, un peu plus âgée que les autres. Tess était si lasse quand elle se mit au lit qu'elle s'endormit tout de suite, mais sa voisine insista pour lui parler et l'entretenir des habitudes de la maison. Sa voix se mêlait aux ombres de la chambre et il semblait à Tess, dont l'esprit était tout ensommeillé, qu'elle provenait de l'obscurité dans laquelle elle flottait.

— Mr. Angel Clare, celui qui apprend à traire et qui joue de la harpe, il ne nous adresse pas souvent la parole. C'est le fils d'un pasteur et il est trop occupé de ses pensées pour nous remarquer. Mr. Crick lui apprend le métier de fermier. Avant de venir ici, il était dans une autre ferme, où il s'est initié à l'élevage de moutons, et maintenant, il se perfectionne dans la laiterie. Oui, c'est un vrai monsieur. Son père est le révérend Clare, d'Emminster. Ce n'est pas très loin d'ici.

— Oh, mais j'ai entendu parler de lui, déclara Tess, à présent réveillée. C'est un pasteur très fervent, n'est-ce pas ?

— Oui, le plus fervent de tout le Wessex, paraît-il. Tous ses fils, sauf Mr. Clare, sont devenus pasteurs.

À cette heure de la nuit, Tess n'eut pas la curiosité de demander pourquoi il n'avait pas tenu à marcher sur les traces de ses frères, et peu à peu, elle sombra de nouveau dans le sommeil, les mots de sa compagne lui parvenant en même temps que l'odeur de fromage dans la soupente voisine et le bruit du petit-lait qui gouttait des pressoirs en bas.

# 18

Angel Clare était venu passer six mois à Talbothays pour apprendre le métier de laitier. Son projet était d'acquérir une connaissance pratique des différentes méthodes d'agriculture puis de partir pour les colonies ou, en fonction des circonstances, de gérer une ferme au pays.

Des trois fils du révérend Clare, Angel, le plus jeune, était le seul à ne pas être entré dans les ordres. Deux ou trois ans avant son passage à Marlott, il expliqua à son père qu'il ne le souhaitait pas.

— J'ai peur de ne pas le faire en toute conscience, dit-il. J'aime l'Église comme on aime un parent. Il n'y a pas d'institution dont l'histoire m'inspire autant d'admiration, mais je ne puis en toute honnêteté être son ministre, comme mes frères, tant qu'elle défendra la doctrine de la rédemption.

Jamais il n'était venu à l'esprit du pasteur, un homme simple et droit, que la chair de sa chair pût tenir de tels propos. Il fut stupéfait, choqué, paralysé. Si Angel ne devenait pas un homme d'Église, pourquoi irait-il à Cambridge ? L'université, qui ne pouvait mener qu'à l'ordination pour cet homme aux idées fixes, était une préface sans volume. Il n'était pas seulement pieux, mais fervent, et d'une foi inébranlable. Il tenta d'argumenter, de persuader, de supplier son fils.

— Non, père. Je ne peux être pasteur dans l'état actuel des choses, insista Angel.

— À quoi bon avoir économisé, ta mère et moi, pour te donner une éducation universitaire si elle ne sert pas à l'honneur et à la gloire de Dieu ? répéta le révérend.

— Pour qu'elle serve à l'honneur et à la gloire de l'homme, père. Mais je n'irai pas à Cambridge. Ce ne serait pas juste étant donné les circonstances.

Les conséquences de cette discussion décisive ne tardèrent pas à se manifester. Angel passa plusieurs années en études, entreprises et méditations plus décousues les unes que les autres et se montra de plus en plus indifférent à toutes formes et observances sociales. Il méprisait les distinctions matérielles, comme le rang et la richesse, et même les vieilles familles n'avaient plus aucun intérêt à ses yeux sauf si leurs représentants prenaient de bonnes et nouvelles résolutions. En contrepoids à ce rigorisme, quand il partit vivre à Londres avec l'idée d'y exercer un métier et pour voir aussi à quoi ressemblait le monde, une femme bien plus âgée lui tourna la tête et faillit le prendre au piège. Par chance, il parvint à lui échapper sans y laisser de plumes.

Habitué dès sa plus tendre jeunesse à la solitude de la campagne, il nourrit une aversion presque irraisonnée pour la vie citadine, et se ferma les portes du succès en refusant, après la carrière spirituelle, une carrière mondaine. Quelque chose cependant devait être fait ; Angel avait gâché trop de précieuses années. Apprenant qu'un de ses amis, parti aux colonies comme fermier, commençait à prospérer, il se dit que cela pourrait être un bon exemple à suivre. L'agriculture, aux colonies, en Amérique ou au pays, lui assurerait l'indépendance sans le sacrifice de ce qu'il estimait plus encore que l'aisance : la liberté intellectuelle.

Voilà pourquoi Angel Clare, à vingt-six ans, apprenait à s'occuper des bestiaux auprès de Mr. Crick chez qui il logeait, n'ayant pas trouvé de maison plus confortable dans les parages. Sa chambre, une immense mansarde, occupait toute la longueur de la ferme. On y accédait par une échelle, depuis la fromagerie. Là, Clare jouissait d'un grand espace et, souvent, les gens de la ferme l'entendaient marcher de long en large quand la maisonnée était couchée. Un rideau séparait la pièce en deux, avec d'un côté son lit, et de l'autre, un petit salon. À son arrivée, il y passait la majeure partie de son temps, lisant beaucoup et jouant de la harpe. Mais bientôt, il se mit à préférer lire la nature humaine et prit ses repas en bas, dans la cuisine commune, avec le laitier et sa femme, et les jeunes filles et les hommes qui mangeaient là et formaient une vivante assemblée. À sa grande surprise, il éprouva beaucoup de plaisir à leur contact et, au bout de quelques jours, il oublia les idées qu'il s'était faites sur les paysans.

Au début, il est vrai, alors qu'il arrivait tout juste d'une société complètement différente, ces nouveaux amis lui parurent un peu étranges. Leurs manières de penser, d'agir, leur environnement, tout lui semblait arriéré et sans intérêt. Mais à force de vivre parmi eux, il prit, jour après jour, conscience d'un nouvel aspect, et si rien n'avait objectivement changé, la variété avait remplacé la monotonie. Son hôte et sa femme, ainsi que les garçons de ferme et les jeunes filles commençaient, à mesure qu'ils lui devenaient plus intimes, à se différencier comme par un processus chimique.

De façon tout à fait inattendue, il se mit à aimer la vie au grand air, non pas par rapport à la carrière qu'il envisageait, mais pour elle-même et ce qu'elle lui apportait. Pour la première fois depuis de longues années, il pouvait lire ce qui lui plaisait sans se sentir obligé de se plonger dans des manuels d'agriculture, la maîtrise des quelques ouvrages techniques qu'il souhaitait acquérir ne lui prenant que fort peu de temps. Il se détacha de ses anciennes relations et découvrit quelque chose de nouveau dans la vie et l'humanité. Et puis il se rapprocha de ces phénomènes dont il n'avait, jusqu'à présent, qu'une connaissance floue – les saisons et leurs humeurs, le matin et le soir, la nuit et le milieu du jour, les vents et leurs différents tempéraments, les arbres, les cours d'eau et la brume, l'ombre et le silence, et les voix des choses inanimées.

Les matins étaient encore suffisamment frais pour apprécier la chaleur d'un bon feu dans la grande pièce où ils prenaient le petit déjeuner. Mrs. Crick jugeant son pensionnaire trop distingué pour s'asseoir à leur table, Angel avait pour habitude de s'installer au coin de l'âtre pendant le repas, sa tasse et son assiette reposant sur une tablette à charnières tout près de lui. La lumière qui venait de la large fenêtre à croisillons éclairait son recoin et, avec celle, d'un bleu froid, qui brillait dans la cheminée, il pouvait lire chaque fois qu'il s'y sentait disposé. Entre Clare et la fenêtre se trouvait la table où ses compagnons s'asseyaient, tandis qu'à l'autre bout de la pièce, on apercevait par la porte ouverte les rangées de pots remplis à ras bord du lait du matin. Plus loin, la grande baratte tournait, entraînée par un cheval conduit par un petit garçon.

Pendant plusieurs jours après l'arrivée de Tess, Clare, occupé à lire un livre, un journal ou une partition de musique arrivée par la poste, remarqua à peine sa présence à table. Elle parlait si peu, et les autres filles tant, que dans le brouhaha des voix, il n'en distingua pas de nouvelle. Cependant, un jour, tandis que, par la force de l'imagination, il entendait dans sa tête un morceau de musique qu'il avait appris par cœur, il se laissa aller à la nonchalance tout en regardant le feu de bûches en haut duquel pirouettait une unique flamme. Il lui semblait qu'elle dansait une gigue au son de sa musique intérieure et que la bouilloire à moitié vide, suspendue aux crochets de la cheminée, sifflait pour l'accompagner. La conversation à table se mêla alors à son orchestre imaginaire et il se dit :

— Comme l'une de ces filles a la voix flûtée ! Ce doit être la nouvelle.

Se retournant pour la chercher des yeux, il vit qu'elle ne regardait pas de son côté.

— Je ne sais pas pour les fantômes, disait-elle, mais je suis sûre qu'on peut faire sortir notre âme de notre corps quand nous sommes en vie.

— Vraiment ? Et comment ça ? demanda Mr. Crick, la bouche pleine, son couteau et sa fourchette plantés droit sur la table.

— La façon la plus facile, c'est de s'allonger dans l'herbe la nuit et de regarder une étoile briller. En fixant son attention sur elle, on se trouve très vite à des centaines et des centaines de lieues de son propre corps, dont on n'a plus besoin par ailleurs.

Le laitier se tourna vers sa femme.

— Voilà une idée bien loufoque. Quand je pense à tous les miles que j'ai parcourus la nuit au cours de ces trente dernières années sans avoir la moindre petite idée là-dessus ou sentir que mon âme s'élevait, ne serait-ce que d'un pouce au-dessus du col de ma chemise.

Voyant qu'elle avait attiré l'attention de tous, y compris celle de l'apprenti laitier, Tess rougit et, marmonnant que ce n'était qu'une idée qu'elle avait, reprit son petit déjeuner.

Clare continua de l'observer. Tess finit bientôt son repas et, sentant le regard de Clare sur elle, se mit à tracer des motifs imaginaires sur la nappe, avec l'air contraint d'un animal domestique qui se sait surveillé.

« Quelle fraîche et virginale fille de la Nature », songea-t-il.

C'est alors qu'il lui sembla discerner quelque chose de familier en elle, qui le ramenait à une époque joyeuse de sa vie, avant que la nécessité de réfléchir à l'avenir ne vînt assombrir le ciel. Il l'avait déjà croisée par le passé mais où, il était incapable de le dire. Sans doute une rencontre par hasard, dans la campagne, mais qui n'éveilla pas plus sa curiosité. Quoi qu'il en soit, cela lui suffit pour choisir Tess plutôt que les autres jolies jeunes filles lorsqu'il souhaita se mettre à l'étude des femmes de son entourage.

# 19

En général, on trayait les vaches comme elles se présentaient, sans qu'intervînt quelque choix ou caprice. Certaines vaches manifestent une préférence pour une paire de mains en particulier et vont jusqu'à refuser de rester tranquilles si ce n'est pas leur trayeur favori, voire à renverser le seau d'un coup de patte.

Mr. Crick avait pour règle de ne pas respecter ces penchants et ces aversions, et il exigeait de ses ouvriers de changer constamment de vache pour ne pas se trouver en difficulté au cas où l'un d'eux s'absentait. Cependant, les filles de la laiterie voyaient les choses tout autrement et, pour rendre leur tâche plus facile, elles choisissaient tous les jours les huit ou dix bêtes auxquelles elles étaient habituées.

Tess, comme ses compagnes, sut très vite laquelle des vaches avait sa préférence, mais, connaissant les souhaits du laitier, elle acceptait consciencieusement de prendre les bêtes comme elles venaient, à l'exception des plus difficiles qu'elle n'arrivait pas encore à maîtriser. Elle ne tarda pas à découvrir toutefois une curieuse correspondance entre la position des vaches, en apparence fortuite, et ses désirs à elle, et elle finit par se dire que leur ordre ne résultait pas du hasard. L'apprenti du laitier aidait à les rassembler depuis peu, et au bout du cinquième ou du sixième jour, alors qu'elle s'appuyait contre la vache, elle lui jeta un regard interrogateur plein de malice.

— Mr. Clare, c'est vous qui avez disposé les vaches ! dit-elle en rougissant.

L'esquisse d'un sourire retroussa sa lèvre supérieure malgré elle, révélant le bout de ses dents, tandis que sa lèvre inférieure demeurait immobile et sévère.

— Quelle différence cela fait-il ? répondit-il. Vous serez toujours là pour les traire.

— Vous croyez ? Je l'espère, mais je n'en sais rien.

Elle s'en voulut après, persuadée que, ignorant les raisons qui la poussaient à aimer cette retraite, il ne se méprenne sur ses intentions. Elle lui avait parlé si ouvertement, comme si elle laissait entendre qu'il était pour quelque chose dans ses désirs. Elle en fut si inquiète que le soir, une fois la traite terminée, elle s'en alla seule dans le jardin, tout à ses regrets d'avoir montré au jeune homme qu'elle avait découvert son attention.

C'était une soirée typique du mois de juin. L'atmosphère était d'un si délicat équilibre que les objets inanimés semblaient doués de trois ou quatre sens, voire cinq. On ne pouvait distinguer le proche du lointain et, en prêtant l'oreille, on se sentait voisin de tout ce qui se trouvait dans les limites de l'horizon. Le silence paraissait à Tess une entité positive plutôt que la pure négation du bruit. Le pincement de cordes vint bientôt le rompre.

Elle avait déjà entendu ces notes dans le grenier au-dessus de sa chambre. Faibles, amorties, retenues dans leur confinement, elles ne l'avaient jamais autant séduite qu'à présent, flottant dans l'air immobile avec une pureté semblable à la nudité. Pour être franc, l'instrument et l'exécution étaient assez médiocres, mais tout est relatif, et Tess, qui écoutait, pareille à un oiseau fasciné, fut incapable de poursuivre sa promenade. Au contraire même, elle se rapprocha du musicien en prenant soin de rester derrière la haie pour qu'il ne soupçonne pas sa présence. La lisière du jardin où elle se tenait n'avait pas été cultivée depuis de nombreuses années et était maintenant couverte d'herbes humides, desquelles s'échappaient des nuages de pollen au moindre toucher, et de mauvaises herbes en fleurs qui exhalaient des parfums désagréables. Elle s'avança à pas furtifs à travers cette profusion de verdure, ramassant la mousse sécrétée par les insectes sur sa robe, écrasant sous ses pieds des escargots, se tachant les mains avec le lait de chardon et la bave des limaces, et frottant ses bras nus aux cloques poisseuses des troncs des pommiers qui, blanches comme neige, laissaient pourtant des traces de garance sur sa peau. C'est ainsi qu'elle s'approcha de Clare sans qu'il la vît.

Tess n'avait alors conscience ni du temps ni de l'espace. L'exaltation qu'elle avait décrite lorsqu'elle regardait une étoile la saisissait à présent sans qu'elle l'ait décidée. Elle ondulait sur les notes de la harpe, et leurs harmonies flottaient à travers elle comme la brise, lui faisant venir les larmes aux yeux. Le pollen semblait être les notes rendues visibles et l'humidité du jardin la plainte qui montait de lui. Bien que la nuit fût proche, les fleurs des mauvaises herbes luisaient comme si elles refusaient de se fermer, et les flots de couleurs se mêlaient aux flots des sons. La lumière qui brillait encore provenait essentiellement d'une trouée dans les nuages ; on aurait dit un morceau de jour laissé là par hasard, le crépuscule étant descendu partout ailleurs. Clare conclut sa triste mélodie, une œuvre bien simple qui nécessitait peu de talent, et Tess attendit, pensant qu'il allait en entamer une autre. Mais, las de jouer, il avait fait le tour de la haie et arrivait tranquillement derrière elle. Tess, les joues en feu, s'écarta aussitôt mais si furtivement qu'on eût dit qu'elle n'avait pas bougé. Apercevant sa légère robe d'été, il dit de sa voix grave qui lui parvint bien qu'il fût encore à quelque distance d'elle :

— Qu'est-ce qui vous fait fuir, Tess ? Auriez-vous peur ?

— Oh, non, monsieur. Je n'ai pas peur des choses extérieures, surtout à présent que les fleurs des pommiers tombent et que tout est si vert.

— Mais vous avez vos craintes intérieures, n'est-ce pas ?

— Eh bien… oui, monsieur.

— Lesquelles ?

— Je ne pourrais le dire.

— Craignez-vous que le lait tourne ?

— Non.

— Craignez-vous la vie en général ?

— Oui, monsieur.

— Ah… Moi aussi, et bien souvent. C'est qu'elle peut nous mettre en porte à faux, parfois, vous ne trouvez pas ?

— Oui, maintenant que vous le dites de cette façon.

— Tout de même, je ne m'attendais pas à ce qu'une jeune fille de votre âge le ressente. Comment cela se fait-il ?

Voyant qu'elle hésitait à répondre, il insista :

— Allons, Tess, vous pouvez me parler en toute confiance.

Comme elle croyait qu'il pensait à l'aspect sous lequel les choses se présentaient à elle, elle dit timidement :

— Les arbres ont des yeux curieux, n'est-ce pas ? Du moins, c'est l'impression que l'on a. Et la rivière dit : « Pourquoi me déranges-tu à me regarder de la sorte ? » Et il vous semble voir une suite de lendemains, tous alignés les uns derrière les autres, le premier gros et clair, les suivants de plus en plus petits à mesure qu'ils s'éloignent, mais tous paraissent farouches et cruels, comme s'ils criaient : « Attention, j'arrive !

Méfie-toi de moi ! » Mais, vous, monsieur, vous pouvez réaliser vos rêves avec votre musique et chasser toutes ces horribles idées.

Il fut surpris de découvrir que la jeune fille nourrissait de si tristes pensées qu'elle exprimait avec ses mots à elle. Et pourtant, il était étrange que celles-ci lui soient venues, si jeune. À vrai dire, c'était plus qu'étrange : c'était impressionnant, intéressant. N'en devinant pas la cause, rien ne pouvait lui rappeler que l'expérience se mesure en intensité et non en durée.

De son côté, Tess ne comprenait pas que le fils d'un pasteur, qui avait reçu une bonne éducation et était à l'abri du besoin, considérât la vie comme une infortune. Elle, la malheureuse, avait de bonnes raisons, mais lui, cet homme admirable, ce poète, comment avait-il pu descendre dans la vallée de l'Humiliation, et éprouver ce qu'elle avait ressenti deux ou trois ans auparavant ? Certes, il ne se trouvait pas en ce moment à sa place, et elle savait que c'était uniquement parce qu'il étudiait ce qu'il voulait apprendre. Il ne trayait pas les vaches par besoin mais parce qu'il voulait devenir un riche et prospère laitier, un propriétaire terrien, un agriculteur et un éleveur. Parfois, cependant, il semblait à Tess inconcevable qu'un homme aussi studieux, musicien et réfléchi, eût délibérément choisi de devenir fermier, et non pasteur comme son père et ses frères.

Aussi, ne connaissant ni l'un ni l'autre leur secret respectif, ils furent surpris par ce qu'ils révélèrent d'eux-mêmes et attendaient d'en savoir plus sur leurs caractères et leurs humeurs sans chercher toutefois à s'immiscer dans l'histoire de chacun.

Chaque jour, chaque heure leur apportait à tous deux un petit détail supplémentaire sur leur nature.

Au début, Tess ne semblait voir en Angel Clare que son intelligence, et quand elle se comparait à lui, son érudition, l'écart entre ses modestes facultés à elle et celles, incommensurables de Clare, la mettaient dans un tel état d'abattement qu'elle n'avait plus le cœur de faire un effort.

Un jour qu'il la vit toute découragée après qu'il eut mentionné fortuitement quelque chose de la vie pastorale de l'ancienne Grèce, il demanda :

— Pourquoi prenez-vous un air aussi désolé tout à coup ?

— Oh, c'est seulement parce qu'il me semble que j'ai gâché ma vie, faute de chances. Quand je songe à tout ce que vous savez, à tout ce que vous avez lu, vu et pensé, j'ai l'impression de n'être rien.

— Je vous en prie, ne vous tourmentez pas avec cela ! Je serais trop heureux, ma chère Tess, de vous aider à parfaire votre éducation, ou de vous conseiller un livre ou un autre. Aimeriez-vous étudier l'histoire, par exemple ?

— Parfois, je me dis que je ne veux pas en savoir plus que je ne sais déjà.

— Mais pourquoi ?

— Parce que, à quoi me sert-il de savoir que je fais partie d'une longue lignée de gens… de découvrir dans un vieux livre le nom de quelqu'un, juste comme moi, et de me dire que je ne jouerais que son rôle. Cela me rend triste. Il vaut mieux ne pas se rappeler que notre nature et nos actes passés ont été pareils à ceux de milliers et de milliers de gens.

— Vous n'avez donc rien envie d'apprendre ?

— J'aimerais savoir pourquoi le soleil brille du même éclat sur les gens bons et les gens mauvais, répondit-elle avec un léger tremblement dans la voix. Mais cela, aucun livre ne me le dira.

— Tess, fi d'une telle amertume !

Bien sûr, c'est par un sentiment tout conventionnel du devoir qu'il parlait ainsi car il s'était lui-même posé ce genre de questions autrefois. Et alors qu'il contemplait cette bouche et ces lèvres novices, il songea que cette enfant de la terre devait sans doute répéter machinalement ce qu'elle avait entendu. Il traîna encore un peu avant de partir et quand, enfin, il s'en alla, Tess resta un moment, songeuse, tout en pelant un bouton de fleur. Puis, se réveillant de sa rêverie, elle le jeta à terre avec impatience, fâchée contre elle-même d'avoir proféré autant de niaiseries. Comme il devait la trouver stupide ! Désireuse soudain de se faire bien voir de lui, elle réfléchit à ce qu'elle avait tâché d'oublier ces derniers temps, tant les conséquences en avaient été déplaisantes : les liens de sa famille avec les chevaliers de d'Urberville. Tout stérile que fût le titre et désastreuse sa découverte en ce qui la concernait, elle se dit que Mr. Clare, en tant que gentleman qui connaissait l'histoire, la respecterait peut-être s'il savait que les statues d'albâtre et de marbre dans l'église de Kingsbere représentaient ses ancêtres directs, et qu'elle n'était pas une fausse d'Urberville, faite d'argent et d'ambition, comme ceux de Tantridge, mais une vraie et pure d'Urberville.

Mais avant de se risquer à pareille révélation, Tess s'enquit auprès du laitier de ses éventuels effets sur Mr. Clare en lui demandant si ce dernier respectait les anciennes familles quand celles-ci avaient tout perdu.

— Mr. Clare est un excentrique doté d'un révolté, déclara énergiquement le laitier. Rien à voir avec le reste de sa famille. En tout cas, s'il y a bien une chose qu'il déteste au plus haut point, c'est ce qu'on appelle les vieilles familles. Il dit que si elles avaient fait leur part de travail autrefois, elles ne se retrouveraient pas avec rien aujourd'hui. Oh, non, il ne supporte pas les vieilles familles !

Après avoir entendu cela, Tess fut soulagée de n'avoir rien trahi de ses ascendances dans un moment de faiblesse, et elle tint sa langue sur le caveau des d'Urberville et le chevalier du conquérant dont elle portait le nom. Ce qu'elle avait deviné du caractère de Clare lui fit comprendre que, s'il s'intéressait à elle, c'est parce qu'il n'associait pas ses prétendues origines à quelque tradition que ce soit.

# 20

La saison avançait et venait à maturité. Une nouvelle année voyait le retour de fleurs, de feuilles, de rossignols, de grives, de pinsons et de toutes ces créatures éphémères qui prenaient la place occupée un an auparavant par d'autres quand elles n'étaient que germes et particules inorganiques.

Les filles et les hommes qui travaillaient à la laiterie Crick menaient une vie agréable, placide, heureuse même. Tess et Clare s'étudiaient inconsciemment, toujours au bord de la passion, et pourtant en apparence l'évitant, mais sans cesse attirés l'un par l'autre, comme par une loi aussi irrésistible que celle qui rapproche deux cours d'eau d'une même vallée.

Tess n'avait jamais été aussi heureuse depuis longtemps, et peut-être ne le serait-elle plus jamais. D'abord, elle se sentait physiquement et mentalement en harmonie avec le cadre dans lequel elle vivait. Et puis, elle se tenait, et Clare aussi, sur ce terrain délicat entre la prédilection et l'amour, quand on cherche à ne rien approfondir et que l'on ne se pose aucune question embarrassante. « Où ce nouveau courant va-t-il me mener ? Que signifie-t-il pour mon avenir ? Et quelle importance a-t-il par rapport à mon passé ? »

Elle n'était encore aux yeux de Clare qu'une rencontre de passage – une apparition qui commençait tout juste à s'imposer dans son esprit. Aussi se laissait-il aller à songer à elle comme un philosophe s'intéressant à un spécimen du sexe féminin plein de nouveauté et de fraîcheur.

Ils se croisaient continuellement – ils ne pouvaient faire autrement –, et tous les matins, à cet instant si particulier et solennel qui précède le lever du soleil, quand l'aube est rose ou violette, ils se rencontraient également, car il fallait se lever tôt, très tôt ici. Les vaches étaient traites de bonne heure, et avant la traite commençait l'écrémage du lait. D'ordinaire, quelqu'un de la ferme était chargé de réveiller les autres après qu'un réveille-matin l'eut lui-même réveillé, et comme Tess était arrivée la dernière et qu'on avait découvert qu'elle ne se rendormait pas après la première sonnerie, la tâche lui incomba souvent. Dès que trois heures sonnaient, elle sortait de sa chambre et allait frapper à la porte du laitier. Puis elle montait l'échelle qui menait à la chambre de Clare et l'appelait doucement avant d'aller réveiller ses compagnes. Le temps qu'elle s'habille, Clare était en bas, dans l'air humide. Les filles et le laitier s'accordaient en général un petit somme supplémentaire et n'apparaissaient qu'un quart d'heure plus tard.

Étant si souvent les deux premiers debout, il leur semblait être alors seuls au monde. Dans les premiers temps qui suivirent son arrivée à la laiterie, Tess ne s'occupait pas de l'écrémage, mais sortait aussitôt habillée, et retrouvait Angel qui l'attendait dehors. La lumière aqueuse, spectrale et pas encore tout à fait complète qui baignait les vastes prairies les imprégnait d'un sentiment d'isolement, comme s'ils étaient Adam et Ève. À cet instant du jour, Tess paraissait à Clare possédée d'une plus grande dignité morale et physique, presque une force dominatrice. Il n'ignorait sans doute pas qu'à cette heure surnaturelle, aucune femme aussi belle qu'elle ne se promenait en plein air dans les limites de son horizon. Les jolies femmes sont généralement encore endormies à l'aube, quand c'est l'été. Mais Tess était là, devant lui, et les autres n'existaient pas.

Dans la pénombre confuse, singulière et lumineuse, ils allaient ensemble jusqu'où reposaient les vaches. Le visage de Tess, que Clare ne quittait pas des yeux, s'élevait au-dessus de la couche de brume et semblait une sorte de phosphorescence. On aurait dit une apparition, comme si elle n'était qu'un esprit en liberté. En réalité, son visage brillait à son insu de la froide lueur du jour qui se levait à l'est, et celui de Clare, bien qu'il n'en sût rien, avait le même aspect pour elle.

C'était dans ces moments-là qu'elle lui faisait la plus forte impression. Elle n'était plus une fille de ferme mais l'essence visionnaire de la femme, le sexe féminin tout entier contenu en un seul être. Un peu par taquinerie, il l'appelait Artemis, Déméter et l'affublait d'autres noms fantaisistes, et elle n'aimait pas car elle ne comprenait pas.

— Appelez-moi Tess, disait-elle en regardant de côté, et il le faisait.

Puis à mesure que le jour se levait, ses traits devenaient simplement féminins, passant de ceux d'une divinité qui pouvait accorder le bonheur, à ceux d'un être qui ne désirait que cela. Tess perdait alors son étrange beauté éthérée ; ses dents, ses lèvres et ses yeux scintillaient dans les rayons du soleil et elle redevenait l'éblouissante jeune fille de la laiterie qui devait se défendre contre les autres femmes dans le monde. Ils entendaient alors la voix de Mr. Crick, sermonnant les ouvriers de l'extérieur arrivés en retard et tançant la vieille Deborah Fyander qui ne s'était pas lavé les mains.

Puis la traite commençait jusqu'à l'heure où, de la cuisine, montait le bruit de la lourde table que Mrs. Crick tirait du mur, préliminaire invariable à chaque repas. Et le même bruit accompagnait la reprise du travail quand la table était desservie.

# 21

On s'agita beaucoup à la laiterie ce jour-là, après le petit déjeuner. La baratte tournait comme à son habitude mais le beurre ne se faisait pas. Chaque fois que cela se produisait, la ferme était paralysée. Mr. Crick et sa femme, Tess, Marian, Retty Priddle, Izz Huett, les femmes mariées des chaumières voisines, ainsi que Mr. Clare, Jonathan Kail, la vieille Deborah et tous les autres fixaient la baratte d'un air impuissant, tandis que le petit garçon qui menait le cheval dehors écarquillait les yeux pour montrer qu'il ne comprenait pas ce qui se passait. Même le cheval mélancolique semblait jeter des coups d'œil désespérés du côté de la fenêtre de la ferme.

— Il va falloir que j'aille chez le fils du sorcier d'Edgon, constata amèrement Mr. Crick. Il ne vaut pas son père, mais si ça continue, je ne vais pas pouvoir faire autrement.

— Le sorcier Fall, de l'autre côté de Casterbridge, voilà un homme qui s'y connaissait quand j'étais petit, déclara Jonathan Kail. Mais il est pourri comme de l'amadou à l'heure qu'il est.

— Mon grand-père, lui, consultait le sorcier Mynterne, à Owlscombe, reprit Mr. Crick. Mais on n'en fait plus des comme lui, de nos jours.

— Peut-être que quelqu'un est amoureux dans la maison, intervint tout à coup Mrs. Crick. Quand j'étais jeune, c'est ce qu'on disait. Tu te souviens, Crick, cette fille, qui travaillait pour nous il y a des années ? Elle était amoureuse d'un des ouvriers et le beurre ne se faisait plus !

— Oui, oui, je me souviens, mais ça n'avait rien à voir avec l'amour. C'était les dégâts causés à la baratte.

Il se tourna vers Clare et raconta :

— Un de nos anciens trayeurs, Jack Dollop, un sacré coureur, avait séduit cette jeune femme de Mellstock avant de la tromper comme il en avait trompé bien d'autres auparavant. Sauf que cette fois-ci, il a eu affaire à la mère de la fille. Elle est arrivée ici un jour avec un grand parapluie à la main et a demandé : « Est-ce que Jack Dollop travaille ici ? J'ai un compte à régler avec lui ! » La fille se tenait derrière sa mère, et pleurait à gros sanglots. Persuadé que la mère allait le tuer, Jack a grimpé dans la baratte et s'y est enfermé. Pendant ce temps-là, la mère le cherchait partout en criant : « Où est-il, ce gredin, que je l'attrape ! » Je ne sais pas comment la vieille a deviné où il se cachait, mais sans dire un mot, elle a empoigné la manivelle de la baratte – à l'époque, on la faisait marcher à la main –, et elle s'est mise à la tourner. « Arrêtez, vieille sorcière ! a alors crié Jack. Laissez-moi sortir ! – Pas avant que tu ne répares ta faute ! a répondu la mère. Tu m'appelles vieille sorcière quand tu devrais me dire belle-mère depuis cinq mois ! » Comme elle continuait de tourner la baratte, Jack a fini par promettre de faire ce qu'elle lui demandait, et voilà comment ça s'est terminé.

Tandis que les auditeurs commentaient en souriant le récit de Mr. Crick, un mouvement dans leur dos les fit se retourner. Tess, toute pâle, s'était dirigée vers la porte.

— Oh, comme il fait chaud aujourd'hui, dit-elle d'une voix presque inaudible.

Il faisait chaud, en effet, et personne n'établit de lien entre son départ et l'histoire du laitier.

— Eh bien, fillette, déclara celui-ci en allant lui ouvrir la porte. Si vous ne supportez pas le premier souffle de l'été, vous allez nous manquer quand ce sera la canicule, n'est-ce pas, Mr. Clare ?

— Je ne me sentais pas très bien, expliqua Tess. Je crois que je serai mieux dehors.

Heureusement pour elle, le beurre dans la baratte commença à se faire au même moment, et l'attention de tous se détourna d'elle.

Tess se remit assez rapidement, mais en apparence seulement, car au fond d'elle-même, elle demeura très abattue pendant tout l'après-midi. Le soir, après la traite, elle ne resta pas avec les autres et sortit sans se soucier de savoir où elle allait. Elle était malheureuse – oh, si malheureuse – à l'idée que ce qu'avait conté le laitier était juste une anecdote plaisante pour ses compagnons alors qu'elle n'y voyait que douleur. Personne, autour d'elle, ne semblait s'être aperçu combien cette histoire l'avait cruellement touchée. Le soleil couchant lui paraissait alors affreux, une immense blessure enflammée dans le ciel. Seul le chant triste et machinal d'un bruant des roseaux, caché dans les buissons au bord de l'eau, l'accueillit comme un ancien ami dont elle avait perdu l'affection.

Par ces longues journées de juin, les filles de la laiterie, et toute la maisonnée, en réalité, allaient au lit dès la tombée du jour, car le travail commençait tôt le matin. Tess, d'ordinaire, montait en même temps que ses compagnes. Mais ce soir-là, elle fut la première à gagner leur chambre commune, et elle sommeillait déjà quand les autres filles la rejoignirent.

Réveillée par leurs voix, elle se tourna tout doucement vers elles.

Marian, Retty Priddle et Izz Huett, toutes trois serrées près de la fenêtre, en chemise de nuit et pieds nus, les derniers rayons du soleil réchauffant leur visage et les murs autour d'elles, observaient quelqu'un dans le jardin avec un profond intérêt.

— Arrêtez de pousser, vous voyez aussi bien que moi, dit Retty, la plus jeune aux cheveux roux.

— Ça ne te sert pas plus à toi qu'à moi d'être amoureuse de lui, Retty Priddle, déclara la joviale Marian, la plus âgée. Il pense à d'autres joues que les tiennes.

Retty continua pourtant de regarder, et les deux autres firent de même.

— Le revoilà ! s'écria Izz Huett dont les cheveux noirs encadraient un visage au teint pâle et à la bouche bien dessinée.

— Tu n'as rien à dire, Izz, répliqua Retty. Parce que je t'ai vue embrasser son ombre.

— Qu'est-ce que tu racontes ? fit Marian.

— Eh bien, un jour qu'il se tenait penché au-dessus du baquet de petit-lait et que l'ombre de sa figure se découpait sur le mur derrière, tout près d'Izz, je l'ai vue poser la bouche sur le mur et embrasser l'ombre de sa bouche à lui. Oui, je l'ai vue, même si lui ne l'a pas vue.

— Oh, Izz Huett ! s'exclama Marian.

— Et alors, y a pas de mal à ça, répondit Izz avec un sang-froid forcé. Et si je suis amoureuse de lui, toi aussi Retty, et toi aussi, Marian.

— Moi ! fit cette dernière. N'importe quoi ! Mais… oh, le voilà à nouveau ! Ces chers yeux… ce cher visage… ce cher Mr. Clare !

— Ah, tu vois, tu le reconnais.

— Vous aussi, vous l'êtes ! Nous le sommes toutes ! déclara Marian. À quoi bon le nier quand on est entre nous ? L'avouer aux autres, ça, c'est une autre affaire ! Moi, je l'épouserais demain !

— Moi aussi, murmura Izz Huett.

— Et moi aussi, ajouta la timide Retty.

Celle qui écoutait avait de plus en plus chaud.

— Nous ne pouvons pas toutes l'épouser, dit Izz.

— Non, et de toute façon aucune de nous trois ne l'épousera, déclara la plus âgée. Oh, le revoilà !

Et elles lui envoyèrent toutes les trois un baiser silencieux.

— Et pourquoi ? demanda Retty.

— Parce que c'est Tess Durbeyfield qu'il préfère, répondit Marian en baissant la voix. Je l'ai bien observé tous les jours, et c'est ce que j'ai découvert.

Un silence songeur s'ensuivit.

— Mais elle ne tient pas à lui, n'est-ce pas ? fit Retty dans un souffle.

— Je crois bien que si, parfois.

— Tout ça est stupide ! déclara brusquement Izz Huett, car jamais il n'épousera l'une de nous, pas même Tess. Le fils d'un gentleman, un futur propriétaire terrien, un fermier qui veut s'installer à l'étranger ! Il est plus probable qu'il nous demande de venir travailler dans sa ferme !

L'une soupira, l'autre soupira aussi et la rondelette Marian soupira encore plus fort. Dans le lit, quelqu'un soupira également. Retty, dont les yeux s'étaient remplis de larmes, continua de regarder encore un peu dans le jardin avec ses deux compagnes, mais Angel Clare, qui ne se doutait de rien, était rentré. Ne le voyant plus, les trois jeunes filles se glissèrent chacune dans leur lit et, quelques minutes plus tard, elles l'entendirent grimper l'échelle qui menait à sa chambre. Marian ne tarda pas à ronfler, Izz, elle, ne sombra dans l'oubli que longtemps après. Quant à Retty, elle s'abandonna au sommeil à force de pleurer.

Tess, à l'âme profondément passionnée, fut loin de se rendormir. Cette conversation était une autre pilule à avaler ce jour-là. Elle n'éprouvait pas la moindre once de jalousie, car elle savait qu'elle avait la préférence. Plus jolie, ayant reçu une meilleure éducation et plus femme bien que plus jeune, à l'exception de Retty, elle devinait qu'il ne lui suffisait de pas grand-chose pour conquérir le cœur d'Angel Clare face à ses candides amies. Mais le devait-elle ? là était la terrible question. De toute évidence, aucune n'avait véritablement de chance sérieuse, mais il y avait toujours la possibilité que l'une d'elles lui inspire une amourette passagère et profite du plaisir de ses attentions durant son séjour à la laiterie. De tels attachements aussi disproportionnés avaient conduit au mariage, et Mrs. Crick lui avait raconté qu'un jour, Mr. Clare avait demandé en riant quel intérêt il aurait à épouser une femme de la haute société alors que bientôt il serait à la tête de dix mille arpents de terre dans les colonies. Une fille de la campagne, voilà qui lui semblait bien plus raisonnable. Mais qu'il eût parlé sérieusement ou non, pourquoi, elle qui ne pourrait jamais accepter en toute conscience qu'un homme l'épouse et qui avait pris la décision de ne jamais se laisser tenter, détournerait-elle l'attention de Mr. Clare des autres femmes pour le bref délice de se voir briller dans ses yeux le temps de son séjour à Talbothays ?

# 22

Quand, le lendemain matin, après l'écrémage et la traite, tous rentrèrent pour prendre le petit déjeuner, ils trouvèrent Mr. Crick arpentant nerveusement la pièce. Il avait reçu une lettre d'un client se plaignant que le beurre avait un goût bizarre.

— Parbleu, sûr qu'il en a un ! dit-il, une cuillère en bois à la main sur laquelle il avait étalé un peu de beurre. Goûtez !

Mr. Clare goûta, Tess goûta, les autres filles aussi, ainsi que les ouvriers et Mrs. Crick. Le beurre avait bel et bien un goût bizarre. Après avoir cherché un moment à quelle espèce de mauvaise herbe nocive il pouvait l'associer, Mr. Crick s'écria soudain :

— C'est de l'ail sauvage ! Moi qui pensais qu'il n'en restait plus un seul brin dans le pré !

Les anciens se rappelèrent alors qu'un certain pré, où ils avaient mené les vaches récemment, avait autrefois gâté le beurre de la même façon. À l'époque, le laitier, qui n'avait pas reconnu l'odeur de l'ail, pensait que son beurre était ensorcelé.

— Nous allons devoir examiner ce pré, déclara Mr. Crick. Cela ne peut pas continuer.

Armés de vieux couteaux pointus, ils sortirent tous ensemble. Comme la plante ennemie ne pouvait être que de dimensions microscopiques puisqu'elle avait échappé aux regards, il y avait peu d'espoir de la trouver dans cette étendue de riche herbage. Pourtant, ils se mirent en ligne, avec Mr. Crick et Mr. Clare à un bout, puis Tess, Marian, Izz Huett et Retty, puis Bill Lewel, Jonathan et les ouvrières mariées. Les yeux fixés au sol, ils avançaient lentement puis revenaient sur leurs pas de sorte à ne laisser passer pas un seul centimètre du pré. À peine découvrirent-ils une demi-douzaine de racines d'ail sauvage, mais l'âcreté de la plante est telle qu'il suffit qu'une vache en prenne une bouchée pour donner du goût à toute la production de lait de la journée.

Au bout d'un moment, Mr. Crick n'en put plus de marcher ainsi, courbé en deux.

— J'ai le dos fourbu ! s'écria-t-il en se redressant. Et vous, Tess, qui ne vous sentiez pas bien il y a deux jours, vous allez finir par avoir mal à la tête. Laissez donc cela, fillette, les autres termineront.

Mr. Crick se retira et Tess resta un peu en arrière. Mr. Clare était, lui aussi, sorti du rang et lorsque Tess le sentit tout près d'elle, la tension que lui avait causée la conversation de la nuit précédente la fit parler en premier :

— Ne sont-elles pas jolies ?

— Qui ?

— Izzy Huett et Retty.

Tess avait décidé que l'une ou l'autre des deux jeunes filles ferait une bonne fermière, et qu'elle devait vanter leurs charmes à ses yeux et éclipser les siens.

— Jolies ? Oui, ce sont de jolies filles, jeunes et fraîches. Je m'en suis souvent fait la réflexion.

— Mais les pauvres, leur fraîcheur ne durera pas.

— Non, malheureusement.

— Ce sont d'excellentes trayeuses.

— Oui, mais pas meilleures que vous.

— Elles écrèment mieux.

— Vraiment ?

Clare continuait d'observer les deux jeunes filles.

— Elle rougit, reprit Tess.

— Qui ?

— Retty.

— Oh, et pourquoi donc ?

— Parce que vous la regardez.

Bien qu'elle fût alors pleine d'abnégation, elle ne pouvait toutefois poursuivre et dire : « Mariez-vous donc avec l'une d'elles si vous voulez une fermière pour femme et non une dame, et ne songez pas à m'épouser », et quand elle suivit le laitier, elle constata tristement que Clare restait derrière.

De ce jour-là, Tess s'efforça d'éviter le jeune homme, ne se permettant plus de passer, comme autrefois, de longs moments en sa compagnie, même quand ils se retrouvaient ensemble par hasard. Elle était suffisamment femme pour comprendre, d'après la conversation de ses trois compagnes, qu'Angel Clare plaçait l'honneur de toutes les jeunes filles de la ferme au-dessus de tout, et le soin qu'il mettait à ne pas les compromettre fit naître en elle un tendre respect pour ce qu'elle croyait être, à tort ou à raison, le sens du devoir de ceux qui se contrôlent, une qualité qu'elle ne s'attendait pas à trouver chez quelqu'un de l'autre sexe.

# 23

Les fortes chaleurs de juillet les prirent par surprise et l'atmosphère dans la vallée se fit de plus en plus pesante sur la laiterie, les vaches, les arbres. De chaudes averses tombaient fréquemment, rendant l'herbe où paissaient les vaches encore plus luxuriantes et empêchant de faire la fenaison dans les autres prés.

Un dimanche matin, alors que la traite était terminée et que les hommes et les filles de ferme qui ne logeaient pas à la laiterie étaient rentrés chez eux, Tess et ses trois compagnes décidèrent d'aller ensemble à l'église de Mellstock. Tess vivait à Talbothays depuis deux mois, et c'était sa première sortie.

La veille, et pendant toute la nuit, de violents orages avaient sifflé sur les prés et emporté une partie du foin dans la rivière. Mais ce matin, le soleil brillait et l'air était pur et doux.

Le chemin qui menait de Talbothays à Mellstock longeait les terres basses et quand les filles arrivèrent dans le creux le plus profond, elles découvrirent qu'il était inondé sur cinquante mètres environ et que l'eau montait à hauteur de cheville. Un jour de semaine, chaussées de sabots, elles n'auraient pas hésité à le prendre, mais aujourd'hui, vêtues de leurs robes blanche, rose et lilas sur lesquelles la moindre tache de boue se verrait, et portant des bas blancs et des fines chaussures, la mare leur paraissait un fâcheux obstacle. À moins d'un mile et demi de là, les cloches de l'église sonnaient.

— Qui aurait pensé à pareille crue en plein été ! s'exclama Marian.

Elles avaient grimpé sur un talus avec l'idée de suivre sa pente jusqu'à ce qu'elles dépassent la mare.

— On n'y arrivera jamais, à moins de traverser ici ou de faire le tour par Turnpike, ce qui nous mettra très en retard, fit observer Retty, désespérée.

Alors qu'elles se tenaient tant bien que mal sur le talus, elles entendirent patauger dans l'eau, derrière le coude de la route, et Angel Clare apparut, marchant dans leur direction le long du sentier inondé. Quatre cœurs se mirent à battre la chamade à l'unisson.

Clare portait ses habits de travail, de hautes bottes pour aller dans l'eau et une feuille de chou dans son chapeau pour garder la tête au frais. Une tige de chardon complétait sa tenue.

— Il ne va pas à la messe, dit Marian.

— Non, et c'est regrettable, murmura Tess.

Angel, en réalité, préférait par les beaux jours d'été les sermons de la nature à ceux des églises. Ce matin, il était allé voir l'état des dégâts causés au foin par la crue, et en chemin, il avait aperçu les filles de loin. Sachant que l'eau était montée à cet endroit-là et les empêcherait de poursuivre leur route, il s'était dépêché de les rattraper, avec la vague idée de leur venir en aide, et de venir en aide à l'une en particulier.

Avec leurs joues roses et leurs yeux brillants, les quatre jeunes filles étaient si charmantes dans leurs robes d'été qu'il s'arrêta un moment pour les contempler avant de s'approcher. Leurs jupes de gaze avaient attiré les mouches et les papillons qui, incapables de s'échapper, demeuraient emprisonnés dans le tissu transparent comme dans une volière. Les yeux d'Angel se posèrent enfin sur Tess, la dernière des quatre. Celle-ci, se retenant de ne pas pouffer devant le dilemme qui se présentait à elles, ne put s'empêcher de croiser son regard d'un air radieux.

Il les rejoignit en traversant la mare ; l'eau ne dépassait pas ses bottes.

— Étiez-vous en chemin pour l'église ? demanda-t-il à Marian.

— Oui, monsieur, et il se fait tard.

— Je vais vous porter de l'autre côté de la mare.

Les quatre jeunes filles rougirent, comme si un même cœur battait en elles.

— Oh, non, monsieur, vous ne pouvez pas.

— C'est la seule façon pour vous de passer. Ne bougez pas… Mais non, voyons, vous n'êtes pas trop lourde ! Je vous porterai toutes les quatre. Maintenant, Marian, attention, continua-t-il. Mettez vos mains autour de mes épaules. Voilà. Tenez-vous bien.

Marian s'était baissée sur le bras et l'épaule d'Angel, comme il le lui avait demandé, et Angel s'éloigna avec elle à grandes enjambées. Ils disparurent derrière le coude de la route. Seuls le bruit de ses pas dans l'eau et le ruban du chapeau de Marian indiquaient où ils étaient. Au bout de quelques minutes, il réapparut. Izz Huett était la suivante sur le talus.

— Le voilà, murmura-t-elle, les lèvres sèches sous le coup de l'émotion. Dire que je vais devoir glisser mes bras autour de son cou et le regarder dans les yeux comme Marian.

— Et alors ? fit vivement Tess.

— Il y a un temps pour tout, continua Izz avec insouciance. Un temps pour embrasser et un temps pour se retenir d'embrasser. Le premier va être à moi maintenant.

— Oh, Izz, tu n'as pas honte !

Angel Clare, qui agissait par pure bonté, s'approcha de Izz. Elle se laissa glisser l'air rêveur dans ses bras et Angel s'éloigna à nouveau avec elle. Quand il revint pour la troisième fois, le cœur de Retty battait si fort que la jeune fille tremblait. Au moment où il s'apprêtait à la prendre dans ses bras, il jeta un coup d'œil à Tess. Ses lèvres n'auraient pu prononcer plus clairement : « Ce sera bientôt vous et moi ! » Le visage de Tess montra qu'elle avait deviné : c'était ainsi, ils se comprenaient.

La pauvre petite Retty, bien que la plus légère, fut le fardeau le plus pénible de Clare. Marian avait été comme un sac de farine, un poids mort de femme potelée sous lequel il avait littéralement chancelé. Izz s'était laissé porter facilement et calmement. Retty était un paquet de nerfs. Mais il vint à bout d'elle, l'amena de l'autre côté de la mare et retourna sur ses pas. Tess distinguait par-dessus la haie ses trois compagnes qui attendaient là où Clare les avait déposées. C'était son tour à présent. Gênée, elle s'aperçut qu'après l'avoir reproché à ses compagnes, elle était bien plus troublée qu'elles à l'idée de se trouver si près de la bouche et des yeux de Mr. Clare. Aussi, craignant de ne révéler son secret, elle ergota au dernier moment.

— Je crois que je vais pouvoir grimper le long du talus. Vous devez être si fatigué, Mr. Clare.

— Non, non, Tess, s'empressa-t-il de répondre.

Et avant même qu'elle ne s'en rende compte, elle était dans ses bras, la tête reposant contre son épaule.

— Tout cela pour arriver à vous, murmura-t-il.

— Pourtant, ce sont de meilleures femmes que moi, répliqua-t-elle, s'en tenant, magnanime, à sa résolution.

— Pas pour moi.

Il vit qu'elle rougissait à ces paroles et ils avancèrent un moment en silence.

— J'espère que je ne suis pas trop lourde, dit timidement Tess.

— Oh, non ! Vous devriez porter Marian ! Quel poids ! Vous êtes aussi légère qu'une vague réchauffée par le soleil, et toute cette mousseline autour de vous est l'écume.

— C'est très joli… si c'est ainsi que je vous apparais.

— Je ne m'attendais pas à pareil événement aujourd'hui.

— Moi non plus… L'eau est montée si subitement.

Elle avait bien sûr compris qu'il ne faisait pas allusion à cette soudaine crue, et d'ailleurs, sa respiration le prouvait. Clare s'arrêta et pencha la tête vers elle.

— Oh, Tessy, s'écria-t-il.

Voyant qu'elle avait les joues brûlantes et que l'émotion l'empêchait de le regarder dans les yeux, Angel se rendit compte qu'il profitait injustement d'une situation fortuite et se ressaisit. Aucun mot d'amour n'avait encore franchi leurs lèvres à tous deux, et la retenue était à ce point préférable. Pourtant, il marcha lentement afin de prolonger le plus possible la distance qu'il leur restait à faire. Mais ils finirent par arriver au coude de la route, après quoi, ils ne pouvaient échapper au regard des trois autres jeunes filles. Une fois sur la terre ferme, il déposa Tess.

Marian, Izz Huett et Retty les observaient d'un air songeur, et Tess devina qu'elles avaient parlé d'elle. Clare leur dit au revoir à la hâte et retourna sur le chemin inondé.

Les quatre amies repartirent et marchèrent en silence jusqu'à ce que Marian s'écrie brusquement, en regardant Tess sans joie :

— Non, vraiment, nous n'avons aucune chance contre elle !

— De quoi parles-tu ? demanda Tess.

— C'est toi qu'il préfère ! Ça se voyait rien qu'à la façon dont il te portait. Il t'aurait même embrassée si tu l'avais encouragé.

— Non, non, fit-elle.

La gaieté qui les accompagnait au départ avait disparu, et pourtant, il n'y avait ni inimitié ni malveillance entre elles. C'étaient de généreuses jeunes âmes qui avaient grandi dans des coins perdus de la campagne où le fatalisme domine. Et elles n'en voulaient pas à Tess. Si elle devait les supplanter, qu'il en soit ainsi.

Mais Tess avait le cœur brisé. Il était inutile qu'elle se voile la face plus longtemps : elle aimait Angel Clare, peut-être même avec plus de passion encore, sachant que les autres étaient éprises de lui. L'amour est un sentiment contagieux, surtout parmi les femmes. Et pourtant, son cœur affamé éprouvait de la compassion pour ses amies. L'honnête nature de Tess avait lutté, mais trop faiblement, et voilà ce qui arrivait.

— Je ne me mettrai jamais en travers de ton chemin, ou du chemin de l'une de vous, dit-elle à Retty ce soir-là dans la chambre. Je ne pense pas qu'il songe au mariage, mais s'il me demandait ma main, je refuserais, comme je la refuserais à n'importe quel homme.

— Mais pourquoi ? demanda Retty.

— Je ne peux pas te le dire. Mais je vais être franche : même en me retirant, je ne crois pas qu'il choisirait l'une de vous.

— Je n'y ai jamais songé, jamais ! gémit Retty. Mais, oh, je voudrais être morte.

La pauvre enfant, déchirée par un sentiment qu'elle comprenait à peine, se tourna vers les deux autres filles qui venaient de les rejoindre dans la chambre.

— Nous devons redevenir amies avec Tess, déclara-t-elle. Elle ne croit pas qu'il la choisira plus que nous.

La réserve qu'éprouvaient les trois jeunes filles à l'égard de Tess se dissipa aussitôt et elles lui témoignèrent de nouveau confiance et chaleur.

— Tout m'est égal maintenant, dit Marian, dont l'humeur était au plus bas. Je devais épouser un laitier de Stickleford qui m'a demandée en mariage deux fois, mais, mon Dieu, je préférerais mourir qu'être sa femme aujourd'hui ! Pourquoi ne dis-tu rien, Izz ?

— Si je parle, c'est pour vous faire une confession, murmura la jeune fille. J'étais tellement sûre qu'il m'embrasserait quand il m'a prise dans ses bras. Je suis restée sans bouger contre lui, et j'espérais, j'espérais, mais rien ne s'est passé. Je n'ai pas envie de m'attarder plus longtemps à Talbothays. Je vais rentrer chez moi.

L'air dans la chambre semblait vibrer sous l'effet de la passion sans espoir des jeunes filles. Elles s'agitaient fébrilement tant elles étaient oppressées par l'émotion que leur imposaient les cruelles lois de la nature – une émotion qu'elles n'avaient ni attendue ni désirée. L'incident de la journée avait attisé la flamme qui brûlait dans leur cœur à chacune, et le supplice en était presque insupportable. La passion oblitérait les différences qui permettaient de les distinguer en tant qu'individus, et c'était la franchise qui régnait entre elles, non la jalousie. Car si elles n'avaient pas d'espoir, elles possédaient suffisamment de bon sens pour ne pas s'illusionner par de vaines prétentions, ou nier leur amour ou se donner de grands airs avec l'idée d'éclipser les autres. Elles n'ignoraient pas la futilité de leur amour d'un point de vue social, sa naissance inutile, son avenir limité, l'absence de tout ce qui pourrait justifier son existence aux yeux de la civilisation (alors qu'il ne manquait de rien aux yeux de la nature). Mais qu'il existe, justement, les plongeait dans la béatitude de l'extase, et tout cela leur conférait une certaine résignation et une dignité que l'espérance concrète et sordide de se faire épouser par Clare aurait détruite.

Elles se tournèrent et se retournèrent dans leurs petits lits tandis qu'en bas, gouttaient avec monotonie les pressoirs à fromage.

— Tess, tu es réveillée ? demanda Izz, au bout d'une demi-heure.

Tess avait à peine répondu par l'affirmative que Retty et Marian repoussèrent leurs couvertures et s'exclamèrent :

— Nous aussi !

— J'aimerais bien savoir à quoi ressemble la femme que sa famille a en vue pour lui.

— J'aimerais bien, moi aussi, dit Izz.

— Une femme que sa famille a en vue pour lui ? répéta Tess en sursautant. Je l'ignorais.

— Oui, c'est ce qu'on raconte. Une jeune femme de son rang, que ses parents lui ont choisie. C'est la fille d'un docteur en théologie qui habite près de la paroisse de son père, à Emminster. Il paraît que Mr. Clare ne l'aime pas, mais pour sûr, il l'épousera.

Elles n'en savaient guère plus, pourtant cela leur suffit à bâtir de douloureux rêves, là, au cœur de la nuit. Elles imaginèrent en détail comment on amènerait Clare à consentir à ce mariage, les préparatifs de la noce, la joie de la jeune mariée, sa robe et son voile, leur demeure à tous deux quand l'oubli les aurait effacées, elles quatre, de l'esprit de Clare. Elles parlèrent ainsi, souffrirent et pleurèrent jusqu'à ce que le sommeil charme leur peine.

Après cette révélation, Tess ne nourrit plus de folles pensées et cessa de concevoir dans l'attention que Clare avait à son égard quelque signification sérieuse et délibérée. C'était un engouement pour son visage, qui passerait avec l'été, pour l'amour de l'amour, et rien de plus. Et la couronne d'épines de cette triste conclusion était qu'elle, qu'il préférait aux autres, elle qui se savait plus passionnée, plus intelligente et plus belle, était du point de vue des convenances bien moins digne de lui que ces filles plus quelconques qu'il ignorait.

# 24

Juillet passa, et la chaleur qui suivit dans son sillage semblait un effort de la part de la nature pour être à la hauteur des cœurs qui battaient à Talbothays. L'atmosphère, si fraîche pendant le printemps et le début de l'été, devint stagnante et débilitante. Ses lourdes senteurs pesaient sur tous les habitants de la laiterie, et à la mi-journée, le paysage paraissait en pâmoison. Bien que le haut des pâturages fût brûlé, l'herbage restait encore vert là où chantonnaient les cours d'eau. Clare n'était pas moins oppressé par la chaleur que par la ferveur de sa passion pour la douce et silencieuse Tess.

La traite se faisait directement dans les prés, pour plus de fraîcheur et de commodité. Les bêtes cherchaient systématiquement l'ombre du plus petit arbre qui se déplaçait autour du tronc, et quand les trayeurs arrivaient, elles tenaient à peine tranquilles à cause des mouches.

Un après-midi, quatre ou cinq vaches qui n'avaient pas encore été traites s'écartèrent du troupeau pour se mettre derrière le coin d'une haie. Dumpling et la Vieille Pretty, qui aimaient tout particulièrement les mains de Tess, en faisaient partie. Quand la jeune fille se leva de son tabouret après avoir fini de traire une vache, Angel Clare, qui observait la jeune fille depuis un moment, lui demanda si elle voulait s'occuper de Dumpling et de la Vieille Pretty. Tess accepta en silence et, tenant son tabouret à bout de bras et le seau contre son genou, elle se dirigea vers les deux vaches en question. Bientôt, le bruit du lait de la Vieille Pretty giclant dans le seau monta de derrière la haie et Angel ne put résister à l'envie de s'en aller lui aussi de ce côté-là pour traire une vache difficile, à présent qu'il était devenu aussi capable que le maître laitier lui-même.

En général, les hommes et certaines femmes, quand ils trayaient, enfonçaient le front dans le flanc de la vache et fixaient le seau. Mais quelques-uns – surtout les plus jeunes – préféraient poser la tête de côté. C'était l'habitude de Tess et, la tempe appuyée contre le ventre de la bête, elle regardait le bout du pré avec l'expression de quelqu'un perdu dans ses pensées. Elle trayait la Vieille Pretty ainsi ; le soleil tombait sur sa robe rose et son chapeau blanc, et sur son profil, le rendant aussi fin qu'un camée découpé sur le fond brun de la vache. Elle ignorait que Clare l'avait suivie et qu'il ne la quittait pas du regard. L'immobilité de sa tête et de ses traits était remarquable ; la jeune fille aurait pu être en transe, les yeux ouverts, qui ne voyaient pas. Rien dans le tableau ne bougeait si ce n'est la queue de la Vieille Pretty et les mains de Tess, si doucement qu'on aurait dit une pulsation rythmique, comme si elles obéissaient à un mouvement de réflexe, tel un cœur qui bat.

Comme son visage lui était adorable ! Pourtant, il n'avait rien d'éthéré et n'était que vitalité, chaleur, incarnation. Et c'est dans sa bouche que le tout culminait. Il avait déjà vu des yeux aussi expressifs et profonds, des joues peut-être aussi roses, des sourcils aussi bien arqués, un menton et une gorge aussi bien dessinés, mais jamais sur toute la surface de la terre, il n'avait contemplé une bouche qui put égaler celle de Tess. Pour un jeune homme un tant soit peu ardent, le léger retroussement au milieu de la lèvre supérieure était troublant, ensorcelant, irrésistible. Jamais les lèvres et les dents d'une femme ne s'étaient ainsi imposées à son esprit. Parfaites, voilà ce qu'il aurait pu dire, lui, le soupirant. Mais non : elles ne l'étaient point, et c'était cette touche d'imperfection sur ce qui aurait pu être parfait qui en faisait tout le charme car c'est le charme qui faisait l'humanité.

Clare avait étudié tant de fois la courbe de ces lèvres qu'il pouvait se les représenter mentalement avec facilité, et à présent qu'il les avait de nouveau sous les yeux, revêtues de couleur et de vie, il sentit qu'elles soufflaient comme une aura sur lui, une brise à travers ses nerfs qui lui donna presque la nausée et, par quelque mystérieux processus physiologique, le fit éternuer.

Tess eut alors conscience qu'il l'observait, mais elle refusa de le montrer en changeant de position, quoique son air rêveur et curieux s'envolât et qu'un observateur attentif eût pu voir que le rose de ses joues fonça puis s'atténua jusqu'à n'être plus qu'une légère teinte.

Le trouble qui avait saisi Clare ne se calma point. Résolutions, réticences, prudence et peur se dissipèrent comme un bataillon vaincu. Il bondit de son tabouret et, laissant son seau au risque de le voir plus tard renversé par un coup de pied de la vache si l'envie l'en prenait, il se dirigea à pas vifs vers l'objet de son désir et s'agenouilla devant Tess avant de la serrer dans ses bras.

Prise au dépourvu, la jeune fille céda à l'étreinte sans réfléchir et voyant que c'était Clare, et nul autre, entrouvrit les lèvres et se laissa aller contre lui dans la joie du moment, avec ce qui ressemblait à un cri d'extase.

Il avait été sur le point d'embrasser cette bouche si désirable, mais le sens moral l'en empêcha au dernier moment.

— Pardonnez-moi, Tess chérie, murmura-t-il. J'aurais dû vous demander… Je ne savais pas ce que je faisais. Jamais je ne me permettrais de libertés avec vous. Je vous suis dévoué, Tess, ma chère Tessy, corps et âme.

La vieille Pretty avait tourné la tête et voyant deux personnes accroupies sous elle quand normalement, il ne devait y en avoir qu'une, leva la patte arrière gauche avec humeur.

— Elle est en colère. Elle ne comprend pas ce que nous faisons, et elle va renverser le lait ! s'exclama Tess en se dégageant doucement, le regard préoccupé par les mouvements de la vache, et le cœur encore plus préoccupé d'elle-même et de Clare.

Puis elle se redressa et ils se tinrent debout, immobiles, le bras de Clare toujours autour de Tess, et les yeux de celle-ci, regardant au loin, se remplirent de larmes.

— Pourquoi pleurez-vous, ma chérie ? demanda le jeune homme.

— Je ne sais pas, murmura-t-elle.

À mesure que la situation dans laquelle elle se trouvait lui apparaissait plus clairement, Tess devint encore plus agitée et s'écarta tout à fait.

— J'ai enfin trahi mes sentiments, Tess, déclara Clare avec un curieux soupir de désespoir dans la voix, signifiant inconsciemment que son cœur avait devancé sa raison. Je vous aime tendrement et sincèrement, inutile de vous le cacher plus longtemps. Mais je… je n'irai pas plus loin aujourd'hui… cela vous jette dans le désarroi… et je suis aussi surpris que vous. J'espère que vous n'allez pas penser que j'ai profité de votre faiblesse, et que je me suis montré trop empressé et irréfléchi ?

— Non… Je ne sais pas.

Il l'avait laissée partir et, une minute ou deux plus tard, chacun reprenait sa besogne. Personne n'avait remarqué leur rapprochement et, quand Mr. Crick les rejoignit, rien ne laissait deviner que les deux jeunes gens, qui se tenaient à présent éloignés, étaient l'un pour l'autre plus que de simples connaissances. Pourtant, depuis que Crick les avait vus pour la dernière fois, quelque chose s'était produit qui avait changé le pivot de l'univers pour tous deux. Un voile s'était brusquement levé, et leur avenir à chacun aurait dès lors un nouvel horizon – brièvement ou longtemps.

# Quatrième Partie

# La conséquence

# 25

Le soir venu, Clare, qui ne tenait pas en place, sortit dans le jardin, celle qui l'avait conquis s'étant retirée dans sa chambre. Il faisait une chaleur aussi étouffante que dans la journée, et la route, les sentiers, la façade de la maison et les murs de l'enclos étaient comme des âtres brûlants qui renvoyaient la température du plein midi au visage du noctambule.

Il s'assit sur la barrière de la cour de la laiterie, ne sachant que penser de lui-même. L'émotion, aujourd'hui, avait en effet étouffé la raison. Depuis la soudaine étreinte, trois heures auparavant, le couple avait pris garde de ne pas se retrouver en tête à tête. Tess semblait paralysée, presque inquiète de ce qui s'était passé, tandis que la nouveauté, l'absence de préméditation et la maîtrise de la situation le bouleversaient, lui, qui vibrait d'une ardeur passionnée et s'abîmait tant dans la contemplation. Il parvenait à peine à concevoir ce qu'ils représentaient l'un pour l'autre et quel devrait être leur comportement respectif en présence d'étrangers.

Angel était venu comme apprenti à la laiterie avec l'idée que son séjour ici ne serait qu'un simple épisode dans sa vie, bref et vite oublié. Et voilà que, dans cet endroit en apparence terne et morne, la passion, telle qu'il ne l'avait jamais connue, avait surgi avec la violence d'un volcan.

Par les fenêtres ouvertes de la ferme, il entendait les petits bruits de la maisonnée se préparant pour la nuit. La laiterie, si humble, si insignifiante, jusqu'alors un simple lieu où il était obligé de séjourner et qu'il estimait à peine comme faisant partie du paysage, que représentait-elle à présent à ses yeux ? Les vieux pignons en brique couverts de lichen semblaient lui dire : « Reste ! » Les fenêtres lui souriaient, la porte l'invitait à entrer, la vigne rougissante conspirait aussi. Et à l'intérieur, une personne exerçait une influence telle que les briques, le mortier, et le ciel au-dessus vibraient d'une sensibilité brûlante. Quelle était donc cette personne si puissante ? Une fille de ferme. Clare n'en revenait pas que cette obscure laiterie comptât autant pour lui. Bien que l'amour en fût en partie responsable, cela ne suffisait pas à tout expliquer. Comme beaucoup d'autres, Angel avait appris que la grandeur d'une vie ne provient pas des circonstances extérieures mais des expériences subjectives. Un paysan sensible mène une vie bien plus riche, plus remplie et plus dramatique qu'un vieux roi. Voyant les choses sous cet angle, il estimait devoir considérer la vie ici avec la même grandeur qu'ailleurs.

Malgré ses opinions anticonformistes, ses défauts et ses faiblesses, Clare était un homme doté d'une conscience. Tess n'était pas une créature insignifiante avec laquelle on jouait un temps seulement, mais une femme vivant sa précieuse vie – une vie qui, elle qui l'endurait ou l'appréciait, était de son point de vue aussi importante qu'elle ne l'est pour les plus grands. Pour elle, le monde entier reposait sur ses sensations, pour elle, ses semblables n'existaient qu'à travers sa propre existence, et pour elle encore, l'univers même n'avait pris naissance que le jour et l'année qui l'avaient vue naître. Cette conscience était la seule occasion d'exister qui avait jamais été accordée à Tess, son tout, sa seule et unique chance. Comment pourrait-il dès lors la voir comme un être de moindre valeur que lui, une jolie petite chose à caresser avant de s'en lasser ; et ne pas considérer avec le plus grand sérieux les sentiments qu'il savait avoir éveillés en elle afin qu'ils ne lui soient pas source de tourment et de ruine ? Le fait de la croiser tous les jours ne ferait que développer ce qui avait commencé. À force de vivre si proches l'un de l'autre, ils ne tarderaient pas à se laisser aller aux marques d'affection, les êtres de chair et de sang ne peuvent y résister.

N'étant parvenu à aucune conclusion sur l'issue de cette attirance, il décida de se tenir pour le moment à l'écart des travaux qui normalement les réunissaient. Jusqu'ici, le mal qui avait été fait ne portait pas trop à conséquences. Mais il n'était pas facile de respecter la résolution de ne plus s'approcher d'elle. Clare était attiré vers Tess à chaque battement de son cœur. Aussi décida-t-il d'aller voir les siens, et peut-être en profiter pour les sonder sur la question. Dans moins de cinq mois, son séjour à la laiterie s'achèverait, et après quelques mois supplémentaires dans d'autres fermes, il serait alors en possession de toutes les connaissances agricoles nécessaires pour se mettre à son compte. Un fermier n'aurait-il pas besoin d'une femme ? Et la femme d'un fermier devrait-elle être une poupée de cire sortie d'un salon ou une femme qui comprend les travaux de la ferme ? Malgré la plaisante réponse que lui renvoya le silence, il se résolut à faire ce voyage.

Un matin, alors que l'on prenait le petit déjeuner à Talbothays, l'une des filles fit remarquer qu'elle n'avait pas vu Mr. Clare.

— Oh, mais c'est que Mr. Clare est rentré chez lui passer quelques jours avec sa famille, expliqua Mr. Crick.

Pour quatre jeunes filles passionnées autour de la table, le soleil de la matinée cessa de briller d'un coup et les oiseaux se turent. Cependant, aucune d'elles ne révéla par une parole ou un geste son trouble.

— Son apprentissage ici approche de la fin, continua le laitier, sans se rendre compte de la brutalité de son flegme. Il doit sans doute commencer à faire des plans pour ailleurs.

— Combien de temps doit-il encore rester ici ? demanda Izz Huett, la seule de la bande des quatre qui fût assez sûre de sa voix pour poser la question.

Les autres attendirent la réponse de Mr. Crick comme si leur vie en dépendait : Retty, les lèvres entrouvertes, fixant la nappe, Marian, que la chaleur rendait encore plus rouge que d'habitude, et Tess, palpitant et regardant les prés au-dehors.

— Je ne me souviens pas du jour exact, il faudrait que je consulte mon carnet, répliqua Mr. Crick avec la même intolérable indifférence. Et encore, il est possible que le jour change. Il attendra pour sûr que les vaches mettent bas, histoire d'acquérir un peu de pratique. À mon avis, il sera ici jusqu'à la fin de l'année.

Quatre mois environ d'une extase torturante en sa compagnie, puis les ténèbres d'une nuit indicible.

Au même moment, Angel Clare chevauchait le long d'un étroit sentier à une douzaine de miles de la laiterie, en direction du presbytère de son père, transportant tant bien que mal un petit panier contenant un peu de boudin noir et une bouteille d'hydromel que Mrs. Crick envoyait avec ses respects à ses parents. Le chemin s'étendait devant lui et ses yeux le fixaient sans le voir, car ils regardaient l'année à venir. Il aimait Tess : devait-il l'épouser ? Oserait-il la demander en mariage ? Que diraient sa mère et ses frères ? Et lui-même, qu'en dirait-il, dans deux ans ? Les germes d'une solide camaraderie poussaient-ils sous l'émotion passagère ou n'éprouvait-il qu'une joie sensuelle à la vue de sa silhouette, sans le substrat qui en assurerait la durée ?

La petite ville de son père, entourée de collines, la tour en pierre rouge de l'église Tudor, le bosquet près du presbytère apparurent enfin devant lui. Jetant un coup d'œil à l'église avant de gagner la demeure familiale, il avisa près de la porte de la sacristie un groupe de filles, de douze à seize ans, qui semblaient attendre quelqu'un. Au même moment, une jeune fille, plus âgée que les autres, arriva. Coiffée d'un chapeau aux larges bords et vêtue d'une robe en batiste fort empesée, elle tenait à la main deux livres. Clare la connaissait bien. Il aurait été incapable de dire si elle l'avait aperçu ou pas ; il espérait que non, afin de ne pas avoir à aller parler à cette créature irréprochable. Une irrésistible répugnance à la saluer lui fit décider que finalement, elle ne l'avait pas vu. La jeune demoiselle n'était autre que Mercy Chant, la fille unique du voisin et ami de son père, que ses parents souhaitaient en secret qu'il épouse un jour. Férue d'instruction religieuse, elle s'apprêtait, de toute évidence, à faire classe. L'esprit de Clare s'envola vers la vallée des Grandes Laiteries et ses jeunes filles moins pieuses et plus passionnées, et vers la plus passionnée de toutes.

Comme il était parti à Emminster sur un coup de tête, il n'avait pas eu le temps d'écrire à ses parents pour les prévenir de sa visite, aussi avait-il choisi d'arriver au moment du petit déjeuner, avant qu'ils ne s'en aillent accomplir leurs devoirs paroissiaux. Il était un peu en retard et les trouva déjà attablés devant leur repas du matin. Tous sursautèrent en le voyant entrer. Il y avait son père et sa mère, son frère, le révérend Felix, et son autre frère, le révérend Cuthbert. Sa mère portait un bonnet et des lunettes à monture d'argent, et son père paraissait être ce qu'il était en réalité : un homme fervent d'environ soixante-cinq ans, craignant Dieu, le corps légèrement émacié et le visage ridé par la réflexion et la volonté. Au-dessus de leurs têtes, un tableau représentait la sœur d'Angel, l'aînée de la famille, qui avait épousé un missionnaire et était partie vivre en Afrique.

Le vieux Mr. Clare était de ces pasteurs qui, au cours des vingt dernières années, avaient presque renoncé à la vie contemporaine. Même les hommes de son âge et de son école de pensée le trouvaient un peu extrême. Ceux, en revanche, qui ne partageaient pas ses opinions ne pouvaient s'empêcher d'admirer sa sincérité et sa remarquable faculté à écarter toute discussion dès qu'elle portait sur un principe auquel il tenait farouchement. Face au plaisir esthétique, sensuel et païen de la nature et de la féminité luxuriante que son fils Angel avait récemment goûté, il aurait éprouvé la plus vive répugnance s'il avait pu le concevoir par des questions ou par l'imagination. Mais la bonté de son cœur était telle que son ressentiment ne durait jamais, et il accueillit son fils ce jour-là avec un sourire d'une candeur si délicieuse qu'on aurait dit le sourire d'un enfant.

Angel prit place autour de la table, et se sentit chez lui ; pourtant, il n'avait plus l'impression, comme jadis, de faire autant partie de cette famille. Chaque fois qu'il revenait, il avait conscience de cette divergence, et depuis sa dernière visite, la vie du presbytère lui était devenue encore plus étrangère que d'habitude. Les aspirations de ceux qui l'entouraient étaient aussi éloignées de lui que les rêves d'un peuple vivant sur une autre planète. Récemment, il n'avait vu que la vie, n'avait ressenti que la vibration passionnée de l'existence, une existence non pervertie, non faussée et non entravée par ces croyances qui tentent si futilement d'arrêter ce que la sagesse serait heureuse de réguler.

De leur côté, ils le trouvèrent changé. Ce n'était plus le Angel Clare d'autrefois, et ses frères, surtout, notèrent cette différence dans ses manières. Angel se comportait comme un fermier : il se tenait affalé sur sa chaise, les muscles de son visage étaient plus expressifs, ses yeux informaient autant que sa langue parlait, et plus encore. Il n'avait plus rien d'un homme instruit, et encore moins d'un homme de salon. Un cuistre aurait dit qu'il manquait de culture, un prude qu'il était grossier.

Après le petit déjeuner, il sortit se promener avec ses deux frères. Si ceux-ci avaient remarqué à quel point il était devenu socialement déplacé, Angel remarqua qu'ils étaient, eux, de plus en plus étroits d'esprit. L'un comme l'autre admettait l'existence, dans la société civilisée, de quelques millions d'étrangers sans importance, des personnes qui n'appartenaient ni à l'université ni à l'église, et qu'on devait tolérer plutôt que respecter. S'ils étaient des fils dévoués et attentifs, rendant régulièrement visite à leurs parents, ils pardonnaient difficilement les affronts faits à leur enseignement, et au bout du compte, n'avaient point de cœur.

Alors qu'ils marchaient sur le versant de la colline, Angel songea que, malgré leurs avantages sur lui, aucun de ses deux frères ne voyait la vie telle qu'elle était réellement et ne mesurait les forces complexes à l'œuvre hors du courant tranquille et doux sur lequel leurs semblables et eux-mêmes flottaient. Aucun ne faisait la différence entre une vérité locale et une vérité universelle, et ni l'un ni l'autre ne comprenait que les discours ecclésiastiques et académiques du monde intérieur étaient à l'opposé de ce que pensait le monde extérieur.

— Je suppose que ta décision est prise, c'est l'agriculture et rien d'autre pour toi, maintenant, n'est-ce pas, déclara Felix en contemplant les champs lointains avec une triste austérité. Nous allons devoir nous y faire. Mais je te supplie de ne pas renoncer à un idéal moral. Pour tenir une ferme, certes, il faut vivre à la dure, néanmoins, de nobles pensées peuvent aller de pair avec une vie simple.

— Bien sûr, répondit Angel. Pourquoi, d'ailleurs, penses-tu que je vais renoncer à mes nobles pensées ou à mon idéal moral ?

— Eh bien… d'après le ton de tes lettres et nos conversations, je me suis demandé si tu ne perdais pas un peu de ta force intellectuelle. Cela ne t'a-t-il pas frappé, Cuthbert ?

— Écoute, Felix, dit sèchement Angel. Nous sommes bons amis, et chacun de nous suit sa voie, mais si on en vient à parler de force intellectuelle, je préférerais que tu laisses la mienne tranquille et que tu t'intéresses plus à ce qu'est devenue la tienne.

Ils rentrèrent pour déjeuner. La marche les avait mis en appétit, Angel surtout, qui était à présent un homme du grand air, habitué aux agapes quelque peu ordinaires mais servies en abondance à Talbothays. Une fois tous assis autour de la table devant un repas frugal fait de viandes froides, Angel chercha du regard le boudin noir de Mrs. Crick. Il avait recommandé de le faire griller comme à la ferme et espérait que ses parents apprécieraient autant que lui les merveilleuses saveurs dues à certaines herbes aromatiques.

— Ah, tu te demandes où est le boudin noir, mon enfant ? dit Mrs. Clare. Je suis sûre que tu pourras t'en passer, comme ton père et moi-même, quand tu sauras pourquoi nous n'aurons pas l'occasion de le goûter. Je l'ai fait porter aux enfants d'un malheureux qui ne peut nourrir sa famille en ce moment à cause d'une crise de delirium tremens.

— Je comprends, fit Angel gaiement, cherchant à présent l'hydromel.

— Quant à l'hydromel, poursuivit-elle, je l'ai trouvé trop alcoolisé pour être servi en boisson. Mais en cas de nécessité, il remplacera très bien le rhum ou le brandy. Aussi l'ai-je rangé dans l'armoire à pharmacie.

— Et par principe, nous ne buvons jamais d'alcool à cette table, ajouta le vieux Mr. Clare.

— Mais que vais-je dire à la femme du laitier ? demanda Angel.

— La vérité, bien sûr, répondit son père.

— J'aurais mieux aimé lui dire que nous avons apprécié son hydromel et son boudin noir. C'est une femme bonne et joviale qui, je suis sûr, me posera la question à mon retour.

— Tu ne peux pas lui dire cela si ce n'est pas vrai, fit observer Mr. Clare avec lucidité.

— Non, évidemment. Mais cet hydromel était une fameuse boutanche.

— Une quoi ? firent Cuthbert et Felix en même temps.

— Oh, c'est une expression qu'on utilise à Talbothays, répliqua Angel en rougissant.

Puis, comprenant que ses parents avaient eu raison d'agir selon leurs principes, même si l'absence de sentiments était regrettable, il se tut.

# 26

Ce ne fut que tard, dans la soirée, après les prières familiales, qu'Angel parvint à parler à son père des deux ou trois sujets qui lui tenaient à cœur. Il discuta d'abord de son projet de s'installer comme fermier, soit en Angleterre, soit aux colonies. Après l'avoir écouté, le vieux Mr. Clare lui annonça que, n'ayant pas eu à engager de dépenses pour l'envoyer à Cambridge, il avait mis de l'argent de côté tous les ans, afin qu'il ne se sente pas lésé par rapport à ses frères et puisse un jour faire l'acquisition de terres.

Cette prévenance de la part du vieil homme amena Angel à l'entretenir de l'autre sujet, plus cher à son cœur. Il lui rappela qu'il avait vingt-six ans et qu'une fois à la tête d'une exploitation agricole, il lui faudrait quelqu'un pour surveiller les travaux domestiques pendant qu'il serait aux champs. Ne ferait-il donc pas bien de se marier ? Son père sembla juger l'idée raisonnable, et quand Angel demanda quel genre de femmes il pensait qu'il devrait épouser, le vieil homme répondit :

— Une vraie chrétienne. Le reste importe peu. Du reste, une telle personne n'est pas impossible à trouver. Mon fervent ami et voisin, le Dr Chant…

— Mais ne devrait-elle pas d'abord savoir traire une vache, battre du bon beurre et fabriquer des fromages, faire couver des poules et des dindes, élever des poulets, diriger un champ de laboureurs en cas de besoin et estimer la valeur des moutons et des veaux ?

— Oui, bien sûr, ce serait préférable, concéda le vieux Mr. Clare qui n'avait, en réalité, jamais songé à tout cela auparavant. Mais j'allais ajouter que, pour ce qui est d'une femme pure et sainte, tu ne trouveras pas mieux, et certainement pas plus conforme à notre idée à ta mère et à moi-même, que Mercy Chant, pour qui tu manifestais autrefois un certain intérêt.

— Oui, oui, Mercy est bonne et dévouée, mais père, ne croyez-vous pas qu'une jeune femme tout aussi pure et vertueuse que Miss Chant, mais qui, au lieu de consacrer sa vie à l'église, comprendrait les devoirs d'une vie à la ferme aussi bien qu'un fermier, ne me conviendrait pas mieux ?

Voyant que son père persistait à penser que les devoirs d'une fermière passaient au second plan, l'impulsif Angel, qui cherchait à honorer les sentiments de son père et à défendre en même temps la cause de son cœur, devint spécieux. Il expliqua que le destin ou la providence avait mis en travers de son chemin une femme possédant toutes les qualités requises pour être l'épouse d'un fermier, et qu'elle allait régulièrement à l'église, était sérieuse, honnête de cœur, ouverte d'esprit, intelligente, gracieuse, chaste comme une vestale et d'une beauté extraordinaire.

— Appartient-elle à une famille où tu aimerais entrer par alliance ? En bref, est-ce une dame ? demanda Mrs. Clare qui était entrée dans le bureau pendant la conversation entre son mari et son fils.

— Elle n'est pas à proprement parler une dame, répondit Angel sans fléchir, car c'est la fille d'un paysan, je suis fier de le dire. Mais elle est dame néanmoins dans ses sentiments et sa nature.

— Mercy Chant vient d'une très bonne famille.

— À quoi cela sert-il, mère ? s'exclama Angel. Qu'importe la famille pour la femme d'un homme qui doit vivre à la dure comme ce sera le cas pour moi ?

— Mercy est une jeune fille douée, ce qui a son charme, répliqua sa mère.

— Mettre ses dons au service des autres ne me sera d'aucune utilité dans la vie que je mènerai. En revanche, je peux me charger de la guider dans ses lectures. La jeune fille à laquelle je pense sera une élève intelligente, vous le diriez vous-même si vous la connaissiez. Elle déborde de poésie, elle *vit* ce que les poètes écrivent. Et c'est une chrétienne irréprochable, peut-être même de la tribu, du genre, et de l'espèce que vous désirez propager.

— Oh, Angel, tu te moques !

— Pardon, mère. Mais comme elle va à l'église tous les dimanches, et qu'elle est une bonne chrétienne, je suis sûr que vous tolérerez quelque imperfection aux conventions sociales et que vous penserez que j'aurais pu faire pire que la choisir.

Doutant tristement que leur fils fût lui-même en droit de revendiquer le titre qu'il accordait à cette jeune femme inconnue, Mr. et Mrs. Clare déclarèrent finalement qu'il valait mieux ne pas précipiter les choses, et qu'ils ne voyaient pas d'objection à la rencontrer. Angel, de son côté, s'abstint pour l'instant de donner plus de détails. Il sentait que ses parents, bien que résolus et pleins d'abnégation, nourrissaient encore quelques-uns des préjugés des classes moyennes et qu'il lui faudrait un certain tact pour en venir à bout. Car même s'il était libre d'agir à sa guise et que les origines de leur belle-fille ne changeraient en rien leur vie puisqu'elle vivrait vraisemblablement loin d'eux, il ne souhaitait pas, par amour pour eux, les blesser dans la plus importante décision de sa vie. Il remarqua toutefois qu'il avait fait preuve d'incohérence en présentant ce qui était accessoire dans la vie de Tess comme des traits essentiels. C'était pour elle-même qu'il l'aimait, pour son âme, son cœur, sa personne et non pour ses talents à la laiterie, son aptitude à apprendre et encore moins pour sa foi naïve. Sa vie au grand air, dénuée de toute sophistication, n'avait besoin d'aucun vernis conventionnel pour lui plaire.

* *
*

C'était le matin de son départ. Ses frères avaient déjà quitté le presbytère pour faire une excursion dans le nord avant de retourner, l'un à l'université, l'autre à son presbytère. Angel aurait pu se joindre à eux mais il préférait retrouver sa bien-aimée à Talbothays. Il n'avait parlé de Tess ni à Felix ni à Cuthbert. Sa mère lui prépara des sandwichs et son père l'accompagna à cheval pendant une partie du chemin. Ayant assez bien avancé dans ses propres affaires, Angel écoutait complaisamment le vieil homme parler tout en trottant à son côté et apprit qu'il avait été à l'origine de surprenantes conversions de gens de mauvaise vie, non seulement parmi les pauvres, mais aussi parmi les riches. Ainsi le cas d'un jeune châtelain parvenu, du nom de d'Urberville, qui vivait à une quarantaine de miles dans le voisinage de Tantridge.

— Ce n'est pas un de ces anciens d'Urberville de Kingsbere ? demanda Angel. Cette curieuse famille déchue avec sa légende de fantômes qui se déplacent dans un carrosse ?

— Oh, non. Les vrais d'Urberville ont disparu voilà quatre-vingts ans, je crois. Il s'agit d'une nouvelle famille qui a repris le nom. Cela m'étonne que tu t'intéresses aux vieilles familles.

— Vous vous méprenez, père. D'un point de vue politique, je doute que leur vieillesse soit une vertu, et il est même quelques sages, parmi eux, qui se montrent sceptiques quant à la valeur de leur lignée. Mais d'un point de vue historique et dramatique, je leur suis tendrement attaché.

Cette nuance, bien que guère subtile, l'était encore trop pour le vieux Mr. Clare, et il reprit l'histoire qu'il avait commencé à raconter. Après la mort de son père, le jeune prétendu d'Urberville s'était adonné aux plus coupables passions, malgré le mauvais état de santé de sa mère, par ailleurs aveugle. Entendant parler du genre de vie qu'il menait, le pasteur, venu dans la région de Tantridge pour prêcher, profita de l'occasion pour s'entretenir de son âme avec le coupable. Le jeune homme n'apprécia guère d'être ainsi critiqué et ne se gêna pas pour insulter publiquement le vieux Mr. Clare, sans manifester le moindre respect pour ses cheveux gris.

— Cher père, dit Angel tristement, je préférerais que vous ne vous exposiez pas à la souffrance infligée par pareil scélérat.

— La souffrance ? répéta le vieil homme. Si j'ai souffert, c'était pour lui, pauvre jeune fou. Crois-tu vraiment que j'aurais pu souffrir de ses paroles ou de ses coups ?

— Il n'est quand même pas allé jusqu'aux coups ?

— Non, bien qu'il me soit déjà arrivé de recevoir des coups d'hommes en état d'ivresse.

— Non !

— Une dizaine de fois, mon garçon. Mais qu'importe. Je les ai empêchés de se tuer et d'être ainsi coupables aux yeux de Dieu, et ils ont vécu pour me remercier et louer le Seigneur.

— Puisse ce jeune homme faire de même ! s'exclama Angel avec ferveur. Mais j'en doute, d'après ce que vous dites.

— Nous ne pouvons qu'espérer, et je continue de prier pour lui. Qui sait, l'une de mes pauvres paroles aura peut-être touché son cœur ?

Comme toujours, le père de Clare était aussi optimiste qu'un enfant. Et bien qu'Angel ne pût accepter le dogme étroit de ses parents, il respectait la foi de son père et reconnaissait le héros sous le piétiste. Peut-être même le respectait-il plus encore maintenant en constatant que, au sujet de son mariage avec Tess, il n'avait pas une seule fois demandé si elle se suffisait ou si elle était sans le sou. C'était ce même détachement du monde qui avait poussé Angel à se tourner vers le métier de fermier et ses deux frères à ne pas chercher à être plus que de pauvres pasteurs. Mais Angel ne l'en admirait pas moins, et malgré son anticonformisme, il se sentait souvent plus proche de lui, du point de vue humain, que ne l'étaient ses frères.

# 27

Après avoir chevauché pendant une vingtaine de miles, Angel arriva dans l'après-midi non loin de Talbothays. Depuis le monticule sur lequel il se tenait, il put de nouveau plonger le regard sur la vallée verdoyante et humide de la Froom. À peine commença-t-il à descendre vers les riches terres alluviales que l'atmosphère s'alourdit ; les parfums languides des fruits d'été, la brume, les foins et les fleurs formaient un océan d'odeurs qui semblaient rendre les animaux, les abeilles et les papillons assoupis, à cette heure de la journée. L'endroit lui était devenu si familier qu'il reconnaissait de loin chaque vache, mouchetant les prés.

À la ferme, il ne trouva personne dehors ; c'était l'heure de la sieste, indispensable l'été car tous se levaient de bonne heure. Les seaux, cerclés de bois et blanchis à force d'être frottés, étaient accrochés à la porte comme des chapeaux à une patère, prêts à servir pour la traite du soir. Angel entra et gagna l'arrière de la maison. Des ronflements soutenus lui parvinrent de la remise où quelques hommes dormaient tandis que montaient au loin les grognements et les couinements des porcs étouffés de chaleur. La rhubarbe et les choux dormaient aussi, leurs larges feuilles pendant au soleil tels des parapluies à demi fermés.

Angel ressortit puis, après avoir débridé et nourri son cheval, il retourna dans la maison. L'horloge sonna trois heures, l'heure de l'écrémage. Au même moment, le plancher au-dessus de sa tête craqua et il perçut un léger bruit de pas dans l'escalier. C'était Tess qui descendait. Elle ne l'avait pas entendu entrer et ne s'était pas rendu compte de sa présence. Elle bâillait et étirait un de ses bras si haut au-dessus de sa tête qu'il pouvait apercevoir la délicatesse satinée de sa peau au-dessous du hâle. Elle avait encore les joues rouges de sommeil et ses paupières lourdes s'affaissaient sur ses yeux. Tout en elle respirait la plénitude de sa nature. Puis ses yeux s'illuminèrent avant que le reste de son visage ne se réveille tout à fait, et avec une expression de joie mêlée de timidité et de surprise, elle s'exclama :

— Mr. Clare ! Comme vous m'avez fait peur !

— Oh, Tessy, chérie, murmura-t-il en la prenant dans ses bras. Pour l'amour de Dieu, ne m'appelez plus Monsieur. Je me suis dépêché de rentrer à cause de vous.

Le cœur sensible de Tess se mit à battre contre le sien en guise de réponse, et ils restèrent là, sur le sol de brique rouge, blottis l'un contre l'autre, les rayons du soleil tombant à l'oblique sur le dos de Clare et sur le visage incliné de Tess, les veines bleues de ses tempes, son bras nu, son cou et ses cheveux. Comme elle s'était allongée pour la sieste tout habillée, elle était aussi chaude qu'un petit chat qui est resté au soleil. Elle n'osa pas d'abord le regarder en face, mais elle leva bientôt les yeux vers Angel et vit qu'il sondait la profondeur de ses pupilles toujours changeantes, avec leurs fibrilles bleues, noires, grises et violettes.

— Il faut que j'aille écrémer, dit-elle d'un ton suppliant. Et je n'ai que la vieille Deb aujourd'hui pour m'aider. Mrs. Crick est allé au marché avec Mr. Crick, Retty ne se sent pas bien et les autres sont partis je ne sais où, et ne seront de retour que ce soir.

Au moment où ils se dirigeaient vers la laiterie, Deborah Fyander parut dans l'escalier.

— Je suis revenu, Deborah, annonça Mr. Clare. Je vais donc pouvoir aider Tess à écrémer, et comme je suis sûr que vous êtes très fatiguée, il est inutile que vous redescendiez avant l'heure de la traite.

Il est possible qu'à Talbothays, le lait n'ait pas été très bien écrémé cet après-midi-là. Tess avait l'impression de se trouver en plein rêve, où tous les objets familiers semblaient à leur place, avec leurs lumières et leurs ombres, mais sans contour particulier. Chaque fois qu'elle portait l'écumoire sous la pompe pour la rafraîchir, sa main tremblait, tant l'ardeur de Clare, si palpable, la faisait fléchir comme une plante sous un soleil trop brûlant. Chaque fois qu'elle passait l'index autour du pot pour séparer le bord de la crème, il le nettoyait de la façon la plus naturelle qui soit, les manières sans gêne de Talbothays étant alors très à propos.

— Autant vous en parler dès maintenant, chérie, dit-il doucement. Je voudrais vous demander quelque chose, à quoi j'ai pensé depuis la semaine dernière, dans le pré. J'aimerais me marier bientôt, et en tant que fermier, voyez-vous, il faudra que ma femme sache s'occuper d'une ferme. Voulez-vous bien être cette femme, Tessy ?

Il préféra lui présenter les choses ainsi de peur qu'elle ne pensât qu'il cédait à une impulsion qu'il pourrait par la suite regretter. Le visage de Tess devint grave. Elle s'était inclinée devant les inévitables conséquences de leur vie sous le même toit, devant la nécessité de l'aimer, mais elle ne s'attendait pas à cette déclaration si soudaine de Clare, lequel, en vérité, ne pensait pas qu'il la ferait si tôt. Avec l'amère souffrance, elle murmura les mots qu'en femme d'honneur elle se devait de dire, et qu'elle s'était juré de dire :

— Oh, Mr. Clare… Je ne puis être votre femme. Je ne puis !

Le son de sa propre voix parut lui briser le cœur, et elle inclina la tête, accablée par son chagrin.

— Mais Tess ! s'exclama-t-il, surpris par sa réponse et en la serrant plus avidement encore contre lui. Vous ne le souhaitez pas ? Vous m'aimez, pourtant ?

— Oh, oui, oui. Et j'aimerais mieux être à vous qu'à tout autre au monde, mais je ne *peux* pas vous épouser.

— Tess, êtes-vous fiancée à un autre ? demanda tout à coup Clare en la tenant à bout de bras.

— Non, non !

— Pourquoi me refusez-vous, dans ce cas ?

— Je ne veux pas me marier, je n'y ai jamais songé. Je ne peux pas. Je ne veux que vous aimer.

— Mais pourquoi ?

Contrainte à recourir à un subterfuge, elle balbutia :

— Votre père est pasteur et votre mère n'aimerait pas que vous épousiez une fille comme moi. Elle voudra que vous vous mariiez avec une dame.

— Balivernes ! Je leur ai parlé à tous deux. C'était en partie la raison pour laquelle je suis retourné chez moi.

— Je ne peux pas, je ne le pourrai jamais, jamais !

— Ma demande vous paraît-elle trop soudaine ?

— Oui… Je ne m'y attendais pas.

— N'en parlons plus, Tessy, si cela vaut mieux pour vous. Je vous laisserai du temps. Je n'aurais pas dû me montrer si brusque. Je n'y ferai plus allusion pour l'instant.

Elle ramassa l'écumoire, la passa sous la pompe et reprit sa besogne. Mais elle eut beau essayer, elle ne parvenait pas, comme les autres jours, à trouver l'exacte épaisseur de la crème avec la dextérité nécessaire : parfois, elle coupait dans le lait, parfois en l'air. Elle voyait à peine, ses yeux s'étant brouillés de grosses larmes causées par un chagrin dont elle ne pourrait jamais expliquer la raison à son meilleur ami et défenseur.

— Je n'arrive pas à écrémer ! Je n'y arrive pas ! s'écria-t-elle en se détournant de lui.

Pour ne pas la troubler davantage ni la gêner, Clare, plein de prévenances, se mit à parler de façon plus générale.

— Vous vous méprenez totalement sur mes parents. Ce sont les gens les plus simples qui soient, et dénués de toute ambition.

À mesure qu'il racontait comment s'était passée sa visite chez les siens, le mode de vie de son père et la ferveur de ses principes, Tess retrouva sa sérénité et réussit à écrémer correctement. Chaque fois qu'elle finissait un pot, il la suivait et retirait la bonde pour laisser le lait écrémé s'écouler.

— Il m'a semblé que vous aviez l'air un peu soucieux quand vous êtes entré, se risqua-t-elle à dire, anxieuse de s'écarter du sujet la concernant.

— Oui. C'est que mon père m'a beaucoup parlé de ses tracas et de ses difficultés, et le sujet a toujours eu tendance à me déprimer. Il est d'un caractère si zélé qu'il subit bien des rebuffades de la part de ceux qui ne pensent pas comme lui, et je ne n'aime guère entendre qu'un homme de son âge ait été humilié. Il m'a raconté une scène très déplaisante qui s'est passée dans le voisinage de Tantridge, à une quarantaine de miles d'ici. Il a cru de son devoir de faire des remontrances à un jeune individu méprisable, fils d'un propriétaire de la région dont la mère est aveugle, et l'affaire a mal tourné. Je reconnais que c'était stupide de la part de mon père d'agir de la sorte alors qu'il était peu probable que son intervention recueille quelque résultat. Mais quand il pense que tel est son devoir, il n'hésite pas. Bien sûr, il se fait beaucoup d'ennemis, non seulement parmi ceux qui sont vraiment mauvais, mais aussi parmi les autres qui ont horreur qu'on les dérange. Il dit qu'il se glorifie de ce qui est arrivé et que du bien peut en sortir. Je préférerais toutefois qu'il ne s'épuise pas ainsi à présent qu'il se fait vieux et qu'il laisse ces porcs se vautrer dans leur fange.

Le regard de Tess s'était durci et sa bouche était devenue tragique, mais elle ne tremblait plus. Clare, préoccupé par la pensée de son père, ne remarqua rien et ils poursuivirent leur besogne jusqu'à l'arrivée des autres, venus chercher leurs seaux dans la laiterie. Alors que Tess se retirait pour s'en aller au champ où paissaient les vaches, Clare lui demanda doucement :

— Et ma question, Tessy ?

— Oh, non, non ! s'écria-t-elle avec désespoir, comme si l'allusion à Alec d'Urberville avait réveillé son tourment passé. Ce n'est pas possible !

# 28

Le refus de Tess, quoique inattendu, ne découragea pas Clare. Son expérience des femmes lui avait appris que « non » était souvent le prélude d'un « oui », mais elle n'était pas suffisante pour qu'il devinât, dans le cas présent, que ce « non » n'avait rien à voir avec les hésitations de la pudeur.

— Tess, pourquoi refusez-vous si catégoriquement de m'épouser ? demanda-t-il à la jeune fille quelques jours plus tard.

— N'insistez pas. Je vous ai dit pourquoi. Je ne suis pas assez bien pour vous, je ne vous mérite pas.

— Comment cela ? Vous n'êtes pas assez grande dame ?

— Oui, quelque chose comme cela, murmura-t-elle. Votre famille me mépriserait.

— Je vous l'ai déjà dit, vous vous méprenez sur mes parents. Quant à ce que pensent mes frères, peu m'importe.

Il la serra dans ses bras pour l'empêcher de se sauver.

— Vous ne parliez pas sérieusement, n'est-ce pas ? Vous m'avez mis dans un tel état que je ne parviens plus à lire, à jouer de la musique ou à faire quoi que ce soit. Je ne suis pas pressé, Tess, mais je veux savoir, je veux entendre de vos douces lèvres chaudes qu'un jour vous serez mienne, le jour que vous voudrez, mais… un jour ?

Elle fit non de la tête et se détourna. Il la regarda alors attentivement et étudia les caractères de son visage avec le même soin qu'il aurait mis devant des hiéroglyphes. Son refus ne semblait pas feint.

— Dans ce cas, je ne dois pas vous tenir dans mes bras ainsi ? Je n'ai aucun droit sur vous, je ne peux rechercher votre compagnie ni me promener avec vous. Tess, dites-moi la vérité, aimez-vous un autre homme ?

— Comment pouvez-vous me poser la question ?

— J'étais presque sûr que vous me répondriez cela. Mais alors pourquoi me repoussez-vous ?

— Je ne vous repousse pas. Je suis heureuse de vous entendre dire que vous m'aimez, et vous pouvez me le dire quand vous êtes avec moi, jamais cela ne m'offensera.

— Mais vous persistez à me refuser comme époux ?

— C'est différent. J'agis ainsi pour votre bien, croyez-moi, uniquement pour votre bien, mais je ne veux pas m'accorder la joie de vous promettre un jour d'être à vous parce que… parce que je suis sûre que je ne dois pas le faire.

— Mais vous me rendriez si heureux !

— C'est ce que vous pensez, mais vous ne savez pas.

À ces moments-là, pensant que son refus reposait sur le sentiment de son infériorité, du point de vue de la société et des convenances, il lui disait qu'elle était remarquablement instruite et pleine de ressources, ce qui était vrai, sa vivacité d'esprit et l'admiration qu'elle lui portait l'ayant amenée à reprendre, à un point surprenant, son vocabulaire, son accent et des bribes de ses connaissances.

Le combat était terrible : le cœur de Tess penchait si fortement vers celui d'Angel – deux cœurs ardents contre une malheureuse petite conscience – qu'elle cherchait par tous les moyens à affermir sa résolution. Elle était venue à Talbothays avec une idée bien précise en tête. Pour rien au monde, elle ne consentirait à une action dont son mari, dans son aveuglement à vouloir coûte que coûte l'épouser, pourrait par la suite se repentir amèrement. Et elle estimait que ce que sa conscience avait décidé pour elle quand son esprit était impartial ne devait pas être rejeté à présent.

— Pourquoi personne ne lui raconte ce qui m'est arrivé ? se demandait-elle. Cela s'est passé à une quarantaine de miles seulement… Pourquoi n'est-ce pas venu jusqu'ici ? Il doit bien y avoir quelqu'un qui sait.

Mais personne ne semblait savoir, et personne ne lui raconta.

Pendant deux ou trois jours, ils en restèrent là. Tess devina à la triste mine de ses compagnes de chambre qu'elles la considéraient non seulement comme la préférée mais comme l'élue, et qu'elles voyaient bien que la jeune fille n'avait rien fait pour se trouver sur le chemin de Clare.

Jamais auparavant elle ne s'était sentie aussi tiraillée entre le plaisir et la souffrance. Quand on refit du fromage à la ferme, ils se retrouvèrent de nouveau seuls. Mr. Crick y était pour quelque chose. Avec sa femme, il soupçonnait depuis quelque temps un intérêt mutuel entre les deux jeunes gens et il s'était arrangé pour les laisser en tête à tête.

Alors qu'ils étaient en train de briser à mains nues les masses de lait caillé pour les mettre dans les cuves, Angel posa tout à coup sa paume à plat sur celle de Tess. Elle avait remonté les manches de sa robe jusqu'aux coudes et, se penchant en avant, il lui embrassa l'intérieur du bras. Bien qu'en ce début du mois de septembre, l'atmosphère fût encore étouffante, sa peau était aussi fraîche et humide qu'un champignon tout juste ramassé et avait le goût du petit-lait. Mais Tess était d'une sensibilité telle que son pouls s'accéléra au contact de la bouche de Clare ; le sang reflua au bout de ses doigts et son bras frais devint brûlant. Alors, comme si son cœur avait dit : « La pudeur est-elle encore de rigueur ? Pourquoi nier la vérité ? », elle leva les yeux vers lui et plongea amoureusement son regard dans le sien tandis que ses lèvres se soulevaient en un sourire de tendresse.

— Savez-vous pourquoi j'ai fait cela, Tess ? interrogea-t-il.

— Parce que vous m'aimez beaucoup !

— Oui, et comme le préliminaire d'une nouvelle demande.

— Pas une autre !

Elle parut soudain redouter que sa résistance ne cède sous le poids de son propre désir.

— Oh, Tessy, poursuivit Clare, pourquoi me tourmentez-vous ainsi, je ne comprends pas. Pourquoi décevez-vous mes espérances ? Vous me semblez parfois être une coquette, qui souffle le chaud et le froid. C'est bien la dernière chose à laquelle s'attendre à Talbothays... Et pourtant, ma chérie, s'empressa-t-il d'ajouter en voyant que sa remarque l'avait blessée, je sais que vous êtes la créature la plus honnête et la plus pure qui soit. Comment pourrais-je penser que vous vous jouez de moi. Tess, pourquoi l'idée d'être ma femme vous déplaît-elle, si vous m'aimez comme vous semblez le faire ?

— Je n'ai jamais dit que l'idée me déplaisait, et jamais je ne pourrais le dire parce que... ce n'est pas vrai !

La tension lui devint insupportable ; ses lèvres se mirent à trembler, et elle dut s'en aller. Clare fut si peiné et surpris qu'il courut après elle et la rattrapa dans le couloir.

— Jurez-moi, jurez-moi, dit-il en la serrant avec passion contre lui, jurez-moi que vous n'appartiendrez qu'à moi.

— Je vous le jure, et je vous donnerai une réponse définitive si vous me laissez partir maintenant. Je vous raconterai mes expériences, je vous raconterai tout... tout !

— Vos expériences, bien sûr, ma chérie, autant que vous voudrez, se railla-t-il tendrement en la regardant en face. Ma Tess a sans doute vécu autant d'expériences que ce liseron sauvage, là, sur la haie, et qui s'est ouvert ce matin pour la première fois… Racontez-moi n'importe quoi, mais ne me dites plus que vous ne me méritez pas.

— J'essaierai. Et je vous donnerai mes raisons… la semaine prochaine.

— Disons dimanche ?

— Oui, dimanche.

Enfin, elle put s'échapper et ne s'arrêta qu'une fois arrivée à l'oseraie, de l'autre côté de l'enclos, où on ne pouvait la voir. Là, elle se jeta à terre et, toute palpitante, demeura recroquevillée sur elle-même dans sa misère, qu'interrompaient de temps en temps des bouffées de joie que sa crainte, quant au dénouement de cette tragédie, ne pouvait cependant tout à fait étouffer.

En vérité, elle était en train de pencher vers l'acquiescement. Chaque palpitation de sa gorge, chaque frémissement de son sang, chaque pulsation tintant à ses oreilles était une voix qui se joignait à la Nature dans la révolte contre ses scrupules. Lui dire oui avec insouciance, sans réfléchir, l'accepter comme mari à l'autel, ne rien révéler et prendre le risque qu'il découvre tout un jour, saisir le plaisir avant que l'étau de la douleur ne se referme sur elle ; voilà ce que conseillait l'amour. Et dans une sorte d'extase terrifiée, Tess comprit que, malgré tous ses longs mois d'expiation dans la solitude de sa chambre, de combats, de réflexion, de projets d'avenir austère et solitaire, l'amour prévaudrait.

L'après-midi avança et elle resta à l'ombre des saules. Elle entendit le raclement des seaux qu'on décrochait, les cris qui accompagnaient le rassemblement des vaches, mais elle n'alla pas traire. Ils verraient qu'elle n'était pas dans son état normal, et le laitier, pensant que seul l'amour en était la cause, la taquinerait, et elle ne pourrait le supporter. Clare avait dû deviner son tourment et inventé quelque prétexte pour excuser son absence car on ne la chercha ni ne l'appela.

À six heures et demie, le soleil se coucha avec l'aspect d'une grande forge dans le ciel, et au même moment, la lune, telle une monstrueuse citrouille, se leva de l'autre côté. Tess rentra et monta dans la chambre commune sans lumière.

On était mercredi. Le jeudi, Angel la regarda de loin d'un air songeur sans s'imposer à elle toutefois. Marian et les autres filles semblaient avoir senti que quelque chose de définitif se préparait, car elles ne lui firent aucune remarque. Vendredi passa, puis samedi. Demain était dimanche.

— Je vais lui dire oui, je vais le laisser m'épouser, je ne peux l'empêcher, haleta-t-elle jalousement, cette nuit-là, son visage brûlant enfoui dans l'oreiller, en entendant l'une des filles murmurer le nom d'Angel dans son sommeil. Je ne puis accepter qu'une autre me le prenne. Et pourtant, c'est lui faire du tort, et cela le tuera peut-être quand il saura ! Oh, mon cœur ! Oh, oh, oh !

# 29

— Vous ne devinerez jamais de qui j'ai entendu parler ce matin, dit Mr. Crick en prenant place à la table du petit déjeuner le lendemain matin. De ce coureur de Jack Dollop ! Il a épousé une veuve il y a quelque temps.

Tess n'avait pas oublié le nom de cet homme qui avait trompé sa petite amie et s'était vu malmené par la mère de la jeune fille, alors qu'il s'était caché dans la baratte.

— A-t-il épousé comme promis la fille de la vaillante matrone ? demanda Angel Clare d'un air absent, tout en feuilletant le journal qu'il lisait à la petite table où Mrs. Crick l'obligeait à s'asseoir, sous prétexte qu'elle le trouvait trop distingué.

— Oh, non, monsieur. Il n'en a jamais eu l'intention. Comme je vous le disais, il a épousé une veuve qui avait de l'argent. Dans les cinquante livres par an, à ce qu'il paraît, et c'est après son argent qu'il en avait. Bref, après qu'il l'a épousée à la hâte, la veuve lui a annoncé qu'en se mariant, elle perdait ses cinquante livres. Imaginez la tête du bougre quand il a appris la nouvelle ! Bien fait pour lui ! Mais malheureusement c'est la pauvre femme qui souffre le plus.

— Elle aurait dû dire à Jack Dollop que le fantôme de son premier mari viendrait l'embêter, déclara Mrs. Crick.

— Oui, mais elle rêvait d'un foyer et ne voulait pas courir le risque de perdre son galant. Vous ne croyez pas, jeunes filles ? demanda le laitier à Marian et à ses compagnes.

— Elle aurait dû le prévenir avant d'aller à l'église, fit observer Marian.

— Oui, je suis d'accord, renchérit Izz.

— Moi, je trouve qu'elle aurait dû voir après quoi il en avait et ne jamais l'épouser, s'écria Retty nerveusement.

— Qu'en pensez-vous, ma chère ? demanda le laitier à Tess.

— Je pense qu'elle aurait dû… lui dire la vérité… ou refuser de l'épouser, répondit Tess en s'étouffant à moitié avec sa tranche de pain beurré.

— Du diable si j'aurais fait l'un ou l'autre ! intervint Beck Knibbs, une femme mariée qui vivait dans l'une des chaumières voisines. En amour comme à la guerre, tous les coups sont permis. Moi, je l'aurais épousé tout comme elle, et s'il m'avait fait la moindre réflexion parce que je ne l'avais pas prévenu au sujet de mon premier homme, je l'aurais flanché par terre avec mon rouleau à pâtisserie !

L'éclat de rire qui s'ensuivit ne fut, chez Tess, qu'un sourire désolé, et pour la forme uniquement. Ce qui, pour eux tous, n'était que comédie, était tragédie pour elle, et c'est à peine si elle put supporter leur hilarité. Elle se leva de table et, devinant que Clare la rejoindrait, s'en alla le long du petit sentier qui menait à la rivière. On avait coupé les roseaux en amont et des touffes de feuilles flottaient devant elle, îles mouvantes de verdure sur lesquelles elle aurait pu voguer.

C'était là que le bât blesse, quand la pire des questions qu'une femme se pose provoquait le rire. À croire que les gens se moquaient du calvaire des autres.

— Tessy ! appela Clare en s'élançant vers la jeune fille. Ma femme… bientôt.

— Non, non. Je ne peux pas. Pour votre bien. Oh, Mr. Clare, pour votre bien, je ne peux pas.

— Tess !

— J'ai dit non, répéta-t-elle.

Ne s'attendant pas à cela, il avait glissé un bras autour de sa taille. Si elle avait dit « oui », au lieu de « non », il l'aurait embrassée, car telle était son intention, mais devant son refus déterminé, les scrupules le firent la relâcher, et il retint son baiser.

Tout se décida dans ce geste. Ce qui avait donné à Tess, cette fois-ci, la force de rejeter Clare était uniquement le récit de la veuve, et son refus aurait pu être vaincu à un autre moment. Mais Angel ne dit plus rien, et le visage perplexe, il s'éloigna.

Jour après jour, ils se croisaient, quoique moins régulièrement qu'auparavant, et deux semaines s'écoulèrent. La fin de septembre approchait, et Tess voyait dans le regard de Clare qu'il lui poserait à nouveau la question.

Il avait décidé de procéder différemment et, sans jamais aller plus loin que les paroles, sans jamais tenter de nouvelles caresses, il lui fit la cour à mi-voix, aussi doucement que le murmure du lait qui frémit – à l'heure de la traite, de l'écrémage, pendant la fabrication du beurre, des fromages, au milieu des poules couveuses, des portées de cochons.

Tess savait qu'elle finirait par céder. Elle l'aimait si passionnément, il était si divin à ses yeux, et, n'ayant pas reçu d'éducation, bien que naturellement raffinée, son être tout entier n'appelait qu'à être guidé par lui. Elle avait beau se dire : « Je ne pourrai jamais être sa femme », les mots étaient vains. La preuve de sa faiblesse résidait dans cette phrase même, qu'elle n'aurait jamais formulée eût-elle été plus forte. Le son de sa voix, quand il abordait à nouveau le sujet, l'enivrait d'une joie presque terrifiante, et elle brûlait et redoutait de lui dire non. Il se comportait tant comme un homme qui l'aimerait, la chérirait, la défendrait dans toutes les circonstances, quels que soient les changements, les accusations et les révélations, que sa mélancolie se dissipait à la chaleur de cet amour.

Pendant ce temps, la saison approchait de l'équinoxe et les jours raccourcissaient. À la laiterie, on travaillait de nouveau dès l'aube, à la lueur de la bougie, et Clare renouvela sa demande un matin, entre trois et quatre heures. Comme à son habitude, Tess était allée frapper à sa porte avant de retourner dans sa chambre pour se vêtir et réveiller ses compagnes. Dix minutes plus tard, alors qu'elle descendait l'escalier, une bougie à la main, il surgit devant elle et l'empêcha de passer.

— Maintenant, mademoiselle la coquette, vous allez me donner une réponse. Voilà quinze jours que je vous ai posé la question et je n'en puis plus. Vous *devez* me dire quelles sont vos intentions, sinon je quitte cette maison. Pour votre propre sécurité, je devrais partir. Vous ne savez toujours pas ? Est-ce oui à la fin ?

— Je viens de me réveiller, Mr. Clare, et il est trop tôt pour me réprimander, répondit-elle, la mine boudeuse. Et ne m'appelez pas « mademoiselle la coquette ». C'est cruel et injuste. Je vous donnerai ma réponse bientôt. Oui, bientôt. Je vais y réfléchir très sérieusement. Mais maintenant, laissez-moi passer.

Elle avait un peu l'air de la coquette qu'il l'accusait d'être, avec sa bougie à la main, tandis qu'elle tentait d'effacer d'un sourire le regard grave de Clare.

— Appelez-moi Angel dans ce cas, et non plus Mr. Clare.

— Angel.

— Angel chéri… pourquoi pas ?

— Cela signifierait que je suis d'accord, n'est-ce pas ?

— Cela ne signifierait qu'une chose : que vous m'aimez, même si vous ne pouvez pas m'épouser. Et que vous êtes assez bonne pour le reconnaître.

— Très bien, Angel chéri, s'il le faut, murmura-t-elle en baissant les yeux, l'esquisse d'un sourire malicieux sur ses lèvres malgré son incertitude.

Clare, qui avait résolu de ne jamais l'embrasser tant qu'il n'aurait pas obtenu son consentement, n'y tint plus et, en la voyant là, dans sa robe de travail, ses cheveux négligemment remontés sur sa tête en attendant de pouvoir se coiffer une fois l'écrémage et la traite terminés, déposa un baiser sur sa joue. Tess se sauva aussitôt et descendit rapidement l'escalier sans se retourner. Les autres filles étant déjà en bas, le sujet fut clos. À l'exception de Marian, toutes regardèrent avec mélancolie et suspicion le couple, à la triste lueur jaune des bougies du matin qui contrastait avec les premières et froides manifestations de l'aube.

Après l'écrémage, Retty et les autres sortirent. Les deux amoureux les suivirent.

— Nos vies palpitantes sont bien différentes des leurs, n'est-ce pas ? fit observer Angel tout en contemplant les trois jeunes filles qui allaient d'un pas sautillant devant eux dans la pâleur glaciale du jour naissant.

— Pas tant que cela, non, répondit Tess.

— Pourquoi le croyez-vous ?

— Il existe peu de femmes dont la vie n'est pas… palpitante, déclara-t-elle en s'arrêtant sur ce mot nouveau, comme s'il l'impressionnait. Il y a plus en elles trois que vous ne l'imaginez.

— Qu'y a-t-il en elles ?

— Toutes… du moins presque toutes, commença-t-elle, feraient peut-être une bien meilleure épouse que moi. Et il est possible qu'elles vous aiment… presque… autant.

— Oh, Tessy !

Bien qu'elle se fût si intrépidement résolue à faire preuve de générosité à l'égard de ses compagnes, elle ne put dissimuler les signes de son délicieux soulagement en entendant l'exclamation d'impatience de Clare. Les jeux étaient faits à présent, et elle ne se sentait plus capable de s'immoler une seconde fois, mais elle sut que ce jour serait décisif.

Dans l'après-midi, plusieurs ouvriers descendirent comme d'habitude aux prés pour y traire les vaches qu'on ne ramenait pas à l'étable. Le lait se faisait plus rare à mesure que le vêlage approchait, et le nombre d'ouvriers qui travaillaient pendant la pleine saison avait diminué. Chaque seau était versé dans de grands bidons posés à l'arrière d'une carriole. Mr. Crick, qui se trouvait là, jeta un coup d'œil à sa montre et s'écria :

— Oh, je ne pensais pas qu'il était si tard. Jamais nous ne serons à l'heure à la gare. Nous n'avons pas le temps aujourd'hui de repasser par la ferme. Il faut aller directement à la gare. Qui veut conduire la carriole ?

Clare se proposa et demanda à Tess de l'accompagner. Bien que la soirée fût chaude, la jeune fille, qui était bras nus, répondit qu'elle n'était pas assez couverte pour une sortie en voiture. Mais comme Clare insistait doucement, elle acquiesça, et, après avoir remis son seau et son tabouret au laitier pour qu'il les rapporte à la maison, elle grimpa dans la carriole à côté de lui.

# 30

Ils allaient à travers les prés, à la lumière déclinante du jour, si absorbés par le sentiment de n'être qu'à quelques centimètres l'un de l'autre qu'ils demeurèrent silencieux pendant longtemps. La route n'était guère fréquentée à en juger par les noisettes qui restaient aux branches des massifs et aux mûres qui pendaient en lourdes grappes. De temps en temps, Angel en attrapait une à l'aide de son fouet et la donnait à sa compagne.

Bientôt, le ciel gris fit part de ses intentions en faisant tomber de grosses gouttes annonciatrices de pluie, et l'air stagnant de la journée se transforma en une brise capricieuse. L'éclat argenté des cours d'eau et des étangs disparut pour se changer en nappes de plomb ternes dont la surface évoquait une râpe. Mais Tess était si plongée dans ses pensées que ce spectacle ne la touchait guère. Sa carnation naturelle, qui avait légèrement bruni à force de rester au grand air, semblait une teinte plus foncée sous la pluie, et ses cheveux, qui s'échappaient de sa capeline de calicot, étaient collants à cause de l'humidité.

— Je n'aurais pas dû venir, je crois, murmura-t-elle en levant les yeux vers le ciel.

— Je suis désolé qu'il pleuve, mais comme je suis heureux que vous soyez là ! J'ai peur que vous ne preniez froid. Si vous venez près de moi, la pluie ne vous fera peut-être pas trop de mal.

Tess se glissa imperceptiblement contre lui et il couvrit leurs épaules à tous deux d'une grande toile de voile qui servait parfois à protéger les bidons de lait du soleil.

— Nous voilà à l'abri. Ah, mais non. De l'eau coule dans mon cou, et il doit en couler encore plus dans le vôtre... Attendez, c'est mieux comme cela. Vos bras sont aussi frais que du marbre, Tess. Essuyez-les avec la toile. Si vous ne bougez pas, vous ne devriez plus être mouillée. Maintenant, ma chérie, au sujet de ma question...

La seule réponse qui lui parvint pendant un moment fut le claquement des sabots du cheval sur les flaques d'eau, et le tintement des bidons de lait à l'arrière.

— Vous souvenez-vous de ce que vous m'avez dit ? continua Clare.

— Oui, répliquaTess.

— Vous me donnerez une réponse avant que nous arrivions à la maison ?

— J'essaierai.

Il n'en dit pas plus. Alors qu'ils poursuivaient leur route, ils passèrent devant les ruines d'un vieux manoir.

— Voilà une demeure curieuse, fit observer Clare pour la distraire. Il appartenait à une ancienne famille normande, les d'Urberville qui jouissaient d'une grande influence dans le comté autrefois. Je ne passe jamais devant l'une de leurs résidences sans songer à eux. Il y a quelque chose de très triste dans l'extinction d'une famille de renom, même si elle doit son renom à la domination et à la violence.

— Oui, fit Tess.

Ils continuèrent d'avancer en direction d'un point, au milieu d'une zone d'ombre, signalé par une faible lumière. Une fois qu'ils l'atteignirent, ils virent que c'était la lampe de la petite gare, pauvre étoile terrestre, bien que plus importante pour la laiterie de Talbothays et l'humanité que les étoiles célestes avec lesquelles elle faisait un si piètre contraste. Clare déchargea les bidons de lait sous la pluie tandis que Tess s'abritait sous un houx tout proche. Puis leur parvint le sifflement d'un train qui, presque sans bruit, s'arrêta sur les rails mouillés, et les bidons de lait furent alors rapidement lancés un à un dans le wagon. La lumière de la locomotive éclaira un instant la silhouette de Tess, immobile sous le houx. Rien n'aurait pu paraître plus étrange aux roues et aux leviers scintillants que cette jeune fille simple, bras nus, le visage et les cheveux ruisselants de pluie, vêtue d'une robe de calicot démodée, une capeline retombant sur son front.

Elle remonta à côté de Clare avec la muette obéissance caractéristique, parfois, des natures passionnées, et, quand ils se furent à nouveau emmitouflés dans la voile, ils repartirent dans la nuit à présent épaisse.

— Les Londoniens vont boire ce lait demain matin, n'est-ce pas ? demanda-t-elle. Des étrangers, que nous ne voyons jamais.

— Oui, je suppose qu'ils le boiront demain. Mais pas comme nous le leur avons vendu. Il sera affaibli avant, pour qu'il ne leur monte pas à la tête.

— De nobles hommes et de nobles dames, des ambassadeurs et des centurions, de grandes dames et des marchandes, et des bébés qui n'ont jamais vu de vache de leur vie.

— Oui, sans doute. En particulier les centurions.

— Qui ne savent rien de nous, ni d'où vient ce lait. Et qui ne pensent pas que nous avons roulé pendant deux miles et demi, cette nuit, à travers la lande et sous la pluie pour qu'ils l'aient à temps.

— Nous n'avons pas uniquement roulé pour ces précieux Londoniens, mais pour nous aussi, pour cette affaire délicate que je suis sûre, chère Tess, vous allez dissiper. À présent, permettez-moi de vous présenter les choses de cette façon : vous m'appartenez déjà, vous le savez, de cœur, du moins. N'est-ce pas ?

— Vous le savez très bien. Oui, oui.

— Si votre cœur m'appartient, pourquoi pas votre main ?

— À cause de vous… à cause de… J'ai quelque chose à vous dire.

— Imaginez que c'est uniquement pour mon bonheur et pour des raisons de convenance matérielle aussi.

— Bien sûr, si c'est pour votre bonheur et pour des raisons de convenance matérielle… Mais ma vie avant d'arriver ici… Je veux…

— Eh bien, c'est pour des raisons de convenance matérielle autant que pour mon bonheur. Si je me retrouve à la tête d'une grande ferme, en Angleterre ou aux colonies, vous me serez une épouse très précieuse, bien supérieure à n'importe quelle femme issue des plus grandes familles du comté. Aussi, je vous en prie, chère Tessy, cessez d'abuser votre esprit en pensant que vous serez pour moi un obstacle.

— Mais mon histoire, je veux que vous la connaissiez. Vous devez me laisser vous la dire, et alors, vous ne m'aimerez peut-être plus autant.

— Dites-la-moi si vous le souhaitez, ma chérie. Racontez-moi cette précieuse histoire. Oui : je suis née à tel endroit, en l'an de grâce…

— Je suis née à Marlott, commença-t-elle en reprenant ses mots qu'il avait prononcés à la légère. Et j'y ai grandi. J'étais en sixième année quand j'ai quitté l'école. On disait que je ferais une bonne maîtresse et il fut décidé que j'en serais une. Mais nous avons eu des problèmes dans ma famille : père ne travaillait pas beaucoup et buvait un peu.

— Oui, oui. Pauvre enfant ! Rien de nouveau.

Il la pressa plus près de lui.

— C'est alors qu'il est arrivé quelque chose de tout à fait étrange à ce sujet… à mon sujet. Je…

La respiration de Tess s'accéléra.

— Oui, chérie. Ce n'est pas grave, continuez.

— Je ne suis pas une Durbeyfield, mais une d'Urberville. Je descends de la même famille que celle qui possédait ce vieux manoir devant lequel nous sommes passés. Et nous ne sommes plus rien du tout.

— Une d'Urberville ? Vraiment ? Est-ce là toute la raison de votre tourment, chère Tess ?

— Oui, répondit-elle faiblement.

— Pourquoi vous aimerais-je moins maintenant que je sais cela ?

— Parce que Mr. Crick m'a dit que vous haïssiez les vieilles familles.

Clare éclata de rire.

— Eh bien, c'est vrai, dans un sens. Je hais les principes aristocratiques du sang avant tout, et je pense que les seules généalogies que nous devons respecter sont celles de l'esprit, celles des gens sages et vertueux, sans égard pour la paternité corporelle. Mais ce que vous m'apprenez m'intéresse énormément. Ne trouvez-vous pas vous-même quelque intérêt à être d'une lignée si connue ?

— Non. Je trouve que c'est triste, surtout depuis que je suis ici, et que je sais que nombre des collines et des champs que je vois appartenaient autrefois à la famille de mon père. Mais d'autres collines et d'autres champs appartenaient à la famille de Retty, et peut-être d'autres encore à celle de Marian, aussi je ne leur accorde que peu de valeur.

— Oui… il est surprenant de se dire que beaucoup de ceux qui travaillent la terre aujourd'hui la possédaient autrefois. Comment se fait-il que je n'aie pas vu la ressemblance entre votre nom et celui de d'Urberville ? C'était donc cela, le secret qui vous troublait ?

Elle n'avait rien dit. Au dernier moment, le courage lui avait manqué et elle craignait qu'il ne lui reprochât de ne pas avoir parlé plus tôt. Son instinct de conservation l'avait emporté sur sa franchise.

— Bien sûr, continua Clare qui ne se doutait de rien, j'aurais été heureux d'apprendre que vous descendiez exclusivement de cette souche de la nation anglaise, patiente, muette, oubliée, et non de ces quelques égoïstes qui ont acquis leur pouvoir aux dépens des autres. Mais je suis corrompu par mon amour pour vous, Tess, ajouta-t-il en riant, et je deviens égoïste. Je me réjouis de votre naissance. La société est désespérément snob, et vos origines pourraient peut-être vous rendre plus acceptable à ses yeux quand j'aurai fait de vous une femme instruite et cultivée comme j'en ai l'intention. Ma mère, aussi, la chère âme, aura une meilleure opinion de vous. Tess, vous devez dorénavant écrire votre nom correctement. D'Urberville et non Durbeyfield.

— Je préfère mon ancien nom.

— Mais il le faut, chérie ! Grands dieux, des dizaines de riches parvenus s'empresseraient de l'adopter ! À ce propos, il y en a un qui a pris ce nom. Où donc ai-je entendu parler de lui ? Ah oui, du côté de The Chase. L'homme, dont je vous ai parlé, celui qui s'est pris de bec avec mon père. Quelle coïncidence !

— Angel, franchement, je ne tiens pas à changer de nom. Qui sait s'il ne porte pas malheur ?

Elle était très agitée.

— Ah, ah, je vous tiens, à présent, mademoiselle Therese d'Urberville. Prenez mon nom et vous échapperez au vôtre. Le secret est découvert, vous n'avez donc plus aucune raison de me dire non.

— Si j'étais sûre de vous rendre heureux en étant votre femme, et si vous tenez autant que cela à m'épouser…

— Mais, voyons, bien sûr, chérie !

— Je veux dire… c'est seulement parce que vous me désirez autant, et que vous ne pourriez pas vivre sans moi, et ce quelles que soient mes fautes, que je vous dirais oui.

— Vous le direz, vous le dites, je le sais. Vous serez à moi pour toujours.

Il la serra dans ses bras et l'embrassa.

— Oui.

Elle ne l'avait pas plus tôt dit qu'elle éclata en sanglots si violents qu'ils semblaient la déchirer.

— Tess, ma chérie, pourquoi pleurez-vous ?

— Je ne puis le dire… Mais je suis si heureuse à l'idée d'être à vous un jour et de faire votre bonheur.

— Pourtant vous ne donnez pas l'impression de l'être, ma Tessy.

— Je… je pleure parce que j'ai rompu ma promesse. Je m'étais juré de ne jamais me marier.

— Mais si vous m'aimez, vous devez souhaiter que je sois votre mari.

— Oui, oui, oui. Mais parfois, j'aurais préféré ne jamais voir le jour !

— Cette fois, Tess chérie, si je ne savais pas que vous êtes très excitée et très inexpérimentée, je dirais que cette remarque n'est pas très flatteuse. Comment pouvez-vous penser cela si vous tenez à moi ? Car vous tenez à moi, n'est-ce pas ? J'aimerais que vous me le prouviez.

— Comment le prouver plus que je ne l'ai fait ?

Et, dans un accès de tendresse, elle lui jeta les bras autour du cou et, pour la première fois, Clare comprit ce qu'était le baiser d'une femme passionnée sur la bouche de celui qu'elle aime de tout son cœur et de toute son âme, comme Tess l'aimait.

— Maintenant, me croyez-vous ? demanda-t-elle, les joues empourprées, en s'essuyant les yeux.

— Oui. Et je n'en ai jamais douté. Jamais, jamais !

Ils continuèrent de rouler dans la nuit, formant un seul corps sous la toile de voile, le cheval allant à sa guise et la pluie s'abattant sur eux. Elle avait consenti. Elle aurait pu aussi bien commencer par là. L'appétit de joie qui se manifeste dans toutes les créations, cette force terrible qui influence l'humanité et l'entraîne vers le but qu'elle s'est fixé, comme la marée entraîne les algues impuissantes, ne pouvait être réprimé par de vagues élucubrations sur les règles sociales.

— Il faut que j'écrive à ma mère, dit-elle. Cela ne vous ennuie pas ?

— Bien sûr que non, ma chérie. Quelle enfant vous faites, Tess, de ne pas savoir comme il est convenable d'écrire à sa mère en pareilles circonstances et en pensant que je pourrais m'y opposer ! Où habite-t-elle ?

— À Marlott. De l'autre côté de la vallée de Blackmoor.

— Ah… mais c'est là, alors, que je vous ai vue avant cet été !

— Oui. À cette danse dans le pré. Mais vous n'avez pas voulu danser avec moi. Oh, j'espère que ce n'est pas un mauvais présage !

# 31

Tess écrivit à sa mère, dès le lendemain, une lettre des plus touchantes et pressantes ; à la fin de la semaine, une réponse de Joan Durbeyfield lui parvint, rédigée dans un style vague et datant du siècle dernier.

*Chère Tess,*

*Ta mère t'écrit ces quelques lignes dans l'espoir qu'elles te trouveront en bonne santé, comme elles me laissent à présent, grâce à Dieu. Chère Tess, nous sommes tous heureux d'apprendre que tu seras bientôt mariée pour de bon. Pour ce qui est de ta question, ta mère te dit entre nous, et de manière confidentielle, mais de façon très nette, qu'en aucun cas tu ne dois lui parler de ton Malheur passé. Ta mère n'a pas tout raconté au père, à cause qu'il est si fier de sa respectabilité, et peut-être que ton Promis aussi. Plus d'une femme, et certaines parmi les plus Grandes dans le Pays, ont eu leur Malheur dans leur temps. Pourquoi tu irais Crier le tien sur tous les toits alors que les autres ne le font point ? Aucune fille ne serait assez sotte, surtout que ça s'est passé il y a longtemps, et que ce n'était pas ta Faute. Ta mère te répondrait la même chose si tu posais la question Cinquante Fois. Et puis, tu ne dois point oublier que, connaissant ta nature enfantine qui te pousse à dire tout ce que tu as sur le Cœur, simplette que tu es, ta mère t'a fait promettre de ne jamais rien révéler en Parole ou en Acte, ayant ton bien-être à l'esprit, et que tu as solennellement promis quand tu as passé cette Porte. Ta mère n'a pas non plus parlé de ton futur mariage au père, vu qu'il irait le raconter à tout le monde, Pauvre innocent.*

*Chère Tess, ne perds pas Courage et nous t'enverrons une Barrique de Cidre pour ton mariage sachant qu'on n'en trouve point dans ta région où l'on ne boit qu'un bien mauvais Breuvage Amer. Donc, rien de plus à présent. Affectueuses amitiés à ton Jeune Homme.*

*De ta mère qui t'aime,*

J. DURBEYFIELD.

— Oh, mère, mère, murmura Tess.

Comme l'esprit élastique de Mrs. Durbeyfield oubliait les événements pourtant les plus accablants ! Tess se rendait compte que sa mère ne voyait pas la vie comme elle. Cet épisode passé qui la hantait n'était aux yeux de cette dernière qu'un incident passager. Mais peut-être que sa mère avait raison, après tout, quant à la conduite à suivre. Et puisque le silence semblait, en apparence, préférable pour le bonheur de son bien-aimé, le silence elle garderait.

Ainsi conseillée par la seule personne au monde qui avait le droit de contrôler ses actes, Tess retrouva le calme. Ce n'était plus sa responsabilité, et son cœur était plus léger qu'il ne l'avait été depuis de longues semaines. Les derniers jours d'automne qui suivirent son consentement, il lui sembla flotter à des hauteurs spirituelles approchant de l'extase, comme jamais à n'importe quelle autre période de sa vie. À peine son amour pour Clare avait-il quelque chose de terrestre. Dans la sublime confiance qu'elle lui vouait, il n'était que bonté à ses yeux, il savait tout ce qu'un guide, un philosophe, un ami devait savoir. Tous les traits de sa personne figuraient la perfection de la beauté masculine ; son âme était l'âme d'un saint, son intelligence celle d'un prophète. Elle se sentait empreinte de dignité par la seule sagesse de son amour pour lui ; il lui semblait porter une couronne. Et l'amour qu'il daignait, selon elle, lui accorder, emplissait son cœur d'un sentiment de dévotion. Il croisait parfois son regard adorateur, un regard sans fond qui le contemplait de ses abîmes comme si elle voyait un être immortel devant elle. Elle rejeta le passé, le foula aux pieds, l'écarta comme on écarte un charbon qui fume et est dangereux. Elle ignorait que les hommes pouvaient être aussi désintéressés, si chevaleresques et protecteurs dans leur amour pour une femme.

Angel Clare était loin d'être tout ce qu'elle croyait, ridiculement loin, mais il faisait partie de ces êtres chez qui l'esprit l'emporte sur l'animal. Il était maître de lui, singulièrement exempt de grossièreté et, bien que de nature froide, plus emporté que passionné. Il pouvait aimer désespérément, mais d'un amour plus enclin à l'imagination et plus éthéré ; c'était une émotion gérée avec minutie, capable de jalousement garder l'être aimé contre lui-même. Tess, dont l'expérience passée avait été si malheureuse jusqu'à présent, était éblouie, sous le charme, et de sa réaction d'indignation contre le sexe masculin, elle passa à un excès d'honneur pour Clare.

Ils recherchaient sans affectation aucune la compagnie de l'autre, et Tess, portée par sa foi honnête, ne dissimula plus son désir d'être avec lui. La coutume de la campagne, qui voulait que pendant les fiançailles les jeunes gens se promènent librement, était la seule qu'elle connaissait, et elle ne lui trouvait rien d'étrange. Clare, en revanche, la jugea dans un premier temps curieusement anticipatrice, mais il découvrit bientôt que c'était tout à fait normal pour Tess et les gens de la ferme.

Aussi, durant ce mois d'octobre aux merveilleux après-midi, ils musardèrent dans les prés par des sentiers sinueux, le long de ruisseaux qu'ils traversaient d'un bond sur de petits ponts de bois. Ils n'étaient jamais bien loin de quelque barrage ronronnant, dont le bourdonnement accompagnait leurs murmures, tandis que les rayons du soleil, presque aussi horizontaux que les prés, formaient un pollen éclatant sur le paysage. Ils voyaient de minuscules brouillards bleus sous les arbres et les haies, alors que partout ailleurs brillait le soleil. Celui-ci était si près du sol, et la prairie si plate, que les ombres de Clare et de Tess s'allongeaient devant eux, comme deux doigts pointant au loin, où la verte étendue d'alluvions était contiguë aux douces pentes de la vallée.

Des hommes travaillaient ici ou là, car c'était la saison où l'on nettoyait dans les prés les petits canaux d'irrigation pour l'hiver ou que l'on réparait les berges piétinées par le bétail. Clare gardait hardiment un bras autour de la taille de Tess dès qu'ils approchaient des ouvriers, avec l'air d'un homme habitué à s'afficher en public, bien qu'en réalité, il fût aussi timide qu'elle.

— Vous n'avez pas honte de vous montrer avec moi devant eux ? disait-elle gaiement.

— Non, voyons !

— Et si les vôtres à Emminster apprennent que vous vous promenez comme cela avec moi, une fille de ferme…

— La plus ensorcelante qui soit !

— Ils risquent d'être blessés dans leur dignité.

— Ma chère enfant. Une d'Urberville blesser la dignité d'un Clare ! C'est une fameuse carte dans votre jeu que votre appartenance à une telle famille, et je la réserve pour un grand effet quand nous serons mariés et que j'en aurai la preuve. À part cela, mon avenir sera totalement étranger aux miens et n'affectera pas leurs vies, même extérieurement. Nous quitterons cette région de l'Angleterre, et peut-être même l'Angleterre. Et qu'importe ce que les gens pensent de nous ici. Vous serez heureuse de partir, n'est-ce pas ?

Elle ne put répondre que par un simple oui tant elle était émue à l'idée d'aller de par le monde avec lui. Ses sentiments bourdonnaient presque à ses oreilles comme des flots babillant et les larmes lui montèrent aux yeux. Elle glissa sa main dans la sienne et ils repartirent vers un coin de la rivière où le reflet du soleil brillait d'un éblouissant éclat de métal fondu. Ils restèrent là longtemps, immobiles, jusqu'à ce que le brouillard commence à les recouvrir, se déposant, telles des gouttelettes de cristal, sur les cils de Tess et sur les sourcils et les cheveux de Clare.

Le dimanche, ils se promenaient plus tard et ne rentraient qu'à la nuit tombée. Quelques gens de la ferme, qui profitaient aussi des soirées pour sortir, entendirent la voix impulsive et émerveillée de Tess bien qu'ils fussent trop loin pour saisir le sens de ses paroles. Ils remarquèrent le ton saccadé de ses remarques, interrompues par les bonds de son cœur tandis qu'elle allait, appuyée au bras de Clare, ses soupirs de satisfaction, ses petits éclats de rire occasionnels sur lesquels semblait voguer son âme – le rire d'une femme en compagnie de l'homme qu'elle aime et qu'elle a conquis sur toutes les autres –, et ils la voyaient marcher du pas léger d'un oiseau qui effleure le sol avant de s'y poser.

L'amour qu'elle portait à Clare était son souffle et sa lumière, il l'enveloppait comme une photosphère, l'irradiait dans l'oubli de ses malheurs passés, écartant d'elle les sinistres fantômes qui tentaient encore de l'atteindre – le doute, la peur, la mélancolie, la honte. Elle savait qu'ils guettaient, pareils à des loups, de l'autre côté du cercle de lumière. L'oubli de l'âme coexiste avec la mémoire de l'esprit. Aussi, quand elle marchait dans la clarté, avait-elle toujours conscience de la présence de ces spectres des ténèbres, qui rôdaient non loin d'elle. Ils s'éloignaient ou ils se rapprochaient, soit l'un soit l'autre, un peu plus chaque jour.

Un soir, Tess et Clare durent rester pour garder la maison, tous les autres occupants étant sortis. Alors qu'ils bavardaient, elle leva vers lui des yeux songeurs et rencontra son regard aimant.

— Je ne suis pas digne de vous, non, je ne le suis pas ! s'écria-t-elle en se levant d'un bond de son tabouret, comme effrayée par l'affection de Clare et la plénitude de sa propre joie.

— Je ne veux pas que vous parliez ainsi, chérie, répliqua Clare. La distinction ne consiste pas en l'utilisation facile d'un tas de conventions méprisables, mais dans le fait de compter parmi les êtres loyaux, honnêtes, justes, purs, gracieux et de bonne réputation. Ce que vous êtes, chère Tess.

Elle retint difficilement le sanglot dans sa gorge. Que de fois, ces derniers temps, cette suite de qualités avait fait souffrir son jeune cœur à l'église, et comme c'était étrange qu'il la cite, là, maintenant.

— Pourquoi n'êtes-vous pas resté et ne m'avez-vous pas aimée quand j'avais seize ans et que je vivais avec mes frères et sœurs et que vous dansiez dans le pré ? Pourquoi ? Pourquoi ? s'écria-t-elle en joignant les mains avec impétuosité.

Angel s'empressa de la réconforter, songeant, de par lui-même, et avec raison, combien elle était d'humeur changeante et comme il aurait à veiller sur elle quand son bonheur ne dépendrait que de lui.

— Oui, pourquoi ne suis-je pas resté ! répéta-t-il. C'est exactement la question que je me pose. Si seulement j'avais su ! Mais ne soyez pas amère, et ne regrettez rien. Pourquoi donc ?

Avec l'instinct féminin de la dissimulation, elle répondit aussitôt :

— J'aurais eu quatre ans de plus dans votre cœur, et je n'aurais pas gâché ma jeunesse comme je l'ai fait. J'aurais été heureuse plus longtemps.

Ce n'était pas une femme mûre contemplant les sombres intrigues de son passé qui parlait ainsi, mais une fille toute simple, d'à peine vingt et un ans, attrapée comme un oiseau au collet, au temps de son inexpérience.

— Ne pensez-vous pas que vous êtes juste un tout petit peu capricieuse et changeante, Tess, dit-il de bonne humeur. Je voulais vous poser une question tout à l'heure, mais vous vous êtes sauvée.

— Oui… Peut-être que je suis capricieuse, murmura-t-elle en retournant s'asseoir près de lui avant de poser les mains sur chacun de ses bras. Mais non, Angel, je ne le suis pas vraiment, pas de nature, je veux dire.

Pour mieux lui assurer qu'elle ne l'était pas, elle se rapprocha encore plus de lui et enfouit sa tête dans le creux de son épaule.

— Vous vouliez me demander quelque chose…, continua-t-elle avec humilité.

— Eh bien, vous m'aimez, vous avez accepté d'être ma femme. Maintenant, j'aimerais savoir quand nous nous marierons.

— Notre vie de maintenant me plaît.

— Mais il me faut penser à monter ma propre affaire, avec la nouvelle année qui arrive. Et avant d'être accaparé par la multitude de détails de ma nouvelle position, je voudrais m'être assuré une compagne.

— Mais d'un point de vue pratique, commença-t-elle timidement, ne vaudrait-il pas mieux nous marier après ? Même si je ne supporte pas l'idée de vous voir partir en me laissant ici !

— Bien sûr que vous ne la supportez pas, et ce n'est pas préférable. Je veux que vous m'aidiez de toutes les façons possibles à démarrer dans mon nouveau métier. Pourquoi ne pas nous marier dans quinze jours ?

— Non, répondit-elle gravement. J'ai trop de choses à penser avant.

— Mais…

Il l'attira tendrement vers lui.

La réalité du mariage devenait effrayante à présent qu'il paraissait si proche. Mais avant qu'ils n'aillent plus loin dans la discussion, Mr. Crick, Mrs. Crick et deux des compagnes de Tess entrèrent dans la pièce. Tess bondit de son siège avec l'élasticité d'une balle, les joues rouges et les yeux brillants à la lueur du foyer.

— Vous savez, je n'étais pas vraiment assise sur ses genoux, même si j'en avais presque l'air ! s'écria-t-elle, contrariée.

— Eh bien, si vous n'aviez rien dit, je suis sûr que nous n'aurions rien remarqué avec cette lumière, répliqua Mr. Crick. Tu vois, Christianer, continua-t-il à l'adresse de sa femme, cela montre que les gens ne devraient jamais imaginer que les autres pensent des choses qui n'existent pas. Vraiment, je n'aurais pas pensé qu'elle était assise là où elle dit qu'elle était si elle n'avait rien raconté !

— Nous allons nous marier bientôt, annonça Clare avec un flegme improvisé.

— Ah, vous allez vous marier ! J'en suis bien aise. Je m'en doutais depuis un moment. Tess est trop bien pour être une fille de ferme, voilà ce que j'ai pensé dès le premier jour. Et elle est un fameux prix pour un homme, et fera une merveilleuse épouse pour un fermier. Avec elle, il ne sera pas à la merci de son intendant.

Tess avait disparu. Elle avait été plus frappée par le regard de ses camarades que confuse par les louanges de Crick.

Après dîner, quand elle regagna sa chambre, elle les trouva là, toutes les trois, assises dans leurs lits, dans leurs chemises de nuit blanches, telle une rangée de spectres vengeurs. Mais Tess s'aperçut bien vite qu'il n'y avait aucune malveillance en elles. Comment pouvaient-elles avoir l'impression d'avoir perdu ce qu'elles n'avaient jamais espéré posséder ?

— Dire qu'il va l'épouser, murmura Retty.

— Tu vas vraiment te marier avec lui ? demanda Marian.

— Oui.

— Quand ?

— Un jour.

Elles crurent que c'était là une réponse volontairement évasive.

— Elle va épouser un gentleman, répéta Izz Huett.

Et, comme par une sorte de fascination, les trois filles sortirent l'une après l'autre de leurs lits et se tinrent devant Tess. Retty la prit par les épaules, comme pour vérifier, après un tel miracle, la réalité corporelle de son amie, et les deux autres glissèrent leurs bras autour de sa taille, sans la quitter des yeux.

— Je n'arrive presque pas à y croire, ajouta Izz Huett.

Marian embrassa Tess.

— Oui, murmura-t-elle en s'écartant.

— Ce que tu viens de faire, Marian, c'est par amour pour Tess ou parce que d'autres lèvres se sont posées là ? demanda sèchement Izz Huett à Marian.

— Je ne pensais pas à ça, répondit simplement Marian. Je me disais juste que c'est étrange, qu'elle devienne sa femme, et personne d'autre. Je ne dis pas que je ne suis pas d'accord, et aucune de nous ne le dit, parce qu'on ne songeait pas à ça, nous, on se contentait de l'aimer, c'est tout. Mais que personne d'autre au monde ne l'épouse, pas de belle dame en soie et en satin, mais elle, qui vit comme nous…

— Êtes-vous sûre de ne pas m'en vouloir ? demanda Tess tout bas.

Elles se penchèrent sur elle, dans leurs chemises de nuit blanches, avant de répondre, comme si elles estimaient que leur réponse se trouvait peut-être dans le regard de Tess.

— Je ne sais pas, murmura Retty. J'aimerais t'en vouloir, mais je n'y arrive pas !

— Pareil pour nous, dirent en chœur Marian et Izz Huett. Nous ne pouvons pas te détester, il y a quelque chose en toi qui nous en empêche.

— Il aurait dû épouser l'une de vous, murmura Tess.

— Pourquoi ?

— Parce que vous valez mieux que moi.

— Nous te valons mieux ? firent les trois filles. Oh, non, chère Tess !

— Si, s'écria-t-elle impétueusement.

Et se détachant soudain de leur étreinte, elle éclata en sanglots violents et répéta :

— Oh, si, si, vous valez mieux que moi !

Elles s'approchèrent d'elle et elles eurent beau la serrer dans leurs bras, Tess continua de pleurer.

— Allez lui chercher de l'eau, dit Marian. Nous l'avons bouleversée. La pauvre petite !

Elles la conduisirent doucement à son lit et l'embrassèrent avec chaleur.

— Tu es celle qu'il lui faut, dit Marian. Tu es plus distinguée, plus savante que nous, surtout depuis qu'il t'a appris toutes ces choses. Tu devrais même être fière. Tu es fière, n'est-ce pas ?

— Oui, répondit Tess, et j'ai honte de m'être laissée aller.

Quand toutes furent couchées et que la lumière fut éteinte, Marian demanda tout bas :

— Tu penseras à nous quand tu seras sa femme, Tess, et tu te rappelleras que nous t'avons dit que, bien que nous l'aimions, nous avons tout fait pour ne pas te détester ? Car nous ne t'avons pas détestée. Comment le pourrions-nous puisque c'est toi qu'il a choisie et que nous n'avons jamais espéré qu'il choisirait l'une de nous.

Elles ignorèrent qu'en entendant ces mots, des larmes amères coulèrent de nouveau sur l'oreiller de Tess, et que la jeune fille prit la décision, le cœur brisé, de tout raconter à Angel Clare. Tant pis pour les paroles de sa mère ! Clare la mépriserait peut-être, sa mère la traiterait de sotte, mais elle préférait cela que préserver un silence qui pourrait passer aux yeux du jeune homme comme une trahison, et qui semblait une injustice à l'égard de ses compagnes.

# 32

Cette humeur de pénitence empêcha Tess de fixer une date pour le mariage. Début novembre, elle ne s'était toujours pas décidée, malgré les demandes incessantes de Clare. Elle semblait vouloir prolonger le temps des fiançailles et que tout demeure comme alors.

Les prés changeaient, mais il faisait encore chaud pour aller s'y promener en début d'après-midi avant la traite, ce que le travail à la laiterie, à cette période de l'année, leur permettait de faire. Clare en profitait pour interroger Tess. Ou bien, il l'accompagnait en fin de journée dans quelque course inventée par Mrs. Crick pour lui en fournir l'occasion.

Un soir qu'ils rentraient de l'une de ces courses, ils atteignirent un escarpement de gravier qui dominait la vallée. Ils restèrent là, un moment, immobiles, et tendirent l'oreille. L'eau était haute à présent dans les rivières et les petites rigoles débordaient. De la vallée invisible, montaient toutes sortes de bruits qui, dans leur imagination, évoquaient ceux d'une grande cité s'étendant à leurs pieds, les murmures étant les vociférations du peuple.

— On dirait qu'ils sont des dizaines de milliers rassemblés sur la place du marché, dit Tess, et qu'ils sont là à discuter, à prêcher, à se disputer, à sangloter, à gémir, à prier et à maudire !

Clare, qui n'écoutait pas particulièrement, demanda :

— Crick vous a-t-il parlé aujourd'hui et dit qu'il n'aurait pas besoin de beaucoup d'aide pendant les mois d'hiver ?

— Non.

— Les vaches ne vont pas tarder à se tarir.

— Oui. On en a mené six ou sept hier à l'étable, et trois le jour précédent, ce qui porte leur nombre à une vingtaine. Mais… cela signifie-t-il que Mr. Crick ne veut pas de moi pour le vêlage ? Oh, ma présence n'est donc plus nécessaire ici ! Pourtant j'ai tant essayé…

— Crick n'a pas exactement dit que vous ne lui étiez plus nécessaire, mais connaissant notre relation, il m'a annoncé le plus gentiment et respectueusement du monde qu'il supposait que je partirais à Noël et vous emmènerais avec moi. Comme je lui demandais ce qu'il ferait sans vous, il m'a répondu qu'à cette période de l'année il pouvait s'en sortir sans la présence de trop de filles à la ferme. J'ai bien peur d'avoir commis un péché en me réjouissant qu'il vous force la main.

— Je ne crois pas que vous auriez dû vous réjouir, Angel. Parce que c'est toujours triste de ne pas être indispensable, même quand cela nous arrange.

— Cela nous arrange, vous devez en convenir.

Il posa un doigt sur sa joue.

— Ah, fit-il.

— Quoi ?

— Je sens monter le rouge à votre visage à l'idée de vous être laissé prendre ! Mais je ne devrais pas plaisanter. La vie est trop sérieuse.

— Oui. Et je m'en suis peut-être rendu compte avant vous.

Et comme elle s'en rendait compte à présent ! Car si finalement elle refusait de l'épouser – obéissant à son émotion de la veille –, il lui faudrait quitter Talbothays et trouver une place ailleurs, mais pas dans une laiterie puisque avec le temps du vêlage qui approchait, la présence de trayeuses n'était pas utile. Non, il lui faudrait aller dans une ferme, chez un agriculteur, où il n'y aurait pas de divin Angel Clare. L'idée lui paraissait détestable, mais plus encore celle de devoir retourner chez ses parents.

— Sérieusement, Tess chérie, reprit Clare, puisque vous quitterez probablement Talbothays à Noël, il est plus pratique, et préférable, que je vous emmène avec moi. Et puis, si vous n'étiez pas la fille la moins calculatrice au monde, vous sauriez que nous ne pouvons pas continuer de la sorte.

— Je le regrette. Je voudrais que ce soit toujours l'été et l'automne, et que vous me fassiez toujours la cour, et que vous pensiez autant à moi que ces derniers temps.

— Je le ferai toujours.

— Oh, je le sais bien ! s'écria-t-elle avec une soudaine fervente foi en lui. Angel, je veux fixer le jour où je serai à vous pour la vie.

Et c'est ainsi, qu'enfin, la date de leur mariage fut arrêtée, au retour de cette promenade nocturne, parmi les myriades de voix liquides qui montaient de part et d'autre du chemin.

Arrivés à la laiterie, ils avertirent aussitôt Mr. et Mrs. Crick en leur faisant jurer de garder le secret, car Tess comme Clare préféraient que le mariage fût célébré dans la plus grande intimité. Mr. Crick fit mine d'être bien embêté de perdre la jeune fille, et Mrs. Crick la félicita et déclara qu'elle s'était doutée, dès le premier jour, qu'elle n'épouserait pas quelque vulgaire ouvrier.

Tess se laissa dès lors portée par les heures ailées, sans plus avoir le sens de la volonté. Elle avait donné sa parole, la date du mariage était fixée, et elle s'abandonna avec passivité et soumission à toutes les suggestions de son fiancé. Toutefois, elle écrivit à nouveau à sa mère, sous le prétexte de lui annoncer son mariage, alors qu'en réalité, elle implorait une fois de plus son conseil. Un gentleman l'avait choisie, ce que sa mère n'avait peut-être pas tout à fait compris. Une explication postnuptiale, acceptée le cœur léger par un homme plus rustre, ne serait peut-être pas reçue de la même façon par lui. Mais Joan Durbeyfield ne répondit pas à sa fille.

Malgré toutes les raisons plausibles qu'Angel Clare invoqua pour hâter le mariage, on ne peut nier que cette décision avait quelque chose de trop précipité, comme on devait plus tard s'en apercevoir. Clare aimait tendrement Tess, quoique peut-être d'un amour plus idéal et chimérique que la passion sincère qu'elle éprouvait pour lui. Il n'avait jamais pensé, alors qu'il se croyait condamné à une vie bucolique dénuée de toute activité intellectuelle, qu'il y trouverait des charmes tels que ceux qu'il découvrait dans cette créature idyllique. La simplicité était, pour lui, un sujet de conversation et il ignorait l'attrait qu'elle pouvait avoir avant d'arriver ici. Il était loin, pourtant, de voir clair dans son avenir. Dans un an ou deux, peut-être, pourrait-il se considérer comme vraiment lancé dans la vie. Pour l'instant, le sentiment qui le poussait à croire qu'il avait raté sa vraie vocation par la faute de préjugés familiaux lui donnait une sorte d'insouciance quant à sa carrière et à son caractère.

— Ne pensez-vous pas qu'il aurait mieux valu attendre pour nous marier que vous vous soyez installé dans votre ferme ? demanda timidement Tess, un jour.

— Pour vous répondre franchement, ma Tess, je n'aime pas l'idée de vous savoir loin de ma protection et de mon affection.

C'était pour l'heure une bonne raison. Il avait sur elle une telle influence que la jeune fille avait fini par adopter ses façons et ses manières, son langage et ses phrases, ses goûts et ses aversions. La laisser dans une ferme, c'était courir le risque qu'elle ne soit plus d'accord avec lui. Mais il y avait une autre raison pour laquelle il tenait à la garder près de lui. Ses parents souhaitaient naturellement la rencontrer au moins une fois avant qu'il ne l'emmène ailleurs et, bien que leur opinion ne changeât en rien ses intentions, il se disait que deux mois de vie commune dans quelque logis pendant qu'il chercherait le meilleur endroit où s'installer permettrait à Tess de se préparer à l'épreuve difficile que serait sa présentation à sa famille.

Par ailleurs, il voulait étudier un peu le fonctionnement d'un moulin, ayant l'idée d'en combiner l'emploi avec la culture du blé. Le propriétaire d'un moulin à eau, près de Wellbridge, lui avait proposé de lui montrer comment il procédait et de travailler à ses côtés pendant quelques jours. Clare lui rendit visite et, quand il revint à Talbothays dans la soirée, il annonça à Tess qu'il aimerait y séjourner un moment. Ce qui l'avait décidé n'était pas tant l'occasion de voir de près l'opération de mouture et de tamisage que le fait que l'on puisse loger dans la ferme, laquelle, avant ses transformations, avait été la demeure d'une branche de la famille d'Urberville. Clare réglait toujours les questions pratiques de la sorte : par un sentiment qui n'avait rien à voir. Ils résolurent de s'y installer aussitôt après le mariage et d'y rester une quinzaine de jours au lieu d'aller de ville en ville et d'auberge en auberge.

— Nous commencerons alors à examiner certaines fermes dont on m'a parlé, de l'autre côté de Londres, dit-il, et en mars ou en avril, nous rendrons visite à mon père et à ma mère.

Pendant que de telles questions étaient ainsi évoquées, le jour, ce jour incroyable, où elle serait à lui, approchait à grands pas. Le 31 décembre, la veille de la nouvelle année, elle serait sa femme, songeait Tess. Était-ce vraiment possible ? Leurs deux êtres réunis, avec rien qui les sépare, chaque instant partagé : pourquoi pas ? Et cependant pourquoi ?

Elle se demandait s'il préférait qu'elle porte sa plus belle robe blanche pour le mariage ou si elle devait s'en acheter une autre. La prévenance de Clare répondit à sa question quand un gros colis qui lui était adressé arriva à la laiterie. À l'intérieur Tess trouva tout un assortiment de vêtements, depuis le chapeau jusqu'aux chaussures, y compris un costume du matin qui conviendrait parfaitement à la simple cérémonie qu'ils projetaient. Clare, qui rentra peu après, l'entendit défaire le paquet à l'étage.

Une minute plus tard, Tess le rejoignit au rez-de-chaussée, les joues rouges et les larmes aux yeux.

— Comme vous pensez à tout ! murmura-t-elle en venant poser son visage dans le creux de son épaule. Même les gants et le mouchoir ! Mon amour, comme vous êtes prévenant, comme vous êtes bon !

— Oh, non, Tess, c'est seulement une commande à une marchande de Londres, rien de plus.

Et pour la distraire de la trop haute opinion qu'elle avait de lui, il lui conseilla de faire des essayages et, si quoi que ce soit ne lui allait pas, d'appeler la couturière du village.

Tess remonta dans sa chambre et enfila la robe. Elle resta un moment devant le miroir, face à son reflet. Lui revint alors à l'esprit la ballade de la robe mystique que chantait sa mère :

*Qu'elle ne deviendrait jamais cette femme*
*Qui une fois fut coupable*[1].

Mrs. Durbeyfield la lui chantait quand elle était enfant. Et si, comme le manteau de la reine Guenièvre, la robe la trahissait en changeant de couleur ? Depuis son arrivée à la laiterie, Tess n'avait pas pensé une seule fois à cette ballade.

1. Référence au poème *Le Garçon et le Manteau*. Lorsque la reine Guenièvre, épouse du roi Arthur, enfile le manteau que seuls les être vertueux peuvent porter, celui-ci change de couleur et révèle son infidélité.

# 33

Angel souhaitait passer, avant le mariage, une journée seul avec Tess, hors de la laiterie, une journée romantique qui ne se répéterait jamais car ils ne seraient encore simplement que deux amoureux. Aussi, la semaine précédant le mariage, suggéra-t-il d'aller faire quelques achats dans la ville voisine.

On était la veille de Noël et la ville, qui croulait sous le gui et le houx, était bondée de visiteurs venus des quatre coins du comté. Tess, qui marchait au bras de Clare, paya le prix de son bonheur et de sa beauté en étant plus d'une fois convoitée du regard. Le soir, ils retournèrent à l'auberge où ils avaient laissé la voiture. Pendant qu'Angel s'occupait de la faire amener, Tess attendit devant l'entrée. La salle était remplie de clients qui allaient et venaient sans cesse. Chaque fois que la porte s'ouvrait et se refermait sur leur passage, la lumière de l'entrée tombait en plein sur son visage. Alors que deux hommes passaient près d'elle en sortant, l'un d'eux la toisa des pieds à la tête avec surprise. Tess crut reconnaître un habitant de Tantridge, bien que la ville se trouvât trop loin pour attirer des gens de là-bas.

— Voilà une bien belle jeune fille, dit son compagnon.

— Oui, bien belle. Mais à moins que je ne me trompe…

Et il le corrigea sur l'expression de « jeune fille ».

Clare, qui revenait juste à ce moment-là, entendit sa remarque et vit Tess reculer. L'insulte qui lui était faite le piqua au vif. Sans réfléchir, il frappa l'homme au menton de toute la force de son poing et le fit tomber en arrière dans le couloir. L'homme se releva, décidé à riposter, mais voyant que Clare avait pris une posture de défense, se ravisa et dit, tout en regardant une nouvelle fois Tess :

— Je vous demande pardon, monsieur. C'était une erreur. Je pensais qu'il s'agissait d'une autre femme, à quarante miles d'ici.

Clare, comprenant qu'il avait réagi avec trop de précipitation, et s'en voulant d'avoir laissé Tess toute seule devant l'auberge, fit ce que l'on fait habituellement dans ce cas : il donna à l'homme cinq shillings pour compenser le coup et ils se séparèrent avant de se souhaiter mutuellement une bonne nuit. Dès que Clare prit les rênes des mains du valet d'écurie et que le jeune couple s'éloigna, les deux hommes partirent dans l'autre direction.

— Était-ce une méprise ? demanda le compagnon de l'homme qui avait été frappé.

— Absolument pas. Mais je ne voulais pas contrarier ce gentleman !

Pendant ce temps, les deux amoureux roulaient.

— Pourrions-nous remettre notre mariage à plus tard ? demanda Tess d'une voix morne. Je veux dire, si nous le désirions ?

— Non, mon amour. Mais ne vous tracassez pas, le bougre n'aura pas le temps de m'assigner pour voies de fait, répondit Clare en riant.

— Je ne pensais pas à cela. Mais si nous devions le remettre…

Ce qu'elle voulait dire n'était pas très clair et il lui conseilla de chasser ces idées, ce qu'elle fit avec soumission du mieux qu'elle put. Mais elle demeura grave tout le long du chemin, jusqu'à ce qu'elle se dise : « Nous partirons loin, très loin, à des centaines de miles d'ici. Ainsi, cela ne se reproduira plus jamais et aucun fantôme du passé ne pourra nous atteindre. »

Ils se séparèrent tendrement ce soir-là et Clare monta dans sa mansarde. Tess, qui veilla pour régler deux ou trois petites choses, craignant de ne pas en avoir le temps avant le mariage, entendit du bruit dans la chambre d'Angel, un bruit de lutte et de coups de poing. Comme tout le monde dans la maison dormait, elle monta voir s'il n'était pas malade et frappa à sa porte.

— Ce n'est rien, chérie, dit-il de l'autre côté. Je suis confus de vous avoir dérangée, mais je me suis endormi et j'ai rêvé que je me battais à nouveau avec cet homme qui vous a insultée. Vous m'avez entendu donner des coups de poing à ma valise. Ce genre de choses m'arrive parfois dans mon sommeil. Retournez au lit et n'y pensez plus.

Cet incident eut raison de l'indécision de Tess : puisqu'elle ne pouvait lui avouer son passé de vive voix, elle lui écrirait. Elle s'assit et rédigea une lettre de quatre pages dans laquelle elle lui raconta ce qui était arrivé trois ou quatre ans auparavant. Puis elle mit la lettre dans une enveloppe et elle grimpa de nouveau à l'étage et la glissa sous la porte de Clare.

Sa nuit fut agitée, comme on peut l'imaginer, et au petit matin, elle écouta les premiers bruits qui lui parvinrent de la mansarde. C'était les mêmes que d'habitude, et comme d'habitude, elle entendit Angel descendre. Elle descendit à son tour. Il la croisa en bas de l'escalier et lui donna un baiser. N'était-il pas aussi tendre que les fois précédentes ? Clare lui parut un peu las et troublé, mais il ne fit aucune allusion à sa lettre, même quand ils furent seuls. L'avait-il seulement trouvée ? À moins qu'il n'en parlât le premier, elle se sentait incapable de dire quoi que ce soit.

Le jour passa ainsi et il devint de plus en plus clair dans l'esprit de Tess que, quelles que fussent les pensées de Clare, il préférait les garder pour lui-même. Pourtant, il se montrait aussi franc et affectueux qu'auparavant. Se pouvait-il que ses doutes soient puérils, qu'il lui pardonne et l'aime pour ce qu'elle était, comme elle était, et sourie de son inquiétude comme d'un cauchemar absurde ? Avait-il vraiment lu la lettre ? Elle jeta un coup d'œil dans la mansarde et ne la vit pas. C'était donc qu'il lui pardonnait ? Et même s'il ne l'avait pas lue, elle fut soudain portée par la foi enthousiaste qu'il la pardonnerait sûrement.

Soirs et matins, il se comportait de la même manière, et c'est ainsi qu'arriva la veille du Jour de l'An : le jour du mariage.

Les parents de Tess vivaient trop loin pour assister à la cérémonie, quant à la famille d'Angel, dûment prévenue par un mot du jeune homme dans lequel il exprimait sa joie qu'au moins l'un d'eux soit présent ce jour-là, elle ne vint pas non plus. Ses frères, visiblement indignés contre lui, ne lui répondirent pas, et ses parents lui envoyèrent une lettre assez triste où ils déploraient sa précipitation mais s'y résignaient, ajoutant que, s'ils ne s'attendaient pas qu'une fille de ferme devienne leur belle-fille, leur fils était arrivé à un âge où ils supposaient qu'il était le seul meilleur juge. La froideur des siens eût plus peiné Clare s'il n'avait été en possession de ce magnifique atout qu'il envisageait d'utiliser plus tard.

Il estimait en effet téméraire et risqué de présenter Tess, à peine sortie de la laiterie, comme une d'Urberville ; aussi avait-il décidé de dissimuler ses origines le temps qu'elle se familiarise avec les usages du monde puis de l'amener chez ses parents et de leur révéler triomphalement qu'elle était la digne descendante d'une ancienne lignée. Ce n'était rien de plus qu'un doux rêve d'amoureux. Qui sait si les origines de Tess n'avaient-elles pas plus de valeur à ses yeux à lui qu'aux yeux de n'importe qui d'autre au monde ?

Constatant que le comportement d'Angel à son égard n'avait nullement changé, Tess douta de plus en plus qu'il eût pris connaissance de sa lettre, et le matin du mariage, elle quitta la table du petit déjeuner avant lui et monta à la mansarde. Elle voulait regarder une fois de plus dans cette pièce étrange qui avait été la tanière de Clare pendant si longtemps. Une fois devant la porte, elle se baissa et regarda, songeuse, là où elle avait glissé sa confession deux ou trois jours plus tôt. Le tapis touchait presque le seuil de la pièce, et juste en dessous, elle aperçut le bord blanc de l'enveloppe contenant sa lettre. Clare ne l'avait manifestement pas vue. Dans sa hâte, elle l'avait glissée sous le tapis en même temps que sous la porte. Au bord de l'évanouissement, elle retira la lettre. C'était bien elle, scellée, exactement comme elle l'avait laissée. Tout restait à faire. Comme elle ne pouvait pas lui demander de la lire maintenant, la maisonnée étant en pleins préparatifs, elle retourna dans sa chambre où elle la déchira.

Elle était si pâle quand elle redescendit que Clare s'alarma. Elle qui pensait, par le biais de la lettre, s'épargner une confession, comprenait qu'il était encore temps de la faire. Mais tous s'agitaient dans la maison, et devaient s'habiller, Mr. et Mrs. Crick ayant été priés de les accompagner pour leur servir de témoins. Il était donc impossible de réfléchir ou d'avoir une conversation posée. La seule fois où elle se trouva seule avec Clare, sur le palier, elle s'écria, avec une légèreté feinte :

— Je voudrais vous parler, vous confesser toutes mes fautes.

— Non, non, ne parlons pas de fautes maintenant. Vous devez être parfaite, du moins aujourd'hui ! répondit-il. Nous aurons tout le temps nécessaire après, et je vous confierai les miennes en même temps.

— Mais il vaudrait mieux pour moi le faire maintenant, de sorte que vous ne puissiez pas dire ensuite…

— Ma belle idéaliste, vous me raconterez tout dès que nous serons installés chez nous, mais pas avant. Ne gâchons pas cette journée avec nos fautes respectives, elles seront un sujet parfait quand nous nous ennuierons.

— Vous en êtes sûr, très cher ?

— Oui, Tessy.

Comme il était temps de s'habiller et de partir, la conversation en resta là. Les paroles de Clare rassurèrent Tess, et pendant les deux heures qui suivirent, elle se laissa emporter par le déferlement de son amour pour lui. Le désir de lui appartenir, de l'appeler son seigneur, et, s'il le fallait, de mourir, désir auquel elle avait résisté si longtemps, la hissait enfin du chemin sur lequel elle avançait péniblement. Alors qu'elle se préparait, il lui semblait voguer sur un nuage d'idéalités aux multiples couleurs dont l'éclat éclipsait tout événement sinistre qui pouvait survenir.

L'église était loin et ils durent s'y rendre tous les quatre, les futurs mariés et Mr. et Mrs. Crick, dans une voiture fermée, louée à l'auberge. Tess ne prêta pas attention à la route, elle ne vit rien. Tout ce qu'elle savait, c'est qu'Angel était à son côté. Le reste n'était que brouillard lumineux. Il n'y avait qu'une dizaine de personnes à l'église, mais eussent-elles été mille qu'elles n'auraient pas produit plus d'effet sur Tess. Elles se trouvaient à des distances stellaires du monde dans lequel elle vivait alors. Avec une solennité extatique, elle jura sa foi à Clare. Celui-ci savait qu'elle l'aimait : tout en elle le lui prouvait. Mais il ignorait à ce moment-là la profondeur de sa dévotion, sa détermination, sa douceur ; ce qu'elle promettait de patience, d'honnêteté, d'endurance et de confiance.

Lorsqu'ils sortirent de l'église, tandis que les cloches résonnaient d'un modeste carillon de trois notes, Tess, au bras de son mari, sentit l'air vibrant bourdonner en cercles sonores autour d'eux depuis le beffroi à claire-voie, en harmonie, semblait-il, avec l'atmosphère hautement chargée dans laquelle elle évoluait alors. Elle demeura dans cet état d'esprit jusqu'à ce que le son des cloches s'atténuât et que les émotions de la cérémonie se fussent apaisées. Ses yeux voyaient les détails plus nettement à présent, et, Mr. et Mrs. Crick ayant demandé à ce qu'on leur envoie leur propre cabriolet afin de laisser la voiture au jeune couple, elle remarqua pour la première fois le gabarit et l'aspect du véhicule. Assise en silence, elle le contempla longuement.

— Vous paraissez oppressée, Tessy, dit Clare.

— Oui, répondit-elle en portant une main à son front. Tout est si sérieux, Angel… Et j'ai l'impression d'avoir déjà vu cette voiture, de la connaître même très bien. C'est étrange. J'ai dû la voir en rêve.

— Vous avez sans doute entendu la légende du carrosse d'Urberville. C'est une superstition bien connue dans le comté sur votre famille, à l'époque où elle était très puissante. Cette vieille guimbarde doit vous la rappeler.

— Je ne connais pas cette légende. Laquelle est-ce ?

— Il vaudrait mieux que je ne vous la conte pas en détail. Un certain d'Urberville du XVIe ou XVIIe siècle a commis un crime atroce dans le carrosse familial, et depuis, des membres de la famille le voient ou l'entendent chaque fois que… Mais je vous la raconterai un autre jour, elle est assez lugubre. De toute évidence, quelques bribes vous sont revenues à l'esprit à la vue de cette vénérable roulotte.

— Je ne me rappelle pas l'avoir déjà entendue, murmura Tess. Est-ce que les gens de ma famille la voient quand ils vont mourir ? Ou quand ils ont commis un crime ?

— Allons, Tess !

Et il la fit taire d'un baiser.

Lorsqu'ils arrivèrent à la laiterie, la contrition et l'abattement l'avaient gagnée. Elle était à présent Mrs. Angel Clare, certes, mais avait-elle quelque droit moral à ce titre ? N'était-elle pas plus Mrs. Alexandre d'Urberville ? La force de l'amour pouvait-elle justifier ce que des âmes droites considéraient peut-être comme une coupable réticence ? Elle ignorait ce qu'on attendait d'une femme en pareil cas, et elle n'avait point de conseiller.

Dès qu'elle se trouva seule dans sa chambre, elle s'agenouilla et pria. Elle essaya de prier Dieu, mais c'était surtout à son mari qu'elle adressait une supplication. Elle l'idolâtrait tant qu'elle redoutait que sa passion pour lui ne fût un mauvais présage.

— Mon amour, mon amour, pourquoi je vous aime tant, murmura-t-elle, car la femme que vous aimez, ce n'est pas moi, mais mon image, celle que j'aurais dû être.

L'après-midi arriva, annonçant l'heure du départ. Ils avaient décidé de se conformer au projet de passer quelques jours dans la vieille ferme, près du moulin de Wellbridge, où Angel souhaitait résider le temps de se familiariser avec les procédés de minoterie. À deux heures, il ne leur restait plus qu'à se mettre en route. Tout le personnel de la laiterie se tint dans le couloir de brique rouge pour leur dire au revoir, et Mr. et Mrs. Crick les accompagnèrent jusqu'à la porte. Tess vit ses trois compagnes de chambre, en rang, contre le mur, tête baissée, l'air pensif. Elle s'était souvent demandé si elles assisteraient à son départ, et elles étaient là, stoïques et fidèles jusqu'au bout. Elle savait pourquoi la délicate Retty paraissait si fragile, Izz si tragiquement triste, et Marian si dénuée d'expression. L'espace d'un instant, elle en oublia ses propres soucis.

— Ne voulez-vous pas les embrasser toutes les trois, les pauvres, pour la première et dernière fois ? murmura-t-elle impulsivement à l'oreille de Clare.

Clare ne vit pas la moindre objection à cette formalité d'adieu, car ce n'était rien de plus pour lui, et il les embrassa à tour de rôle en leur disant au revoir. Lorsqu'ils arrivèrent à la porte, Tess jeta un coup d'œil derrière elle pour voir l'effet de ce baiser charitable. Il n'y avait aucun triomphe dans son regard, et si cela avait été le cas, il aurait aussitôt disparu devant l'air tant ému des trois filles. Ce baiser, en réveillant des sentiments qu'elles tentaient de réprimer, leur avait manifestement nui.

De tout cela, Clare n'en sut rien. Il serra la main du laitier et de sa femme et les remercia de tout ce qu'ils avaient fait pour lui. Il y eut alors un moment de silence, interrompu par le chant du coq, celui au plumage blanc et à la crête rose, venu se percher sur la palissade en face de la ferme, à quelques mètres d'eux. Son chant perça leurs oreilles, puis s'éteignit peu à peu comme l'écho dans une vallée de rochers.

— Tiens, un coq qui chante l'après-midi, dit Mrs. Crick.

— C'est mauvais signe, murmura un des hommes qui tenait le portail ouvert, sans se douter que ses paroles seraient entendues.

Le coq chanta à nouveau, droit dans la direction de Clare.

— Eh bien, eh bien, fit le laitier.

— Je n'aime pas l'entendre, dit Tess à son mari. Partons. Au revoir, au revoir !

Le coq chanta une troisième fois.

— Sauve-toi ou je te tords le cou ! s'écria le laitier avec irritation en chassant le volatile.

Puis, comme il rentrait dans la ferme, il dit à sa femme :

— Il a fallu qu'il chante aujourd'hui ! C'est bien la première fois en un an qu'on l'entend l'après-midi.

— C'est seulement parce que le temps va changer, répondit celle-ci. Et pas ce que tu crois. C'est impossible !

# 34

Les jeunes mariés roulèrent pendant quelques miles puis, juste avant Wellbridge, ils prirent le pont élisabéthain qui donnait au lieu son nom et derrière lequel se dressait la maison où Clare avait loué deux chambres. Ancienne propriété d'un d'Urberville, elle faisait autrefois partie d'une belle résidence seigneuriale, mais depuis qu'elle avait été à moitié démolie, elle servait de ferme.

— Bienvenue dans l'une des demeures de vos ancêtres ! dit Clare en aidant Tess à descendre.

Il regretta aussitôt sa plaisanterie, trop proche de la satire.

En entrant, ils apprirent que le fermier, bien qu'ils eussent seulement loué deux chambres, avait profité de leur présence pour aller rendre visite à quelques amis à l'occasion de la Nouvelle Année, et leur avait laissé une femme du voisinage pour pourvoir à leurs besoins. Bien que ravis de prendre possession des lieux et de vivre, pour la première fois, l'expérience d'être seuls sous le même toit, Clare allait bientôt s'apercevoir que la vieille habitation déprimait sa jeune épouse. Après le départ de la voiture, ils montèrent à l'étage pour se laver les mains, précédés de la femme de ménage. Sur le palier, Tess s'arrêta en tressaillant.

— Que se passe-t-il ? demanda Clare.

— C'est à cause de ces horribles femmes, répondit Tess avec un sourire. Elles me font peur.

Clare leva les yeux et vit deux portraits de grandeur nature encastrés dans la maçonnerie. Ils dataient d'il y a deux cents ans environ et représentaient des femmes d'un certain âge dont on ne peut oublier la physionomie une fois qu'on l'a vue. Les longs traits pointus, les yeux étroits et le petit sourire suffisant de l'une, si évocateurs de la trahison sans pitié ; le nez crochu, les grandes dents et le regard intrépide de l'autre, suggérant une arrogance frisant la férocité, hantent longtemps après dans ses rêves celui qui les a contemplés.

— Quels sont ces portraits ? demanda Clare à la femme de ménage.

— Les dames de la famille d'Urberville, les anciens seigneurs du manoir, répondit-elle. Comme ils sont encastrés dans le mur, on ne peut pas les retirer.

Le déplaisant de l'affaire, outre l'effet sur Tess, était que les traits de cette dernière se retrouvaient nettement dans ces formes exagérées. Angel n'en dit rien cependant, et, regrettant d'avoir choisi cette demeure pour leur nuit de noces, il entra avec Tess dans la chambre voisine. Comme elle avait été préparée à la hâte, ils durent se laver les mains dans la même cuvette. Clare prit celles de Tess dans les siennes.

— Quels sont mes doigts et quels sont les vôtres ? dit-il. Ils sont si bien entrelacés.

— Tous sont à vous, répliqua la jeune femme gentiment en s'efforçant de paraître plus gaie qu'elle ne l'était.

Le soleil était si bas en cette fin de dernier après-midi de l'année qu'il brillait à travers une petite ouverture et formait une tache dorée sur sa jupe, comme une tache de peinture. Ils se rendirent dans l'ancien salon pour prendre le thé et, là, partagèrent leur premier repas en tête à tête. Ils avaient un comportement si infantile, surtout lui, qu'il lui plaisait d'utiliser la même assiette qu'elle et de cueillir d'un baiser les miettes laissées sur ses lèvres. Toutefois, il s'étonnait qu'elle ne se joignît pas à ces frivolités avec le même entrain que lui.

« C'est un amour, un amour de femme, pensa-t-il en la regardant en silence. Est-ce que je mesure avec suffisamment de solennité combien cette petite chose est entièrement et irrémédiablement la créature de ma bonne ou de ma mauvaise foi, et de ma bonne ou de ma mauvaise fortune ? Je ne le crois pas. Je ne le pourrais, à moins d'être une femme moi-même. Ce que je suis en ce monde, elle l'est. Ce que je deviendrai, elle doit le devenir. Ce que je ne puis accomplir, elle ne le peut. Serai-je un jour capable de la négliger, de lui faire du mal ou même d'oublier d'avoir des égards pour elle ? Que Dieu me préserve d'un tel crime ! »

Ils restèrent assis devant la table en attendant leurs bagages que Mr. Crick avait promis de leur faire envoyer avant la nuit. Mais le soir commençait à tomber et ils n'étaient toujours pas là. Avec le départ du soleil, l'humeur calme de cette journée d'hiver changea. Dehors, on entendait comme un bruit de soie froissée, les feuilles mortes de l'automne précédent s'agitaient, se réveillaient et tourbillonnaient à contrecœur et venaient heurter les volets. Bientôt, il se mit à pleuvoir.

— Ce coq savait que le temps changerait, dit Clare.

La femme qui les avait accueillis était rentrée chez elle pour la nuit mais elle avait déposé des bougies sur la table et ils les allumèrent.

— Ces vieilles maisons sont pleines de courants d'air, continua Clare en regardant les flammes et le suif qui s'écoulait. Je ne comprends pas pourquoi nos bagages tardent autant à arriver. Nous n'avons même pas une brosse à cheveux ou un peigne.

— Je ne sais pas, répondit Tess, l'air absent.

— Tess, vous êtes bien éteinte, ce soir, ce qui ne vous ressemble pas du tout. Il semble que ces vieilles sorcières sur le mur, à l'étage, vous aient troublée. Je regrette de vous avoir conduite ici. Je me demande si vous m'aimez, finalement.

Il savait qu'elle l'aimait et il n'avait pas parlé sérieusement, mais, surchargée d'émotions, Tess tressaillit comme un animal blessé. Bien qu'elle s'efforçât de ne pas verser de larmes, elle ne put empêcher une ou deux d'apparaître au coin de ses yeux.

— Je ne pensais pas ce que je disais, s'exclama-t-il, désolé. Vous êtes inquiète de ne pas avoir vos affaires, je le vois bien. Que fabrique le vieux Jonathan ? Il aurait dû nous les livrer, il est déjà sept heures… Ah, le voilà !

On avait frappé à la porte, mais comme aucun serviteur n'était là pour ouvrir, Clare alla répondre. Il revint avec un petit colis dans les mains.

— Ce n'était pas Jonathan, dit-il.

— Que c'est contrariant, fit observer Tess.

Le colis avait été porté par un messager spécial d'Emminster qui était arrivé à Talbothays juste après le départ des jeunes mariés. Comme il avait reçu l'ordre de ne le remettre qu'en mains propres, il les avait suivis jusqu'ici. Clare approcha le paquet de la lumière. Long d'une trentaine de centimètres et cousu dans de la toile, il était plombé du sceau de Mr. Clare père et adressé de la main de celui-ci à Mrs. Angel Clare.

— C'est un petit cadeau de mariage pour vous, Tess, dit-il en le lui tendant. Comme ils sont attentionnés !

Tess parut quelque peu agitée en le prenant.

— Je préférerais que vous l'ouvriez à ma place, chéri, dit-elle en le lui rendant. Je n'aime guère briser ce genre de sceau, ils ont l'air si sérieux. Je vous en prie, ouvrez-le pour moi.

Clare défit le paquet. À l'intérieur, se trouvait un coffret en cuir sur lequel reposaient une lettre et une clé. La lettre était pour Clare et disait :

*Mon cher fils,*

*Tu as sans doute oublié qu'avant de mourir, alors que tu n'étais qu'un enfant, ta marraine, Mrs. Pitney, m'a confié une partie de ses bijoux que je devais remettre de sa part à ton épouse, si un jour tu en avais une, comme témoignage de son affection. Les diamants étaient déposés jusqu'à présent dans un coffre, à la banque. Bien que les choses me paraissent quelque peu incongrues, étant donné les circonstances, j'accomplis, comme tu le vois, mon devoir. Ces parures appartiennent dorénavant à ta femme qui en possède de droit la jouissance sa vie durant. Ils deviennent, selon le testament de ta marraine, des bijoux de famille, à proprement parler. Ci-inclus, les termes exacts de la clause qui s'y rapporte…*

— Je me souviens maintenant, dit Clare, mais il est vrai que j'avais complètement oublié.

Ils ouvrirent le coffret et découvrirent un collier avec pendant, des bracelets, des boucles d'oreilles, ainsi que d'autres petits bijoux. Tess parut effrayée de les toucher dans un premier temps, mais quand Clare étala la parure, ses yeux étincelèrent un instant autant que les pierres.

— Sont-ils à moi ? demanda-t-elle d'une voix incertaine.

— Oui, répondit-il. Oh, Tess, mettez-les, mettez-les, ajouta-t-il avec enthousiasme. Mais votre robe ne va pas. Elle devrait être décolletée pour une parure telle que celle-ci !

— Vraiment ?

— Oui.

Il lui suggéra alors de rentrer le haut de son corsage de sorte à lui donner à peu près la forme d'une robe du soir. Tess obtempéra et quand le pendant du collier brilla, isolé, sur la blancheur de sa gorge, il recula pour l'admirer.

— Mon Dieu, dit-il, comme vous êtes belle ! Si seulement vous apparaissiez dans une salle de bal. Mais, non, ma chérie, je vous préfère dans votre robe de coton et coiffée de votre capeline. Oui, mieux qu'avec ceci, même si vous les portez merveilleusement bien.

Prenant conscience de sa frappante beauté, Tess rougit, mais non pas de plaisir.

— Je vais les retirer, dit-elle, au cas où Jonathan me verrait. Ils ne sont pas faits pour moi, n'est-ce pas ? Je suppose que nous devrions les vendre.

— Gardez-les encore un moment. Les vendre ? Jamais. Ce serait manquer de respect.

Sous l'influence d'une seconde pensée, elle obéit volontiers : elle avait quelque chose à dire et qui sait, ces bijoux l'aideraient peut-être ? Comme Jonathan n'arrivait toujours pas, ils s'installèrent pour dîner. Le repas était déjà prêt, disposé sur une desserte. Ils n'avaient pas fini de manger qu'ils entendirent la porte extérieure battre puis un bruit de pas dans le couloir. Angel se leva.

— J'ai eu beau frapper, personne ne venait, s'excusa Jonathan Kail, car c'était lui. Et comme il pleut, j'ai ouvert la porte. Je vous ai apporté vos bagages, monsieur.

— J'en suis bien aise, mais vous êtes fort en retard.

— Oui, monsieur, je sais. Nous avons eu tous peur à la laiterie à cause d'un drame terrible qui aurait pu se produire, après votre départ, à madame et à vous. Mais peut-être n'avez-vous pas entendu le coq chanter, cet après-midi ?

— Mon Dieu, que s'est-il passé ?

— Certains disent une chose, d'autres une autre, mais ce qui est certain, c'est que cette pauvre petite Retty Priddle a voulu se noyer !

— Vraiment ? Pourtant, elle nous a dit au revoir comme tous les gens de la ferme.

— Oui, mais quand vous êtes parti, avec votre dame, Retty et Marian ont mis leurs chapeaux et sont sorties. Elles sont allées à Lew-Everard où elles ont bu, puis elles ont poussé jusqu'à Dree-Armed Cross, et là, elles se sont séparées, Retty prenant par les prés comme pour rentrer à la ferme, et Marian en direction du prochain village, où il y a une autre auberge. On n'a plus rien su de Retty jusqu'à ce que le batelier, de retour chez lui, n'aperçoive quelque chose près de l'étang du Great Pool. C'était son chapeau et son châle. Il a découvert ensuite Retty dans l'eau. Avec un autre homme, ils l'ont ramenée à la maison en pensant qu'elle était morte, mais elle est revenue à elle petit à petit.

Angel, se rappelant brusquement que Tess entendait ce lugubre récit, alla fermer la porte entre le couloir et l'antichambre menant au salon. Mais sa femme, un châle jeté sur ses épaules, était sortie et écoutait Jonathan en regardant d'un air absent les bagages et les gouttes de pluie qui perlaient dessus.

— Ce n'est pas tout, continua Jonathan. On a trouvé Marian ivre morte près du tas de bois de saule. Une fille connue pour n'avoir jamais rien bu de sa vie ! À croire qu'elles ont toutes perdu la tête.

— Et Izz ? demanda Tess.

— Izz est à la ferme, comme d'habitude, mais elle paraît très abattue, la pauvre. Bref, tout ça est arrivé au moment où on empaquetait vos affaires pour les mettre dans la charrette, et ça m'a retardé.

— Je comprends, Jonathan. Voulez-vous bien monter les malles à l'étage et boire un verre de bière avant de vous dépêcher de repartir ?

Tess était retournée dans le salon. Assise au coin du feu, elle fixait les flammes d'un air songeur. Elle entendit Jonathan monter et descendre l'escalier puis remercier son mari pour la bière et le pourboire. Après son départ, Angel rabattit la barre de chêne qui bloquait la porte et alla rejoindre sa femme. Alors qu'il arrivait derrière elle, il lui pressa les joues entre ses mains, s'attendant à ce qu'elle sursaute gaiement et s'empresse de déballer ses affaires, mais elle ne se leva point. Aussi s'installa-t-il à son côté, près de l'âtre, à la lueur du feu.

— Je suis désolé que vous ayez entendu cette triste histoire, dit-il. Il ne faut pas vous en vouloir. Retty était morbide de nature, vous le savez.

— Oui, et sans la moindre cause, répondit Tess. Tandis que celles qui ont des raisons de l'être le cachent et prétendent qu'elles ne le sont pas.

L'incident avait fait pencher la balance pour elle. Ces filles simples et innocentes, frappées du malheur d'un amour non partagé, méritaient mieux. Et elle, Tess, méritait pire, et pourtant, elle avait été choisie. C'était mal de sa part de tout prendre sans rien donner en retour. Elle paierait jusqu'au dernier centime : elle raconterait tout, là, maintenant. Elle prit cette décision alors qu'elle regardait le feu et que Clare lui tenait la main.

— Vous rappelez-vous ce que nous nous sommes dit, ce matin, au sujet de nos fautes respectives ? demanda-t-il soudain en voyant qu'elle demeurait immobile. Nous parlions peut-être à la légère, vous, en tout cas, mais en ce qui me concerne, ce n'était pas une promesse en l'air. Je veux vous faire une confession, mon amour.

Ces paroles, venant de lui, si à propos et inattendues, eurent sur Tess l'effet d'une intervention de la providence.

— Vous avez quelque chose à confesser ? s'écria-t-elle, avec presque de la joie et un sentiment de soulagement.

— Cela vous étonne-t-il ? Ah, mais vous avez une trop haute opinion de moi. À présent, écoutez : posez votre tête parce que je veux que vous me pardonniez et que vous ne m'en vouliez pas de ne pas vous l'avoir dit plus tôt, comme peut-être j'aurais dû le faire.

Comme c'était étrange ! Il semblait être son double. Elle ne dit rien et Clare poursuivit :

— Je vous l'ai caché parce que j'avais peur de mettre en danger mes chances auprès de vous, chérie. Je m'apprêtais à vous en parler il y a un mois, quand vous avez accepté d'être ma femme, mais je n'y suis point arrivé. Je craignais de vous effrayer et de vous voir vous éloigner de moi. J'ai remis ma confession à plus tard, puis j'ai songé à la faire hier, pour vous donner au moins une chance de fuir. Je n'y suis pas parvenu non plus, pas plus que ce matin, lorsque vous avez suggéré que nous confessions nos fautes sur le palier. Quel pécheur je fais ! Mais je ne peux plus reculer à présent que je vous vois si solennelle. Je me demande si vous me pardonnerez.

— Oui ! J'en suis sûre…

— Eh bien, je l'espère. Mais attendez un peu, vous ne savez pas. Bien que mon père redoute, qu'à cause des doctrines que je professe, je ne sois éternellement perdu, je crois évidemment, et autant que vous, Tess, à la moralité. J'ai de tout temps admiré la pureté, même si je puis y prétendre, et détesté la fausseté.

Il lui parla alors de cette époque de sa vie où il séjourna à Londres et s'adonna pendant quarante-huit heures à la débauche avec une femme.

— Heureusement, je me suis réveillé à temps pour prendre conscience de cette folie à laquelle je m'étais livré. Je n'avais plus rien à lui dire et je suis rentré chez moi. Je n'ai jamais recommencé. Mais comme je tenais à vous traiter avec la plus extrême franchise, il me fallait vous le dire. Me pardonnez-vous ?

Elle pressa sa main dans la sienne en guise de réponse.

— Eh bien, nous n'aborderons plus jamais ce sujet et parlerons de choses plus légères.

— Oh, Angel, vous me voyez presque heureuse car maintenant, vous, aussi, pourrez me pardonner. Je n'ai pas encore fait ma confession, vous vous souvenez ?

— Ah, oui, bien sûr. Je vous écoute, vilaine !

— Vous souriez, mais elle est aussi grave que la vôtre, et peut-être même plus.

— C'est impossible, chérie.

— C'est impossible, oui, c'est impossible ! répéta-t-elle en bondissant de joie devant l'espoir qu'elle entrevoyait. Non, elle ne peut certainement pas être plus grave que la vôtre, car c'est exactement la même ! Je vais vous la dire maintenant.

Elle se rassit. Leurs mains étaient toujours jointes. Les cendres, sous la grille du foyer, étaient éclairées verticalement par le feu. Elle se pencha en avant, les diamants autour de son cou brillant d'un éclat sinistre, comme un œil de crapaud ; puis, pressant le front contre la joue de Clare, elle lui fit le récit de sa rencontre avec Alec d'Urberville et de ses conséquences, d'une voix murmurée, sans fléchir et les yeux baissés.

# Cinquième Partie

# La femme paie

# 35

Son récit était terminé. Pas une seule fois, elle n'avait élevé la voix, cherché à se disculper ou pleuré. Mais l'aspect même des choses extérieures semblait s'être transformé à mesure qu'elle avançait dans sa confession. Le feu dans l'âtre paraissait moqueur, diaboliquement malicieux, comme s'il ne se souciait guère de sa détresse. Pareil avec le garde-feu qui grimaçait vaguement. La lumière, dans la carafe à eau, semblait, elle, uniquement préoccupée par des problèmes chromatiques. Tous les objets matériels clamaient leur irresponsabilité, et pourtant, rien n'avait changé depuis le moment où il l'avait embrassée, ou plutôt, rien dans la substance des choses ; mais leur essence, oui, avait changé.

Quand elle se tut, le souvenir de leurs mots d'amour semblait s'être précipité dans les recoins de leurs cerveaux, résonnant comme l'écho d'un temps d'une folie sublimement aveugle.

Clare accomplit l'acte inopportun d'attiser le feu : il n'avait pas encore pris pleinement conscience de ce qu'il venait d'entendre. Après avoir remué les tisons, il se leva : la portée des révélations de Tess s'abattait sur lui à présent. Son visage s'était flétri. Dans son effort pour se concentrer, il se mit à arpenter nerveusement la pièce. Il était incapable de fixer sa pensée, et c'était pour cela qu'il allait et venait. Quand il prit la parole, ce fut de la voix la plus inadaptée et ordinaire qu'elle lui avait jamais entendue.

— Tess !

— Oui, mon bien-aimé.

— Dois-je croire à ceci ? D'après vos manières, il me semble que oui. Vous ne pouvez pas avoir perdu l'esprit ! Et pourtant... Mais non ! Ma femme, ma Tess, rien en vous ne légitime une telle supposition.

— Je n'ai pas perdu l'esprit.

Il la regarda d'un air absent puis reprit, hébété :

— Pourquoi ne m'en avez-vous pas parlé avant ? Ah, mais oui, bien sûr, vous vouliez m'en parler et je vous en ai empêchée. Je me souviens.

Ces paroles, et d'autres encore, n'étaient rien de plus que bafouillage superficiel alors que les profondeurs demeuraient paralysées. Il se détourna et se courba sur une chaise. Tess le rejoignit au milieu de la pièce et se tint devant lui en le fixant avec des yeux qui ne versaient point de larmes. Puis elle tomba à genoux, et se tapit à ses pieds.

— Au nom de notre amour, pardonnez-moi, murmura-t-elle d'une voix rauque. Je vous ai pardonné.

Comme il restait silencieux, elle dit à nouveau :

— Pardonnez-moi, comme vous êtes pardonné. Je vous pardonne, Angel.

— Vous... oui, vous me pardonnez.

— Et vous, ne me pardonnez-vous pas ?

— Oh, Tess, le pardon ne s'applique pas à votre cas. Vous étiez une personne, vous en êtes une autre à présent. Mon Dieu, qu'est-ce que le pardon face à une prestidigitation si grotesque !

Il marqua une pause, comme pour réfléchir à ce qu'il venait de dire, puis éclata soudain d'un rire atroce, effrayant et aussi déplacé qu'un rire en enfer.

— Non, non, ne riez pas ! Cela me tue, hurla-t-elle. Oh, ayez pitié de moi, ayez pitié !

Voyant qu'il ne répondait pas, elle se leva d'un bond, le visage blême :

— Angel ? Que signifie ce rire ? demanda-t-elle. Savez-vous ce que cela représente pour moi ?

Il secoua la tête.

— J'ai espéré, j'ai souhaité pouvoir vous rendre heureux. J'ai tant prié pour cela. Je me disais, quel bonheur ce sera de le rendre heureux, et quelle épouse indigne je ferais de ne pas vivre dans cet unique but. Voilà quels étaient mes sentiments, Angel.

— Je sais.

— Je pensais que vous m'aimiez, moi, mon vrai moi ! Si c'est moi que vous aimez, Angel, comment pouvez-vous me regarder et me parler de la sorte ? Cela me fait peur ! Puisque j'ai commencé à vous aimer, je vous aimerai toujours, et peu importe les changements, les disgrâces. Je vous aimerai parce que vous êtes l'homme que vous êtes. Je n'en demande pas plus. Comment alors, vous, mon mari, pouvez-vous cesser de m'aimer ?

— Je le répète, vous n'êtes pas la femme que j'ai aimée.

— Mais qui est-elle ?

— Une autre femme, qui a votre apparence.

Elle perçut dans ces mots la vérification du terrible présage d'antan. Il la considérait comme une sorte d'imposteur, une femme coupable dans le corps d'une innocente. La terreur se lut sur le visage blême de Tess, ses joues s'affaissèrent et sa bouche avait presque l'aspect d'un petit trou rond. La vision effroyable qu'il avait d'elle l'accabla tant qu'elle chancela ; il s'avança vers elle, pensant qu'elle allait défaillir.

— Asseyez-vous, dit-il doucement. Vous êtes malade, ce qui est naturel.

Elle s'assit, sans savoir où elle était, avec toujours cette tension au visage et ce regard qui donnèrent à Clare la chair de poule.

— Je ne vous appartiens plus, alors, n'est-ce pas, Angel ? demanda-t-elle d'une voix impuissante avant d'ajouter, pour elle-même : il dit que ce n'est pas moi, mais une autre femme qui me ressemble qu'il aimait.

L'image évoquée la fit s'apitoyer sur elle-même, comme sur quelqu'un qui était maltraité. Ses yeux se remplirent de larmes à mesure qu'elle envisageait sa vie future ; elle se détourna et éclata en sanglots.

Clare attendit patiemment, avec indolence, que la violence de son chagrin s'usât d'elle-même et que, le flot de ses larmes s'étant atténué, elle ne fut plus que, de loin en loin, secouée de hoquets.

— Angel, reprit-elle soudain, sa voix de nouveau normale et l'accent de folle terreur éteint. Angel, suis-je trop mauvaise pour que nous vivions ensemble ?

— Je ne me sens pas encore la force de réfléchir à cela.

— Je ne vous demanderai pas de me laisser vivre auprès de vous, car je n'en ai pas le droit. Je n'écrirai pas à ma famille pour leur annoncer notre mariage, comme je vous ai dit que je le ferais. Et je ne finirai pas le petit nécessaire à couture que j'avais l'intention de faire ici.

— Non ?

— Non. Je ne ferai rien à moins que vous ne me l'ordonniez. Et si vous me quittez, je ne vous suivrai pas, si vous ne m'adressez plus jamais la parole, je ne vous demanderai pas pourquoi, sauf si vous me l'autorisez.

— Et si je vous ordonne de faire n'importe quoi ?

— Je vous obéirai, comme la misérable esclave que je suis, même si vous me demandez de me coucher et de mourir.

— Vous êtes très bonne. Mais ce qui me frappe, c'est l'absence d'harmonie entre votre humeur présente qui vous pousse à vous sacrifier, et votre humeur passée, qui vous poussait à vous protéger.

Ce furent les premières paroles d'antagonisme. Mais adresser des sarcasmes élaborés à Tess, c'était comme les adresser à un chien ou à un chat. Leur subtilité lui échappa et elle n'entendit que des mots hostiles qui signifiaient que la colère régnait. Elle demeura muette, ignorant qu'il était en train d'étouffer son affection pour elle ; elle remarqua à peine qu'une larme coulait lentement le long de sa joue, une larme si pleine qu'elle grossit les pores de sa peau, comme la lentille d'un microscope. Pendant ce temps, à mesure qu'il prenait conscience du terrible et total changement que les révélations de Tess apportaient dans sa vie, dans son univers, la lumière se fit de nouveau en lui. Il tenta désespérément d'avancer au milieu de ce nouvel état de fait dans lequel il se trouvait désormais. Il lui fallait agir, mais comment ?

— Tess, commença-t-il le plus doucement possible, je ne peux pas rester dans cette pièce, pour l'instant. Je vais aller marcher un peu.

Il sortit sans bruit. Les deux verres de vin qu'il avait servis pour leur dîner, un pour elle, un pour lui, demeuraient sur la table, intacts. Voilà à quoi avaient abouti leurs agapes. Deux ou trois heures auparavant, quand ils prenaient le thé, ils buvaient à la même tasse.

Le bruit de la porte, qu'il referma pourtant délicatement, tira Tess de sa stupeur. Il était parti ; elle ne pouvait rester. Jetant à la hâte son manteau sur ses épaules, elle sortit à son tour et le suivit, éteignant les bougies sur son passage, comme si elle n'allait plus jamais revenir. La pluie avait cessé et la nuit était claire.

Elle fut bientôt juste derrière lui, car Clare marchait lentement, et sans but. Sa silhouette, à côté de la sienne, gris clair, paraissait noire, sinistre, menaçante, et le contact des bijoux dont elle avait été si fière lui fit l'effet d'un sarcasme. Clare se retourna en l'entendant, mais sa présence sembla le laisser indifférent, et il continua d'avancer et traversa le pont devant la maison. Les traces laissées par le passage des vaches et des chevaux sur la route étaient remplies d'eau, la pluie étant tombée suffisamment en abondance pour les recouvrir, mais pas suffisamment pour les effacer. Les étoiles se reflétaient dans ces minuscules flaques, mais Tess n'aurait pas su qu'elles brillaient au-dessus de sa tête si elle ne les avait aperçues là, qui scintillaient par intermittence. Elle suivait son mari de loin, sans chercher nullement à le rattraper ou à attirer son attention, mais avec une fidélité passive et muette. Elle finit pourtant par se retrouver à son côté, mais il ne disait toujours rien. La cruauté de l'honnête homme bafoué est souvent immense quand elle se révèle, et elle était alors terrible chez Clare. Si le grand air l'aidait visiblement à ne pas agir sur un coup de tête, Tess savait qu'il la voyait désormais dépouillée de tout rayonnement. Il continuait de réfléchir intensément et sa présence ne suffisait plus à présent pour interrompre le cours de ses pensées. Comme elle lui était devenue indifférente ! Elle ne put cependant s'empêcher de dire :

— Qu'ai-je fait, qu'ai-je donc fait ? Je n'ai rien dit qui puisse affecter ou démentir mon amour pour vous. Vous ne pensez tout de même pas que j'avais tout prévu ? Ce qui vous met en colère, Angel, n'est que dans votre esprit, ce n'est pas en moi. Oh, ce n'est pas en moi, et je ne suis pas cette femme fausse que vous imaginez.

— Hum… Peut-être n'êtes-vous pas fausse, mais vous n'êtes plus la même. Non, vous n'êtes plus la même. Mais ne me poussez pas à vous faire des reproches. J'ai juré de ne pas vous en adresser, et je ferai mon possible pour l'éviter.

Mais dans son affolement, elle insista et dit peut-être des choses qu'elle aurait dû taire :

— Angel, Angel, j'étais une enfant quand c'est arrivé ! Je ne savais rien des hommes.

— On a plus péché contre vous que vous n'avez vous-même péché, cela, je l'admets.

— Ne me pardonnez-vous pas alors ?

— Je vous pardonne, mais le pardon n'est pas tout.

— Et vous m'aimez ?

À cette question, il ne répondit pas.

— Oh, Angel, ma mère dit que ce sont des choses qui arrivent parfois. Elle connaît plusieurs cas pires que le mien, et cela n'a pas gêné les maris, du moins ont-ils tourné la page. Et leurs femmes les aimaient moins que je ne vous aime.

— Je vous en prie, Tess, ne discutez pas. À chaque société ses mœurs. À vous entendre, on vous prendrait pour une pauvre paysanne ignorante des conventions sociales. Vous ne savez pas ce que vous dites.

— Je ne suis paysanne que par ma position, non par ma nature ! s'exclama-t-elle sur le coup de colère, laquelle cependant, disparut aussitôt.

— Tant pis pour vous. Ce pasteur qui a déterré votre généalogie aurait mieux fait de tenir sa langue. Je ne peux m'empêcher d'associer le déclin de votre famille avec votre manque de fermeté. Les familles décadentes impliquent des volontés décadentes et une conduite décadente. Seigneur, pourquoi m'avez-vous donné une raison de vous mépriser plus en m'informant de votre descendance ! Moi qui pensais que vous étiez une enfant de la nature, alors que vous êtes le fruit tardif d'une aristocratie déchue !

— Dans ce cas, beaucoup de familles ne valent pas mieux que la mienne. La famille de Retty était d'anciens propriétaires terriens, et les Debby, qui sont aujourd'hui charretiers, s'appelaient autrefois les de Bayeux. Vous en trouvez partout des comme moi, c'est une caractéristique de notre comté, je n'y peux rien.

— Tant pis pour le comté.

Elle prenait ces reproches dans leur ensemble, non un par un : il ne l'aimait plus comme il l'avait aimée, et le reste lui était indifférent.

Ils marchèrent de nouveau en silence. On raconta par la suite qu'un habitant de Wellbridge, sorti tard le soir pour chercher un docteur, croisa un homme et une femme dans les prés, allant très lentement, sans parler, l'un derrière l'autre, comme en procession funèbre, le visage inquiet et triste. À son retour, il les revit dans le même champ, avançant tout aussi lentement, inattentifs à l'heure ou à la morne soirée. Préoccupé par ses propres affaires et le malade chez lui, il ne prêta pas attention à cette curieuse rencontre bien qu'il s'en souvînt longtemps après.

Pendant l'intervalle entre l'aller et le retour du villageois, Tess avait dit à son mari :

— Je ne vois pas comment éviter d'être pour vous, votre vie durant, la cause d'un tel tourment. La rivière est là. Je peux y mettre fin à mes jours. Je n'ai pas peur.

— Je préférerais ne pas ajouter un meurtre à mes autres folies, répondit Clare.

— Je laisserai une lettre pour expliquer que j'ai agi toute seule, parce que j'avais honte. Personne ne vous blâmera.

— Ne soyez pas aussi absurde. De telles pensées en pareil cas sont ridicules et prêtent plus au rire satirique qu'à la tragédie. Vous ne mesurez pas le moins du mode la nature de cette mésaventure. Les neuf dixièmes des gens trouveraient cela drôle si elles en avaient vent. Je vous en prie, ayez l'amabilité de rentrer et de vous mettre au lit.

— Bien, dit-elle avec soumission.

À son retour, rien n'avait changé. Le feu brûlait encore dans l'âtre, mais elle ne resta pas dans le salon et monta dans sa chambre où ses bagages avaient été portés. Là, elle s'assit sur le bord du lit, le regard dans le vide, et commença à se déshabiller. En approchant la lumière de la tête de lit, elle vit qu'une branche de gui y était accrochée et devina qu'Angel l'avait placée là quand il était encore plein d'entrain et de gaieté. Comme cette branche de gui paraissait stupide et inopportune à présent !

N'ayant plus rien à craindre, plus rien à espérer, car il semblait peu probable que Clare se laisse fléchir, elle se coucha, lasse et abattue. Quand le chagrin cesse d'être une idée, le sommeil saisit sa chance et l'accueille alors que tant d'autres humeurs bien plus heureuses interdisent tout repos. Aussi, en l'espace de quelques minutes, Tess, seule, abandonnée, oublia l'existence, baignant dans l'immobilité aromatique de cette chambre qui avait été, peut-être, la chambre nuptiale de ses ancêtres.

Plus tard, cette même nuit, Clare revint lui aussi sur ses pas et rentra. Il pénétra sans bruit dans le salon, trouva de la lumière puis, comme un homme qui a décidé de ce qu'il ferait, étala une couverture sur le vieux canapé et le transforma tant bien que mal en lit. Avant de se coucher, il monta tout doucement à l'étage et écouta à la porte de la chambre de Tess. À sa respiration régulière, il en déduisit qu'elle dormait profondément.

— Dieu merci, murmura-t-il, bien qu'en proie à une certaine rancœur à l'idée, plus ou moins justifiée mais pas tout à fait, que s'étant débarrassée de son fardeau sur lui, elle reposait à présent sans souci.

Il s'apprêtait à redescendre mais au dernier moment, cédant à l'indécision, il fit face de nouveau à la porte. Ce faisant, son regard se posa sur l'une des dames de d'Urberville, dont le portrait se trouvait juste au-dessus de l'entrée de la chambre. À la lueur de la bougie, le tableau était encore plus déplaisant. Un dessein sinistre semblait sourdre des traits de la femme, une volonté de vengeance contre les hommes, du moins lui parut-il. Le corsage était décolleté, exactement comme celui de Tess quand il l'avait arrangé pour mettre le collier en valeur. Et à nouveau, il eut la sensation pénible de leur ressemblance.

Il ne lui en fallut pas plus. Il se détourna et descendit l'escalier. Il demeurait calme et froid, sa bouche pincée indiquant la puissante maîtrise de soi, et sur son visage, cette terrible expression aride qui ne l'avait pas quitté depuis la confession de Tess. C'était le visage d'un homme qui n'est plus l'esclave de sa passion mais ne trouve pas d'agrément à en être affranchi. Il songeait simplement aux hasards cruels de l'expérience humaine, aux imprévus de la vie. Rien d'aussi pur, d'aussi doux, d'aussi virginal que Tess ne lui avait paru possible tout le temps qu'il l'avait adorée, mais depuis une heure, un monde les séparait. Il se trompait quand il se disait que le cœur de Tess ne se lisait pas sur son visage empreint de fraîcheur et d'honnêteté. Mais la jeune femme n'avait pas d'avocat pour détromper Clare. Était-il possible que des yeux, qui n'avaient jamais contredit ce que disait la langue, voient un autre monde derrière celui-ci, discordant et plein de contrastes ?

Il s'allongea sur le canapé du salon et souffla sur la bougie. La nuit arriva et prit possession des lieux, indifférente et insensible, cette nuit qui avait déjà englouti son bonheur et le digérait à présent nonchalamment, prête à engloutir le bonheur de millier d'autres gens avec autant d'insouciance.

# 36

Clare se réveilla à la lumière d'une aube cendrée et furtive, comme associée au crime. En face de lui, il vit la cheminée, avec ses braises éteintes, la table sur laquelle reposaient toujours les deux verres de vin, à présent éventé et trouble, le siège vide de Tess et le sien, ainsi que les autres meubles de la pièce, impuissants et comme se demandant, que doit-on faire ? Aucun bruit ne lui parvenait de l'étage au-dessus, mais quelques minutes plus tard, il entendit frapper à la porte. Ce devait être la femme de la chaumière voisine.

Jugeant la présence d'une tierce personne dans la maison extrêmement gênante, il ouvrit la fenêtre et informa la femme qu'ils se débrouilleraient seuls ce matin. Elle tenait un pot de lait à la main qu'il lui demanda de déposer devant la porte. Après son départ, il alluma un feu, et trouva dans le garde-manger de quoi préparer un petit déjeuner. Une fois celui-ci fait, il se posta en bas de l'escalier et cria d'une voix conventionnelle :

— Le petit déjeuner est servi !

Puis il sortit sur le pas de la porte, dans la fraîcheur du matin. Quand il revint, Tess se tenait dans le salon et arrangeait machinalement la vaisselle sur la table. Comme elle était tout habillée et qu'il l'avait prévenue deux ou trois minutes auparavant, il en conclut qu'elle devait être prête depuis un moment. Elle avait noué ses cheveux à l'arrière de sa tête et portait l'une de ses nouvelles tenues, une robe en lainage bleu pâle avec un col blanc. Son visage et ses mains paraissaient froids et il est probable qu'elle avait attendu longtemps dans sa chambre, sans feu allumé. La civilité du ton de Clare, lorsqu'il l'appela, semblait lui avoir alors inspiré une nouvelle lueur d'espoir, qui mourut dès qu'elle leva les yeux sur lui.

L'un et l'autre n'étaient, en vérité, que la cendre de leur flamme d'autrefois. Au brûlant chagrin de la nuit précédente avait succédé l'accablement et rien, apparemment, ne pouvait rallumer quelque ferveur en eux. Il lui parla avec douceur et elle lui répondit avec réserve, puis, elle finit par aller vers lui et scruta son visage comme quelqu'un qui n'a pas conscience que son propre visage est également visible.

— Angel, dit-elle, et elle s'interrompit pour le toucher, ses doigts aussi légers que la brise. À peine pouvait-elle croire que l'homme qui l'avait autrefois aimée se tenait en chair et en os devant elle. Elle avait les yeux brillants, les joues pâles, striées de larmes à moitié séchées, et la bouche, d'habitude vermeille, presque aussi blanche. Bien que la vie palpitât encore en elle, sous la tension de sa douleur mentale, elle battait tant par à-coups qu'un rien pouvait suffire à provoquer la maladie, ternir ses yeux et lui faire les lèvres fines. Elle semblait d'une pureté absolue. La nature, dans ses fantastiques supercheries, lui avait si bien apposé le sceau de la virginité que Clare la contempla d'un air stupéfait.

— Tess, dites-moi que ce n'est pas vrai ! Non, ce n'est pas vrai.

— C'est vrai.

— Tout ?

— Tout.

Il l'implora du regard, comme s'il était prêt à accepter un mensonge de ses lèvres, et, sachant que c'en était un, le transformer, par quelque sophisme, en dénégation valable. Mais elle répéta :

— C'est vrai.

— Est-il en vie ? demanda alors Angel.

— Le bébé est mort.

— Et l'homme ?

— Il est en vie.

Un dernier désespoir passa sur le visage de Clare.

— Est-il en Angleterre ?

— Oui.

Il fit quelques pas.

— Ma position est la suivante, commença-t-il brusquement. Je… je pensais – n'importe quel homme aurait pensé – qu'en renonçant à épouser une femme d'un rang élevé, fortunée et érudite, je me serais assuré l'innocence rustique aussi certainement que les joues roses. Mais je ne suis pas homme à vous faire des reproches, et je ne vous en ferai pas.

Tess n'avait que trop conscience de sa position pour qu'il la lui rappelle. Et c'est en cela que résidait son malheur : il avait tout perdu.

— Angel, je n'aurais pas laissé tout ceci aller jusqu'au mariage si je n'avais pas su, qu'au bout du compte, vous aviez un dernier recours pour vous en sortir, même si, évidemment, je ne le souhaitais pas.

Sa voix devint rauque.

— Un dernier recours ? répéta Clare.

— Pour vous débarrasser de moi, je veux dire. Car vous *pouvez* vous débarrasser de moi.

— Comment ?

— En divorçant.

— Grands dieux, comment pouvez-vous être aussi simple ! Comment pourrais-je divorcer de vous ?

— Ne le pouvez-vous pas maintenant que je vous ai tout dit ? Je pensais que ma confession vous aurait donné des arguments.

— Oh, Tess, vous êtes trop… trop puérile, ignorante, trop fruste, je suppose. Je ne sais ce que vous êtes. Vous ne comprenez pas la loi, non, vous n'y comprenez rien !

— Comment ? Vous ne pouvez pas ?

— Non, je ne peux pas.

La honte, mêlée à la détresse, se peignit sur le visage de Tess.

— Je pensais… je pensais, murmura-t-elle. Oh, je vois, à présent, comme je dois vous paraître mauvaise. Croyez-moi, je vous en conjure, je pensais que vous pourriez divorcer ! Bien sûr, je ne l'espérais pas, mais j'étais persuadée, et sans l'ombre d'un doute, que vous pourriez me jeter si vous le souhaitiez et ne m'aimiez pas !

— Vous vous trompez.

— Dans ce cas, j'aurais dû le faire la nuit dernière. Mais je n'en ai pas eu le courage. C'est bien moi.

— Le courage de quoi ?

Comme elle ne répondit pas, il lui prit la main.

— À quoi songiez-vous la nuit dernière ? dit-il.

— À me donner la mort.

— Où ?

— Sous la branche de gui.

— Mon Dieu ! Comment ? demanda-t-il durement.

— Je vais vous le dire si vous ne vous mettez pas en colère, répondit-elle en tentant de s'écarter. Avec la corde de ma malle. Mais je me suis arrêtée… au dernier moment ! J'avais peur que cela ne porte préjudice à votre nom.

La nature inattendue de cette confession, qu'il lui avait arrachée, bouleversa Clare. Mais il ne la lâcha pas et, après l'avoir regardée en face, il baissa les yeux et dit :

— Écoutez-moi bien. Vous ne devez pas songer à commettre un acte aussi horrible ! Vous allez me promettre, à moi, votre mari, de ne plus jamais réessayer.

— Je vous le promets. J'ai compris que c'était mal.

— Mal ? L'idée même était indigne de vous !

— Mais Angel, supplia-t-elle en ouvrant sur lui de grands yeux pleins d'un calme détachement, je ne pensais qu'à vous, qu'à vous libérer du scandale d'un divorce que vous auriez pu demander. Jamais je n'y aurais songé pour me libérer. Cependant, le faire de mes propres mains, ce serait trop bon pour moi. C'est à vous, mon mari dont j'ai gâché la vie, de me donner le coup fatal. Je crois que je vous aimerais davantage, si c'était possible, si vous pouviez vous résoudre à le faire, puisque vous n'avez pas d'autre moyen de vous échapper. Je me sens tellement indigne de vous. Un obstacle sur notre chemin.

— Chut.

— Eh bien, puisque vous refusez, je n'en ferai rien. Je ne désire que ce que vous désirez.

Il savait que c'était vrai. Depuis qu'elle avait cédé au désespoir, la nuit précédente, sa volonté l'avait abandonnée et aucune nouvelle imprudence n'était à craindre. Elle tenta de s'occuper vainement de la table du petit déjeuner et ils prirent place, côte à côte, de sorte que leurs regards ne se croisent pas. Ils furent, dans un premier temps, gênés de s'entendre boire et manger, mais ils ne pouvaient guère faire autrement. Quand il eut terminé son repas, il lui annonça à quelle heure il rentrerait déjeuner et se rendit chez le minotier, suivant machinalement le projet qu'il s'était fixé en venant ici.

Après son départ, Tess se tint à la fenêtre et le vit traverser le pont qui menait au moulin et disparaître derrière les dépendances. Alors, sans un soupir, elle tourna son attention vers la pièce et se mit à débarrasser la table.

La femme de ménage arriva. Sa présence perturba d'abord Tess, puis lui fut un soulagement. À midi et demi, elle la laissa seule dans la cuisine et retourna dans le salon où elle guetta le retour de Clare à la fenêtre. Vers une heure, elle le vit sur le pont, et, bien qu'il fût encore loin, son visage s'empourpra. Elle s'élança aussitôt vers la cuisine pour faire servir le repas juste au moment où il entrerait dans la pièce. Il monta d'abord à la chambre où ils s'étaient lavé les mains ensemble, la veille. Quand il passa la porte, les couvercles des plats furent soulevés, comme si c'était lui qui l'avait décidé.

— Quelle ponctualité, dit-il.

— Oui. Je vous ai aperçu sur le pont, répondit-elle.

Pendant le déjeuner, ils échangèrent des lieux communs. Clare raconta ce qu'il avait fait et vu au moulin, puis il repartit et ne revint cette fois, qu'à la tombée de la nuit. Comme il passa la soirée à trier ses papiers, Tess, pour ne pas le déranger, se retira dans la cuisine dès le départ de la femme de ménage et s'occupa comme elle put pendant un peu plus d'une heure.

— Vous ne devez pas travailler ainsi, déclara Clare en apparaissant à la porte. Vous n'êtes pas une domestique, vous êtes ma femme.

Elle leva les yeux, son visage s'éclaira.

— Puis-je me considérer comme telle ? murmura-t-elle d'un ton tristement railleur. Je veux dire « de nom » ? Je n'en demande pas plus.

— Si vous *pouvez*, Tess ? Bien sûr. Que voulez-vous dire ?

— Je ne sais pas, s'empressa-t-elle de répondre, des larmes dans la voix. Je pensais que… comme je ne suis pas respectable… je vous l'avais dit que je ne l'étais pas, je vous l'ai dit il y a longtemps, et c'est pour cette raison que je ne voulais pas vous épouser… mais vous avez insisté…

Éclatant en sanglots, elle lui tourna le dos. Tout autre qu'Angel Clare aurait succombé, mais dans les profondeurs de son être, pourtant doux et affectueux en général, une logique impitoyable, comme un filon de métal dans une terre meuble, était tapie et écartait tout ce qui tentait de le traverser. Cette logique s'était opposée à sa vocation religieuse, et à présent, elle s'opposait à son amour pour Tess. Celui-ci, d'ailleurs, relevait plus de l'éclat que de la chaleur, et quand Clare cessait de croire, il se détachait, contrairement à bien des natures impressionnables qui demeurent voluptueusement liées à ce qu'elles méprisent intellectuellement. Il attendit qu'elle ait fini de sangloter.

— Je voudrais que la moitié des femmes en Angleterre soient aussi respectables que vous, dit-il dans un accès d'amertume à l'égard des femmes en général. Ce n'est pas une question de respectabilité mais de principe.

Il lui dit encore d'autres choses de ce genre, porté par cette vague d'antipathie qui pervertit les âmes droites quand les apparences se sont moquées d'elles, ne serait-ce qu'une fois. Sans doute demeurait-il en lui un sentiment de compassion qu'une dame du monde aurait sans peine découvert, mais Tess n'y songeait pas, elle acceptait tout comme un châtiment mérité et n'ouvrait guère la bouche. La foi absolue de son amour pour lui faisait en vérité presque pitié : bien que s'emportant facilement, rien de ce qu'il pouvait dire ne lui paraissait incongru ; elle ne cherchait pas son intérêt, ne s'offusquait pas, ne jugeait pas mal la façon dont il la traitait.

La soirée, la nuit, le lendemain matin se déroulèrent exactement comme les précédents. Une fois, une fois seulement, la libre et indépendante Tess d'autrefois s'aventura à lui faire des avances. Alors qu'il s'apprêtait à partir pour le moulin et qu'il lui disait « au revoir », elle répondit par les mêmes mots tout en tendant la bouche vers lui. Il ne profita pas de l'occasion et, tout en se détournant, déclara à la hâte qu'il rentrerait à l'heure.

Tess se recroquevilla sur elle-même comme s'il l'avait giflée. Bien souvent il avait tenté d'embrasser ces lèvres sans son consentement et dit gaiement que sa bouche et son haleine avaient le goût du beurre, des œufs, du lait et du miel dont elle se nourrissait essentiellement, et qu'il en tirait sa subsistance. Mais il n'en avait que faire à présent. L'observant qui se tassait brusquement, il ajouta gentiment :

— Vous savez, je dois réfléchir à une conduite à adopter… Il était capital que nous restions ensemble quelque temps pour vous éviter le scandale d'une séparation immédiate, mais vous comprenez que ce n'était que pour la forme.

— Oui, répondit Tess d'un air absent.

Il sortit et, en chemin pour le moulin, regretta de ne pas s'être montré plus doux et de ne pas l'avoir embrassée au moins une fois.

C'est ainsi qu'ils vécurent pendant deux jours, sous le même toit, mais plus séparés qu'ils ne l'avaient jamais été à l'époque où ils étaient amoureux. Plus d'une fois, elle songea à se sauver quand il se trouvait au moulin, mais elle craignait que son départ, au lieu de le servir, ne le gêne et ne l'humilie davantage si les gens l'apprenaient. Clare, pendant ce temps, méditait, et il devenait malade à force de penser, il se rongeait, il dépérissait.

— Que faut-il faire ? Que faut-il faire ? se demandait-il.

Un jour qu'elle l'entendit, elle brisa le silence qu'ils avaient jusqu'alors maintenu sur leur avenir.

— Je suppose que… que vous n'allez pas vivre avec moi… longtemps, n'est-ce pas, Angel ? dit-elle, les coins frémissants de sa bouche trahissant la façon purement mécanique dont elle conservait cette expression de calme.

— Je ne le pourrais pas sans me mépriser et, ce qui est peut-être pire, sans vous mépriser. Évidemment, je ne peux pas vivre avec vous comme un mari avec sa femme. Mais quoi que je ressente, je ne vous méprise pas. Permettez-moi de vous parler avec franchise afin que vous voyiez dans quelle situation difficile je me trouve. Comment pourrions-nous vivre ensemble tant que cet homme vit ? C'est lui, votre mari, selon la nature, et non moi. S'il était mort, les choses seraient peut-être différentes… Mais ce n'est pas là que réside toute la difficulté. Il nous faut songer à d'autres personnes qu'à nous-mêmes. Pensez aux années à venir, et à nos enfants si cette histoire venait à être connue, et elle finira par l'être. Pensez à ces malheureux grandissant avec cette tache dont ils sentiront toute la force à mesure que le temps passe ! Quel terrible réveil pour eux ! Quelle perspective ! Pouvez-vous honnêtement me dire « restez », après avoir réfléchi à cette éventualité ? N'estimez-vous pas que nous ferions mieux de supporter nos maux plutôt que de courir vers d'autres ?

— Je ne puis vous dire « restez », répondit-elle. Je n'ai pas pensé si loin.

Tess, en vérité, avait espéré, dans ses visions furtives d'une intimité suffisamment longue avec son mari, vaincre sa froideur, et ce malgré sa raison. Bien que simple, dans le sens habituel du terme, elle n'était pas un être incomplet. Ne pas deviner quel puissant atout réside dans la vie commune avec un homme aurait dénoté une faille dans sa féminité. Elle savait que c'était son dernier recours, même si elle se disait que c'était mal de placer son espoir dans ce qui relevait de la stratégie : pourtant, elle ne parvenait pas à l'étouffer. Avec l'argument ultime que venait d'évoquer Clare, les choses se présentaient différemment. Elle ne mentait pas quand elle disait qu'elle n'avait jamais pensé si loin, et le tableau lucide de leurs enfants qui la mépriseraient suffit à convaincre son cœur honnête. L'expérience lui avait déjà appris que, dans certaines circonstances, il valait mieux ne pas vivre du tout que de mener une bonne vie. Mais la Nature est aussi rusée que le renard. Jusqu'à présent, Tess s'était laissé aveugler par son amour pour Clare au point d'oublier que les sentiments qu'il lui inspirait pouvaient avoir des conséquences qui infligeraient à d'autres ce qu'elle-même avait déploré comme un malheur.

Aussi fut-elle incapable de résister à cet argument. Mais, avec la tendance qu'ont les hypersensibles à se contredire, Clare songea, presque effrayé, à une réponse que Tess, avec son exceptionnelle nature, aurait pu lui donner : « Sur un plateau australien ou dans une plaine du Texas, qui connaîtra mes infortunes, s'en souciera ou nous les reprochera ? » Mais elle n'en fit rien et accepta comme inévitable cette éventualité. Peut-être eut-elle raison. Le cœur intuitif d'une femme connaît non seulement sa propre amertume mais aussi celle de son mari, et même s'il était peu probable que des étrangers adressent à Clare ou aux siens ces supposés reproches, ceux-ci pouvaient naître dans son esprit trop scrupuleux.

C'était le troisième jour de leur désunion. Clare aimait sans nul doute d'un amour trop éthéré, impossible à force d'être illusoire. Chez ces gens-là, la présence physique est parfois moins attirante que l'absence, cette dernière créant un être idéal qui efface commodément les défauts de l'être réel.

Tess constatait que sa seule présence ne plaidait pas sa cause comme elle l'avait espéré. Clare avait dit vrai : elle était une autre femme que celle qui avait attisé son désir.

— J'ai réfléchi à ce que vous avez dit, déclara-t-elle en faisant courir son index sur la table, son autre main, celle qui portait l'alliance qui se raillait d'eux, soutenant son front. Vous avez raison, cela ne peut être autrement. Vous devez me quitter.

— Mais qu'allez-vous devenir ?

— Je peux retourner chez mes parents.

Clare n'y avait pas songé.

— En êtes-vous sûre ? demanda-t-il.

— Oui. Il faut nous séparer, et autant le faire dès à présent. Vous avez dit une fois que j'étais capable de gagner les hommes malgré eux. Si je suis constamment sous vos yeux, je puis vous inciter à changer de projets en dépit de votre raison et de vos désirs. Votre remords par la suite, et mon chagrin, seraient alors terribles.

— Et vous aimeriez retourner chez vos parents ?

— Je veux vous quitter et rentrer chez moi.

— Qu'il en soit donc ainsi.

Bien qu'elle ne le regardât pas, elle sursauta. Il y avait une différence entre la proposition et l'accomplissement, qu'elle n'avait sentie que trop vite.

— Je craignais que nous n'en arrivions là, murmura-t-elle, docile. Je ne me plains pas, Angel. Je... je pense que cela vaut mieux. Vos paroles m'ont convaincue. Oui, même si personne ne m'en faisait le reproche, si nous restions ensemble, un jour, dans bien des années, vous pourriez vous mettre en colère contre moi pour une peccadille. Et sachant ce que vous savez de mon passé, vous pourriez être tenté de dire certaines choses qui seraient entendues par d'autres, peut-être mes propres enfants. Ce qui me blesse maintenant me torturerait et me tuerait ! Je partirai… demain.

— Je ne resterai pas ici. Bien qu'il me déplaise de prendre l'initiative de notre séparation, je me rends compte qu'elle est préférable, du moins pour un temps, jusqu'à ce que la situation m'apparaisse plus clairement.

Tess lui jeta un coup d'œil. Clare était pâle, presque frémissant, mais comme auparavant, elle fut épouvantée par la détermination que révélaient les profondeurs de cet être doux qui était son mari.

Il avait sans doute remarqué son regard car il ajouta :

— Je pense aux gens avec plus de tendresse quand je suis loin d'eux. Qui sait, dit-il avec cynisme, nous finirons peut-être ensemble un jour, à force de lassitude. Ils sont des milliers à l'avoir fait !

Il commença à faire ses bagages, ce jour-là, et elle monta dans la chambre rassembler ses affaires, elle aussi. Ils avaient tous deux conscience qu'ils se sépareraient, peut-être pour toujours, le lendemain matin, et ce malgré l'apparence de calme qui accompagnait chacun de leurs gestes. Ils étaient en effet de ceux pour qui toute séparation marquée par un air de finalité est une torture. Il savait, et elle savait, que si la fascination qu'ils avaient éprouvée l'un pour l'autre serait probablement dans les premiers jours de leur éloignement plus puissante que jamais, le temps en atténuerait l'intensité. Et puis, quand deux êtres se sont séparés, ont abandonné un domicile et un environnement communs, de nouvelles pousses croissent insensiblement et comblent chaque espace vacant ; des accidents imprévus contrecarrent les intentions et les anciens projets sont oubliés.

# 37

Minuit vint et passa en silence, car il n'y avait rien pour l'annoncer dans la vallée de la Froom.

Peu après une heure du matin, il y eut un léger craquement dans la ferme obscure, autrefois demeure des d'Urberville. Tess, qui dormait dans la chambre du haut, l'entendit et se réveilla. Le bruit venait de la marche au coin de l'escalier. Elle vit la porte de sa chambre s'ouvrir et la silhouette de son mari s'avancer au clair de lune d'une démarche curieusement prudente. La joie qui la transporta dans un premier temps mourut quand elle vit son regard fixe. Arrivé au milieu de la pièce, il s'arrêta et murmura d'une voix d'une indescriptible tristesse :

— Morte, morte, morte !

Sous l'influence d'une force terriblement inquiétante, Clare marchait parfois dans son sommeil et accomplissait même d'étranges exploits, comme la nuit, après leur expédition en ville, juste avant leur mariage, lorsqu'il avait revécu dans sa chambre son échauffourée avec l'homme qui l'avait insultée. La confiance absolue qu'elle avait en lui était si profondément ancrée dans son cœur, qu'éveillé ou endormi, il ne lui inspirait aucune peur : eût-il été armé d'un pistolet qu'il aurait à peine troublé la foi qu'elle avait en sa protection.

Il s'approcha, se pencha sur elle et répéta :

— Morte, morte, morte !

Après l'avoir regardée fixement pendant un moment avec cette même expression de malheur incommensurable, il la prit dans ses bras et l'enveloppa dans le drap comme dans un linceul. Puis, la soulevant avec autant de respect qu'on l'eût fait avec un mort, il la porta hors de la chambre en murmurant :

— Ma pauvre, pauvre Tess, ma Tess bien-aimée, si douce, si bonne, si honnête.

Ces paroles d'amour, retenues si sévèrement pendant ses heures de veille, étaient d'une douceur indicible au cœur délaissé et affamé de Tess. Même pour sauver sa vie, dont elle était devenue lasse, elle se serait refusée, en bougeant ou en se débattant, à se libérer de cette position dans laquelle elle se trouvait. Aussi demeura-t-elle immobile, osant à peine respirer, et se laissa porter jusqu'au palier en se demandant ce qu'il allait faire d'elle.

— Ma femme... morte ! Morte ! disait-il.

Clare s'arrêta un instant et s'appuya avec elle contre la balustrade. Allait-il la jeter en bas ? Elle n'éprouvait plus aucune sollicitude pour elle-même à présent et, le sachant résolu à partir dès le lendemain matin, et peut-être pour toujours, elle reposait dans ses bras avec plus de volupté que de terreur. Si seulement, ils pouvaient tomber ensemble et mourir, comme ce serait propice, désirable !

Il ne la lâcha cependant pas mais profita du support de la balustrade pour embrasser ses lèvres, ces lèvres que dans la journée, il méprisait. Puis il l'étreignit avec une fermeté renouvelée et descendit l'escalier. Le craquement de la marche au coin de l'escalier ne le réveilla pas et ils arrivèrent en bas sains et saufs. Libérant l'une de ses mains, il fit glisser la barre de la porte et sortit. Là, au grand air, il la hissa sur l'épaule de façon à la porter plus facilement, l'absence de vêtements soulageant son fardeau. Il marcha ainsi en direction de la rivière.

Tess n'avait pas encore deviné son ultime intention, s'il en avait une, et elle se mit à faire des conjectures comme une personne étrangère à la situation. Elle s'était livrée à lui entièrement et il lui plaisait de penser qu'il la considérait comme son absolue possession, et disposait d'elle à sa guise. Avec la terreur de la séparation qui menaçait, cela lui était une consolation de se dire qu'il la voyait vraiment comme sa femme et qu'il ne la rejetait pas, même si, en la considérant comme telle, il s'autorisait à lui faire du mal.

Ah, maintenant elle savait ce qu'il rêvait ! Il rêvait de ce dimanche matin, quand il l'avait portée dans l'eau, après avoir porté les trois autres filles de la laiterie.

Il ne traversa pas le pont mais continua du même côté de la berge vers le moulin. Ses eaux, en descendant des prés, se divisaient souvent, serpentaient ici et là, contournaient de petits îlots qui n'avaient pas de nom puis revenaient pour se reformer plus loin en un large torrent. En face de l'endroit où il s'était arrêté, la rivière était grosse. Une passerelle étroite, dont la rampe avait été emportée par les pluies d'automne, enjambait le courant rapide. Tess avait remarqué de la fenêtre de la maison de jeunes hommes s'amusant à la traverser, comme s'ils se défiaient de tenir en équilibre. Clare avait peut-être observé le même exploit. Quoi qu'il en soit, il s'engagea sur la passerelle. Allait-il la noyer ? Sans doute. L'endroit était solitaire, et la rivière suffisamment large et profonde pour que ce fût facile. Il pouvait la noyer, s'il le souhaitait. Mieux valait cette mort que se quitter le lendemain et vivre des vies séparées.

Au-dessous d'eux, le torrent courait et tournoyait, ballottant, distordant et divisant le reflet de la lune. Des nuages d'écume voletaient et s'accrochaient aux hautes herbes qui s'agitaient. S'ils pouvaient tomber à l'eau tous les deux maintenant, leurs bras seraient si étroitement liés qu'on ne pourrait les sauver ! Ils disparaîtraient de ce monde sans presque souffrir, et personne ne ferait plus de reproches à Tess ni à Clare pour l'avoir épousée. La dernière demi-heure passée avec elle aurait été pleine d'amour tandis que, s'ils vivaient jusqu'à son réveil, son aversion renaîtrait avec le jour. Le désir de les précipiter tous deux dans l'abîme la tenailla mais elle n'osa pas y céder. Sa vie ne représentait pas grand-chose à ses yeux, on l'a vu, mais celle de Clare, elle n'avait pas le droit d'y toucher.

Une fois sur l'autre berge, ils débouchèrent dans une plantation qui formait le site de l'abbaye, et après quelques pas, arrivèrent devant le chœur en ruine de l'église. Contre le mur du nord se trouvait le tombeau en pierre, vide, d'un abbé. C'est là que Clare déposa délicatement Tess. Embrassant ses lèvres une seconde fois, il lâcha un profond soupir comme s'il venait enfin d'atteindre un but ardemment désiré, puis il s'allongea par terre, à côté du tombeau, et, épuisé, sombra immédiatement dans un sommeil de plomb. L'excitation mentale qui avait provoqué l'effort était retombée.

Tess s'assit dans le tombeau. La nuit, quoique douce pour la saison, était encore trop froide pour que Clare ne coure pas de danger à rester là. Livré à lui-même, il ne se réveillerait probablement qu'au petit matin et serait si transi que la mort le faucherait sûrement. Elle avait déjà entendu parler de ces gens qui succombaient après une crise somnambulique. Mais comment oserait-elle le réveiller et lui raconter ce qu'il avait fait sachant qu'il serait mortifié de découvrir sa folie ? Elle sortit cependant de sa prison de pierre, et le secoua légèrement en vain. Il lui fallait absolument faire quelque chose car elle commençait à grelotter, le drap ne lui fournissant qu'une piètre protection. Son exaltation l'avait plus ou moins maintenue au chaud pendant les quelques minutes que dura l'aventure, mais le moment divin était passé. Il lui vint soudain à l'esprit d'essayer la persuasion.

— Rentrons, chéri, murmura-t-elle à l'oreille de Clare de la voix la plus ferme et décisive possible tout en le prenant par le bras.

À son grand soulagement, il se laissa faire. Ses paroles l'avaient, apparemment, ramené dans son rêve, lequel semblait entrer dans une nouvelle phase où il s'imaginait qu'elle était devenue un esprit qui le conduisait vers le paradis. Elle l'entraîna ainsi jusqu'au pont, en face de la maison, puis à la porte de l'ancien manoir. Tess était pieds nus, et les pierres la blessaient tandis que Clare, en bas de laine, ne semblait pas souffrir le moins du monde.

Elle ne rencontra pas d'autres difficultés. Après l'avoir persuadé de s'allonger sur le canapé qui lui servait de lit, elle le couvrit chaudement et alluma un feu. Elle pensait que le bruit le réveillerait, et secrètement, le souhaitait. Mais Clare était si fatigué, dans son corps et son esprit, qu'il demeura endormi.

Dès qu'ils se croisèrent, le lendemain matin, Tess comprit qu'Angel ignorait tout ou presque du rôle qu'elle avait joué dans l'excursion de la nuit précédente. En réalité, il s'était réveillé d'un sommeil aussi profond que l'anéantissement, et durant les quelques minutes qui suivirent, il avait eu le vague souvenir de s'être adonné, au cours de la nuit, à quelque action inhabituelle. Mais la réalité l'amena bientôt à considérer un autre sujet.

Il savait que si une décision, prise par lui le soir, ne s'évanouissait pas au petit matin, c'est qu'elle reposait sur des bases proches de la raison pure, même quand elle avait été initiée par un sentiment impulsif, et qu'il pouvait donc s'y fier. Aussi, quand à la pâle lueur de l'aube, il contempla sa résolution de se séparer de Tess, ce ne fut pas comme une cuisante indignation mais comme un acte dénué de toute passion ; rien de plus qu'un squelette, mais néanmoins là. Clare n'hésita plus.

Au petit déjeuner, et pendant qu'ils ramassaient leurs dernières affaires, il montra si nettement des signes de fatigue que Tess faillit lui révéler ce qui s'était passé pendant la nuit. Mais à la pensée de sa colère, de sa peine, de son abattement en apprenant qu'il lui avait spontanément manifesté de l'affection alors que le bon sens le lui déconseillait, et que son inclination avait compromis sa dignité alors que sa raison dormait, elle se ravisa. Autant rire d'un homme quand il est sobre pour ce qu'il a fait d'imprévisible quand il était ivre. Il lui vint également à l'esprit qu'il avait peut-être un vague souvenir de sa tendre tocade et ne préférait pas en parler de peur qu'elle n'en profite pour le supplier de ne pas partir.

La voiture qu'il avait commandée à la ville la plus proche arriva juste après le petit déjeuner. Tess y vit le début de la fin, mais d'une fin provisoire, car l'incident de la nuit, en lui révélant la tendresse de Clare, avait fait naître chez elle le rêve d'un avenir possible avec lui. Une fois les bagages en place, ils se mirent en route. Devant la surprise du meunier et de la femme de ménage qui ne comprenaient pas la raison de leur départ précipité, Clare expliqua qu'il n'avait pas trouvé au moulin les méthodes modernes qu'il souhaitait étudier, ce qui n'était pas tout à fait faux. D'ailleurs, rien dans leur départ ne laissait suggérer quelque *fiasco* et qu'ils n'allaient pas rendre visite à des amis ensemble.

Leur route passait non loin de la laiterie dont ils étaient partis quelques jours auparavant le cœur empli d'une joie toute solennelle. Comme Clare voulait conclure ses affaires avec Mr. Crick, Tess ne pouvait guère éviter une visite à Mrs. Crick si elle ne souhaitait pas éveiller de soupçon sur leur infortune. Afin de rendre celle-ci la plus anodine possible, ils laissèrent la voiture au portillon qui menait de la grand-route à la ferme et descendirent le chemin à pied, côte à côte. L'osier avait été taillé et ils voyaient au-delà des souches l'endroit où Clare avait suivi Tess quand il la pressait de devenir sa femme : à gauche, l'enclos où elle avait été fascinée par le son de sa harpe, et au loin, derrière les étables, le pré qui avait vu leur premier baiser. L'or de ce tableau d'été était gris à présent, les couleurs ternes, le sol boueux et la rivière glacée.

Dès qu'il les aperçut, le fermier alla les accueillir. Mrs. Crick et deux ou trois autres personnes de leur connaissance les rejoignirent bientôt, mais de Marian et de Retty, nulle présence. Tess supporta vaillamment les piques et les plaisanteries amicales car ils avaient tacitement décidé de se comporter comme à l'ordinaire afin de maintenir leur séparation secrète. Puis, bien qu'elle eût préféré ne pas en entendre parler, elle dut écouter en détail l'histoire de Marian et de Retty. Cette dernière était retournée chez son père et Marian était partie chercher du travail ailleurs. Tous craignaient qu'elle ne tournât mal. Pour dissiper la tristesse de ce récit, Tess alla dire au revoir à ses vaches préférées. Quand elle revint et qu'ils se tinrent côte à côte, comme unis de corps et d'esprit, qui eût su les regarder vraiment aurait vu dans leur allure quelque chose de particulièrement triste : ils étaient deux membres d'une même vie, le bras de Clare touchant celui de Tess, sa jupe le frôlant, ils faisaient leurs adieux en disant « nous », et pourtant, ils étaient aussi éloignés l'un de l'autre que les deux pôles. Peut-être qu'une expression de raideur ou d'embarras dans leur attitude, une certaine gaucherie dans leur façon de jouer au couple uni, qu'on ne trouve pas ordinairement chez de jeunes mariés naturellement timides, se remarqua, car à peine se furent-ils éloignés que Mrs. Crick dit à son mari :

— Les yeux de Tess brillaient bizarrement ! Et tu as vu qu'ils se tenaient comme deux figures de cire et s'exprimaient comme dans un rêve ? Cela ne t'a pas frappé ? Tess a toujours eu un air étrange, mais là, elle n'avait rien de la jeune épouse fière d'être mariée à un homme honorable.

Tess et Clare remontèrent dans la voiture et roulèrent vers Weatherbury et Stagfoot Lane. Arrivés à l'auberge de Lane, Clare renvoya le cocher et le véhicule, puis un homme qui ignorait tout de leurs relations les conduisit en direction de Marlott. À mi-chemin, à la hauteur d'un carrefour, Clare fit arrêter la voiture et dit à Tess que si elle souhaitait retourner chez sa mère, c'est ici qu'il la quitterait. Comme ils ne pouvaient pas parler librement en présence du conducteur, il proposa à Tess de faire quelques pas avec lui sur la route. Elle accepta et, après avoir demandé à l'homme d'attendre un moment, ils s'éloignèrent lentement.

— Comprenons-nous bien, dit-il avec douceur. Il n'y a aucune colère entre nous bien que je ne puisse supporter ce qui nous divise. J'essaierai de m'y résoudre et je vous dirai où je vais dès que je le saurai moi-même. Et si je parviens à m'y faire, si c'est désirable, possible, je reviendrai vers vous. Mais jusque-là, il vaut mieux que vous ne tentiez pas de me rejoindre.

La sévérité du décret parut implacable à Tess. L'opinion qu'il avait d'elle ne lui laissait à présent plus aucun doute : il ne pouvait la considérer autrement que comme une femme qui l'avait grossièrement trompé. Mais même une femme qui avait fait ce qu'elle avait fait, méritait-elle un châtiment pareil ? Elle ne pouvait plus cependant contester ce point. Aussi répéta-t-elle simplement après lui ses propres mots :

— Jusqu'à ce que vous reveniez vers moi, je ne dois pas tenter de vous rejoindre.

— Exactement.

— Puis-je vous écrire ?

— Oui, bien sûr… Si vous êtes malade ou avez besoin de quelque chose. Comme j'espère que ce ne sera pas le cas, il est probable que je vous écrive en premier.

— J'accepte vos conditions, Angel, parce que vous savez mieux quelle doit être ma punition. Seulement… seulement, ne la rendez pas plus insupportable qu'elle ne l'est !

Ce fut tout ce qu'elle dit. Eût-elle été plus rusée, eût-elle fait une scène, pleuré toutes les larmes de son corps, se fût-elle évanouie, là, sur cette route isolée, il ne lui aurait peut-être pas résisté malgré la fureur qui le possédait à s'attacher aux moindres détails. Mais la patience de Tess lui facilita la tâche. La fierté, aussi, participa à sa soumission – c'était peut-être là le signe de cette insouciante acceptation du destin, trop visible chez les d'Urberville –, et c'est ainsi que restèrent silencieuses les nombreuses cordes qu'elle aurait pu faire vibrer par des prières.

Le reste de leur échange ne porta que sur des questions pratiques. Il lui tendit une enveloppe contenant une importante somme d'argent, qu'il avait obtenue de son banquier à cette intention. Quant à la parure de diamants, qui appartenait désormais à Tess, il lui conseilla de le laisser les porter dans une banque pour plus de sûreté, et elle y consentit volontiers. Ces derniers points réglés, il la raccompagna à la voiture et expliqua au cocher où la conduire. Puis il prit sa propre valise et son parapluie, lui dit au revoir et ils se séparèrent.

Le véhicule gravit lentement la colline et Clare le suivit des yeux avec l'espoir soudain que Tess regarde par la fenêtre. Mais elle n'y songea pas un seul instant, n'aurait jamais osé, tant elle était au bord de l'évanouissement au fond de la voiture.

Quand elle eut disparu de l'autre côté de la colline, Clare fit demi-tour et partit de son côté, ne se doutant guère qu'il l'aimait encore.

# 38

À mesure qu'elle avançait dans la vallée de Blackmoor et qu'elle retrouvait le paysage de son enfance, Tess se réveilla de sa stupeur. Comment allait-elle affronter ses parents ?

Arrivée à la barrière, à l'entrée du village, elle ne reconnut pas l'homme qui la tenait. L'ancien gardien, qu'elle avait vu à ce poste pendant des années, était sans doute parti le Jour de l'An, date à laquelle de tels changements se produisaient. Comme elle n'avait reçu aucune nouvelle de ses parents récemment, elle demanda au nouveau gardien ce qui s'était passé à Marlott pendant son absence :

— Oh, pas grand-chose, mademoiselle, dit-il. Marlott est toujours Marlott. Des gens sont morts et John Durbeyfield a marié sa fille cette semaine à un gentleman, mais pas chez lui, non, ailleurs. L'homme est d'un rang si élevé que la famille de John n'a pas été jugée suffisamment honorable pour être invitée à la noce. Le marié ne sait apparemment pas que John vient d'une ancienne et noble famille. Mais Sir John, comme on l'appelle maintenant, a tenu à fêter le mariage de sa fille en invitant tous les gens de la paroisse, et la femme de John a chanté jusqu'après onze heures !

En entendant cela, Tess fut si profondément affligée qu'elle ne put se résoudre à revenir chez elle à la vue de tous, dans la voiture, avec son bagage. Aussi elle demanda au gardien si elle pouvait lui confier ses affaires un moment et, comme il y consentait, elle laissa la voiture et partit à pied vers le village en évitant la route principale.

Quand elle vit la cheminée de son père, elle se demanda comment elle oserait entrer dans la maison. Ses parents la croyaient au loin, en voyage de noces, avec un homme riche, et elle était là, abandonnée, s'approchant lentement de la vieille porte, seule, sans autre endroit au monde où aller.

Alors qu'elle atteignait la haie du jardin, elle croisa une de ses anciennes amies d'école qui l'avait aperçue sur le chemin. Après s'être enquise de son trajet jusqu'ici, celle-ci lui demanda brusquement, sans prêter attention à son air tragique :

— Mais où est ton monsieur, Tess ?

Tess expliqua précipitamment qu'il avait été rappelé pour affaires et, laissant là la jeune fille, elle passa par-dessus la haie et se dirigea vers la maison. En montant la petite allée, elle entendit sa mère qui chantait, à l'arrière. Tess la rejoignit et la vit, sur le seuil, en train d'essorer un drap. Quand elle eut fini, Joan rentra sans avoir remarqué Tess, et celle-ci la suivit à l'intérieur. Le baquet à lessive était à son ancienne place sur la même vieille barrique, et sa mère, y ayant jeté les draps, s'apprêtait à y replonger les bras.

— Tess ! Mon enfant ! s'exclama-t-elle. C'est que je croyais que tu étais mariée… et mariée pour de bon, cette fois ! On a envoyé le cidre.

— Je suis mariée, mère.

— Où qu'il est ton mari, alors ?

— Il… il est parti pour quelque temps.

— Parti ? Quand vous êtes-vous mariés ? Le jour que tu as dit ?

— Oui, mère. Mardi.

— Et on est samedi et il est parti ?

— Oui.

— Qu'est-ce que ça signifie ?

Tess s'avança vers Joan, enfouit son visage contre le sein maternel et éclata en sanglots.

— Mère ! Je ne sais comment vous le dire… vous m'avez conseillé de me taire et de ne rien lui raconter, mais je lui ai tout avoué… je n'ai pas pu faire autrement… et il est parti…

— Oh, petite sotte ! Petite sotte ! s'écria Mrs. Durbeyfield. Mon Dieu, ai-je vécu pour dire cela ? Mais je le redis : petite sotte !

Tess était secouée de sanglots, la tension des derniers jours cédant enfin.

— Je sais… je sais ! hoquetait-elle. Je n'ai pas pu m'en empêcher, mère. Il était si bon et je sentais qu'il était mal de ma part de lui cacher ce qui s'était passé. Si… si c'était à refaire… je ferai de même. Je ne pouvais pas… je n'osais pas… pécher contre lui !

— Mais tu as assez péché pour l'épouser.

— Oui, oui, et c'est bien à cause de cela que je me sens aussi misérable. Mais je pensais que la loi lui permettrait de se débarrasser de moi s'il était résolu à ne pas fermer les yeux sur ma faute. Oh, si vous saviez comme je l'aimais, comme je tenais à l'avoir et comme j'étais torturée entre mon amour pour lui et mon désir d'être loyale.

Tess était si bouleversée qu'elle ne put poursuivre et s'effondra dans une chaise.

— Eh bien, ce qui est fait est fait. Qu'est-ce que le père va dire, ça, je ne le sais point ! Il a parlé de ton mariage partout, chez Rolliver et à l'auberge Pure Drop, et tous les jours, et il disait que, grâce à toi, sa famille allait enfin retrouver son vrai rang ! Oh, le pauvre homme ! Regarde le gâchis que tu as fait !

Et Mrs. Durbeyfield se mit à verser des larmes sur son sort, comme une mère qu'on devrait prendre en pitié. Peu de temps après, elles entendirent John Durbeyfield approcher de la maison. Mrs. Durbeyfield dit alors à sa fille qu'elle préférait lui annoncer la nouvelle seule, et la pria de ne pas se montrer pour l'instant. Son désappointement passé, Joan semblait accepter cette mésaventure de la même manière qu'elle avait accepté la première infortune de Tess, et de la même manière qu'elle aurait accepté un jour de fête pluvieux ou une mauvaise récolte de pommes de terre : c'était quelque chose qui leur était tombé dessus, indépendamment de leur mérite ou de leur folie, un choc accidentel qu'ils devaient supporter, et pas une leçon.

Tess monta à la chambre et vit qu'on y avait déplacé les lits et agencé les meubles autrement. Son ancien lit servait à présent à ses deux plus jeunes frères et sœurs. Il n'y avait plus de place pour elle.

La pièce du bas n'ayant pas de plafond, elle entendit tout ce qui s'y passait. Son père entra avec, apparemment, un poulet vivant. Il était colporteur depuis qu'il avait dû vendre son second cheval, et voyageait avec son panier au bras.

— On a eu toute une discussion sur le clergé, à l'auberge, commença-t-il avant d'expliquer à sa femme que celle-ci était survenue du fait du mariage de Tess avec le fils d'un pasteur.

Tess n'ayant pas souhaité qu'on entoure l'événement d'une grande publicité, il n'était pas entré dans les détails. Mais il espérait qu'elle changerait bientôt d'avis et proposait que le couple prenne le nom de Tess, sous la forme de d'Urberville. Cela valait mieux que celui de son mari. Puis il demanda à sa femme s'ils avaient reçu une lettre de leur fille aujourd'hui.

Mrs. Durbeyfield lui répondit qu'aucune lettre n'était arrivée, mais que Tess, malheureusement, était rentrée. Lorsqu'il finit par comprendre l'étendue de la catastrophe, la mortification, inhabituelle chez lui, le dégrisa aussitôt.

— Dire que ça devait finir ainsi ! s'exclama-t-il. On va rire de moi, chez Rolliver et à la Pure Drop. « C'est ça, ton fameux parti ! » qu'ils vont me dire. « Te voilà revenu au niveau de tes ancêtres du temps du roi normand ! » C'est trop, Joan. Je renonce à ce titre et à tout le reste. Je n'en peux plus ! Mais ne peut-elle pas le forcer à la garder s'il l'a épousée ?

— Eh bien, si. Mais elle ne veut point y songer.

— Tu crois qu'il l'a vraiment épousée… ou est-ce que c'est comme avec le premier ?

La pauvre Tess, qui avait tout entendu, ne put en supporter davantage. L'idée que sa parole puisse être mise en doute, ici même, chez ses parents, lui fit prendre cette maison en aversion. Car si son propre père ne la croyait pas, qu'en serait-il des voisins ? Non, elle ne pouvait plus vivre sous ce toit.

Elle ne s'accorda qu'une semaine, à la fin de laquelle elle reçut une courte lettre de Clare dans laquelle il l'informait qu'il partait visiter une ferme dans le nord de l'Angleterre. Mue par le désir de prouver avec éclat qu'elle était bel et bien sa femme, et aussi pour cacher à ses parents l'ampleur de leur désunion, elle se servit de cette lettre comme d'un prétexte pour repartir, leur laissant l'impression qu'elle s'en allait le rejoindre. Puis, afin que son mari ne soit pas accusé d'être dur avec elle, elle préleva vingt-cinq livres sur les cinquante que Clare lui avait données et les remit à sa mère, comme si la femme d'un homme tel qu'Angel Clare pouvait se permettre pareil geste, ajoutant que c'était là une bien piètre compensation pour les problèmes et l'humiliation qu'elle leur avait imposés les années précédentes. Affirmant ainsi sa dignité, elle leur dit adieu. Après son départ, on fit la fête pendant quelque temps chez les Durbeyfield, grâce à la générosité de Tess, et

Joan raconta, et finit par croire, que la brouille entre les jeunes mariés s'était arrangée d'elle-même, leur amour étant trop fort pour qu'ils vivent séparés l'un de l'autre.

# 39

Trois semaines après le mariage, Clare descendait la colline qui conduisait au presbytère de son père. Il avait dans l'intervalle mené une vie des plus décousues. Après avoir machinalement tenté de poursuivre ses projets comme si rien ne s'était passé, il se rendit compte qu'il était perturbé et que son cœur n'en était pas moins troublé. Il devint peu à peu indifférent à tout et finit par se dire qu'il considérait sa vie avec le regard passif d'un étranger. La conviction que toute cette misère venait du fait que Tess était une d'Urberville le remplit d'amertume. Pourquoi ne s'en était-il pas tenu à ses principes quand il avait appris qu'elle était issue d'une ancienne lignée et non d'une de ces familles récentes comme il l'avait tendrement rêvé ? Puis la lassitude et l'inquiétude le gagnèrent, et son inquiétude s'accrut. Ne l'avait-il pas traitée injustement ? Il mangeait sans savoir ce qu'il mangeait, buvait sans plaisir. À mesure que les heures s'écoulaient, que ce qui avait motivé chacun de ses actes au cours des jours passés lui apparaissait plus nettement, il s'aperçut combien la notion de posséder Tess comme un bien précieux était intimement liée à tous ses projets, toutes ses paroles, toutes ses façons d'être.

En allant çà et là, il vit à l'extérieur d'une petite ville une affiche rouge et bleue vantant les avantages du Brésil pour les agriculteurs qui voulaient émigrer. La terre y était offerte à des conditions exceptionnellement intéressantes. Pourquoi pas ? Tess pourrait l'y rejoindre, et dans ce pays aux paysages, aux notions et aux mœurs si différents, les conventions sociales qui lui rendaient impossible la vie avec elle ici seraient peut-être moins impérieuses ? Bref, il penchait de plus en plus pour un départ au Brésil, sans compter que la saison s'y prêtait.

C'est pourquoi, fort de cette idée, il retournait à Emminster afin d'avertir ses parents de ses projets, et leur expliquer du mieux possible pourquoi Tess ne l'accompagnait pas, sans souffler mot, évidemment, de la véritable raison de son absence. Il trouva son père et sa mère dans le salon.

— Quelle surprise, Angel ! s'écria sa mère. Mais où est ta femme ?

— Elle est chez les siens, pour l'instant. Je suis venu un peu à la hâte car j'ai décidé de partir pour le Brésil.

— Le Brésil ! Mais ce sont tous des catholiques romains, là-bas !

— Vraiment ? Je n'y avais pas pensé.

Bien que le départ de leur fils pour une terre papiste les peine un peu, c'était surtout de son mariage que Mr. et Mrs. Clare avaient envie d'entendre parler.

— Nous avons reçu ta lettre il y a trois semaines dans laquelle tu nous annonçais qu'il avait eu lieu, dit Mrs. Clare. Et ton père t'a envoyé le cadeau de ta marraine, comme tu le sais. Bien sûr, il valait mieux qu'aucun de nous n'y assiste, d'autant plus que tu préférais l'épouser à la laiterie plutôt que chez elle. Cela t'aurait mis dans l'embarras et ne nous aurait causé aucun plaisir. Tes frères ont été très fortement affectés. Mais maintenant, c'est fait, et nous ne nous plaignons pas, surtout si cette jeune personne te convient pour la vie que tu as choisi de mener et qui n'est pas celle que nous souhaitions… Mais bon, j'aurais aimé la rencontrer d'abord, Angel, ou la connaître un peu plus. Nous ne lui avons envoyé aucun cadeau, personnellement, puisque nous ignorions ce qui lui ferait plaisir, mais nous le ferons plus tard, tu t'en doutes bien. Angel, ni ton père ni moi-même ne t'en voulons de ce mariage, mais nous avons pensé qu'il valait mieux attendre de voir ta femme pour lui témoigner notre affection. Et tu nous rends visite sans l'amener ? C'est étrange. Que s'est-il passé ?

Clare répondit qu'il avait estimé préférable pour elle d'aller chez ses parents pendant qu'il serait ici.

— Je puis bien vous dire, chère mère, que mon intention était de ne pas vous la présenter avant d'être sûr qu'elle vous fasse honneur. Mais cette idée du Brésil est assez récente. Si je pars, ce ne serait pas prudent de l'emmener avec moi tout de suite. Aussi, habitera-t-elle chez sa mère jusqu'à mon retour.

— Et je ne la verrai pas avant ton départ ?

Il craignait que non, mais comme il envisageait, s'il partait rapidement, de revenir en Angleterre dans le courant de l'année, ils auraient alors l'occasion de la rencontrer avant qu'il ne reparte pour le Brésil, avec elle.

Pendant le souper, préparé à la hâte, Mrs. Clare, qui ne s'était pas remise de sa déception de ne pas voir Tess, demanda à son fils :

— Ne peux-tu nous la décrire, Angel ? Je suis sûre qu'elle est très jolie.

— Oh, il n'y a pas le moindre doute, répondit-il avec un entrain qui masquait son amertume.

— Et qu'elle est pure et vertueuse, évidemment.

— Évidemment.

— Je puis tout à fait l'imaginer. Tu nous avais dit qu'elle avait une belle silhouette, des formes arrondies, des lèvres d'un rouge foncé, des cils et des sourcils noirs, des cheveux qui font une torsade comme le câble d'un bateau et de grands yeux violet, bleu et noir.

— C'est vrai, mère.

— Je la vois très bien. Et vivant ainsi recluse, elle n'a naturellement rencontré avant toi que très peu de jeunes hommes venant du monde extérieur.

— Très peu.

— Tu étais son premier amour ?

— Bien sûr.

— Il y a bien pires épouses que ces jeunes filles de ferme simples et robustes. Je ne te cache pas que j'aurais souhaité... mais puisque mon fils doit être agriculteur, il est peut-être plus approprié que sa femme soit habituée à la vie au grand air.

Mr. Clare, lui, semblait moins curieux, mais quand vint le moment de lire, avant les prières du soir, un passage de la Bible, il dit à sa femme :

— Puisque Angel est là, nous pourrions lire le trente et unième Proverbe[1], à la louange de la femme vertueuse.

— Tout à fait, répondit-elle. Et nous ne manquerons pas d'appliquer ces paroles à l'absente. Que le Ciel la protège.

La gorge de Clare se serra tandis que son père lisait :

*Une maîtresse femme, qui la trouvera ?*
*Elle a bien plus de prix que les perles !*
...
*Il fait encore nuit qu'elle se lève,*
*distribuant à sa maisonnée la pitance,*
...

1. Livre des Proverbes, 31.10.29. Tiré de la Bible de Jérusalem, traduite en français sous la direction de l'école biblique de Jérusalem. Éditions Desclée de Brouwer, 1975.

*Elle ceint vigoureusement ses reins*
*et déploie la force de ses bras.*
*Elle sait que ses affaires vont bien,*
*de la nuit, sa lampe ne s'éteint.*
…
*De sa maisonnée, elle surveille le va-et-vient,*
*elle ne mange pas le pain de l'oisiveté.*
*Ses fils se lèvent pour la proclamer bienheureuse,*
*son mari pour faire son éloge :*
*Nombre de femmes ont accompli des exploits,*
*mais toi, tu les surpasses toutes*[1].

— Je ne puis m'empêcher de penser que ce proverbe s'applique, à certains égards, à la femme que tu as choisie, Angel, déclara Mrs. Clare. Oh, comme je regrette de ne pas l'avoir rencontrée. Puisqu'elle est pure et chaste, elle aurait été assez distinguée pour moi.

Clare ne put en supporter davantage. Les yeux remplis de larmes brûlantes comme des gouttes de plomb fondu, il s'empressa de souhaiter bonne nuit à ces deux âmes simples et sincères qu'il aimait tant, et qui ne connaissaient ni le monde, ni la chair, ni le diable autrement que comme quelque chose de vague et d'extérieur à eux.

À peine s'enferma-t-il dans sa chambre que sa mère, qui l'avait suivi, frappait à la porte. Angel alla ouvrir et la découvrit sur le seuil, le regard inquiet.

— Angel, demanda-t-elle, pourquoi es-tu parti si tôt ? Je suis sûre que tu n'es pas dans ton état normal.

1. Livre des Proverbes, 31.10.29. Tiré de la Bible de Jérusalem, traduite en français sous la direction de l'école biblique de Jérusalem. Éditions Desclée de Brouwer, 1975.

— Non, mère, je ne le suis pas vraiment.

— C'est à cause d'elle ? Allons, mon fils, je sais que c'est là la raison. Vous êtes-vous disputés ?

— Nous ne nous sommes pas vraiment disputés, mais nous avons un différend.

— Angel, est-ce une jeune femme dont on doit enquêter sur le passé ?

Avec son instinct maternel, Mrs. Clare venait de mettre le doigt sur le problème qui provoquait une telle agitation chez son fils.

— Elle est sans tache ! s'exclama-t-il, avec la sensation qu'il n'hésiterait pas à refaire ce mensonge, dût-il l'envoyer droit en enfer.

— Alors, peu importe le reste. Après tout, il y a peu d'êtres plus purs dans la nature qu'une jeune paysanne sans tache. Et si la grossièreté de ses manières a pu te choquer au départ, je suis sûre que celle-ci disparaîtra sous l'influence de ta compagnie et de ton enseignement.

Exposé à ce sarcasme, si terrible dans son aveugle grandeur d'âme, Clare prit conscience de ce qui ne lui avait pas traversé l'esprit après les révélations de Tess : ce mariage avait complètement ruiné son avenir. En vérité, il ne se souciait guère de sa carrière, mais il l'avait voulue au moins respectable à cause de ses parents et de ses frères. Et à présent, tandis qu'il fixait la bougie, la flamme semblait lui dire muettement que son rôle était d'éclairer le visage des gens sensés, et non d'un pauvre dupe dont la vie n'avait été qu'un échec.

Son agitation une fois calmée, il demeura toutefois révolté contre Tess car elle le mettait dans une position qui le forçait à mentir à ses parents. Il s'adressait presque à elle dans sa colère, comme si elle eût été dans la chambre avec lui. Puis sa voix caressante, plaintive quand elle lui faisait des reproches, troubla l'obscurité, et il sentit le contact velouté de ses lèvres sur son front, la chaleur de son souffle dans l'air.

Cette nuit-là, la femme qu'il dépréciait et rabaissait se disait que son mari était un homme grand et bon. Mais un nuage flottait au-dessus d'eux, un nuage bien plus noir que celui qu'Angel Clare percevait : celui de ses préjugés. Malgré tous ses efforts pour penser librement, ce jeune homme évolué et bien intentionné était encore l'esclave des coutumes et des conventions quand les enseignements de jadis le rattrapaient par surprise. Il ne comprenait pas que sa jeune épouse était aussi méritante que n'importe quelle autre femme qui porte en elle la même aversion du mal, et qu'il devait mesurer sa valeur morale non pas à l'aune de ce qu'elle avait accompli mais de ce qu'elle voulait accomplir. En considérant ce que Tess n'était pas, il ne voyait pas ce qu'elle était, et oubliait que ce qui n'est pas parfait peut être supérieur à ce qui l'est.

# 40

Au petit déjeuner, on ne parla que du Brésil, et tous s'efforcèrent de voir d'un œil positif l'expérience que Clare s'apprêtait à y tenter, en dépit des rapports décourageants de certains agriculteurs qui y avaient émigré et étaient rentrés au bout d'un an. Clare se rendit ensuite à la petite ville pour y régler quelques affaires et retirer de la banque tout l'argent qu'il possédait. Sur le chemin du retour, il croisa Mercy Chant près de l'église, dont elle semblait une émanation. Elle avait appris qu'il était sur le point de quitter l'Angleterre et lui fit remarquer que c'était, selon elle, un excellent projet.

— Oui, le projet n'est pas mauvais, d'un point de vue commercial, répondit Clare. Mais, ma chère Mercy, il brise la continuité de l'existence. Un cloître serait peut-être préférable.

— Un cloître ? Oh, Angel Clare !

— Eh bien ?

— Mais voyons, vilain, un cloître signifie un moine, et un moine, les catholiques romains !

— Et les catholiques romains le péché, et le péché la damnation. Oh, oh, tu es dans un état alarmant, Angel Clare !

— Et moi, je me glorifie de mon protestantisme, dit-elle sévèrement.

Tombant, par pur désespoir, dans l'une de ces humeurs diaboliques qu'un homme suit malgré ses principes, Clare attira Mercy et lui murmura à l'oreille les idées les plus hétérodoxes auxquelles il pouvait penser. Son rire à la vue de l'effroi qui se peignait sur le visage de la jeune femme se transforma bientôt en grimace de douleur et en angoisse pour sa santé mentale.

— Chère Mercy, dit-il, pardonnez-moi. Je crois que je deviens fou.

Elle pensait qu'il l'était et la conversation s'arrêta là.

Lors de son passage à la banque, il avait déposé les bijoux en attendant des jours meilleurs et versé trente livres à envoyer à Tess d'ici quelques mois. Puis il lui écrivit chez ses parents afin de l'informer de ces dispositions. Il espérait, lui dit-il, que cette somme d'argent, avec les cinquante livres qu'il lui avait déjà données, serait suffisante, et lui rappelait qu'en cas d'urgence, elle devait aller trouver son père.

Clare avait jugé préférable de ne pas mettre ses parents en rapport avec Tess et donc ne leur avait pas communiqué son adresse. Par ailleurs, comme ils ignoraient la raison de leur brouille, ils ne le suggérèrent pas.

Dans la même journée, il quitta le presbytère car ce qu'il lui restait à faire, il voulait le faire vite : passer à la ferme de Wellbridge pour payer le fermier, rendre les clés des chambres que Tess et lui avaient occupées et ramasser les quelques affaires qu'ils y avaient laissées. C'était sous ce toit que s'était étendue l'ombre la plus profonde qui eût jamais attristé sa vie. Pourtant, quand il ouvrit la porte du salon et qu'il y jeta un coup d'œil, le souvenir qui lui revint fut celui de leur joyeuse arrivée, par un après-midi semblable, et de la délicieuse sensation de partager la même habitation, de prendre leur premier repas ensemble et de bavarder au coin du feu, main dans la main.

Le fermier et sa femme se trouvaient au champ et Clare resta seul dans la maison pendant quelque temps. De nouveau en proie à des sentiments auxquels il ne s'était pas attendu, il monta dans la chambre de Tess qui n'avait jamais été la sienne. Le lit était bien tiré, comme elle l'avait fait le matin de leur départ, et le gui pendait du baldaquin, comme il l'y avait placé. Un peu plus de trois semaines s'étaient écoulées depuis, et ses couleurs avaient changé, ses feuilles et ses baies flétri. Angel le décrocha et l'écrasa dans la cheminée. Debout, là, il douta pour la première fois de la sagesse et de la générosité de son attitude. Mais n'avait-il pas été cruellement trompé ? Dans l'incohérence de ses multiples émotions, il tomba à genoux à côté du lit, les yeux emplis de larmes.

— Oh, Tess, si seulement vous me l'aviez dit plus tôt, je vous aurais pardonné ! gémit-il.

Entendant marcher en bas, il se releva et sortit sur le palier. En bas de l'escalier, se tenait une femme. Lorsqu'elle tourna la tête, il reconnut Izz Huett.

— Mr. Clare, dit-elle, je suis passée pour vous voir, Mrs. Clare et vous, et prendre de vos nouvelles. Je pensais que vous seriez peut-être revenus.

C'était une fille dont il avait deviné le secret, mais qui n'avait pas deviné le sien : une fille honnête qui l'aimait, qui aurait fait une aussi bonne fermière, ou presque aussi bonne, que Tess.

— Je suis seul, répondit-il. Nous ne vivons pas ici en ce moment.

Puis, après lui avoir expliqué pourquoi il était revenu, il lui demanda par quel chemin elle passait pour rentrer à Talbothays.

— Je vis plus à Talbothays, monsieur.

— Mais pourquoi donc ?

Izz baissa les yeux.

— C'était trop lugubre, et j'ai préféré partir. Je loge de ce côté-là, dit-elle, et elle lui indiqua la direction opposée à Talbothays, c'est-à-dire celle vers laquelle Clare voyageait.

— Y allez-vous maintenant ? Je peux vous déposer, si vous voulez.

— Oh, merci, Mr. Clare, répondit-elle.

Quand il eut trouvé le fermier et réglé le loyer, il retourna à son cabriolet et Izz grimpa à son côté.

— Je vais quitter l'Angleterre, Izz, annonça-t-il quand ils furent sur la route. Je pars pour le Brésil.

— L'idée séduit-elle Mrs. Clare ?

— Elle ne m'accompagne pas pour l'instant… elle me rejoindra d'ici un an. J'y vais en éclaireur… pour voir à quoi ressemble la vie là-bas.

Ils roulèrent vers l'est pendant un moment sans qu'Izz fasse la moindre remarque.

— Et les autres ? demanda Clare. Comment va Retty ?

— Elle était dans une sorte d'état nerveux la dernière fois que je l'ai vue. Et si maigre, et avec les joues si creuses, qu'elle a l'air de dépérir. Personne ne tombera plus jamais amoureux d'elle.

— Et Marian ?

— Elle boit, répondit Izz tout bas.

— Vraiment ?

— Oui. Mr. Crick a dû s'en débarrasser.

— Et vous ?

— Je ne bois pas, et je ne dépéris pas. Mais… je ne chante plus aussi bien avant le petit déjeuner.

— Comment cela se fait-il ? Vous souvenez-vous comme vous chantiez à la traite du matin ?

— Oui. Vous veniez d'arriver.

— Et pourquoi ce changement ?

Elle leva les yeux vers lui, juste un instant, en guise de réponse.

— Izz ! s'exclama Clare. Quelle faiblesse de votre part, et pour un homme comme moi… Et si c'était *vous* que j'avais demandée en mariage ? ajouta-t-il après une pause.

— Je vous aurais dit oui et vous auriez épousé une femme qui vous aimait.

— C'est vrai ?

— Je vous le jure, murmura-t-elle avec véhémence. Mon Dieu, ne l'aviez-vous pas deviné ?

Peu de temps après, ils arrivèrent à un carrefour et Izz prononça ses premières paroles depuis son aveu :

— Je dois descendre, j'habite ici.

Clare ralentit le cheval. Il était révolté contre son destin, las des lois sociales qui l'avaient enfermé dans une situation sans issue légitime. Pourquoi, dans ce cas, ne pas se venger de la société en décidant librement de sa vie de famille future au lieu de s'incliner sous la férule des conventions ?

— Je pars pour le Brésil seul, Izz, dit-il. Je me suis séparé de ma femme pour des raisons personnelles, et non à cause du voyage. Il est possible que nous ne vivions jamais ensemble. Il est possible que je ne parvienne pas à vous aimer, mais… voulez-vous m'accompagner à sa place ?

— Vous désirez vraiment que je vienne avec vous ?

— Oui. On a assez mal agi envers moi pour que je souhaite quelque compensation. Et vous, au moins, vous m'aimez de façon désintéressée.

— Je veux bien partir avec vous, déclara Izz.

— Vous savez ce que cela signifie, Izz ?

— Cela signifie que je vivrais avec vous le temps que vous resterez là-bas… ce qui me va très bien.

— N'oubliez pas, à partir de maintenant, vous ne devez pas vous fier à ma moralité. Et il est de mon devoir de vous rappeler que ce sera mal aux yeux de la société… la société occidentale, je veux dire.

— Je me fiche de cela : aucune femme ne s'en soucie quand elle souffre et qu'elle ne peut faire autrement.

— Dans ce cas, ne descendez pas de la voiture.

Il dépassa le carrefour d'un mile, de deux miles sans lui manifester le moindre signe d'affection.

— Vous m'aimez beaucoup, Izz ? demanda-t-il brusquement.

— Oui, je vous l'ai déjà dit. Je vous ai aimé tout le temps que vous viviez à la laiterie.

— Plus que Tess ?

— Non, murmura-t-elle en secouant la tête.

— Pourquoi ?

— Parce que personne ne pourrait vous aimer plus qu'elle ! Elle aurait donné sa vie pour vous. Pas moi.

Izz aurait volontiers dit du mal de son ancienne compagne à ce moment-là, mais la fascination que Tess exerçait sur sa nature plus rustre la poussa à faire son éloge.

Clare garda le silence. Son cœur s'était serré en entendant ces paroles, et il lui sembla qu'un sanglot s'était figé dans sa gorge. Ses oreilles lui répétaient : « Elle aurait donné sa vie pour vous. Pas moi. »

— Oubliez tout de notre conversation, Izz, déclara-t-il brusquement en tirant sur les rênes du cheval. Je ne sais pas ce que je disais ! Je vais vous ramener au carrefour.

— Voilà à quoi me sert d'avoir été honnête avec vous ! Oh, comment vais-je le supporter, comment ?

Elle éclata en sanglots et se frappa le front en voyant ce qu'elle avait fait.

— Regrettez-vous ce petit acte de justice envers une absente ? Izz, je vous en prie, ne le gâchez pas en le regrettant.

La jeune femme se ressaisit doucement.

— Oui, monsieur. Peut-être ne savais-je pas non plus ce que je disais quand… quand je vous ai répondu que j'étais d'accord pour vous suivre. Oh, je souhaite… ce qui ne peut être.

— C'est parce que j'ai déjà une femme qui m'aime.

— Oui, oui. C'est vrai.

Ils atteignirent le carrefour qu'ils avaient passé une demi-heure plus tôt et Izz sauta à terre.

— Izz, s'il vous plaît, oubliez ma légèreté passagère ! s'écria Clare. C'était si irréfléchi de ma part, si mal avisé !

— L'oublier ? Jamais. Ce n'était pas une légèreté pour moi !

Il sentit qu'il méritait tant le reproche qu'exprimait le cri de la malheureuse qu'il sauta à terre à son tour et lui prit la main.

— Izz, nous restons amis, n'est-ce pas ? Vous n'imaginez pas ce que je dois endurer.

En fille d'une immense générosité, elle n'ajouta aucune nouvelle amertume qui pût gâcher leurs adieux.

— Je vous pardonne, monsieur, dit-elle.

— Maintenant, Izz, dit-il en s'obligeant à jouer un rôle de mentor qu'il était loin d'éprouver, je veux que vous disiez à Marian, la prochaine fois que vous la verrez, qu'elle doit mener la vie d'une honnête femme et renoncer à l'alcool. Et dites à Retty qu'il y a, de par le monde, beaucoup d'hommes qui valent bien mieux que moi, et qu'elle doit, par égard pour moi, agir sagement. Et vous, Izz… en me parlant si loyalement de ma femme, vous m'avez sauvé d'un geste de folie qui m'aurait poussé à la trahison. Pour cela, je ne vous oublierai jamais. Soyez toujours la bonne et honnête personne que vous avez toujours été, et pensez à moi non pas comme à un amoureux indigne mais comme à un fidèle ami. Promettez-le-moi.

Izz promit.

— Que Dieu vous bénisse et vous protège, monsieur. Adieu !

Clare repartit. À peine Izz tourna-t-elle dans le chemin, après que le jeune homme eut disparu, qu'elle se jeta à terre dans un accès de désespoir déchirant. Et ce fut avec un visage ravagé qu'elle gagna la chaumière de sa mère, ce soir-là. Personne ne sut jamais comment elle passa ces heures terribles qui s'écoulèrent entre le départ de Clare et son arrivée chez elle.

Clare aussi était déchiré par de douloureuses pensées, mais ce n'était pas à Izz qu'allait son affliction. Cette nuit-là, il fut à deux doigts de changer de direction et rouler vers la maison de Tess. Il n'en fit rien, non pas parce qu'il méprisait la nature de sa jeune épouse ou doutait de l'état de son cœur. Non, c'était parce que, malgré son amour pour lui, amour qu'Izz avait confirmé, les choses n'avaient pas changé. S'il était dans son droit alors, il l'était encore à présent. À moins d'être détourné de sa route par une force plus puissante et plus soutenue que celle qui avait soufflé sur lui cet après-midi, il s'en tiendrait à la décision qu'il avait prise. Et puis, il se disait qu'il reviendrait bientôt auprès de Tess.

Il prit le train pour Londres, cette nuit-là, et cinq jours plus tard, faisait ses adieux à ses frères sur le quai d'embarquement.

# 41

Des précédents événements de l'hiver, passons à un jour d'octobre, plus de huit mois après la séparation de Clare et de Tess. Nous trouvons cette dernière dans de toutes autres conditions : au lieu de la jeune mariée avec des malles et des cartons, nous la voyons qui chemine seule, avec un panier et un baluchon, comme jadis, quand elle était une jeune fille ; et au lieu des ressources importantes que lui avait assurées son mari pour subvenir à ses besoins pendant ce temps d'épreuves, elle ne peut présenter qu'une bourse plate.

Après avoir de nouveau quitté Marlott, elle avait passé le printemps et l'été en rendant quelques services occasionnellement dans une laiterie près de Port-Bredy, à l'ouest de la vallée de Blackmoor, et à égale distance de son village et de Talbothays. Elle préférait cela que vivre de l'argent de Clare. Mentalement, elle demeurait dans une totale apathie, un état que son travail machinal entretenait plutôt qu'il ne le combattait. Ses pensées étaient à cette autre laiterie, en cette autre saison, auprès de cet homme qu'elle y avait rencontré, cet homme qui, à peine l'avait-elle conquise, avait disparu comme une silhouette entraperçue.

Quand le lait commença à se tarir, elle aida à la moisson jusqu'à la fin de l'été. Des vingt-cinq livres qu'il lui restait, elle n'avait pratiquement rien dépensé, mais survint une période de pluie durant laquelle elle fut obligée de puiser dans sa réserve de souverains. Elle ne supportait pas de les voir partir. Angel les lui avait remis lui-même, il était allé les chercher pour elle, à la banque, et qu'il les ait touchés les consacrait et en faisait des souvenirs de lui. Aussi, les disperser, c'était comme distribuer des reliques. Pourtant, elle ne pouvait faire autrement, et un à un, les souverains filèrent entre ses doigts.

Elle avait dû envoyer de temps en temps son adresse à sa mère, mais elle lui cachait son mode de vie. Alors qu'elle n'avait presque plus d'argent, une lettre de Marlott lui parvint. Joan Durbeyfield lui annonçait qu'ils étaient dans de terribles difficultés : à cause des pluies d'automne, il fallait refaire le chaume du toit, et remettre aussi de nouvelles poutres et un plafond neuf dans la pièce du bas. Puisque son mari était riche, et certainement rentré de son voyage, ne pouvait-elle les aider financièrement ? Tess reçut presque au même moment trente livres du banquier d'Angel. La situation de ses parents semblant désespérée, elle envoya à sa mère vingt livres et dépensa le reste en vêtements d'hiver. Il ne lui restait plus qu'une somme insignifiante pour passer la rigoureuse saison qui se préparait.

Lorsqu'elle n'eut plus une seule livre en poche, elle ne put faire autrement que prendre en compte ce qu'Angel avait dit : si elle se trouvait dans le besoin, qu'elle contacte son père. Mais plus elle y réfléchissait, plus elle éprouvait de répugnance à s'y résoudre. La même délicatesse, fierté, fausse honte – quel que soit le nom qu'on lui donne – qui l'avait poussée, à cause d'Angel, à cacher à ses parents leur brouille prolongée, l'empêchait d'avouer à ses parents à lui qu'elle ne s'en sortait pas malgré la pension que leur fils lui avait versée. Ils devaient sans doute déjà la mépriser, et ils ne la mépriseraient que davantage si elle se présentait à eux comme une mendiante. Bref, il lui était impossible de leur révéler pour l'instant sa condition.

Si elle songeait que sa gêne à communiquer avec eux passerait peut-être avec le temps, avec ses propres parents, elle ne faisait qu'augmenter. Elle les avait quittés, après sa brève visite qui avait suivi son mariage, en leur laissant l'impression qu'elle allait rejoindre son mari. Depuis, elle n'avait rien fait pour les dissuader qu'elle attendait son retour dans l'aisance, espérant en dépit de tout que son voyage au Brésil ne durerait pas et que Clare reviendrait bientôt la chercher ou lui écrirait de le rejoindre. Elle continuait de nourrir cet espoir. Avouer à ses parents qu'elle était une femme abandonnée et, à présent qu'elle les avait financièrement soulagés, qu'elle devait travailler pour subvenir à ses besoins, c'était vraiment trop pour elle.

La parure de diamants lui revint à l'esprit. Elle ignorait où Clare l'avait déposée. Cela dit, peu importait, puisque, si elle en avait le droit de jouissance, elle ne pouvait la vendre. Et puis, même si elle en avait l'absolue possession, elle estimait que ce serait mesquin de sa part de s'enrichir grâce à un titre légal qui, en réalité, ne lui appartenait pas.

Pendant ce temps, la vie de Clare n'était pas exempte d'épreuves. En ce moment, il se trouvait dans les terres argileuses, près de Curitiba, couché avec de la fièvre. C'était le lot de bien des fermiers anglais qui s'y étaient installés, abusés par les promesses du gouvernement brésilien, et persuadés aussi, bien que leur conviction ne reposât sur rien, que leur constitution, qui avait résisté aux intempéries des plateaux anglais, résisterait au climat des plaines brésiliennes.

Une fois son dernier souverain dépensé, Tess se mit en quête d'un emploi, ce qui se révéla difficile étant donné la saison. Elle ne songea pas à chercher du travail en ville, et dans une grande demeure, car elle les craignait. N'était-ce pas au contact de gens riches dont les mœurs différaient de celles des gens de la campagne que le malheur lui était arrivé ? Certes, la haute société valait peut-être mieux qu'elle ne le supposait d'après sa mince expérience. Mais elle n'en avait pas la preuve, et son instinct, dans ces circonstances, lui conseillait d'en éviter le voisinage. Quant aux petites laiteries où elle avait travaillé pendant le printemps et l'été, elles n'avaient plus besoin de personnel. Bien sûr, elle trouverait sûrement de la place à Talbothays, ne serait-ce que par pure compassion de la part de Mr. et Mrs. Crick. Mais aussi agréable fût sa vie là-bas, elle ne pouvait y retourner. Le contraste lui serait intolérable et son retour risquait d'attirer des reproches à son mari idolâtré. Par ailleurs, elle savait qu'elle ne supporterait ni leur pitié ni leurs commentaires à voix basse sur son étrange situation.

Elle était donc, en ce jour-là d'octobre, en chemin pour une ferme sur les plateaux, au centre du comté, qui lui avait été recommandée par Marian. Cette dernière, probablement mise au courant de sa séparation d'avec Clare par Izz Huett, s'était empressée de lui écrire pour lui dire qu'elle travaillait là depuis son départ de Talbothays, et qu'il y avait de la place pour d'autres ouvriers.

Avec les jours qui raccourcissaient, Tess perdit tout espoir d'obtenir de son mari le pardon. Il y avait quelque chose de l'animal sauvage dans son instinct irraisonné à vouloir se débrouiller seule, se libérer de son passé, oblitérer son identité et ne pas songer aux imprévus où il serait important pour son bonheur, sinon pour celui des autres, de découvrir rapidement le lieu où elle vivait. Parmi les difficultés dues à sa vie solitaire, l'attention qu'elle éveillait à cause de sa beauté naturelle, à laquelle s'ajoutait une certaine distinction dans le port qu'elle avait acquise auprès de Clare, était la plus pénible. Tant qu'elle portait les vêtements de son mariage, ces regards occasionnels ne la gênèrent pas, mais dès qu'elle ne put faire autrement que se vêtir comme une paysanne, elle fut plus d'une fois l'objet de remarques grossières. Mais aucune ne la terrifia autant que celle sortant de la bouche d'un homme, un après-midi de novembre.

Elle se dirigeait vers le village de Chalk-Newton, avec l'intention d'y passer la nuit, et avait atteint le sommet d'une colline quand elle entendit marcher derrière elle. Bientôt, un homme la rattrapa.

— Bonsoir, ma jolie, dit-il.

Tess lui répondit poliment. Bien que la nuit fût tombée, le peu de lumière dans le ciel éclaira son visage et l'homme la dévisagea.

— Hé, mais vous êtes la fille qui a vécu à Tantridge, la petite amie de sieur d'Urberville ? J'ai habité par là un moment, mais je n'y suis plus.

Tess reconnut l'homme qu'Angel avait mis à terre pour lui avoir parlé grossièrement. L'angoisse la saisit. Elle ne répliqua pas.

— Ayez au moins l'honnêteté de le reconnaître, et de reconnaître que ce que je vous ai dit en ville, ce jour-là, était vrai, même si votre galant a vu rouge. Hé, ma petite rusée, vous devriez me demander pardon pour ce coup.

Tess ne répondit toujours pas. Comprenant que pour son âme traquée, il ne semblait y avoir qu'un seul moyen de s'échapper, elle s'élança brusquement avec la vitesse du vent et courut sans se retourner le long de la route. Arrivée à une barrière qui donnait sur une plantation, elle s'y jeta et s'y enfonça jusqu'à être sûre de ne pas être découverte. Sous ses pieds, les feuilles étaient sèches, et les ramages des houx suffisamment denses pour la protéger du froid. Elle ramassa les feuilles mortes en un grand tas et forma une sorte de nid dans lequel elle se glissa. Son sommeil fut agité : elle crut entendre des bruits étranges mais se persuada qu'ils venaient de la brise. Elle imaginait son mari vivant dans un pays chaud, de l'autre côté du globe, tandis qu'elle se trouvait ici, dans le froid. Existait-il au monde un autre être aussi malheureux qu'elle ? se demanda-t-elle, et, songeant à sa vie gâchée, elle se dit :

« Tout est vanité. »

Elle répéta ces mots de façon machinale, jusqu'à ce qu'elle finisse par se dire qu'il n'y avait pas alors pensée plus inadéquate. Tout était, hélas, pire que la vanité – l'injustice, les châtiments, l'exaction, la mort. La femme d'Angel Clare porta sa main à son front, elle en palpa la courbe, la forme de ses orbites perceptibles sous sa peau douce, et songea qu'un jour viendrait où cette cavité osseuse serait à nu.

— Je voudrais tant que ce soit maintenant, soupira-t-elle.

Au milieu de ces pensées fantasques, elle entendit de nouveau des bruits étranges parmi le feuillage. Ce pouvait être le vent, mais il soufflait à peine. Parfois, c'était une palpitation, parfois un battement, parfois encore une sorte de halètement ou de gloussement. Elle eut bientôt la certitude que ces bruits provenaient de créatures sauvages, surtout quand, après s'être fait entendre au-dessus de sa tête, ils étaient suivis par la chute d'un corps lourd au sol. Se fût-elle trouvée là dans d'autres circonstances plus agréables, elle aurait pris peur. Mais hors l'humanité, elle ne craignait rien pour l'instant.

Le jour finit par se lever. Dès que sa lumière rassurante fut assez forte, Tess sortit de son tas de feuilles et regarda autour d'elle. Elle vit alors ce qui l'avait tant dérangée. Sous les arbres de la plantation où elle s'était abritée, plusieurs faisans gisaient à terre, leur riche plumage taché de sang ; certains étaient morts, d'autres battaient faiblement d'une aile, d'autres fixaient le ciel, d'autres palpitaient encore, d'autres se contorsionnaient, d'autres étaient étendus – tous se tordant dans l'agonie excepté les chanceux dont la souffrance avait pris fin pendant la nuit, à cause de l'incapacité de la nature à en supporter davantage. Tess devina aussitôt ce qui s'était passé. Les faisans avaient été attirés dans ce coin-là, la veille, par les chasseurs. Et alors que ceux tués sur le coup ou morts avant la nuit avaient été ramassés, de nombreux oiseaux blessés s'étaient cachés ici, et c'était leur chute qu'elle avait entendue quand, un à un, ils tombaient, affaiblis par la perte de leur sang.

Elle avait déjà eu l'occasion de voir des chasseurs dans son enfance, des hommes étrangement accoutrés, une lueur sanguinaire dans les yeux. On lui avait expliqué que, s'ils lui paraissaient alors cruels et brutaux, et si, durant quelques semaines d'automne et d'hiver, ils étaient pris d'une folie meurtrière – dans leur cas envers d'inoffensives créatures ailées –, ils étaient, le restant de l'année, des gens tout à fait civilisés.

Avec l'élan d'une âme qui compatit aux souffrances d'autrui autant qu'aux siennes, Tess décida de mettre un terme aux tortures des oiseaux encore vivants. De ses mains, elle leur brisa le cou, les abandonnant là où elle les avait trouvés en attendant que le garde-chasse ne vienne les chercher.

— Pauvres chéris, comment puis-je me supposer l'être le plus misérable sur terre face à votre misère à vous ! s'exclama-t-elle, les larmes ruisselant le long de ses joues tandis qu'elle tuait tendrement les oiseaux. Je ne ressens pas le moindre élancement dans le corps, je ne suis pas estropiée, je ne saigne pas et j'ai deux mains pour me nourrir et me vêtir.

Elle avait honte d'elle et de sa mélancolie de la nuit, laquelle reposait uniquement sur le sentiment d'une condamnation due aux lois arbitraires de la société, et n'avait aucun fondement dans la Nature.

# 42

Il faisait grand jour à présent, et elle se remit en route en sortant prudemment sur le chemin. La prudence n'était toutefois pas nécessaire : il n'y avait pas âme qui vive alentour et Tess s'avança avec courage. Le souvenir de la silencieuse endurance des oiseaux pendant leur nuit d'agonie l'aidait à relativiser sa peine qui, si elle pouvait s'élever suffisamment pour mépriser l'opinion, lui serait tolérable. Mais elle ne le pouvait pas tant que Clare soutenait cette opinion.

Elle atteignit Chalk-Newton et prit le petit déjeuner dans une auberge où elle fut importunée par plusieurs jeunes hommes qui louèrent sa beauté. Curieusement, leurs compliments lui redonnèrent espoir : n'était-il pas possible en effet que son mari aussi lui redît ces choses-là ? Il lui fallait cependant faire attention, et éloigner ces galants de passage. Dans ce but, elle décida de ne plus courir aucun risque et, à peine sortie du village, elle entra dans un fourré et enfila une de ses vieilles robes des champs qu'elle n'avait même jamais portée à Talbothays. Puis elle dénicha un mouchoir dans son baluchon et le noua autour de sa tête, se couvrant le menton, la moitié de ses joues et ses tempes, comme si elle avait une rage de dents. Avec de petits ciseaux et à l'aide d'un miroir de poche, elle tailla ensuite sans merci ses sourcils. Assurée d'être ainsi protégée contre l'admiration agressive des hommes, elle repartit.

— Quel affreux épouvantail ! souffla le premier homme qu'elle croisa à son compagnon de route.

Elle ne put empêcher les larmes de lui monter aux yeux.

« Mais je m'en fiche, se dit-elle. Je m'en fiche ! Je serai toujours laide maintenant, puisque Angel n'est pas là et que personne ne s'occupe de moi. Mon mari est parti et ne m'aimera plus jamais. Moi, je l'aime tout autant, et je déteste tous les autres hommes et je veux qu'ils me méprisent. »

Ainsi marche Tess. Une silhouette qui fait partie du paysage, une simple femme des champs, en habits d'hiver : une cape de serge grise, un foulard de laine rouge, une jupe couverte d'un grossier tablier marron et des gants de cuir. Ce vieux costume est usé jusqu'à la corde à force d'avoir été fouetté par la pluie, brûlé par le soleil et battu par le vent. Il n'y a plus aucun signe de passion ni de jeunesse chez elle.

Mais sous cette apparence, se cachait le souvenir d'un être vibrant qui avait appris trop bien que les choses sont poussière et cendres, que le désir est cruel et l'amour fragile.

Il faisait vilain temps, mais elle continuait d'avancer, guère perturbée par l'hostilité des éléments. Son objectif étant de se trouver un travail pour l'hiver et un toit, elle n'avait pas une minute à perdre. Aussi allait-elle de ferme en ferme, en direction de celle dont Marian lui avait parlé. Vers le soir du second jour, elle atteignit le plateau de calcaire qui s'étendait entre la vallée de son enfance et celle de ses amours. L'air y était froid et sec. Devant elle, dans une légère dépression, elle aperçut les restes d'un village : c'était Flintcomb-Ash, là où vivait Marian, là où le destin la poussait. Autour d'elle, le sol ingrat montrait que les travaux y étaient certainement rudes.

À l'entrée du village, comme il avait commencé à pleuvoir, elle s'abrita sous l'avant-toit d'une chaumière et regarda la nuit tomber.

« Qui pourrait imaginer que je suis Mrs. Angel Clare », se dit-elle.

Constatant que le mur lui réchauffait le dos et les épaules, elle découvrit que la cheminée de la maison se trouvait juste derrière l'avant-toit et que la chaleur passait à travers les briques. Elle y posa les mains, y plaqua la joue, rouge et moite de pluie. Le mur semblait son seul ami et elle aurait pu rester là toute la nuit. Elle pouvait entendre les occupants de la chaumière qui parlaient entre eux et même le bruit des assiettes. Mais dans la rue, elle n'avait encore vu personne. La solitude fut enfin rompue par l'approche d'une femme qui, malgré la fraîcheur de la soirée, portait une robe et un chapeau d'été. Tess pensa aussitôt qu'il pouvait s'agir de Marian, et quand la femme fut suffisamment près pour qu'elle distingue ses traits dans l'obscurité, elle vit que c'était bien elle. Marian avait la figure encore plus rouge et bouffie qu'avant, et était certainement plus négligée dans sa tenue. À n'importe quelle autre période de sa vie, Tess n'aurait pas cherché à renouer avec elle dans ces conditions, mais sa solitude lui pesait et elle répondit de bon cœur à l'accueil de Marian.

— Tess… Mrs. Clare… la chère épouse du cher jeune homme… la vie est-elle si dure pour toi ? Et pourquoi as-tu noué un foulard autour de ton visage ? Personne ne t'a battue, dis ? Pas *lui* ?

— Non, non ! Je l'ai mis pour éviter d'être abordée par des hommes.

Et elle le retira aussitôt.

— Tu n'as pas de col ? continua Marian.

Tess avait l'habitude de porter un col blanc quand elle vivait à Talbothays.

— Non.

— Tu l'as perdu en voyageant ?

— Non. En vérité, je ne me soucie plus guère de mon apparence.

— Et ton alliance ? Je ne la vois pas.

— Elle est autour de mon cou, attachée à un ruban. Je ne veux pas que les gens sachent qui je suis par mon mariage, ou même que je suis mariée. Ce serait embarrassant étant donné la vie que je mène à présent.

Marian marqua une pause

— Mais tu es la femme d'un gentleman, dit-elle. Et ça ne paraît pas très juste que tu vives ainsi.

— Oh, si… c'est juste… bien que je ne sois pas heureuse.

— Je ne comprends pas. C'est toi qu'il a épousée et tu n'es pas heureuse ?

— Les épouses sont parfois malheureuses, non par la faute de leur mari, mais par la leur.

— Tu es sans faute, voyons. Et lui aussi. Ce doit donc être à cause de quelque chose d'extérieur à vous.

— Marian, ma chère Marian, veux-tu bien me faire une faveur en ne me posant plus de questions ? Mon mari est parti à l'étranger, j'ai dépensé plus que ma pension et il me faut reprendre mon ancien travail pendant un moment. Par ailleurs, ne m'appelle pas Mrs. Clare, mais Tess, comme autrefois. Tu crois qu'ils ont besoin d'aide, à la ferme ?

— Oh, oui ! Le fermier est toujours prêt à prendre un nouvel ouvrier car ils sont rares à vouloir venir travailler chez lui. On y meurt de faim. Il ne pousse que du blé et des rutabagas. Même si j'y suis, ça me fait quand même de la peine que quelqu'un comme toi se retrouve là.

— Pourtant tu étais une aussi bonne trayeuse que moi.

— C'est vrai, mais j'ai arrêté depuis que je me suis mise à boire. C'est le seul réconfort qu'il me reste. Si le fermier t'engage, il t'enverra à l'arrachage des rutabagas. C'est ce que je fais, mais tu n'aimeras pas.

— Oh, je suis prête à faire n'importe quoi. Tu lui parleras pour moi ?

— Il vaudrait mieux que tu parles pour toi-même.

— Très bien. À présent, Marian, n'oublie pas : pas un mot de *lui* si j'obtiens la place. Je ne veux pas traîner son nom dans la boue.

Marian, qui était une fille digne de confiance, promit tout ce que Tess lui demandait.

— C'est la paie, ce soir, dit-elle. Si tu m'accompagnes, tu seras fixée tout de suite. Je suis bien triste que tu ne sois pas heureuse, mais je suis sûre que c'est parce qu'il est loin. Tu ne pourrais pas être malheureuse s'il était à tes côtés, même s'il ne te donnait pas d'argent ou te traitait comme la bonne à tout faire.

— C'est vrai, je ne pourrais pas.

Elles se mirent en route et bientôt arrivèrent à la ferme. Tess attendit à l'extérieur que les ouvriers aient reçu leurs gages, puis Marian la présenta. Le fermier était sorti, mais sa femme, qui le remplaçait, ne vit aucune objection à embaucher Tess à la condition qu'elle reste jusqu'au 25 mars, jour de la fête de l'Annonciation. Le travail dans les champs pour les femmes était rare en cette période de l'année mais rentable pour les fermiers qui les payaient moins que les hommes. Une fois qu'elle eut signé son contrat, il ne restait plus à Tess qu'à se chercher une chambre, et elle en trouva une dans la chaumière au mur de laquelle elle s'était réchauffée. Elle venait de s'assurer de bien maigres moyens de subsistance, mais au moins, ils lui procuraient un abri pour l'hiver.

Cette nuit-là, elle écrivit à ses parents pour leur communiquer son adresse au cas où une lettre de Clare arriverait à Marlott. Mais elle leur cacha dans quelle situation désespérée elle était : ils auraient pu en tenir Angel responsable.

# 43

Marian n'exagérait pas quand elle disait qu'on mourait de faim à Flintcomb-Ash. Le seul être bien en chair qui en foulait le sol, c'était Marian elle-même, et elle venait d'ailleurs. Mais Tess se mit à la besogne dès le lendemain de son arrivée. La patience, ce mélange de courage moral et de timidité physique, n'était plus alors une caractéristique mineure chez elle, et la patience la soutint.

Le champ de rutabagas, où Marian et elle furent envoyées, faisait une centaine d'arpents, et se trouvait sur les terres les plus élevées de la ferme. La moitié supérieure des choux-navets avait été mangée par le bétail et les deux femmes devaient arracher la partie enterrée de la racine à l'aide d'une fourche. Les feuilles ayant toutes disparu, le champ était d'une morne couleur, et le ciel, bien que d'une autre teinte, exprimait la même désolation. Ces deux faces, l'une supérieure et l'autre inférieure, se confrontaient toute la journée, le blanc regardant le brun, avec rien entre eux que deux filles courbées au-dessus du sol, comme des mouches. Personne ne s'approchait d'elles, et leurs mouvements témoignaient d'une régularité toute machinale. Elles n'étaient que deux silhouettes habillées de toile de jute – tabliers marron à manche attachés par-derrière pour empêcher leurs robes de s'envoler, jupes légères révélant des bottines et gants jaunes en peau de mouton. Elles avançaient dans leur besogne, heure après heure, inconscientes de leur aspect désolé, ignorant la justice ou l'injustice de leur sort. Car, même dans une telle situation, il était possible de vivre dans un rêve.

Comme dans l'après-midi, il recommença à pleuvoir, Marian expliqua à Tess qu'elles pouvaient s'arrêter de travailler, mais que si elles ne travaillaient pas, elles ne seraient pas payées, aussi ne s'arrêtèrent-elles pas. Le champ se trouvait si en hauteur que la pluie s'écoulait horizontalement sur le vent qui hurlait, les transperçant comme des éclats de verre jusqu'à ce qu'elles fussent trempées. Pourtant, elles ne ressentaient pas l'humidité comme on aurait pu le supposer. Elles étaient jeunes et parlaient de l'époque où elles vivaient et aimaient à Talbothays. Tess aurait préféré éviter une conversation sur l'homme qui était, légalement, si ne n'est nominalement son mari, mais l'irrésistible fascination pour le sujet l'incita à répondre aux questions de Marian. Et c'est ainsi que, malgré les revers mouillés de leurs coiffes qui régulièrement leur frappaient le visage, et leurs tabliers qui se plaquaient contre elles au point de les gêner, elles passèrent l'après-midi à évoquer des souvenirs de la verte et romantique laiterie baignée par le soleil.

— Quand il fait beau, on peut voir d'ici un bout de la colline qui domine la vallée de la Froom, dit Marian.

— C'est vrai ? fit Tess, trouvant tout à coup un nouvel intérêt à Flintcomb-Ash.

Deux forces étaient à l'œuvre ici : la volonté propre à chacun de jouir de la vie, et les circonstances qui s'opposaient à cette volonté. Marian avait une façon bien à elle de raffermir la sienne en sortant de sa poche, à mesure que l'après-midi avançait, une petite bouteille d'alcool, qu'elle tendit à Tess. Mais le pouvoir de rêver de celle-ci suffisait apparemment à l'exalter pour l'instant, et elle ne fit que tremper ses lèvres tandis que Marian but de pleines gorgées.

— J'ai pris l'habitude, dit-elle, et je ne peux plus m'en passer. C'est mon seul réconfort. Tu vois, moi, je l'ai perdu, pas toi. C'est peut-être pour ça que tu n'as pas besoin de boire.

Tess estimait que sa perte était aussi grande que celle de son amie, mais soutenue par sa dignité d'être la femme d'Angel, au moins de nom, elle accepta la distinction.

* *
*

Là, au cœur de ce paysage désolé, Tess trimait par les gelées du matin et les pluies de l'après-midi. Quand elle n'arrachait pas les rutabagas, elle les nettoyait et, pour cela, devait retirer la terre et les fibres avec une serpe avant de mettre les racines de côté pour un prochain usage. Quand il pleuvait, Marian et elle s'abritaient contre une claie de chaume, mais quand il gelait, même leurs épais gants de cuir n'empêchaient pas les masses glacées qu'elles maniaient de leur brûler les doigts. Pourtant, Tess continuait d'espérer, convaincue que, tôt ou tard, la magnanimité qu'elle persistait à reconnaître comme un trait dominant chez Clare l'inciterait à la rejoindre.

— Ah, comme j'aimerais qu'une ou deux de notre ancienne bande soit ici ! déclara Marian un jour. On pourrait parler tous les jours de Talbothays et du bon temps qu'on y a passé. Je vais écrire à Izz Huett. Elle est chez elle, en ce moment, et ne fait rien, je le sais. Je vais lui dire qu'on est là, toutes les deux, et lui demander de venir. Et peut-être que Retty s'est rétablie.

Tess ne trouva rien à objecter à cette proposition, et deux ou trois jours plus tard, Marian lui annonça que Izz lui avait répondu et ferait son possible pour venir.

Il n'y avait pas eu un tel hiver depuis des années. Il avançait à pas fermes et réguliers comme les pièces d'un jeu d'échecs. Et puis, un jour, une humidité qui ne provenait pas de la pluie et un froid qui ne provenait pas du gel envahirent l'atmosphère. Tess sut que cela signifiait l'arrivée de la neige, et dans la nuit, la neige en effet arriva. Le travail dans le champ de rutabagas n'étant dès lors plus possible, Marian lui annonça qu'elles devaient se joindre aux femmes qui préparaient le chaume dans la grange. Enveloppées de leurs tabliers les plus épais, leurs écharpes de laine autour du cou et sur la poitrine, elles se mirent en route, avançant péniblement, le dos courbé, à travers les champs enneigés, se protégeant des rafales en longeant les haies qui, au lieu de faire écran, servaient plutôt de tamis. Les flocons qui infestaient l'air pâle, qui tournaient et tourbillonnaient, suggéraient un chaos achromatique. Mais les deux jeunes femmes gardaient le moral : pareil climat, sur un plateau sec, n'est pas décourageant en soi.

— Ah ! Ah ! Les oiseaux du nord savaient ce qui se préparait ! dit Marian. Ils sont malins, ils s'orientent grâce à l'Étoile polaire… Je suis sûre que ton mari doit mourir de chaud en ce moment. Si seulement il pouvait voir sa jolie petite femme ! Car ce climat, plutôt que gâcher ta beauté, te réussit, au contraire.

— Tu ne dois pas parler de lui, Marian, dit Tess sévèrement.

— Oui… mais tu tiens à lui, n'est-ce pas ?

Au lieu de répondre, Tess se tourna dans la direction qu'elle supposait être celle de l'Amérique du Sud et, les larmes aux yeux, envoya un baiser sur le vent neigeux.

— Bah, je sais que oui, reprit Marian. Mais ma parole, c'est une drôle de vie pour un couple marié ! Bon, bon, je ne dirai plus rien. Pour ce qui est du temps, il ne nous gênera pas dans la grange. Mais la fabrication des bottes est une rude besogne. Moi, j'y arrive, parce que je suis costaude, mais toi, tu es toute maigrichonne. Je ne comprends pas pourquoi le maître t'y a affectée.

Elles parvinrent à la grange et y entrèrent. L'un des côtés de la longue bâtisse était rempli de blé. La préparation du chaume se passait au milieu, et la veille, on avait placé dans la presse autant de gerbes que les femmes devaient faire dans la journée.

— Hé, voilà Izz ! s'écria Marian.

Izz avait fait tout le chemin à pied, depuis chez sa mère. Ne pensant pas que la route serait aussi longue, elle était arrivée juste avant la neige et avait couché à l'auberge. En plus de Tess, de Marian et de Izz, il y avait deux autres femmes du village voisin. Une fois leurs gants enfilés, elles se mirent au travail, en rang, devant la presse, tirant les épis par poignées. Bientôt, elles entendirent le pas étouffé d'un cheval. Le fermier s'arrêta devant la porte de la grange puis, après être descendu de sa monture, il s'approcha de Tess et l'observa de côté d'un air songeur. Tess ne se détourna pas tout de suite de sa tâche, mais sentant qu'on la regardait fixement, elle releva la tête et découvrit que son patron n'était autre que l'homme de Tantridge qu'elle avait fui sur la route à cause de son allusion à son passé.

Il attendit qu'elle eût porté les bottes déjà tirées sur la pile dehors pour dire :

— C'est donc vous la jeune femme qui avez mal pris ma courtoisie ? Je m'en doutais. Vous pensiez vous en être bien sortie la première fois à l'auberge avec votre galant, et ensuite sur la route quand vous avez filé. J'ai comme l'impression que c'est moi qui m'en sors mieux que vous, à présent.

Là-dessus, il éclata d'un rire dur.

Tess ne répondit pas et continua à tirer la paille. Elle en savait suffisamment alors sur les caractères des gens pour ne pas craindre quelque avance de son patron, mais plutôt sa tyrannie, induite par l'humiliation que Clare lui avait fait subir. À vrai dire, elle préférait cela chez un homme et se sentait assez de courage pour l'endurer.

— Vous pensiez que vous me plaisiez, c'est ça ? reprit le fermier. Certaines femmes sont tellement stupides qu'elles prennent tous les regards au sérieux. Rien de tel qu'un hiver dans les champs pour vous sortir ces idioties de la tête des filles ! À présent, allez-vous vous excuser ?

— Je crois que c'est à vous de vous excuser.

— Très bien. Comme vous voulez. Nous verrons qui est le maître ici. C'est là toutes les gerbes que vous avez liées aujourd'hui ?

— Oui, monsieur.

— Vous travaillez bien lentement. Vos compagnes avancent beaucoup plus vite que vous.

— C'est parce qu'elles ont l'habitude, pas moi. D'ailleurs, je ne vois pas pourquoi cela fait une différence pour vous puisque nous sommes payées à la tâche.

— Oh, si, cela en fait une. Je veux que la grange soit vide !

— Je travaillerai dans ce cas tout l'après-midi au lieu de m'arrêter à deux heures, comme les autres.

Le fermier lui adressa un regard mauvais puis s'en alla.

Quand deux heures arrivèrent, les deux femmes du village voisin posèrent leurs serpes, lièrent les dernières gerbes et partirent. Marian et Izz auraient fait de même mais en apprenant que Tess avait l'intention de rester pour rattraper son manque d'adresse, elles décidèrent de rester, elles aussi.

— Et nous avons la grange pour nous ! s'exclama Marian ravie de pouvoir enfin parler tranquillement de leurs anciennes expériences à la laiterie et, bien sûr, de leur amour pour Angel Clare.

— Izz et Marian, je ne puis plus me joindre à vous comme autrefois dans cette conversation sur Mr. Clare, car même s'il est parti, il est mon mari, dit Tess avec une dignité extrêmement touchante étant donné qu'elle était bien peu sa femme.

Izz, qui était la plus impertinente et la plus caustique des quatre filles qui avaient aimé Clare, répliqua :

— C'était un amoureux formidable, c'est sûr, mais je ne trouve pas que ce soit un mari très tendre pour te quitter si rapidement.

— Il ne pouvait pas faire autrement, il lui fallait aller voir de ses propres yeux cette terre, là-bas, plaida Tess.

— Il aurait pu t'aider à passer l'hiver.

— C'est… c'est un malentendu, et… mais n'en parlons pas, répondit Tess, avec des sanglots dans la voix. Peut-être qu'il y a beaucoup à dire sur lui, mais ce qui est sûr, c'est qu'il n'est pas parti, comme certains maris, sans me prévenir. Et je peux toujours savoir où il est.

Après cet échange, elles demeurèrent un long moment plongées chacune dans la rêverie, tandis qu'elles attrapaient les épis de blé, tiraient la paille, la rassemblaient sous leurs bras et coupaient les épis avec les serpes. On n'entendait alors dans la grange que le bruissement de la paille et les coups de serpe. Puis Tess faiblit brusquement et s'affaissa sur le tas d'épis à ses pieds.

— Je le savais, que tu ne pourrais pas le supporter ! s'écria Marian. Il faut être plus solide pour cette besogne.

Au même moment, le fermier entra.

— Oh, c'est comme ça que vous travaillez quand je m'absente !

— Mais c'est moi, la perdante, pas vous, implora Tess.

— Je veux que ce soit fini, répliqua le fermier d'un ton bourru avant de traverser la grange et de sortir par l'autre porte.

— Ne t'occupe pas de lui, dit Marian. J'ai déjà travaillé ici. Va plutôt t'allonger là-bas, et Izz et moi, on finira tes gerbes.

— C'est que je n'aime pas vous laisser faire cela, répondit Tess.

Cependant, elle était si épuisée qu'elle consentit à s'allonger un moment. Son malaise était autant dû à l'agitation qu'elle avait éprouvée à reparler de sa séparation d'avec Clare qu'à sa fatigue. Aussi, se tint-elle là, sans énergie, et il lui semblait que le bruissement de la paille et les coups de serpe que donnaient ses deux amies lui pesaient sur le corps. À ces bruits, venait s'ajouter le murmure de leurs voix. Elle était sûre qu'elles poursuivaient leur conversation sur Clare, mais elles parlaient si bas qu'elle ne parvenait pas à saisir leurs paroles. Au bout d'un moment, anxieuse de savoir ce qu'elles disaient, elle se persuada qu'elle allait mieux et reprit le travail. Ce fut Izz, cette fois, qui s'effondra. Elle avait marché plus de douze miles la veille, s'était couchée à minuit et levée à cinq heures. Seule Marian, grâce à sa bouteille d'eau-de-vie et à sa forte constitution, supportait l'effort imposé à son dos et à ses bras. Tess pressa Izz de partir, et convint, puisqu'elle se sentait mieux, de finir le travail sans elle et de partager en trois parties égales le nombre de gerbes. Izz accepta avec reconnaissance et s'en alla.

Marian, comme tous les jours, à cette heure, commençait à se sentir, du fait de l'alcool, d'humeur sentimentale.

— Je n'aurais jamais cru ça de lui… jamais ! dit-elle d'un ton rêveur. Moi qui l'aimais tant. Ça ne m'embêtait que ce soit toi qui l'aies, mais cette histoire avec Izz, c'est vraiment trop fort !

Tess, qui sursauta en entendant ces paroles, faillit se couper un doigt avec la serpe.

— Est-ce à propos de mon mari ? balbutia-t-elle.

— Eh bien, oui. Izz m'a dit : « Surtout, ne lui en parle pas », mais je ne peux pas garder ça pour moi. Il voulait… il voulait emmener Izz avec lui au Brésil.

Tess blêmit et son visage s'allongea.

— Et Izz a refusé de le suivre ? demanda-t-elle.

— Je ne sais pas. De toute façon, il avait changé d'avis.

— Donc, c'est qu'il ne parlait pas sérieusement. Il plaisantait !

— Ça m'étonnerait, parce qu'il a roulé un bon bout de chemin avec elle.

— Mais il ne l'a pas emmenée !

Elles reprirent leur travail en silence jusqu'à ce que Tess éclate brusquement en sanglots.

— Là, fit Marian. Maintenant, je regrette de te l'avoir dit.

— Non, non, tu as bien fait ! J'ai vécu trop longtemps comme une obstinée sans voir où cela me menait. J'aurais dû lui écrire plus souvent. Il m'a dit de ne pas le rejoindre, mais il ne m'a pas dit de ne pas lui écrire quand je le souhaitais. Je ne vais plus lanterner ainsi. Je n'aurais pas dû le laisser tout décider !

La faible lueur dans la grange diminua encore plus et elles durent cesser de travailler. À peine arrivée chez elle, ce soir-là, et dans l'intimité de sa petite chambre, Tess se mit à écrire à Clare. Mais, prise de doutes, elle ne parvint pas à finir sa lettre. Elle défit alors son alliance du ruban qu'elle portait autour du cou, et garda la bague au doigt toute la nuit, comme pour se conforter dans l'idée qu'elle était bien la femme de ce mari fuyant, qui avait osé proposer à Izz de l'accompagner à l'étranger juste après l'avoir quittée. Sachant cela, comment pouvait-elle l'implorer et lui montrer qu'elle tenait encore à lui ?

# 44

Depuis que Marian lui avait fait cette révélation dans la grange, Tess se remit à penser au lointain presbytère d'Emminster. Elle devait passer par les parents de son mari si elle désirait écrire à Clare, et leur écrire à eux si elle avait des problèmes. Mais la conscience de n'avoir moralement aucun droit sur lui l'avait toujours retenue d'envoyer ces lettres. Pour la famille du presbytère, comme pour la sienne, elle n'existait plus depuis son mariage. Cet effacement de soi était assez en accord avec son caractère indépendant qui ne souhaitait rien, par faveur ou par pitié, qu'elle n'était autorisée à revendiquer. Et elle s'était tenue à cette conduite, renonçant à faire appel à une famille étrangère à laquelle elle se trouvait désormais liée par l'acte impulsif de l'un de ses membres qui avait apposé, dans un registre d'église, son nom à côté du sien.

Mais à présent que le récit de Izz l'avait enfiévrée, elle sentit que son pouvoir de renonciation atteignait ses limites. Pourquoi son mari ne lui avait-il pas écrit ? Il lui avait pourtant laissé entendre qu'il l'informerait au moins de son adresse là-bas, et il ne lui avait pas envoyé une seule ligne. Était-il vraiment indifférent ? Était-il malade ? Était-ce à elle de faire les premiers pas ? Elle pourrait sûrement rassembler le courage nécessaire pour se rendre au presbytère et demander des nouvelles. Si le père d'Angel était l'homme bon que l'on disait, il comprendrait qu'elle se mourait de chagrin. Pour ce qui était de ses souffrances matérielles, elle pouvait les cacher.

Le chemin de fer ne traversant pas encore le plateau crayeux de Flintcomb-Ash, il lui faudrait se rendre à Emminster à pied, c'est-à-dire parcourir trente miles aller-retour, ce qui n'était possible que le dimanche, le seul jour de la semaine où elle ne travaillait pas.

Quinze jours plus tard, alors que la neige avait fondu pour être suivie par un temps de gelée, elle profita de l'état des routes pour tenter l'expérience. Un dimanche, elle descendit à quatre heures du matin et sortit de la maison à la lueur des étoiles. Le temps était encore favorable et la terre grinçait sous ses pieds comme une enclume.

Marian et Izz habitaient une chaumière, un peu plus loin sur la route, mais elles avaient tenu à l'aider à se préparer. Cette excursion qui concernait Angel Clare ne les laissait pas indifférentes, et elles lui avaient conseillé de porter ses plus beaux habits pour séduire ses beaux-parents, bien que Tess, sachant les principes austères du vieux Mr. Clare, doutât de l'efficacité d'un tel stratagème. Un an s'était écoulé depuis son triste mariage, mais elle avait conservé suffisamment d'étoffes de ce qui restait de sa garde-robe pour se vêtir de façon charmante, comme une simple fille de la campagne sans prétention aucune à la mode.

— Quel dommage que ton mari ne puisse pas te voir ! Tu es magnifique, dit Izz en regardant Tess, debout sur le seuil de la maison.

Izz s'était vraiment exprimée avec magnanimité : elle ne pouvait en vouloir à Tess en sa présence, l'influence que cette dernière exerçait sur les autres femmes était si forte qu'elle annihilait chez celles-ci tout sentiment de rivalité et de rancune.

Après une dernière retouche ici, un dernier coup de brosse là, elles la laissèrent partir dans l'air perlé qui précède l'aube. Tandis qu'elle marchait d'un pas vif, Tess rêvait sans nul doute de conquérir le cœur de sa belle-mère, de lui raconter toute son histoire, de s'assurer sa sympathie et de regagner ainsi le vagabond. Elle atteignit à l'heure prévue le bord de l'escarpement en bas duquel s'étendait la riche vallée de Blackmoor, alors immobile et enveloppée dans la brume. Au lieu de l'air incolore des hautes terres, l'atmosphère était d'un bleu profond, avec de petits champs de moins d'une douzaine d'acres. Ici, le paysage était blanchâtre et marron. Là-bas, tout restait vert. Et pourtant, c'était dans cette vallée que son malheur avait pris forme, et elle ne l'aimait plus comme autrefois. La beauté, comme pour tous ceux qui l'ont appréciée, ne réside pas dans la chose, mais dans ce que symbolise la chose.

La seconde partie du voyage la fit passer par un paysage plus agréable, mais à mesure que diminuait la distance qui la séparait de son but, sa confiance diminuait aussi. Vers midi, elle s'arrêta près d'une barrière d'où elle apercevait Emminster et le presbytère. La tour carrée, où elle savait que le pasteur et sa congrégation se trouvaient en ce moment, lui parut bien sévère. Elle regrettait de ne pas être venue un jour de la semaine. Qui sait si un homme aussi pieux que le père d'Angel n'aurait pas de préjugés contre une femme qui avait choisi de le rencontrer un dimanche, sans se rendre compte des difficultés de sa situation. Mais il était trop tard pour faire machine arrière.

Elle retira les épaisses bottines qu'elle avait mises pour marcher, enfila l'autre paire, plus fine et en cuir verni, cacha les premières sous la haie, près du poteau de la barrière où elle les retrouverait aisément à son retour, et descendit la colline.

Tess espérait qu'un événement imprévu jouerait en sa faveur, mais rien ne survint. Les arbustes dans le jardin du presbytère bruissaient sous la bise mordante. Elle eut beau faire un effort d'imagination, elle ne parvenait pas à se dire que cette maison était celle de ses beaux-parents. Elle s'arma de courage, poussa la grille et sonna à la porte. Voilà, la chose était faite : elle ne pouvait plus reculer. Non : la chose n'était pas faite, car personne ne répondit. Il lui fallait donc tout recommencer. Elle sonna une seconde fois, plus fort, mais comme personne ne vint non plus, elle s'éloigna du porche, ouvrit la grille et sortit. Bien qu'elle jetât un coup d'œil à la façade de la maison comme si elle hésitait à y retourner, ce fut avec un soupir de soulagement qu'elle referma la grille derrière elle, hantée par le sentiment qu'on l'avait peut-être reconnue et que l'on avait donné des ordres pour ne pas la laisser entrer.

Elle alla jusqu'au bout de la rue. Elle avait fait son possible, puis, jugeant préférable d'éprouver maintenant de l'appréhension plutôt qu'être plongée plus tard dans l'affliction, elle revint sur ses pas et regarda les fenêtres de la maison.

Ah, bien sûr, ils se trouvaient tous à l'église ! Elle se souvenait de Clare lui disant que son père insistait toujours pour que la maisonnée entière, les domestiques compris, assiste au service du matin puis prenne ensuite un repas froid. Il ne lui restait donc plus qu'à attendre la fin de l'office. Comme elle ne voulait pas se faire remarquer en demeurant là, elle dépassa l'église, mais alors qu'elle atteignait les grilles du cimetière, les fidèles commencèrent à sortir et elle se retrouva au milieu d'eux tous. La congrégation d'Emminster la regarda comme seule la congrégation d'une petite ville peut regarder une femme qui sort du commun, et qui est perçue comme une étrangère. Tess pressa le pas et remonta la route par où elle était venue afin d'attendre, à l'abri des haies, que la famille du pasteur ait fini de déjeuner, et qu'elle puisse se présenter au presbytère à une heure plus convenable.

Elle distança bientôt les paroissiens, à l'exception de deux jeunes hommes qui avançaient derrière elle d'un bon pas. Comme ils approchaient, elle les entendit parler et, avec la vivacité naturelle d'une femme dans sa situation, elle n'eut aucun mal à reconnaître dans leurs voix le timbre de celle de Clare. Ces deux hommes étaient ses frères ! Oubliant tous ses plans, elle se hâta, de crainte qu'ils ne la rejoignent avant qu'elle ne soit prête à les affronter, car même s'ils ne pouvaient savoir qui elle était, elle redoutait leurs regards scrutateurs.

Une seule personne précédait Tess sur le chemin, une jeune femme distinguée, assez intéressante, quoique légèrement guindée. Tess l'avait presque dépassée quand ses beaux-frères se trouvèrent si près d'elle qu'elle put entendre leur conversation. Ils ne disaient rien, vraiment, qui l'intéressât, jusqu'à ce que l'un d'eux déclare :

— Voilà Mercy Chant. Rattrapons-la.

Tess connaissait ce nom. C'était celui de la femme choisie par les parents d'Angel pour être sa compagne et qu'il aurait probablement épousée s'il n'avait pas rencontré un être aussi fâcheux qu'elle-même. Ce qu'elle apprit qu'elle était en entendant l'un des frères s'exclamer :

— Ah, pauvre Angel ! Chaque fois que je vois cette charmante jeune fille, je ne peux m'empêcher de regretter sa précipitation à vouloir se jeter dans les bras de cette fille de ferme ! Quelle étrange affaire ! Je ne sais si elle est allée le retrouver, mais ce n'était pas le cas la dernière fois que j'ai reçu de ses nouvelles.

— Je ne peux pas te renseigner. Il ne me dit plus rien. Ce mariage irréfléchi n'a fait que creuser l'éloignement entre nous dû à ses opinions incroyables.

Tess se dépêcha de marcher, mais elle ne pouvait les distancer sans se faire remarquer. Finalement, ils la dépassèrent. Entendant leurs pas derrière elle, Mercy Chant se retourna. Elle s'arrêta pour les saluer et ils repartirent ensemble tous les trois. Arrivés en haut de la colline, ils ralentirent l'allure et, avec visiblement l'intention d'interrompre là leur promenade, ils se tournèrent vers la barrière où Tess s'était reposée une heure plus tôt. L'un des frères s'amusa à fouiller du bout de son parapluie la haie et en sortit quelque chose.

— Voici une paire de vieilles bottes, dit-il. Abandonnées sans doute là par un vagabond.

— Un imposteur qui voulait certainement arriver en ville pieds nus et exciter notre pitié, déclara Miss Chant. Oui, ce doit être cela, car ce sont d'excellentes chaussures de marche. Comme c'est vilain ! Je vais les emporter pour les donner à un pauvre.

Cuthbert Clare, qui avait trouvé les bottines, les ramassa. Comme Tess avait entendu leur échange, elle s'empressa de les dépasser, le visage dissimulé sous son voile de laine. Quand elle jeta un regard en arrière, elle vit qu'ils avaient quitté la barrière avec ses bottines et redescendaient la colline.

Notre héroïne se remit en marche, les joues baignées de larmes aveuglantes. Elle savait que c'était un excès de sentimentalité, une impressionnabilité non fondée qui l'avaient poussée à voir dans cette scène sa propre condamnation ; pourtant, elle ne parvenait pas à oublier les paroles du frère de Clare et ne pouvait contredire ces fâcheux présages tant elle se sentait sans défense. Impossible de songer à retourner au presbytère à présent. Elle avait presque l'impression d'avoir été chassée comme une créature méprisable par ces ecclésiastiques trop distingués pour elle. Bien que l'affront lui eût été innocemment infligé, il était toutefois regrettable qu'elle ait rencontré les fils et non le père, lequel, malgré son étroitesse d'esprit, était bien moins rigide et inflexible qu'eux, et pratiquait la charité. Repensant à ses bottines, elle les plaignit presque d'avoir été l'objet de leurs regards moqueurs.

« Ah ! se dit-elle en s'apitoyant sur son sort, ils ignoraient que je les ai portées pendant la partie la plus rude du chemin pour ne pas abîmer celles qu'*il* m'avait achetées, oui, ils l'ignoraient ! Comme ils ignoraient que c'est *lui* qui a choisi la couleur de ma robe ! Comment auraient-ils pu le savoir ? Mais s'ils l'avaient su, peut-être ne s'en seraient-ils pas souciés, car ils ne se soucient guère de lui ! »

Elle pleura alors pour l'homme aimé dont le conformisme lui avait causé tant de chagrins ces derniers temps, et elle poursuivit son chemin sans savoir que, comme nombre de femmes, son plus grand malheur avait été de manquer de courage à un moment aussi critique, lorsqu'elle jugea son beau-père à l'aune de ses fils. Car sa condition présente était précisément celle qui lui aurait fait gagner l'affection du vieux Mr. Clare et de sa femme. Leurs cœurs allaient immédiatement vers les causes extrêmes, et ils auraient pris le parti de leur belle-fille, en qui ils auraient vu une âme suffisamment égarée pour éveiller leur amour.

Tess reprit donc péniblement la route par laquelle elle était arrivée, non pas pleine d'espoir, mais convaincue de l'imminence d'un événement décisif qui changerait le cours de sa vie. Cela n'avait pas été le cas, semblait-il, et il ne lui restait plus qu'à rentrer à la ferme et y poursuivre son existence de malheur jusqu'à ce qu'elle retrouve le courage de retourner au presbytère. Elle se souciait, sans doute, suffisamment de son apparence pour relever son voile, comme pour prouver au monde qu'elle pouvait au moins montrer un visage avec lequel Mercy Chant ne pouvait rivaliser, mais elle le fit avec un hochement de tête désespéré.

« Il ne sert à rien, à rien ! se dit-elle. Personne ne l'aime, personne ne le voit. Qui s'intéresse au visage d'une réprouvée telle que moi ! »

Son retour fut plus une errance qu'une marche. Elle allait d'un pas morne, sans but, se fiant à la seule direction de la route. Au bout d'un moment, elle commença à sentir la fatigue ; elle s'adossait alors contre les barrières et se reposait près des bornes. Elle ne s'arrêta dans aucune maison mais, arrivée à la petite ville d'Evershead, elle poussa la porte de la chaumière où elle avait déjeuné le matin, dans un état d'esprit si différent. Pendant que la femme allait chercher du lait, Tess, regardant par la fenêtre, constata que la place était pratiquement déserte.

— Les habitants sont tous à l'office de l'après-midi, je suppose, dit-elle.

— Oh, non, ma chère, répondit la vieille femme. Il est trop tôt, les cloches n'ont pas encore sonné. Ils sont allés écouter le prêcheur, dans la grange, là-bas : un prédicateur y officie entre les services, un excellent chrétien, paraît-il. Personnellement, je ne vais pas l'écouter. Ce qui se dit du haut de la chaire me suffit amplement.

Tess repartit, le bruit de ses pas se répercutant entre les maisons comme si elle traversait une ville morte. En approchant du centre, elle entendit une voix qui montait d'une grange, au bord de la route. Ce devait être celle du prédicateur. Dans l'air pur et calme, elle lui parvenait si distinctement qu'elle put saisir certaines phrases.

Elle s'arrêta pour écouter et fut d'autant plus intéressée que la doctrine du prêcheur reprenait avec véhémence les opinions du père d'Angel. Quand il se mit à raconter en détail comment sa propre expérience spirituelle l'avait amené à adopter ces croyances, l'intérêt de Tess redoubla. Il avait été, disait-il, le plus grand des pécheurs, il s'était moqué, s'était complu dans la débauche, mais un jour, sous l'influence d'un certain pasteur, qu'il avait dans un premier temps insulté, il s'était réveillé. Les paroles de celui-ci, avant de le quitter, avaient touché son cœur et s'y étaient gravées jusqu'à ce que, par la grâce du Ciel, elles l'eussent aidé à changer et à faire de lui l'homme qu'il était aujourd'hui.

Plus surprenant pour Tess que le sermon de ce prédicateur, c'était sa voix, en laquelle elle crut reconnaître, aussi impossible que cela parût, celle d'Alec d'Urberville. Le visage figé dans une incertitude douloureuse, elle contourna la grange et passa devant l'entrée. Le soleil d'hiver frappait en plein sur la double porte ; l'un des battants était ouvert et les rayons éclairaient le sol, jusqu'au prédicateur et son public, pour l'essentiel composé de villageois. Mais ce n'était pas eux qu'elle regardait, mais la figure centrale, perchée sur des sacs de blé, vivement éclairée par le soleil de trois heures. L'étrange et troublant pressentiment d'être en présence de son séducteur, pressentiment qui n'avait fait que grandir à mesure que sa voix lui parvenait, fut dès lors confirmé.

# Sixième Partie

# Le converti

# 45

Jusqu'à ce jour et depuis son départ de Tantridge, Tess n'avait ni revu Alec d'Urberville ni reçu de ses nouvelles. Bien qu'il se tînt là, devant elle, en homme manifestement converti, la peur la saisit, paralysant ses mouvements au point qu'elle ne put ni avancer ni reculer.

Il avait le même charme déplaisant qu'autrefois, mais portait à présent ses favoris à l'ancienne mode, soigneusement taillés, et il avait rasé sa moustache. Son costume était en partie celui d'un ecclésiastique, un changement qui modifiait suffisamment son allure pour soustraire le dandy en lui et la faire douter, un instant, de son identité. Il y avait quelque chose d'une étrange bizarrerie, d'une sinistre incongruité à entendre ces paroles solennelles sortir de sa bouche. Moins de quatre ans auparavant, ce timbre de voix, trop familier, avait fait résonner aux oreilles de Tess des mots si différents que son cœur se souleva tant le contraste lui paraissait ironique. Il était moins changé que transfiguré. L'ancienne sensualité de son visage s'était transformée en passion pour la religion. Ses lèvres, dont la forme servait autrefois à séduire, n'exprimaient à présent que la supplication, et ses joues, dont l'éclat, hier, traduisait les excès, rayonnaient aujourd'hui de la splendeur de la rhétorique pieuse. Son regard effronté, qui la toisait autrefois du regard du maître, brillait à présent de la rude énergie d'une foi idolâtre presque féroce. L'animalité était devenue fanatisme.

Était-ce possible ? D'Urberville n'était pas le premier homme mauvais à se tourner vers la religion pour sauver son âme, pourquoi, alors, estimait-elle que c'était contre nature chez lui ? Les plus grands pécheurs ne font-ils pas les plus grands saints ?

Une fois remise de sa surprise, Tess décida de passer son chemin sans se manifester. De toute évidence, Alec d'Urberville ne l'avait pas vue, placée comme elle l'était contre le jour, mais à peine fit-elle un pas qu'il la reconnut. L'effet qu'elle provoqua sur son ancien amant fut électrique, bien plus fort que celui qu'il provoqua sur elle. Sa fougue, son éloquence tumultueuse semblèrent lui échapper. Ses lèvres se mirent à lutter et à trembler pour livrer les mots qui y étaient posés, mais tant qu'il la regardait, cela lui fut impossible. Ses yeux, après avoir rapidement parcouru le visage de Tess, s'accrochaient confusément dans toutes les directions pour revenir aussitôt sur elle dans un élan désespéré. Cette paralysie ne dura, cependant, qu'un temps très court, car l'atrophie de son énergie sembla rendre à Tess la sienne, et elle s'éloigna aussi vite que possible de la grange.

Dès qu'elle fut à même d'y réfléchir, ce changement dans leurs positions respectives l'épouvanta : celui qui avait causé sa perte se trouvait à présent du côté de Dieu tandis qu'elle demeurait détruite. Elle continua de marcher sans se retourner. Jusqu'alors, elle avait eu le cœur lourd d'un chagrin inerte, mais à présent, son trouble était autre : elle voyait sa soif de tendresse, trop longtemps retenue, se transformer en une sensation presque physique d'un passé implacable qui l'enserrait encore, et portait la conscience de sa faute au paroxysme du désespoir. Il n'y aurait donc pas de rupture entre sa vie d'autrefois et sa vie présente, comme elle avait espéré. Le passé ne serait jamais complètement aboli tant qu'elle-même ne serait pas une chose du passé.

Ainsi absorbée dans ses pensées, elle arriva en bas d'une côte qui menait au sommet du plateau qu'elle devait encore parcourir avant d'être de retour à Flintcomb-Ash. La route s'étendait devant elle, pâle, sèche, déserte. Alors qu'elle la gravissait lentement, elle entendit un bruit de pas derrière elle et, jetant un coup d'œil par-dessus son épaule, elle vit approcher cette silhouette si familière, et si étrangement accoutrée en méthodiste – le seul homme au monde qu'elle désirât le moins rencontrer de ce côté-ci de la tombe. Elle n'avait malheureusement ni le temps de réfléchir ni celui de se sauver, aussi se soumit-elle aussi calmement que possible à la nécessité d'un entretien avec lui. Elle remarqua qu'il était très excité, moins par la rapidité de sa marche que par les sentiments qui l'habitaient.

— Tess ! appela-t-il.

Elle ralentit sans le regarder.

— Tess ! répéta-t-il. C'est moi, Alec d'Urberville.

Elle se retourna alors. Il venait de la rejoindre.

— Je vois, répondit-elle froidement.

— Quoi ? C'est tout ? s'exclama-t-il. Je mérite pourtant plus ! Bien sûr, ajouta-t-il avec un léger rire, je dois vous paraître ridicule, habillé ainsi. Il me faut cependant supporter votre accueil... J'ai appris que vous étiez partie, mais personne ne savait où. Tess, vous devez vous demander pourquoi je vous ai suivie.

— Oui. Et j'aurais préféré que vous n'en fassiez rien, croyez-moi.

— Sans doute, vous êtes en droit de me répondre cela, répliqua-t-il tout en lui emboîtant le pas. Mais ne vous méprenez pas sur moi. Je vous le demande parce que vous avez sans doute remarqué combien votre soudaine apparition m'a troublé. Ce n'était qu'un instant de faiblesse, et étant donné ce que vous avez été pour moi, c'est assez naturel. Mais la volonté m'a aidé à surmonter tout cela… même si vous pensez que je ne suis qu'un charlatan pour parler ainsi… Bref, après vous avoir vue, j'ai senti que, de toutes les personnes au monde qu'il est de mon devoir de sauver de la colère à venir… moquez-vous, si vous voulez… c'était vous, la femme à qui j'ai causé tant de torts. Je suis venu dans ce seul dessein…

— Vous êtes-vous sauvé ? demanda Tess avec une pointe de mépris dans la voix. Charité bien ordonnée commence par soi-même, dit-on.

— Je n'ai *rien* fait ! s'écria-t-il avec indifférence. C'est le Ciel, comme je l'ai dit à mes auditeurs, qui est responsable. Tout le mépris dont vous pouvez m'accabler, Tess, n'égalera jamais celui dont je me suis moi-même accablé. C'est une étrange histoire, croyez-le ou non, mais je peux vous raconter comment ma conversion s'est faite, et j'espère que mon récit vous intéressera suffisamment pour au moins l'écouter. Avez-vous déjà entendu parler du pasteur d'Emminster, le vieux Mr. Clare, l'un des plus fervents de son école. Il a, j'en ai la certitude, sauvé plus d'âmes en ce pays que n'importe quel autre homme. Avez-vous entendu parler de lui ?

— Oui.

— Il est venu prêcher à Tantridge, il y a deux ou trois ans, et moi, misérable que j'étais, je l'ai insulté quand, dans son désintéressement, il tentait de me raisonner et de me montrer le chemin. Il ne s'est point indigné de ma conduite, il m'a simplement dit qu'un jour, je sentirais le souffle de l'Esprit sur moi. Il y avait comme de la magie dans ses mots. Ils ont touché mon âme, mais c'est la perte de ma mère qui m'a le plus ébranlé, et petit à petit, j'ai été amené à voir la lumière. Depuis ce jour, mon unique désir a été de transmettre la vérité aux autres, et c'est ce que je faisais aujourd'hui, quoique je ne prêche dans les environs que depuis peu. J'ai passé les premiers mois de mon ministère dans le nord de l'Angleterre, parmi des étrangers, où je préférais m'entraîner avant d'avoir le courage de m'adresser à ceux qui m'avaient connu autrefois et qui ont été mes compagnons dans ces temps de ténèbres. Si seulement vous pouviez savoir quel plaisir, Tess, il y a à se flageller, je suis sûr…

— Taisez-vous ! s'exclama-t-elle passionnément en se détournant de lui pour s'appuyer à une barrière, au bord de la route. Je ne puis croire à une transformation si soudaine. Je suis indignée que vous osiez me parler de la sorte quand vous savez… quand vous savez le mal que vous m'avez fait ! Vous, et tous ceux de votre engeance, vous prenez votre part de plaisir sur terre en rendant la vie d'êtres tels que moi amère et noire de chagrin, et puis, quand vous en avez assez, cela ne vous trouble pas de songer à votre plaisir au ciel en vous convertissant. Je ne vous crois pas ! Je déteste tout cela !

— Tess, insista-t-il, ne parlez pas ainsi. Ma conversion m'est venue comme un bienfait ! Vous ne me croyez pas ? Qu'est-ce que vous ne croyez pas ?

— Je ne crois ni à votre conversion ni à votre vision de la religion.

— Pourquoi ?

Elle baissa la voix et dit :

— Parce qu'un homme meilleur que vous n'y croit pas.

— Voilà bien un raisonnement de femme ! Qui est cet homme meilleur que moi ?

— Je ne peux pas vous répondre.

— Eh bien, déclara-t-il en contenant tant bien que mal sa colère, que Dieu me préserve de dire que je suis un homme bon… et vous savez que je ne le dis pas. Je suis nouveau dans le monde de la bonté, c'est vrai, mais les nouveaux venus voient parfois plus loin.

— Oui, répondit-elle tristement. Mais je ne puis croire que vous soyez devenu un autre. J'ai bien peur, Alec, que de tels engouements ne durent pas chez vous.

Sur ces mots, elle se retourna et lui fit face. L'homme de chair, en lui, était calme pour l'instant, mais il n'était sûrement pas absent, ni même tout à fait dompté.

— Ne me regardez pas comme ça, dit-il brusquement.

Tess, qui ne s'était pas rendu compte de ce qu'elle faisait, baissa ses grands yeux noirs et balbutia en rougissant :

— Je vous demande pardon.

Et en elle, se ranima le sentiment terrible, qu'elle avait si souvent éprouvé, qu'en habitant le corps que la nature lui avait donné, elle commettait le mal.

— Non, non. Ne me demandez pas pardon. Mais puisque vous portez un voile pour cacher votre joli visage, pourquoi ne le gardez-vous pas baissé ?

Elle le rabattit aussitôt et répliqua, à la hâte :

— C'était surtout pour me préserver du vent.

— Cela peut vous paraître dur de ma part de vous dire ces mots, mais il vaut mieux que je ne vous regarde pas trop souvent. Ce pourrait être dangereux.

— Pft ! fit Tess.

— Les visages des femmes ont déjà eu suffisamment d'emprise sur moi pour que je ne les redoute pas. Un évangéliste n'a rien à voir avec elles, et cela me rappelle le temps de jadis que je veux oublier.

Après cet échange, tandis qu'ils continuaient de marcher, leur conversation ne fut que remarques anodines. Tess se demandait jusqu'où il l'accompagnerait car elle ne souhaitait pas le renvoyer brusquement. Ils finirent par arriver à l'endroit appelé Cross-in-Hand. De tous les sites de ce plateau blafard et désolé, c'était le plus morne. Il tirait son nom d'une colonne de pierre qui se dressait là, tel un étrange monolithe, et sur laquelle une main d'homme était grossièrement sculptée. Les versions quant à son origine et sa signification différaient. Certains racontaient qu'un calvaire, dont il ne restait que ce vestige, avait été autrefois érigé ici, d'autres que la colonne avait toujours été ainsi et marquait une frontière, un point de rencontre. Quelle que soit l'origine de ce vestige, il régnait là, et il règne toujours, une atmosphère sinistre, solennelle, selon l'humeur dans laquelle le voyageur se trouve au moment où il s'y arrête.

— Je vais devoir vous quitter ici, annonça Alec d'Urberville. Je dois prêcher à Abbot's-Cernel, ce soir, à dix-huit heures. Et puis, vous me bouleversez un peu, aussi, Tessy, je ne saurais dire pourquoi. Je dois m'en aller, et prendre des forces… Comment se fait-il que vous parliez aussi bien à présent ? Qui vous a enseigné un aussi bon anglais ?

— J'ai appris des choses dans mes malheurs, répondit-elle évasivement.

— De quels malheurs s'agit-il ?

Elle lui raconta le premier, le seul qui le concernait. D'Urberville en resta coi.

— Je ne savais rien de tout cela ! murmura-t-il. Pourquoi ne m'avez-vous pas écrit quand vous vous êtes rendu compte de votre état ?

Elle ne répliqua pas, et il brisa le silence en ajoutant :

— Eh bien, vous me reverrez.

— Non ! dit-elle. Ne m'approchez plus jamais !

— Je vais réfléchir. Mais avant que nous ne nous séparions, venez.

Il fit un pas en direction de la colonne de pierre.

— C'était autrefois une sainte croix. Les vestiges n'ont aucune valeur à mes yeux, mais par moments, je vous crains... bien plus que vous n'avez à me craindre. Aussi, pour atténuer ma peur, posez votre main là, sur la pierre, et jurez que vous ne me tenterez jamais, ni par vos charmes, ni par vos actes.

— Mon Dieu ! Comment pouvez-vous me demander ce qui est le plus éloigné de ma pensée.

— Je sais, mais jurez quand même.

Tess, à demi effrayée, posa la main sur la pierre et jura.

— Je regrette que vous ne croyiez pas, continua d'Urberville. Un non-croyant a dû s'emparer de votre esprit et le troubler. Mais assez pour l'instant. Chez moi, je pourrais au moins prier pour vous, et je le ferai. Qui sait ce qui arrivera ? Je m'en vais. Au revoir !

Et sans un dernier regard sur elle, il enjamba la barrière et s'éloigna en direction d'Abbot's-Cernel. Alors qu'il marchait, le visage tendu, il tira tout à coup de sa poche un petit livre, entre les pages duquel se trouvait une vieille lettre, tachée et à moitié déchirée à force d'avoir été lue. D'Urberville la déplia : elle était datée de plusieurs mois auparavant et signée du pasteur Clare. Elle commençait par l'expression de la joie sincère du pasteur devant la conversion de d'Urberville, puis le vieil homme continuait en l'assurant de son pardon pour sa conduite passée et de l'intérêt qu'il portait à ses projets d'avenir.

Après l'avoir lue et relue, d'Urberville lut également quelques passages de la Bible jusqu'à ce que les traits de son visage s'apaisent et que l'image de Tess ne le trouble plus.

Pendant ce temps, celle-ci longeait le bord de la colline qui la conduisait chez elle. Après avoir parcouru un mile, elle croisa un berger solitaire.

— Que signifie cette vieille pierre que j'ai passée ? lui demanda-t-elle. Est-ce que c'était une ancienne sainte croix ?

— Une croix ? répéta le berger. Oh, non ! Ça n'a jamais été une croix. C'est une chose de mauvais présage, mademoiselle. La pierre a été érigée il y a longtemps par la famille d'un malfaiteur qu'on avait torturé à cet endroit-là en lui clouant les mains à un poteau avant de le pendre. Ses os sont enterrés en dessous. On raconte qu'il a vendu son âme au diable et qu'il revient de temps en temps.

Tess frémit en entendant cette horrible histoire et laissa l'homme là. La nuit tombait quand elle approcha de Flintcomb-Ash. Sur le chemin qui menait à l'entrée du hameau, elle aperçut une jeune fille et son amoureux. Leurs voix qui se répandaient dans l'air glacé réchauffèrent un instant son cœur jusqu'à ce qu'elle se fasse la réflexion que ses tribulations avaient commencé de la même manière, par un tête-à-tête identique. Quand elle fut à quelques pas du couple, la jeune femme se retourna et Tess la reconnut. C'était Izz Huett. L'homme se sauva aussitôt d'un air embarrassé, et Izz, qui s'intéressait plus à l'expédition de Tess qu'à ses propres affaires, lui demanda comment celle-ci s'était passée. Tess répondit vaguement et Izz, qui avait du tact, n'insista pas. Elle lui parla à la place de ce à quoi Tess venait d'assister.

— C'est Amby Seedling, dit-elle. Il travaillait de temps à temps à Talbothays. Quand il a découvert que j'étais ici, il m'a suivie. Il prétend qu'il est amoureux de moi depuis deux ans, mais je ne l'ai pas vraiment écouté.

# 46

Plusieurs jours s'étaient écoulés depuis son voyage inutile et Tess travaillait aux champs. Le vent sec soufflait toujours, mais une claie couverte de chaume faisait écran et la protégeait de ses rafales. Du côté abrité, se dressait une machine à couper les navets, et en face, un long monticule dans lequel les racines avaient été préservées depuis le début de l'hiver. Tess se tenait à l'extrémité découverte et enlevait à l'aide d'une serpe les fibres et la terre de chaque racine avant de les jeter dans la machine. Un ouvrier en tournait la manivelle, et les navets sortaient en morceaux. Les vastes arpents de terre nue et marron, visibles à présent que les navets avaient été arrachés, commençaient à montrer des zébrures plus foncées, et sur toute la longueur du champ, une charrue, tirée par deux chevaux et conduite par un homme, retournait la terre pour l'ensemencement du printemps.

Pendant des heures, rien ne vint rompre la triste monotonie des choses. Puis une tache sombre apparut au loin qui se révéla bientôt être la silhouette d'un homme tout en noir, arrivant de Flintcomb-Ash. Tess, absorbée par sa tâche, ne l'aperçut que lorsque son compagnon attira son attention.

Ce n'était pas son tyran de maître, le fermier Groby, mais un homme vêtu d'un costume à demi ecclésiastique qui avait été autrefois le désinvolte Alec d'Urberville. La détresse se lut aussitôt sur le visage de Tess, et elle tira le bord de sa capuche sur ses yeux.

— Je voudrais vous parler, Tess, annonça d'Urberville.

— Vous n'avez pas tenu compte de ma dernière requête, à savoir de ne plus m'approcher, rétorquaTess.

— C'est vrai, mais j'ai de bonnes raisons.

— Je vous écoute.

— C'est plus sérieux que vous ne le pensez.

Il jeta un regard alentour pour s'assurer qu'on ne l'entende pas. Ils se trouvaient assez loin de l'ouvrier qui tournait la manivelle de la trancheuse, et le bruit de la machine était suffisant pour couvrir sa voix.

— Voilà, dit-il. En repensant à votre âme et à la mienne lors de notre dernière rencontre, j'ai négligé de m'enquérir de vos conditions de vie. Comme vous étiez bien habillée, je n'y ai pas songé. Mais je vois qu'elles sont dures, plus dures qu'à l'époque où… je vous fréquentais. Et plus dures que vous ne le méritez. Sans doute en suis-je en grande partie responsable.

Elle ne répondit pas et il la scruta du regard tandis que, tête baissée, le visage complètement dissimulé par sa capuche, elle se remit à nettoyer les navets. Il lui semblait qu'en travaillant, elle pourrait mieux lui cacher ses émotions.

— Tess, reprit d'Urberville, votre malheur est le pire de ceux dans lesquels j'ai jamais été impliqué. Je n'avais aucune idée de ce que vous avez vécu avant que vous ne m'en parliez. Quel misérable j'ai été d'avoir ainsi souillé une vie innocente ! C'est moi qui dois porter la faute de ce qui s'est passé à Tantridge. Vous, la vraie d'Urberville alors que je ne suis que la pâle imitation, oh ! comme vous étiez jeune et ignorante de ce qui pouvait advenir ! Je le dis en toute honnêteté, c'est une honte que des parents élèvent leurs filles sans les mettre au courant des pièges et des rets que de viles personnes peuvent leur tendre, même si leur intention était pure ou la conséquence d'une simple indifférence.

Tess se contentait d'écouter en jetant une racine avant d'en ramasser une autre avec une régularité automatique.

— Mais je ne suis pas venu pour parler de cela, continua d'Urberville. Ma situation est la suivante : j'ai perdu ma mère depuis que vous étiez à Tantridge et la maison m'appartient. J'ai l'intention cependant de la vendre et de partir comme missionnaire en Afrique. Mais avant, je voudrais vous demander si vous m'autorisez à faire amende honorable et à réparer le tort que je vous ai fait en devenant ma femme et en m'accompagnant ? J'ai déjà obtenu les documents nécessaires. C'était le souhait de ma mère sur son lit de mort.

Et il sortit de sa poche un parchemin.

— Qu'est-ce que c'est ? dit Tess.

— Une certificat de publication des bans.

— Oh, non, monsieur… non, répondit-elle à la hâte en reculant brusquement.

— Vous ne voulez pas ? Mais pourquoi ?

Alors qu'il posait la question, une expression de désappointement, qui n'était pas uniquement celle du devoir contrarié, passa sur le visage de d'Urberville. De toute évidence son ancienne passion pour Tess s'était réveillée, et le devoir et le désir allaient main dans la main.

— Sûrement…, commença-t-il à nouveau sur un ton plus impétueux, puis il jeta un coup d'œil à l'homme qui tournait la manivelle.

Tess comprit aussi que la discussion ne pouvait s'arrêter là. Après avoir informé son compagnon qu'un gentleman était venu la voir et qu'elle souhaitait faire quelques pas avec lui, elle marcha au côté de d'Urberville jusqu'à la partie du champ qui venait d'être labourée. Quand il lui tendit la main pour l'aider à enjamber les bourrelets de terre, elle continua d'avancer comme s'il n'était pas là.

— Vous ne voulez pas m'épouser, Tess, et faire de moi un homme respectable ? déclara d'Urberville dès qu'ils eurent dépassé les sillons.

— Je ne peux pas.

— Pourquoi ?

— Vous savez que je n'éprouve aucune affection pour vous.

— Cela vous viendra peut-être avec le temps, dès que vous m'aurez pardonné.

— Jamais !

— Pourquoi être si catégorique ?

— J'aime un autre homme.

Ces mots parurent l'étonner.

— Comment ? s'écria-t-il. Vous aimez un autre homme ? Mais vous n'avez donc aucun sens de ce qui est moralement juste et convenable ?

— Ne dites pas cela !

— Cet amour que vous ressentez pour un autre homme ne peut être que passager, dans ce cas, et vous le surmonterez…

— Non, non.

— Si, voyons ! Et pourquoi pas ?

— Je ne peux pas vous répondre.

— Vous le devez pourtant, par honneur !

— Eh bien… je l'ai épousé.

— Quoi ? s'exclama-t-il avant de s'arrêter net et de la dévisager.

— Je ne voulais pas vous le dire. C'est un secret ici, du moins, très peu de personnes sont au courant. Aussi, *je vous en prie*, ne m'interrogez pas. Vous devez vous rappeler que nous sommes à présent des étrangers.

— Des étrangers ? Nous sommes des étrangers ? répéta-t-il.

L'espace d'un instant, une lueur de son ancienne ironie traversa son visage, mais il s'efforça de la chasser.

— Cet homme est-il votre mari ? questionna-t-il machinalement en indiquant d'un geste de la main l'ouvrier près de la machine.

— Lui ? fit Tess fièrement. Certainement pas !

— Qui est-ce alors ?

— Ne me demandez pas ce que je ne souhaite pas vous dire, le supplia-t-elle, et elle accompagna sa prière en levant le visage vers lui et en le regardant de ses yeux ombrés de longs cils.

D'Urberville fut troublé.

—Je vous demandais de m'épouser pour votre bien uniquement, rétorqua-t-il avec passion. Je suis venu, je vous le jure, en pensant à votre bien. Tess… ne me regardez pas ainsi… je ne puis le supporter ! Il n'y a jamais eu des yeux tels que les vôtres depuis que le monde existe ! Là… je ne veux pas perdre la tête… Je reconnais que vous revoir a réveillé mon amour pour vous. Je le croyais éteint, et puis, j'ai pensé que notre mariage pourrait valoir de sanctification pour nous deux. Mais tous mes plans tombent à l'eau et il me faut supporter ce désappointement.

Il réfléchit d'un air morose, les yeux baissés.

— Mariée ! Mariée ! Eh bien, puisqu'il en est ainsi, commença-t-il en déchirant le parchemin qu'il fourra ensuite dans sa poche, et puisque je ne peux vous épouser, j'aimerais faire quelque chose pour vous et votre mari, qui que ce soit. Il y a bien des questions que je serais tenté de vous poser, mais je n'en ferai rien, pour ne pas contrarier vos désirs. Mais si je connaissais votre époux, je pourrais plus facilement vous faire du bien, à vous et à lui. Vit-il dans cette ferme ?

— Non, murmura Tess. Il est au loin.

— Au loin ? Il ne vit pas avec vous ? Mais quelle sorte de mari est-ce ?

— Oh, ne dites pas de mal de lui ! C'est à cause de vous. Il a découvert…

— Ah, voilà donc la raison… Comme c'est triste, Tess.

— Oui.

— Mais vivre loin de vous… Vous obliger à travailler ainsi…

— Il ne m'oblige pas à travailler, répliqua-t-elle en prenant la défense de l'absent avec toute sa ferveur. Il n'est pas au courant. C'est moi qui ai décidé de travailler.

— Vous écrit-il ?

— Je… je ne peux pas vous répondre. Il y a des choses qui sont privées.

— Bien sûr, cela veut dire qu'il ne vous écrit pas. Vous êtes une épouse abandonnée, ma pauvre Tess !

Répondant à une impulsion soudaine, il se retourna et lui prit la main. Mais Tess portait son gant de buffle et il ne saisit que les doigts de cuir, lesquels n'exprimaient guère ni la vie ni la forme de ceux qu'ils protégeaient.

— Il ne faut pas, il ne faut pas ! s'écria-t-elle avec crainte en retirant sa main du gant comme d'une poche. Allez-vous-en… Faites-le pour moi et mon mari… Partez, au nom de vos croyances religieuses !

— Oui, oui, je m'en vais, riposta-t-il sèchement en lui rendant le gant.

Au moment où il commençait à s'éloigner, il se retourna brusquement et ajouta :

— Tess, que Dieu m'en soit témoin, je ne cherchais pas à vous nuire en vous prenant la main.

Le piétinement d'un cheval derrière eux, qu'ils n'avaient pas remarqué tant ils étaient préoccupés, cessa au même moment et une voix retentit :

— Que diable faites-vous ici au lieu de travailler ?

Le fermier Groby, les ayant aperçus de loin, s'était approché pour savoir ce qu'ils fabriquaient dans son champ.

— Ne lui parlez pas ainsi ! s'écria d'Urberville, dont le visage s'assombrit de façon peu chrétienne.

— Ah, oui ? Et qu'est-ce qu'un pasteur méthodiste a à voir avec elle ?

— Qui est cet homme ? demanda d'Urberville à Tess.

Elle s'approcha de lui et dit tout bas :

— Allez-vous-en, je vous en prie !

— M'en aller et vous laisser avec ce tyran ? Je peux voir à sa figure quel rustre c'est !

— Il ne me fera pas de mal. *Lui* ne me courtise pas. Je peux partir après l'Annonciation.

— Je suppose que je n'ai que le droit d'obéir. Eh bien… au revoir.

Son défenseur, qu'elle redoutait plus que son assaillant, ayant disparu à regret, le fermier continua sa diatribe que Tess écouta avec la plus grande des froideurs. Puis elle retourna en silence vers la machine à trancher les navets, si absorbée par son entrevue avec d'Urberville qu'elle sentit à peine le museau du cheval de Groby contre son épaule.

— Si c'est vrai que vous vous êtes engagée à travailler pour moi jusqu'à l'Annonciation, je veillerai à ce que vous respectiez votre parole ! grommelait le fermier.

Sachant très bien qu'il la harcelait plus que les autres filles de la ferme à cause de ce coup qu'il avait reçu autrefois, elle se laissa aller à imaginer un instant ce qui serait arrivé si elle avait été libre d'accepter l'offre qui venait de lui être faite et de devenir la riche femme d'Alec. Elle aurait été totalement délivrée, non seulement de son employeur despotique mais du monde entier qui semblait la mépriser.

« Mais non, non, voyons ! se dit-elle, haletante. Je ne pourrais pas l'épouser maintenant. Il m'est trop désagréable. »

Cette même nuit, elle commença une lettre déchirante pour Clare dans laquelle elle lui cacha ses souffrances et l'assurait de son affection éternelle. Quiconque savait lire entre les lignes aurait vu que, derrière son grand amour, il y avait quelque crainte monstrueuse, presque désespérée, face à une éventualité qu'elle n'osait dévoiler. Mais une fois de plus, elle ne termina pas sa lettre et la rangea dans sa malle. Clare n'avait-il pas demandé à Izz de l'accompagner ? Après tout, peut-être ne se souciait-il pas d'elle ?

Après cette rencontre, elle continua à s'acquitter de ses tâches, jour après jour, péniblement, jusqu'à la Chandeleur. Ce jour-là, le temps était d'une rare douceur pour la saison, et Tess finissait son repas quand la silhouette de d'Urberville vint assombrir la fenêtre de la chaumière où elle logeait et se trouvait alors seule. Elle se leva d'un bond, mais Alec avait frappé à la porte, et elle ne pouvait décemment pas se sauver. Il y avait, dans sa façon de se tenir, de s'avancer jusque sur le seuil de la maison, quelque chose de différent, comme s'il n'était pas le même homme que la dernière fois, comme s'il avait honte de ses actes. Elle songea dans un premier temps à ne pas ouvrir, mais elle n'avait aucune raison de ne pas le faire. Aussi, tira-t-elle le verrou avant de reculer de quelques pas. D'Urberville entra, la regarda et se laissa tomber sur une chaise.

— Tess, je n'ai pas pu m'en empêcher, commença-t-il sur un ton désespéré tout en essuyant son visage enflammé. J'ai senti que je devais passer vous voir, ne serait-ce que pour savoir comment vous alliez. Je vous jure que je n'ai pas pensé une seule fois à vous avant de vous revoir ce dimanche. Maintenant, je ne puis me débarrasser de votre image, malgré tous mes efforts ! C'est triste qu'une honnête femme fasse du mal à un homme mauvais, et pourtant, c'est le cas. Si seulement vous pouviez prier pour moi.

Il faisait presque pitié, mais elle resta impassible.

— Comment pourrais-je prier pour vous, dit-elle, quand il m'est défendu de croire que les forces qui dirigent le monde pourraient changer leurs plans pour moi ?

— Vous pensez vraiment cela ?

— Oui. J'ai été guérie de la présomption de croire autrement.

— Guérie ? Par qui ?

— Par mon mari, puisque vous me le demandez.

— Ah… votre mari… votre mari. Comme cela me paraît étrange ! Je me souviens que vous avez fait allusion à quelque chose de la sorte l'autre jour. Que croyez-vous vraiment à ce sujet, Tess ? Vous semblez n'avoir aucune religion… peut-être à cause de moi.

— Pourtant, j'en ai une, même si je ne crois en rien de surnaturel.

D'Urberville la regarda en fronçant les sourcils.

— Pensez-vous que j'ai tort de suivre la ligne de conduite que je me suis fixée ?

— Oui.

— Pourtant, j'étais si sûr de moi, murmura-t-il, avec un certain malaise.

— Je crois aux Dix commandements, comme mon cher mari… mais je ne crois pas…

Et elle lui dressa la liste de ce en quoi elle ne croyait pas.

— Bref, répliqua d'Urberville sèchement quand elle eut fini, vous croyez tout ce que votre mari croit et rejetez tout ce qu'il rejette, sans réfléchir. C'est tellement féminin. Votre esprit est asservi au sien.

— Parce qu'il sait tout ! répondit-elle avec une triomphante naïveté née de la confiance qu'elle portait à Angel Clare, et que le plus parfait des hommes ne méritait pas, lui encore moins que les autres.

— Oui, mais vous ne devriez pas accepter systématiquement les opinions négatives d'une autre personne. Votre mari doit être un sacré personnage pour vous enseigner un tel scepticisme.

— Il n'a jamais forcé mon jugement, et nous n'avons jamais discuté de ce sujet. Mais j'ai compris que ce en quoi il croyait, après avoir étudié la morale, avait beaucoup plus de chance d'être vrai que ce en quoi je croyais puisque, moi, je n'ai pas étudié la morale.

— Et que disait-il ? Il devait bien dire quelque chose.

Elle réfléchit et, ayant gardé en mémoire toutes les remarques d'Angel Clare, même quand elle ne les comprenait pas, elle se souvint d'un raisonnement impitoyable dont il s'était servi quand, comme cela lui arrivait souvent, il se laissait aller à penser tout haut, et elle le répéta à d'Urberville, en prenant l'accent et les manières de Clare.

— Redites-le, demanda d'Urberville qui avait écouté avec la plus grande attention.

Tess s'exécuta et d'Urberville murmura pensivement les mots après elle.

— Comment faites-vous pour vous rappeler tout cela ?

— Je voulais croire en ce qu'il croyait, bien qu'il ne le désirât pas, et à force de cajoleries, j'ai obtenu qu'il me confie certaines de ses pensées. J'avoue que certaines m'échappaient, mais je suis sûre qu'elles sont justes.

— Hum…

— Je voulais me rallier à sa façon de considérer le monde, reprit-elle, et je ne souhaitais pas qu'il en soit autrement. Ce qui est bien pour lui est bien pour moi.

— Finalement, vous vous en sortez mieux que moi aujourd'hui, Tess, car je me rends compte qu'au lieu de prêcher, je suis sur le point de céder à ma passion pour vous.

— Comment cela ?

— J'ai fait tout le chemin jusqu'ici dans la seule intention de vous voir alors que je devais prêcher à la foire de Casterbridge. Voici l'annonce.

Il lui tendit une affiche sur laquelle étaient imprimés le jour, l'heure et le lieu de son sermon.

— Mais comment allez-vous faire pour vous y rendre ? demanda Tess en jetant un coup d'œil à la pendule.

— Je ne le peux pas, car je suis ici.

— Voyons, vous avez tout arrangé pour ce prêche et…

— Et je ne le ferai pas parce que je brûlais du désir de voir une femme qu'autrefois je méprisais ! Mais non, je ne vous ai jamais méprisée : si tel avait été le cas, je ne vous aimerais pas aujourd'hui. Comment aurais-je pu d'ailleurs ? Vous étiez d'une telle pureté en dépit de tout : vous avez si vite et si résolument disparu de ma vie quand vous avez compris la situation. Vous n'êtes pas restée pour mon bon plaisir. S'il existe au monde une femme pour qui je n'éprouve aucun dédain, c'est vous. En revanche, vous êtes tout à fait en droit de me mépriser.

— Oh, Alec d'Urberville… que signifient ces paroles ? Qu'ai-je donc fait ?

— Fait ? Rien intentionnellement. Mais vous êtes la cause, la cause innocente, de ma récidive, comme on dit. Je me demande si je fais partie de ces serviteurs de la corruption qui, après avoir échappé aux souillures du monde, y retombent et y succombent.

Il lui mit la main sur l'épaule.

— Tess, ma Tess, j'étais sur la voie du salut, du moins social, jusqu'au jour où je vous ai revue ! Pourquoi m'avoir tenté, alors ? J'étais aussi décidé qu'un homme peut l'être avant de contempler à nouveau vos yeux et votre bouche…

Sa voix se brisa et un éclair de brûlante malice brilla dans ses yeux à lui.

— Tentatrice ! Je n'ai pu vous résister dès que nos chemins se sont de nouveau croisés.

— Je n'ai pas fait exprès de passer par là ! s'écria Tess en reculant.

— Je sais, et je répète que je ne vous en veux pas. Mais le fait demeure. Quand j'ai constaté l'autre jour dans quelles conditions vous viviez, cela m'a rendu presque fou de ne pas avoir le droit légal de vous protéger alors que celui qui l'a vous néglige !

— Ne dites pas de mal de lui ! Il n'est pas là ! Vous devez le traiter honorablement, car il ne vous a jamais fait de tort ! Oh, laissez sa femme avant que ne se répande un scandale qui pourrait nuire à son honnête réputation.

— Oui, oui, je vais vous laisser, dit-il avec l'expression d'un homme hésitant. Je vais m'en aller, je vous jure de ne plus vous importuner… mais ah ! ah ! comment le pourrais-je ? Tess, je vous en prie, juste un baiser, un seul, en souvenir de notre ancienne amitié !

— Je suis sans défense, Alec. L'honneur d'un honnête homme dépend de moi… Réfléchissez… Vous devriez avoir honte !

— Oui, j'ai honte !

Il pinça les lèvres, mortifié par sa propre faiblesse, et finit par s'en aller sans trop savoir où il allait. Bien qu'il eût affirmé que son manquement, aujourd'hui, à son devoir de prédicateur, n'était que la simple récidive d'un croyant, les paroles de Tess, qui reprenaient mot pour mot les propos d'Angel Clare, lui avaient fait une profonde impression et continuèrent de l'affecter bien longtemps après son départ. Il marcha en silence, paralysé par l'éventualité insoupçonnée que sa position était intenable. La raison n'avait rien à voir avec sa conversion. Qui sait si elle n'était pas la simple lubie d'un homme insouciant à la recherche de sensations nouvelles, et que la mort de sa mère avait précipitée.

La logique de Tess avait glacé son enthousiasme et, tout en se répétant les phrases cristallisées qu'elle lui avait assenées, il se dit tout à coup :

« L'habile homme ne se doutait guère qu'en lui parlant de la sorte, il m'ouvrait la voie pour revenir vers elle ! »

# 47

Quand Izz et Tess arrivèrent à la ferme de Flintcomb-Ash où avait lieu le battage de la dernière meule de blé, seul un léger bruissement annonçait qu'elles y avaient été précédées par d'autres ouvriers. À mesure que le jour se levait, les silhouettes de deux hommes apparurent sur la meule, occupés à enlever le chaume avant de jeter les gerbes à terre. Pendant ce temps, Izz et Tess, ainsi que les autres femmes, attendaient en grelottant, le fermier Groby ayant insisté pour qu'elles soient présentes dès le début des opérations afin de finir le travail, si possible, à la fin de la journée. Un peu plus loin, se trouvait la batteuse à vapeur, à côté de laquelle se tenait un homme, noir de suie, avec un tas de charbon à ses pieds : c'était le mécanicien. Il allait avec sa machine de ferme en ferme, de comté en comté, car la batteuse à vapeur était encore itinérante dans cette partie du pays. Il ne participait pas aux préparatifs, mais maintenait son feu incandescent et sa vapeur à haute pression en attendant d'activer sa locomobile.

Quand la meule fut enfin prête, chacun gagna sa place respective, et le travail put commencer. Le fermier Groby ordonna à Tess de monter sur la plate-forme de la machine, à côté du mécanicien qui l'alimentait, où sa tâche consistait à dénouer les gerbes de blé que lui passait Izz.

Si les vieux avaient le temps d'évoquer avec regret l'époque où l'on battait le blé au fléau, et les femmes de s'interrompre pour boire une gorgée de bière ou de thé froid, Tess, elle, n'avait aucun répit : le tambour de la machine tournant sans discontinuer, le mécanicien devait sans arrêt l'alimenter, et elle lui fournir gerbe déliée sur gerbe déliée.

Comme l'un et l'autre étaient trop occupés pour relever la tête, elle ne sut pas que, juste avant l'heure du déjeuner, un homme était entré sans bruit dans le champ et avait observé la scène, et Tess en particulier. Il portait un costume en tweed à la mode et faisait tournoyer son élégante canne.

— Qui est-ce ? demanda Izz à Marian, après avoir posé la question à Tess, qui ne l'avait pas entendue à cause du bruit de la machine.

— Le bon ami de quelqu'un, je suppose, répondit laconiquement Marian.

— Je te parie une guinée qu'il en veut à Tess.

— Oh, non ! C'était un pasteur qui était après elle, pas un homme chic comme lui.

— C'est le même homme.

— Le même homme que le prêcheur ?

— Il a quitté son manteau noir et son col blanc, et il a taillé ses favoris, mais c'est le même homme.

— Tu crois vraiment ? Je vais le dire à Tess.

— Non, surtout pas. Elle s'apercevra bien assez tôt de sa présence.

— Personnellement, je ne trouve pas cela très correct de sa part de prêcher et de courtiser en même temps une femme mariée, même si le mari est à l'étranger, et qu'elle est comme veuve.

— Oh, il ne peut pas lui faire de mal, répondit Izz d'un ton sec. Elle sait ce qu'elle veut, et on ne pourra pas plus la faire changer d'avis que déplacer un chariot de l'ornière dans lequel il s'est enlisé.

L'heure du dîner arriva et le travail cessa. Tess quitta son poste, mais elle avait été si secouée par la machine qu'elle titubait presque en se déplaçant. La voyant à ce point fatiguée, la brave Marian songea que la présence de son visiteur risquait de lui couper l'appétit. Elle s'apprêtait à lui suggérer de descendre par une échelle de l'autre côté de la meule quand l'homme s'approcha et leva les yeux.

Tess lâcha un faible « oh ! », puis dit vivement :

— Je vais manger ici, sur la meule.

L'homme n'était autre qu'Alec d'Urberville. Un coup d'œil suffisait pour constater qu'il était redevenu lui-même, et avait retrouvé le côté téméraire et insouciant que Tess avait connu chez son prétendu cousin. Décidant de demeurer là où elle se trouvait, elle s'assit au milieu des gerbes, hors de vue du sol, et commença son repas. Au bout d'un moment, elle entendit un bruit de pas sur l'échelle et Alec parut sur la meule. Il s'avança vers la jeune femme et s'installa en face d'elle sans un mot.

— Je suis de nouveau là, comme vous pouvez le constater, dit-il.

— Pourquoi m'importunez-vous de la sorte ? s'écria-t-elle, le reproche visible jusqu'au bout de ses ongles.

— *Moi*, je vous importune ? C'est plutôt *vous* qui m'importunez.

— Sûrement pas.

— Vous croyez ? Pourtant, je vous assure que si. Vous me hantez. Tess, depuis que vous m'avez parlé de notre enfant, tous mes sentiments qui s'écoulaient en un impétueux torrent spirituel ont brusquement trouvé une voie vers vous. Le fleuve religieux est à sec, et c'est à cause de vous !

Elle le regarda en silence.

— Vous… vous avez renoncé à prêcher ? demanda-t-elle.

— Oui, répondit d'Urberville. J'ai rompu tous mes engagements. Sans doute, mes frères prient-ils pour moi et pleurent pour moi, car ce sont des êtres bons. Mais que m'importe ? Comment pouvais-je poursuivre ma route quand j'ai perdu la foi ? Quelle belle vengeance pour vous ! Je vous voyais comme une innocente et je vous ai trompée. Quatre ans après, vous me trouvez fervent chrétien et vous œuvrez à ma perdition… Mais Tess, ma cousine, comme je vous appelais autrefois, ce n'est qu'une façon de parler, ne prenez pas un air si affreusement peiné. Bien sûr, vous n'avez rien fait sauf conserver votre joli visage et votre gracieuse silhouette.

Il la contempla un moment sans rien dire puis reprit, avec un rire cynique :

— Je crois que si Paul, l'apôtre célibataire, dont je pensais être le représentant sur terre, s'était laissé tenter par un visage tel que le vôtre, il aurait renoncé à prêcher par amour pour lui, comme moi.

Tess tenta en vain de le raisonner, mais les mots ne lui venaient pas et Alec, qui ne tint pas compte de son intervention, ajouta :

— Le paradis auprès de vous vaut peut-être autant qu'un autre, après tout. Mais qu'importe ! Me voici, mon amour, comme jadis.

— Non, pas comme jadis… Ce ne sera plus jamais pareil. Tout est différent, implora-t-elle. Et je n'ai jamais eu d'affection pour vous. Oh, pourquoi n'avez-vous pas conservé votre foi, si sa perte vous fait me parler de la sorte ?

— Parce que vous l'avez chassée de moi ! Votre mari ne pensait pas que son enseignement se retournerait contre lui. Ah ! Ah ! Je suis si heureux que vous ayez fait de moi un apostat. Tess, je me sens plus que jamais épris de vous, et je vous plains, aussi. Car malgré votre loyauté envers votre mari, je vois que votre situation n'est pas facile et que celui qui devrait vous chérir vous néglige.

Elle ne put avaler la bouchée qu'elle venait de prendre. Ses lèvres étaient sèches et elle faillit s'étrangler. Elle avait l'impression que les voix et les rires des ouvriers qui mangeaient et buvaient sous la meule lui parvenaient de loin.

— C'est de la cruauté ! finit-elle par dire. Comment pouvez-vous me parler de la sorte si vous vous souciez ne serait-ce qu'un peu de moi ?

— C'est vrai, c'est vrai, répondit d'Urberville en tressaillant légèrement. Je ne suis pas venu pour vous reprocher mon apostasie, Tess, je suis venu pour vous, et parce que je n'aime pas vous voir travailler ainsi. Vous dites que vous avez un mari qui n'est pas moi. C'est possible. Mais je ne l'ai jamais vu et, comme vous refusez de me donner son nom, il me semble être plutôt un mythe. Cependant, même s'il existe, je suis plus proche de vous qu'il ne l'est. Moi, au moins, j'essaie de vous aider, ce qui n'est pas son cas. Tess, ma voiture attend en bas de la colline… Ma chérie, c'est à moi que vous appartenez, pas à lui… Vous savez le reste.

Le visage de Tess s'était enflammé pendant qu'il parlait, mais elle garda le silence.

— Vous êtes la cause de ma rechute, continua-t-il en tendant les bras vers elle. Vous devriez être prête à la partager avec moi et quitter cette mule que vous appelez votre mari.

Sans que rien ne laissât soupçonner son geste, elle s'empara d'un des gants en cuir qu'elle avait retiré pour manger et qui reposait sur ses genoux, et le lui jeta violemment à la figure. D'Urberville se leva brusquement, un filet de sang s'écoulant là où le gant l'avait frappé, en plein sur la bouche. Reprenant bientôt le contrôle de lui-même, il tira calmement de sa poche un mouchoir et tamponna ses lèvres ensanglantées.

Tess, qui s'était, elle aussi, levée, se laissa retomber.

— Maintenant punissez-moi, dit-elle en le défiant du regard désespéré de l'oiseau juste avant que le chasseur ne lui torde le cou. Battez-moi, broyez-moi, et ne vous souciez pas des gens sous la meule. Je ne crierai pas. Victime un jour, victime toujours, c'est la loi.

— Non, non, Tess, répondit-il. Je comprends tout à fait votre réaction. Mais vous oubliez fort injustement une chose, c'est que je vous aurais épousée si vous n'aviez pas fait en sorte que je ne le puisse pas. Ne vous ai-je pas demandé d'être ma femme ? Répondez-moi.

— Si.

— Et vous ne pouvez pas l'être. Mais rappelez-vous une chose, ajouta-t-il d'une voix plus dure. Rappelez-vous, ma chère, que j'étais votre maître autrefois, et je le serai de nouveau. Si vous êtes la femme de quelqu'un, c'est de moi que vous l'êtes.

Les batteurs commençaient à s'agiter en bas.

— Voilà pour notre querelle, dit-il. Je vais vous laisser à présent mais je reviendrai cet après-midi pour entendre votre réponse. Vous ne me connaissez pas encore, mais moi, je vous connais.

Elle n'avait pas redit un mot et demeurait comme paralysée. D'Urberville redescendit par l'échelle tandis que les ouvriers se levaient et s'étiraient. Puis la batteuse redémarra et, au milieu du bruissement de la paille, Tess reprit son poste près du tambour bourdonnant, comme dans un rêve, dénouant gerbe après gerbe, sans fin.

# 48

Dans l'après-midi, le fermier annonça que, le mécanicien étant attendu le lendemain dans une autre ferme, la meule devait être terminée le soir même. Aussi les vibrations, le ronflement et le bruissement reprirent de plus belle, sans relâche. Quand Tess trouva enfin un moment pour lever les yeux, il était trois heures de l'après-midi. Elle jeta un coup d'œil rapide autour d'elle et ne fut guère surprise de constater qu'Alec d'Urberville était revenu et se tenait contre la haie, près de la porte. Voyant qu'elle l'observait, il lui adressa un petit signe cordial de la main tout en lui envoyant un baiser. Tess baissa aussitôt les yeux et s'abstint de regarder dans sa direction.

L'après-midi se traîna ainsi. Vers six heures, un éclat courroucé venant de l'ouest fit irruption dans le ciel après le temps couvert de la journée et se répandit sur les visages fatigués des batteurs et des batteuses, leur conférant une teinte cuivrée. Le mécanicien semblait las et Tess voyait sa nuque rouge, couverte de crasse et de balles. Elle se tenait toujours à son poste, le visage enflammé, ruisselant de sueur, à laquelle se mêlait une fine couche de poussière de blé dont sa coiffe blanche était brunie. Elle était la seule femme sur la machine. Les vibrations incessantes de celle-ci l'avaient plongée dans une sorte de rêverie abrutissante où ses bras travaillaient machinalement sans qu'elle s'en rende compte. Elle savait qu'Alec d'Urberville était toujours là et qu'il l'observait, mais elle aurait été incapable de dire où il se trouvait. Une autre heure passa et la lune, blanche en cette saison, s'éleva à l'horizon. Tess continua de travailler : si elle ne s'acquittait pas de sa tâche, il lui faudrait partir, et cette éventualité, qu'elle aurait considérée avec sérénité et même soulagement un mois ou deux auparavant, l'effrayait à présent que d'Urberville avait recommencé à rôder autour d'elle.

Les ouvriers avaient si bien avancé dans leur labeur qu'ils pouvaient à présent discuter un peu entre eux. À la surprise de Tess, le fermier Groby la rejoignit sur la machine et lui annonça que, si elle désirait aller bavarder avec son ami, il ne tenait pas à la garder plus longtemps et enverrait quelqu'un la remplacer. L'« ami » était d'Urberville, elle le savait, tout comme elle savait qu'en agissant de la sorte, Groby ne faisait qu'obéir à la demande de cet ami, ou ennemi. Elle secoua la tête et reprit sa besogne.

Après qu'elle eut délié sa dernière gerbe, le tambour ralentit, le bourdonnement cessa et Tess descendit de la machine. D'Urberville se précipita aussitôt à son côté.

— Quoi ? Vous revenez après tout, malgré le soufflet par lequel je vous ai insulté ? dit-elle tout bas, trop épuisée pour parler plus fort.

— Je serais bien stupide de me sentir offensé par ce que vous pouvez me dire ou me faire, répondit-il de la voix séductrice dont il usait à Tantridge. Oh, comme vous tremblez ! Vous êtes aussi faible qu'un petit veau qu'on vient de saigner, et pourtant, vous auriez pu vous reposer depuis que je suis arrivé. Vous êtes si obstinée ! Mais j'ai dit au fermier qu'il n'avait pas le droit d'employer une femme à la batteuse à vapeur. Ce n'est pas un travail pour elles et cela ne se fait plus dans les meilleures fermes. D'ailleurs, il le sait très bien. Je vais vous raccompagner chez vous.

— Oui, oui, c'est cela, accompagnez-moi si vous voulez, dit-elle, lasse. Je n'ai pas oublié que vous étiez venu pour m'épouser avant d'apprendre ma situation. Qui sait... Vous êtes peut-être meilleur et plus vertueux que je ne l'imaginais. Ce que vous faites par bonté, je vous en suis reconnaissante, mais ce que vous faites autrement me met en colère... Je ne vous comprends pas parfois.

— Si je ne puis légitimer notre ancienne relation, permettez-moi au moins de vous aider. Et je le ferai avec beaucoup plus de considération envers vos sentiments que je n'en ai eu autrefois. Ma folie religieuse, ou quoi que ce fût, est finie, mais j'ose espérer avoir conservé une bonne nature. Tess, au nom de tout ce qu'il y a de tendre et de fort entre un homme et une femme, je vous demande de me faire confiance. J'ai assez d'argent, et plus qu'il n'en faut, pour vous tirer d'embarras, vous, et vos frères et sœurs. Je puis leur rendre la vie plus facile, si vous vous fiez à moi.

— Les avez-vous vus récemment ? s'enquit-elle.

— Oui. Ils ne savaient pas où vous étiez. Je ne vous ai retrouvée que par hasard.

Tess s'arrêta devant la chaumière où elle habitait. Les froids rayons de la lune tombaient de travers sur ses traits tirés. D'Urberville s'arrêta à son tour.

— Ne me parlez pas de mes frères et sœurs, cela me brise le cœur ! Si vous voulez les aider, et Dieu sait qu'ils ont besoin d'aide, faites-le sans me le dire. Mais non, non ! s'écria-t-elle brusquement. Je n'accepterai rien de vous, ni pour eux ni pour moi.

Aussitôt qu'elle fut entrée, se fut lavée et eut partagé le souper avec ses hôtes, elle s'installa à la table contre le mur et, en proie à une humeur passionnée, écrivit à la lueur de sa petite lampe :

*Mon cher mari ! Permettez-moi de vous appeler ainsi, il le faut, même si cela vous met en colère de penser à une femme aussi indigne que moi. Je me tourne vers vous dans mon malheur, car je n'ai personne d'autre vers qui me tourner. Je suis si exposée à la tentation, Angel ! J'ai peur de vous dire de qui il s'agit, et je n'aime guère vous en parler. Mais je m'accroche à vous, vous n'imaginez pas comment. Ne pouvez-vous pas me revenir, maintenant, avant que ne survienne quelque chose de terrible ? Bien sûr, c'est impossible, vous êtes trop loin. Je crois que je vais mourir si vous n'arrivez pas vite, ou si vous ne me demandez pas de vous rejoindre. La punition que vous m'infligez est méritée – je le sais –, bien méritée, même, et vous avez raison d'être en colère contre moi. Mais Angel, je vous en prie, ne soyez pas juste, seulement indulgent envers moi, même si je ne le mérite pas, et revenez-moi. Si vous étiez là, je pourrais mourir dans vos bras. La mort me serait une joie si elle signifiait que vous m'avez pardonné.*

*Angel, je ne vis que pour vous. Je vous aime trop pour vous en vouloir d'être parti, et je sais qu'il vous fallait trouver une ferme. Ne croyez pas que je vous adresserai une parole mordante ou amère. Mais revenez. Je suis trop triste sans vous, mon chéri. Oh, si triste ! Cela ne m'embête pas de devoir travailler, mais si vous m'envoyiez, ne serait-ce que quelques lignes, et me disiez,* j'arrive bientôt, *j'attendrais, Angel. La joie au cœur !*

*Depuis que nous nous sommes mariés, ma religion n'a été que de vous être fidèle à chacune de mes pensées et de mes regards, de sorte que, lorsque je reçois un compliment d'un homme, il me semble vous tromper. N'avez-vous jamais ressenti un petit brin de ce que vous éprouviez pour moi quand nous vivions à la laiterie ? Si tel est le cas, comment pouvez-vous rester au loin ? Je suis la même femme, Angel, celle dont vous êtes tombé amoureux, oui, la même ! Et non celle que vous détestiez, mais que vous n'aviez jamais vue. Le passé ne représentait plus rien pour moi sitôt que je vous ai rencontré. C'était une chose morte. Je suis devenue une autre femme, vibrante d'une vie nouvelle pour vous. Comment pouvais-je être l'autre ? Pourquoi ne le comprenez-vous pas ? Cher Angel, si seulement vous croyiez un peu plus en vous-même et sentiez que vous avez la force d'accomplir ce changement en moi, vous seriez peut-être d'humeur à revenir auprès de votre pauvre femme.*

*Comme j'étais sotte dans mon bonheur de penser que vous m'aimeriez toujours ! J'aurais dû le savoir que ce n'était pas fait pour moi. Mon cœur souffre, non seulement pour autrefois, mais pour maintenant. Pensez, pensez comme cela me fait mal de ne plus jamais vous voir, jamais ! Ah, si j'avais les moyens de faire que votre cœur souffre une petite minute par jour comme le mien souffre tous les jours, et toute la journée, cela vous conduirait peut-être à prendre en pitié votre pauvre esseulée.*

*On dit encore que je suis jolie, Angel (les gens emploient le mot « belle », en vérité). Peut-être le suis-je. Mais ma beauté ne m'intéresse pas : je ne l'aime que parce qu'elle vous appartient, Angel, et qu'elle représente au moins une chose digne de vous. Ah, Angel, je ne vous dis pas cela par vanité, vous le savez bien, mais uniquement dans l'espoir de vous faire revenir.*

*Si vous ne pouvez vraiment pas faire le déplacement, me laisserez-vous vous rejoindre ? Je suis, comme je le dis, harcelée, pressée de faire ce que je ne veux pas. Je m'y refuse, et pourtant, j'ai peur qu'un accident ne m'y pousse, et je suis tellement sans défense à cause de ma première erreur. Je ne puis vous en dire plus, cela me rend trop misérable. Mais si je devais finir par tomber dans quelque piège effrayant, je me trouverais dans un état pire qu'autrefois. Mon Dieu, je ne veux pas y penser. Laissez-moi venir tout de suite, ou vous, tout de suite, revenez-moi.*

*Je serais satisfaite, oui, heureuse, de vivre auprès de vous comme votre servante, si je ne puis vivre comme votre femme. Je ne demande qu'à être près de vous, qu'à pouvoir vous regarder et penser que vous êtes à moi.*

*Le jour n'a rien à me montrer depuis que vous êtes loin, et je n'aime pas voir les corbeaux freux et les étourneaux dans les champs car cela me fait trop de peine de penser qu'autrefois vous les voyiez avec moi. Oh, comme je me languis de vous. Je ne rêve que d'une chose sur terre, sous terre ou au paradis : vous retrouver, mon chéri. Venez, venez et sauvez-moi de ce qui me menace !*

*Votre fidèle et désespérée Tess.*

# 49

Cette lettre fut dûment acheminée jusqu'au paisible presbytère où, pour plus de sûreté, Angel avait demandé à Tess de lui écrire.

— Si Angel quitte Rio à la fin du mois pour nous rendre visite, voilà qui pourrait hâter son retour, car il me semble que c'est une lettre de sa femme, déclara le vieux Mr. Clare après avoir examiné l'enveloppe.

— J'espère qu'il reviendra sain et sauf, murmura Mrs. Clare. Jusqu'au jour de ma mort, j'aurai le sentiment que nous avons mal agi envers lui. Vous auriez dû l'envoyer à Cambridge où il aurait eu les mêmes chances que ses frères. Bien qu'il professât ne pas avoir la foi, sous une bonne influence, il aurait peut-être changé d'avis et serait entré dans les ordres. Église ou pas Église, cela aurait été plus équitable envers lui.

C'était là le seul reproche que Mrs. Clare se permettait de faire à son mari concernant leur fils. Mais elle ne s'y livrait cependant pas souvent car elle était aussi prévenante que pieuse, et savait qu'il était tenaillé par le doute à l'idée de ne pas avoir été juste dans cette affaire. À plus d'une reprise, elle l'avait entendu prier la nuit pour Angel. Pourtant, même à présent, il persistait à penser qu'il avait eu raison de ne pas offrir à son fils, un irréligieux, les mêmes avantages universitaires qu'aux deux autres. Il était possible, en effet, si ce n'est probable, qu'Angel se fût servi de ces mêmes avantages pour décrier la doctrine qu'il s'était donné pour mission de propager toute sa vie. Néanmoins, il aimait Angel, le mal nommé, et déplorait en secret la façon dont il l'avait traité, ses regrets silencieux étant bien plus amers que les reproches que sa femme exprimait à voix haute.

Tous deux s'en voulaient de ce mariage malheureux. Si Angel ne s'était pas mis en tête de devenir fermier, il n'aurait jamais fréquenté de filles de ferme. Ils ne savaient pas très bien pourquoi il vivait séparé de sa femme, ni depuis quand datait cette séparation. Au début, ils s'étaient dit qu'elle devait reposer sur une aversion insurmontable, puis, comme dans ses dernières lettres, Angel avait exprimé à l'occasion l'intention de venir la chercher, ils en avaient conclu que l'éloignement des époux n'était pas aussi désespéré qu'ils l'avaient craint. Il leur avait expliqué que Tess vivait chez ses parents et, dans leur incertitude, ils avaient décidé de ne pas s'immiscer dans une situation qui ne leur était pas donné d'améliorer.

Celui à qui la lettre de Tess était destinée contemplait au même moment une étendue de terre infinie depuis le dos d'un mulet qui le transportait de l'intérieur du continent sud-américain vers la côte. L'expérience de cette étrange terre avait été bien triste. Angel, en effet, ne s'était pas tout à fait remis de la maladie dont il avait souffert peu de temps après son arrivée, et avait peu à peu abandonné son projet de s'installer ici. Mais, tant que la possibilité demeurait, il avait préféré ne pas en souffler mot à ses parents.

Les ouvriers agricoles qui étaient arrivés dans le pays après lui, attirés par la perspective d'une vie indépendante facile, avaient connu bien des épreuves et beaucoup avaient succombé. Il avait vu des mères anglaises marcher péniblement avec leur enfant dans les bras, et quand l'enfant, emporté par la fièvre, mourait, s'arrêter pour creuser un trou à mains nues et y déposer leur petit, verser une larme et repartir.

En vérité, Angel n'avait pas eu l'intention au départ d'émigrer au Brésil, il envisageait plutôt de prendre une ferme dans le nord ou dans l'est de l'Angleterre, mais il était venu ici dans un accès de désespoir, l'idée du Brésil chez les agriculteurs anglais arrivant par hasard en même temps que son désir d'échapper à son existence passée.

Au cours de son absence, il avait mentalement vieilli de dix ans et estimait moins la vie pour sa beauté que pour son aspect pathétique. Ayant discrédité pendant longtemps les anciens systèmes du mysticisme, il se mettait à présent à discréditer les anciennes valeurs morales. Elles avaient besoin d'être réajustées, se disait-il. Qu'était-ce qu'un homme honnête ? Et plus important encore, une femme honnête ? La beauté ou la laideur d'un être résidait non seulement dans ses accomplissements, mais dans ses aspirations et ses désirs, sa vraie histoire se déroulait non pas dans ce qu'il avait fait, mais dans ce qu'il voulait faire.

Qu'en était-il de Tess, alors ?

À mesure qu'il pensait à elle à la lumière de ses réflexions, il se mit à se sentir oppressé par le regret de l'avoir jugée aussi hâtivement. L'avait-il rejetée à jamais ou pas ? Il ne pouvait plus dire qu'il la rejetterait pour toujours, et ne pas le dire, c'était tacitement l'accepter.

Ce renouveau de tendresse coïncidait avec l'époque où Tess vivait à Flintcomb-Ash, mais il lui était venu avant que Tess ne confie dans sa lettre ses sentiments et la situation dans laquelle elle se débattait. Aussi, ne savait-il pas pourquoi elle ne lui donnait pas de nouvelles, bien que dans sa perplexité, il ne cherchât pas à en connaître la raison. Et c'est ainsi que le silence docile de Tess fut mal interprété. Combien il était éloquent, pourtant, s'il l'avait compris ! Car il aurait su qu'elle se soumettait à la lettre aux ordres qu'il lui avait donnés et avait oubliés ; que, malgré son audace naturelle, elle ne s'autorisait aucun droit, acceptait le jugement de Clare comme étant juste, et inclinait la tête devant lui.

Dans son voyage à dos de mulet à travers l'intérieur du pays, un autre homme chevauchait à son côté, un Anglais, aussi, venu dans le même but qu'Angel, bien qu'originaire d'un autre coin d'Angleterre. Tous deux étaient dans un état d'abattement moral et parlaient de la vie qu'ils avaient abandonnée. La confidence appelle la confidence, et avec cette curieuse tendance qu'ont les hommes, surtout quand ils se trouvent loin de chez eux, de confier à des étrangers des détails de leur existence qu'ils n'auraient jamais mentionnés à des amis, Angel raconta à son compagnon le triste épisode de son mariage.

L'homme avait séjourné dans plus de pays et parmi plus de peuples qu'Angel. Pour son esprit cosmopolite, de telles infractions à la norme sociale, si énormes chez soi, n'étaient rien de plus que les irrégularités des vallées et des chaînes de montagne sur l'écorce terrestre. Il ne voyait pas du tout la chose comme Angel et estimait que ce que Tess avait été n'avait aucune importance par rapport à ce qu'elle voulait être. En un mot, Angel avait tort, selon lui, de s'être éloigné d'elle.

Le lendemain, ils furent pris dans un orage. L'homme attrapa une forte fièvre et mourut avant la fin de la semaine. Clare attendit quelques heures pour l'enterrer, puis reprit sa route.

Le jugement expéditif de cet étranger à l'esprit libéral, dont il ne savait rien hormis le nom, fut sublimé par sa mort et influença Angel bien plus que tous les raisonnements des philosophes. Ses inconséquences lui revinrent en masse et il fut saisi de remords. Les paroles de Izz Huett lui revinrent aussi en mémoire. Il lui avait demandé si elle l'aimait et elle avait répondu par l'affirmative. L'aimait-elle plus que Tess ? Non, avait-elle répliqué : Tess donnerait sa vie pour lui, tandis qu'elle n'irait pas jusque-là.

Il songea à Tess et la revit le jour de leur mariage, posant les yeux sur lui, suspendue à ses lèvres comme à celles d'un dieu. Et pendant cette terrible soirée, devant l'âtre, lorsqu'elle avait mis son âme à nu, comme son visage, à la lueur du feu, l'avait bouleversé dans son impossibilité à comprendre que son amour et sa protection pouvaient lui être retirés !

Ainsi, après avoir été son accusateur, il devint son défenseur. Il avait eu des pensées bien cyniques à son égard, et il les renia, car aucun homme ne peut demeurer cynique sa vie durant et poursuivre son existence. S'il avait commis l'erreur de les exprimer, c'est parce qu'il s'était laissé influencer par des principes généraux au lieu de tenir compte de son cas particulier. Clare mesurait à quel point il avait été dur avec Tess. Les hommes sont trop souvent durs envers les femmes qu'ils aiment ou qu'ils ont aimées ; et les femmes le sont envers les hommes. Et pourtant, cette dureté n'est que tendresse comparée à la dureté universelle dont elle émane. La dureté de la position sociale vis-à-vis du caractère, des moyens vis-à-vis des objectifs, d'aujourd'hui vis-à-vis d'hier, de demain vis-à-vis d'aujourd'hui.

L'intérêt historique de la famille de Tess, cette lignée des d'Urberville qu'il avait méprisée le touchait à présent. Pourquoi n'avait-il pas fait la différence entre sa valeur politique et sa valeur poétique ? De ce point de vue-là, qu'elle soit une d'Urberville était un élément d'une portée énorme. En se rappelant encore et encore le visage de Tess, il y voyait à présent une lueur de la dignité qui avait dû parer ses bisaïeules, et cette vision faisait réapparaître devant lui l'*aura* si troublante qu'il avait ressentie autrefois en sa présence. Malgré son passé entaché, ce qui demeurait chez une femme comme Tess éclipsait la fraîcheur de ses compagnes.

Ainsi parlait l'amour renaissant, préparant la voie aux ferventes effusions que Tess exprimait dans sa lettre et que le vieux Mr. Clare venait de faire suivre à son fils. Mais à cause de la distance, celle-ci ne devait lui parvenir que bien plus tard.

Pendant ce temps, Tess, qui attendait une réponse d'Angel, passa par toutes les phases de l'espoir et du désespoir. Elle finit par s'apaiser en se disant que les faits à l'origine de la séparation n'avaient pas changé et ne changeraient jamais, et que si sa présence n'avait pas réussi à les atténuer, son absence le pourrait encore moins. Malgré tout, elle creusait son âme et cherchait comment plaire à son mari s'il revenait. Elle était si absorbée par ses pensées qu'elle ne sembla pas remarquer que les jours rallongeaient, et qu'avec le retour du printemps, son engagement à la ferme de Flintcomb-Ash prendrait fin le 25 mars.

Mais avant ce jour, un événement survint qui l'amena à penser à tout autre chose. Un soir qu'elle se trouvait dans la chaumière où elle logeait, assise dans la grande pièce du bas avec le reste de la famille, on frappa à la porte et on la demanda. Contre la lumière déclinante du jour, elle distingua sur le seuil la silhouette d'une femme, grande et mince, mais avec quelque chose d'enfantin. Elle ne la reconnut pas avant que celle-ci ne dise :

— Tess !

— Est-ce toi, Liza-Lu ? fit Tess, surprise.

Sa sœur, encore une enfant quand elle l'avait laissée un peu plus d'un an auparavant, avait si soudainement poussé qu'elle-même ne semblait pas comprendre tout à fait quoi faire de son corps. Ses jambes maigres, visibles sous sa robe devenue trop courte, et ses bras et ses mains qui paraissaient la gêner, révélaient sa jeunesse et son manque d'expérience.

— Oui. J'ai marché toute la journée pour venir te voir, Tess, dit Liza-Lu, et je suis épuisée.

— Comment ça va, à la maison ?

— Mère est au plus mal, le docteur dit qu'elle va mourir. Père ne se porte pas très bien non plus et il estime que ce n'est pas normal qu'un homme issu d'une si grande famille trime et s'épuise à une besogne commune. Nous ne savons pas quoi faire.

Tess réfléchit et demeura si longtemps rêveuse qu'elle en oublia de proposer à Liza-Lu d'entrer et de s'asseoir. Une fois qu'elle l'eut fait, et que Liza-Lu se fut quelque peu sustentée, elle prit sa décision : elle devait impérativement rentrer chez elle, même s'il lui restait encore quelques jours à faire à la ferme. En partant cette nuit, elle gagnerait douze heures, mais sa sœur était trop fatiguée pour parcourir une telle distance maintenant. Elle courut chez Marian et Izz, les informa de ce qui était arrivé et les supplia de l'excuser du mieux possible auprès du fermier. À son retour, elle fit souper Liza-Lu, la coucha dans son lit, fourra tout ce qu'elle pouvait dans un panier d'osier et se mit en route après avoir dit à sa petite sœur de la rejoindre le lendemain matin.

# 50

Quand la pendule sonna dix heures, Tess plongea dans l'obscurité glaciale pour une marche de quinze miles à la lueur d'acier des étoiles. Dans les régions solitaires, la nuit est une protection plutôt qu'un danger pour qui va sans bruit. Tess le savait, aussi prit-elle le plus court chemin en suivant des sentiers qu'elle aurait presque redoutés en plein jour ; les maraudeurs en étaient alors absents, et la pensée de sa mère suffisait à chasser sa peur. Elle avança ainsi, mile après mile, jusqu'à la vallée où elle était née.

Il était trois heures quand elle entra dans Marlott, et qu'elle passa devant le champ où elle avait vu Angel Clare pour la première fois. Se souvenant qu'il n'avait pas dansé avec elle, elle se rendit compte qu'elle en était encore désappointée. À l'approche de la chaumière familiale, elle aperçut une lumière provenant de la fenêtre de la chambre. Une branche qui s'agitait devant semblait lui faire signe. Mais dès qu'elle put discerner la maison, dotée d'un nouveau toit de chaume grâce à son argent, elle comprit que l'humble logis avait toujours fait partie de sa vie et de son corps. La pente des lucarnes, la finition de ses pignons, les briques qui couronnaient la cheminée, tout s'apparentait à sa personnalité propre. La stupeur se lisait dans sa façade et annonçait la maladie de Joan Durbeyfield.

Tess ouvrit doucement la porte pour ne déranger personne : la pièce du bas était vide, mais la voisine qui veillait sa mère se présenta en haut de l'escalier et lui annonça tout bas que Mrs. Durbeyfield dormait pour l'instant mais n'allait pas mieux. Tess se prépara un petit déjeuner, puis monta au chevet de sa mère. Le matin, quand elle vit ses petits frères et sœurs, elle les trouva tous l'air curieusement dégingandé : bien qu'elle fût restée à peine plus d'un an loin d'eux, leur croissance était étonnante, et la nécessité de se dévouer à eux corps et âme effaça de son esprit ses propres soucis. La mauvaise santé de son père, qui resta assis toute la journée sur sa chaise, semblait avoir le même caractère indéterminé. Le lendemain de son arrivée, il manifesta toutefois une vivacité inhabituelle. Il avait une idée pour s'en sortir et Tess lui demanda de s'expliquer.

— J'ai l'intention de m'adresser à tous les vieux amateurs d'histoire ancienne qui vivent par ici, dit-il, et de souscrire à un fonds d'aide pour subvenir à mes besoins. Je suis sûr qu'ils considéreront que c'est romantique, artistique et juste. Ils dépensent des sommes folles pour entretenir de vieilles ruines et trouver de vieux ossements. Des ruines vivantes devraient les intéresser davantage, mais faudrait-il seulement qu'ils sachent que j'existe. Quelqu'un devrait aller leur parler de moi. Si le pasteur Tringham était encore de ce monde, il l'aurait fait, lui !

Tess préféra attendre de s'être attaquée aux affaires pressantes pour lui dire ce qu'elle pensait de son projet. Une fois réglées les questions qui concernaient la maison, elle tourna son attention vers les choses extérieures. Le temps des semailles était arrivé, mais le jardin et le lopin de terre des Durbeyfield n'étaient pas prêts. Après avoir découvert, à sa consternation, que ses parents avaient mangé toutes les pommes de terre de semence, elle s'en procura auprès des voisins et persuada son père de s'occuper du jardin tandis qu'elle se chargea du lopin de terre qu'ils louaient dans un champ, à la sortie du village.

Cette tâche lui plaisait. À présent qu'elle n'était plus tenue de rester dans la chambre de la malade, car Mrs. Durbeyfield allait mieux, elle se rendait compte que se dépenser, même durement, soulageait ses pensées. Le bout de terrain se trouvait dans un enclos, au milieu d'une cinquantaine de lopins semblables. On y venait vers six heures du soir, après la journée de labeur, et on y travaillait jusqu'à la tombée de la nuit.

Un soir, alors que Tess et Liza-Lu y avaient travaillé avec leurs voisins jusqu'à ce que les derniers rayons du soleil tombent à plat sur les poteaux blancs qui divisaient les lopins, Tess décida de rester avec ceux qui voulaient finir leurs plantations et renvoya sa petite sœur à la maison. Elle se tenait sur l'un des terrains où brûlait du chiendent. Parfois, la fumée l'enveloppait complètement, puis quand celle-ci s'envolait, sa silhouette, libérée, était illuminée par l'éclat cuivré du tas d'herbe. Elle était curieusement vêtue, ce jour-là, d'une robe blanchie par de nombreux lavages et d'une courte veste noire, si bien qu'elle avait l'air d'être à la fois à une noce et à un enterrement. À l'ouest, les rameaux noueux de la haie d'épines qui marquait la limite du champ se dressaient contre la pâle opalescence du ciel bas. Jupiter brillait si vivement, telle une jonquille épanouie, que l'étoile semblait projeter une ombre. D'autres étoiles apparaissaient ailleurs. Au loin, un chien aboya et les roues de charrettes résonnaient de temps en temps sur la route sèche.

Personne ne prêtait attention à qui travaillait à son côté, car tous avaient les yeux baissés sur le sol dont les feux révélaient la surface retournée. Aussi Tess ne remarqua-t-elle pas tout de suite l'homme en longue blouse qui fourchait le lopin de terre dont elle remuait les mottes. Lorsqu'elle découvrit enfin sa présence, elle supposa qu'il avait été envoyé par son père pour avancer le travail.

Parfois la fumée les divisait, et quand elle s'écartait, ils devenaient tous deux visibles l'un à l'autre et séparés de leurs compagnons.

Elle ne lui adressa pas la parole, pas plus qu'il ne la lui adressa, et ne s'intéressa pas davantage à lui sinon pour se dire qu'elle ne l'avait pas vu quand il faisait grand jour, et qu'elle ne reconnaissait pas en lui un des ouvriers de Marlott, ce qui n'était guère étonnant étant donné ses longues et nombreuses absences au cours des dernières années. L'homme finit par creuser si près d'elle que les lueurs du feu se reflétèrent aussi distinctement sur les dents de sa fourche que sur la sienne. En s'approchant du feu pour y jeter un tas de mauvaises herbes, elle vit qu'il faisait de même de l'autre côté. Quand les flammes jaillirent brusquement, le visage de d'Urberville lui apparut. La surprise de le voir devant elle et le grotesque de sa tenue, qui n'était plus portée alors que par les plus démodés des journaliers, avaient quelque chose d'un comique sinistre qui la glaça. D'Urberville éclata d'un long rire.

— Si j'étais d'humeur à plaisanter, je dirais que cela ressemble beaucoup au paradis, lâcha-t-il malicieusement en inclinant la tête pour la regarder.

— Que dites-vous ? demanda-t-elle d'une voix faible.

— Un plaisantin verrait là le paradis. Vous êtes Ève, et je suis le diable venu vous tenter sous le déguisement un animal inférieur. Ma très chère Tess, j'en parle seulement comme d'une chose que vous auriez pu supposer ou dire bien injustement, car vous avez mauvaise opinion de moi.

— Je n'ai jamais dit ni pensé que vous étiez le diable. Je ne pense pas à vous en ces termes. Vous ne m'inspirez que de l'indifférence, sauf quand vous me faites outrage… Êtes-vous vraiment venu creuser ici pour moi ?

— Tout à fait. Pour vous voir, rien de plus. L'idée de la blouse, que j'ai achetée en chemin, ne m'est venue qu'après, afin de ne pas me faire remarquer. Je suis là pour protester contre le fait que vous travailliez de la sorte.

— Mais j'aime ce travail, et je le fais pour mon père.

— Votre engagement dans la ferme de Flintcomb-Ash est fini ?

— Oui.

— Où allez-vous ensuite ? Rejoindre votre cher époux ?

Elle ne put supporter ce rappel humiliant.

— Oh, je ne sais pas ! s'exclama-t-elle amèrement. Je n'ai pas de mari !

— C'est exact, dans le sens où vous l'entendez. Mais vous avez un ami. Et j'ai décidé que vous auriez une vie confortable malgré vous. Quand vous retournerez chez vous, vous verrez ce que j'y ai envoyé pour vous.

— Oh, Alec… je préférerais que vous ne me donniez rien ! Je ne puis rien accepter de vous ! Je n'aime pas cela… ce n'est pas bien !

— Si, c'est bien ! s'écria-t-il. Je refuse de voir une femme, pour qui j'éprouve autant de tendresse, souffrir sans essayer de l'aider.

— Mais je vais très bien ! Je souffre uniquement du… du fait de ne pas vivre !

Elle lui tourna le dos et se remit à creuser, les larmes tombant sur le manche de sa fourche et sur la motte de terre.

— Et vos frères et vos sœurs, reprit d'Urberville. J'ai pensé à eux.

Le cœur de Tess frémit : il touchait le point faible. Il avait deviné sa principale angoisse. Depuis son retour, ces enfants lui inspiraient une affection qui frisait la passion.

— Si votre mère ne se rétablit pas, quelqu'un doit s'occuper d'eux puisque votre père ne pourra jamais faire grand-chose, je suppose.

— Il le peut, avec mon assistance. Il le doit !

— Et avec la mienne.

— Non.

— C'est absurde ! explosa d'Urberville. Et pourquoi pas ? Il pense que nous faisons partie de la même famille, et il en sera très content.

— C'est faux. Je l'ai détrompé.

— C'est d'autant plus absurde de votre part !

D'Urberville, de colère, gagna la haie où il retira sa longue blouse qu'il poussa dans le feu, et partit.

Tess ne parvint plus à travailler après ; elle se sentait agitée et se demandait s'il était allé voir son père. Ramassant sa fourche, elle s'en retourna chez elle. À une vingtaine de mètres de la maison, elle croisa l'une de ses sœurs.

— Oh, Tessy ! Dépêche-toi ! Liza-Lu pleure et il y a un tas de gens à la maison. Mère va mieux mais tous pensent que père est mort.

Si la petite fille comprenait la portée de la nouvelle, elle n'en mesurait pas encore la tristesse. Elle se tint devant Tess et la regarda avec de grands yeux ronds jusqu'à ce que, voyant l'effet de ses paroles sur sa sœur, elle ne dise :

— Tess… ne pourrons-nous plus parler avec père ?

— Mais il était juste un peu faible ! s'exclama Tess d'un air affolé.

Liza-Lu les rejoignit.

— Il est tombé juste à l'instant. Le docteur qui était venu voir mère dit qu'il n'a aucune chance de s'en sortir. Son cœur ne fonctionne plus.

Oui : les Durbeyfield avaient échangé de rôle ; la mourante était hors de danger et le souffrant était mort. La nouvelle était bien plus grave qu'elle ne le paraissait. La vie de John Durbeyfield avait une valeur autre que celle de ses accomplissements personnels, car elle était la dernière des trois vies pour la durée desquelles avait été signée la location de la maison et du terrain, et le propriétaire la convoitait depuis longtemps pour y loger ses journaliers réguliers.

Les Durbeyfield, autrefois d'Urberville, virent alors s'abattre sur eux le destin qu'ils avaient, sans nul doute, provoqué, du temps de leur gloire, faisant d'eux des sans-terre comme ils l'étaient eux-mêmes à présent.

# 51

Avec le retour du printemps, la mobilité de la main-d'œuvre fut en pleine effervescence dans le monde agricole, et les ouvriers qui souhaitaient changer de place allaient offrir leurs services dans d'autres fermes. Ces migrations annuelles connaissaient une forte augmentation comparée à l'époque où la mère de Tess était enfant. En ce temps-là, la majorité des habitants de Marlott demeuraient toute leur vie dans la même ferme, laquelle avait accueilli leurs pères et leurs grands-pères.

Depuis l'événement qui avait couvert d'opprobre la vie de Tess, on considérait que les Durbeyfield, dont la noble ascendance était mise en doute, devaient libérer leur maison à la fin du bail, ne fût-ce que d'un point de vue moral. Il est vrai que certains membres de la famille n'avaient pas donné exemple de tempérance, de sobriété ou de chasteté. Le père, et même la mère, avaient parfois bu plus que de raison, les enfants allaient rarement à l'église et l'aînée avait contracté de curieuses unions. D'une façon ou d'une autre, le village devait veiller à sa pureté. Aussi, dès que les Durbeyfield furent expulsés, on mit la maison à la disposition d'un charretier et des siens, et la veuve Joan, ses filles Tess et Liza-Lu, le garçon Abraham et les petits durent chercher asile ailleurs.

La veille de leur départ, la nuit tomba tôt à cause d'un petit crachin qui obscurcissait le ciel. Comme c'était le dernier soir qu'ils passaient au village, Mrs. Durbeyfield, Liza-Lu et Abraham allèrent dire au revoir à quelques amis pendant que Tess gardait la maison. Assise près de la fenêtre, elle fixait une toile d'araignée tout en réfléchissant à la situation de sa famille où elle sentait sa mauvaise influence. Si elle n'était pas revenue, sa mère et ses frères et sœurs auraient sans doute été autorisés à rester comme locataires à la semaine. Certaines personnes parmi les plus scrupuleuses du village, qui occupaient par ailleurs une position importante, l'avaient vue dans le cimetière de l'église restaurer la tombe d'un bébé à l'aide d'une truelle et en conclurent qu'elle habitait de nouveau à Marlott. Après avoir reproché à Joan de l'avoir « accueillie », il s'ensuivit des répliques acérées de la part de cette dernière qui offrit, sans même qu'on le lui demande, de partir sur-le-champ. On l'avait prise au mot et tel était le résultat.

« Je n'aurais jamais dû revenir ! » se dit Tess amèrement.

Elle était si absorbée par ses pensées qu'elle n'avisa pas un homme en mackinstosh blanc qui descendait la rue à cheval, et ne prit conscience de sa présence que lorsqu'il tapota la fenêtre avec sa cravache. La pluie avait presque cessé et, obéissant à son injonction, elle ouvrit la croisée.

— Ne m'avez-vous pas vu ? demanda d'Urberville.

— Je ne faisais pas attention, répondit Tess. J'ai entendu du bruit, mais je pensais que c'était une voiture et des chevaux. Je rêvassais.

— Ah… Je suppose que vous avez entendu le carrosse des d'Urberville. Vous connaissez la légende, n'est-ce pas ?

— Non. Mon… quelqu'un devait me la raconter, mais il n'a pas pu.

— Si vous êtes une vraie d'Urberville, je ne devrais pas vous la dire. En ce qui me concerne, puisque je suis un faux d'Urberville, cela m'est égal. L'histoire est assez lugubre. On raconte que le bruit d'un carrosse qui n'existe pas ne peut être entendu que lorsqu'on a du sang des d'Urberville dans les veines, et c'est, paraît-il, de mauvais augure pour celui qui l'entend. L'histoire a à voir avec un meurtre, commis par un membre de la famille il y a plusieurs siècles.

— Maintenant que vous avez commencé, finissez.

— Très bien. Un membre de la famille aurait, dit-on, enlevé une très belle femme et, quand celle-ci a cherché à se sauver du carrosse dans laquelle il l'emmenait, il l'aurait tuée dans la lutte, ou elle l'aurait tué, je ne me souviens plus. Voilà l'histoire… Mais je vois que vos affaires sont toutes empaquetées. Vous quittez les lieux, c'est cela ?

— Oui. Demain matin.

— C'est ce que l'on m'a dit, mais j'ai eu du mal à y croire. Cela paraît si soudain. Pourquoi ce départ ?

— Le bail stipulait que père serait le dernier à occuper les lieux et qu'à sa mort, nous n'aurions plus le droit de demeurer ici. Je pense toutefois que nous aurions pu rester en tant que locataires à la semaine… si ce n'était à cause de moi.

— Pourquoi donc ?

— Parce que je ne suis pas une… une femme convenable.

— C'est honteux ! s'exclama d'Urberville, rouge de colère. Que l'âme des gens qui pensent cela soit réduite en cendres ! C'est pour cela que vous partez, alors ? Parce qu'on vous chasse ?

— On ne nous chasse pas exactement, mais comme nous devions partir de toute façon, ils disent qu'il vaut mieux le faire maintenant que tout le monde déménage.

— Et où allez-vous ?

— À Kingsbere. Nous y avons retenu des chambres. Mère est si ridicule au sujet de la famille de père qu'elle tient à s'installer là.

— Mais votre mère et ses enfants ne sont pas faits pour vivre ainsi, et dans un coin aussi retiré qui plus est. Pourquoi ne pas aller dans ma petite maison de Tantridge ? Il n'y a plus de volaille à présent que ma mère est morte, mais il y a la maison, comme vous la connaissez, et le jardin. Votre mère pourrait y vivre confortablement et je ferai en sorte d'envoyer les enfants à l'école. Vraiment, je dois faire quelque chose pour vous !

— Mais nous avons déjà pris des chambres à Kingsbere, répondit Tess. Et nous pourrons attendre là…

— Attendre ? Quoi ? Votre cher mari, sans doute. Écoutez-moi, Tess, je connais les hommes, et sachant les raisons de votre séparation, je suis persuadé que jamais il ne se réconciliera avec vous. Bien que j'aie été votre ennemi, je suis votre ami, maintenant, même si vous refusez de me croire. Prenez cette petite maison. Nous y installerons toute une colonie de volaille et votre mère s'en occupera pendant que les enfants iront à l'école.

Tess, qui s'était mise à respirer de plus en plus vite, finit par dire :

— Et comment être sûre que vous ferez tout cela ? Vous pourriez changer d'avis et nous serions… mère serait de nouveau sans toit.

— Non, non. Je m'engagerai par écrit si nécessaire. Réfléchissez-y.

Tess secoua la tête, mais d'Urberville insista. Elle l'avait rarement vu si déterminé. De toute évidence, il ne tolérerait pas de refus de sa part.

— Je vous en supplie, parlez-en au moins à votre mère, reprit-il d'un ton emphatique. C'est à elle de décider, pas à vous. Je ferai balayer et blanchir la maison à la chaux demain matin, et on y allumera un feu, de sorte qu'elle sera sèche demain soir pour votre arrivée. N'oubliez pas, je vous attends.

Tess secoua à nouveau la tête. La gorge nouée sous le coup d'émotions complexes, elle se sentait incapable de lever les yeux vers d'Urberville.

— Je vous dois quelque chose pour ce qui s'est passé, continua d'Urberville. Et puis, vous m'avez guéri de cette folie, aussi, je serais heureux de…

— J'aurais préféré que vous conserviez votre folie car vous auriez ainsi conservé la vie qui va avec !

— Je suis heureux de l'occasion qu'il m'est donné de m'acquitter un peu de ce que je vous dois. J'espère apprendre demain que votre mère s'est installée dans la maison… Donnez-moi la main à présent, chère belle Tess.

Sa voix n'était plus qu'un murmure quand il prononça cette dernière phrase. Il passa alors la main par la croisée à demi ouverte. Tess, le regard enflammé, baissa le barreau d'appui au dernier moment, lui emprisonnant le bras entre la croisée et le montant en pierre de la fenêtre.

— Sacredieu ! Vous êtes vraiment impitoyable ! s'écria-t-il en retirant son bras. Mais non, je sais que vous ne l'avez pas fait exprès. Eh bien, je vous attends demain, ou du moins votre mère et les enfants.

— Je ne viendrai pas ! J'ai beaucoup d'argent !

— Où ?

— Chez mon beau-père, si je lui demande.

— *Si* vous lui demandez, mais vous n'en ferez rien, Tess. Je vous connais : vous ne lui demanderez jamais, vous mourrez de faim avant !

Sur ces mots, il s'en alla. Tess demeura immobile pendant un long moment, jusqu'à ce qu'un violent sentiment d'injustice ne lui gonflât les yeux de larmes brûlantes. Son mari, Angel Clare, avait pris, comme tant d'autres, des mesures bien cruelles à son égard, oui, vraiment ! Elle ne se l'était jamais avoué jusqu'alors, mais c'était la vérité ! Jamais, elle pouvait le jurer du fond du cœur, elle n'avait eu dans sa vie l'intention de faire du mal, et pourtant, elle n'avait cessé d'être en butte à de si terribles jugements. Quels que soient ses péchés, elle ne les avait pas commis volontairement, mais par inadvertance. Pourquoi alors devait-elle être punie avec tant de persistance ?

Elle saisit avec passion le premier bout de papier qu'elle trouva et écrivit les lignes suivantes :

*Oh, pourquoi m'avez-vous traitée si monstrueusement, Angel ! Je ne le mérite pas. J'ai bien réfléchi : je ne pourrai jamais, jamais vous pardonner ! Vous savez que je ne voulais pas vous faire de mal... pourquoi m'en avoir autant fait, alors ? Vous êtes cruel, vraiment cruel ! Je vais m'efforcer de vous oublier. Tout ce que j'ai reçu de vos mains n'est qu'injustice !*

T.

Elle guetta le passage du facteur et dès qu'elle le vit, courut lui donner sa lettre avant de reprendre sa place près de la fenêtre.

Écrire en ces termes ou écrire des mots tendres revenait au même. Comment Angel pourrait-il céder à ses prières ? Les faits n'avaient pas changé : aucun nouvel événement n'était venu altérer son opinion.

La nuit commençait à tomber et la lueur du feu éclairait la pièce. Les petits, qui n'avaient pas pu aller avec leur mère et Liza-Lu et Abraham, se tenaient devant la cheminée et babillaient entre eux. Tess les rejoignit et alluma une bougie.

— C'est la dernière nuit que nous passons ici, mes chéris, dans la maison où vous êtes nés, dit-elle. Nous devrions y réfléchir, vous ne trouvez pas ?

Les enfants se turent. Bien que toute la journée, ils se fussent réjouis à l'idée de vivre ailleurs, à cause de la nature impressionnable due à leur âge, Tess vit qu'ils étaient sur le point de fondre en larmes à l'image de cette finalité qu'elle venait d'évoquer. Aussi s'empressa-t-elle de changer de sujet.

— Chantez-moi quelque chose, suggéra-t-elle.

— Quoi ?

— Ce que vous voulez, ça m'est égal.

Elle se détourna et revint à la fenêtre. Il faisait complètement noir dehors, pourtant elle plaqua son visage contre la vitre comme pour scruter l'obscurité. En vérité, elle cherchait à cacher ses larmes. Si seulement elle était sûre de l'avenir, elle verrait les choses différemment et confierait ses petits frères et sœurs à la Providence ! Mais à défaut de cela, il lui fallait faire quelque chose, il lui fallait être leur Providence.

Dans l'ombre de la route humide, elle distingua bientôt sa mère, Liza-Lu et Abraham, et alla ouvrir la porte.

— Je vois des traces de sabot de cheval devant la fenêtre, dit Joan. Quelqu'un est venu ?

— Non, répondit Tess.

Les enfants, près de l'âtre, lui adressèrent un regard grave et l'un d'eux murmura :

— Si, Tess, le monsieur à cheval !

— Il n'est pas venu nous voir, il m'a juste parlé en passant.

— Qui était ce monsieur ? demanda Joan. Ton mari ?

— Non. Mon mari ne viendra jamais, jamais ! s'exclama Tess avec un désespoir glacial.

— Qui était-ce, alors ?

— Vous l'avez déjà vu… et moi aussi.

— Ah… Et que disait-il ?

— Je vous répondrai demain, quand nous serons installés à Kinsbere. Vous saurez tout.

Ce n'était pas son mari, avait-elle dit. Pourtant, le sentiment qu'il l'était, physiquement, semblait peser de jour en jour davantage sur elle.

# 52

Le lendemain matin, dès potron-minet, alors qu'il faisait encore sombre, les gens qui vivaient près des grandes routes furent dérangés dans leur sommeil par le bruit intermittent de véhicules qui se poursuivit jusqu'au jour. C'était les charrettes vides et les équipages venus chercher les affaires des familles qui migraient. En général, il s'agissait de la voiture du fermier qui louait leurs services. Mais aucun fermier n'envoya de véhicule à Tess et à sa mère. Elles n'étaient pas des ouvrières agricoles régulières, elles n'étaient que des femmes et personne ne les attendait. Aussi, durent-elles réserver un chariot et son conducteur à leurs frais.

Ce fut un soulagement pour Tess quand elle regarda par la fenêtre ce matin-là et vit que, s'il y avait du vent, il ne pleuvait pas. Car déménager un jour de pluie était un cauchemar que les familles n'oubliaient jamais : les meubles mouillés, la literie mouillée, les vêtements mouillés en gardaient les traces et s'ensuivait une longue traînée de maladies. Joan Durbeyfield, Liza-Lu et Abraham étaient également réveillés. Ils décidèrent de laisser les petits dormir encore puis, après avoir déjeuné tous les quatre à la faible lueur du jour, ils commencèrent à débarrasser la maison. Un ou deux voisins vinrent les aider et le déménagement se déroula dans la bonne humeur. Une fois les gros meubles entassés, on fit une sorte de nid avec les lits et la literie où Joan et les petits se tiendraient pendant le voyage, puis on attela de nouveau les chevaux qui avaient été détachés pendant le chargement. Enfin, vers deux heures, les Durbeyfield se mirent en route.

En chemin, ils croisèrent d'autres familles qui, comme la leur, voyageaient perchées au sommet de leur charrette. Certaines étaient gaies, d'autres mélancoliques, et d'autres encore s'arrêtaient à la porte des auberges, au bord de la route. C'est à l'une d'elles qu'à leur tour, ils firent halte pour nourrir les chevaux et se rafraîchir. Tandis que Tess attendait de repartir, son regard fut attiré par une chope bleue que se passaient des femmes assises sur un chariot. Elle suivit son mouvement des yeux jusqu'à ce que la chope fût attrapée par des mains qu'elle reconnut.

— Marian ! Izz ! s'écria-t-elle en s'approchant, car c'était bien ses deux amies qui voyageaient avec la famille chez qui elles logeaient. Déménagez-vous aujourd'hui comme tout le monde ?

— Oui, répondirent-elles avant de lui expliquer que la vie était vraiment trop rude à Flintcomb-Ash et qu'elles avaient décidé de partir sans prévenir le fermier Groby. Qu'il les poursuive en justice s'il le souhaitait !

Après qu'elles lui dirent leur destination et que Tess eut dit la sienne, Marian se pencha et ajouta à voix basse :

— Tess… le gentleman qui te suivait… tu vois de qui je parle… eh bien, il est passé à la ferme après ton départ et a demandé où tu étais allée. On ne lui a rien dit puisqu'on savait que tu ne voulais pas le voir.

— En fait, je l'ai vu, répondit Tess. Il m'a retrouvée.

— Et il sait où tu vas ?

— Je crois.

— Ton mari n'est pas revenu ?

— Non.

Sur ces paroles, elle prit congé de ses amies et les deux chariots poursuivirent leur voyage dans des directions opposées.

Bien que la famille Durbeyfield fût partie de bonne heure, il était tard dans l'après-midi quand elle contourna le flanc d'une éminence qui formait le plateau de Greenhill. Tess regarda autour d'elle. Au pied de la colline, s'étendait la petite ville à moitié déserte de Kingsbere, l'endroit sur terre que l'on pouvait considérer comme le foyer des d'Urberville puisqu'ils y avaient résidé pendant cinq cents ans.

Un homme, qui venait de la ville, marchait dans leur direction. Quand il avisa la nature du chargement sur le chariot, il pressa le pas.

— C'est vous, la femme qu'on appelle Mrs. Durbeyfield ? demanda-t-il à la mère de Tess, qui était descendue pour faire le reste du chemin à pied.

Elle acquiesça d'un hochement de tête.

— Je suis la veuve de feu Sir John d'Urberville et je m'en retourne sur la terre de ses ancêtres.

— Oh ? Je ne savais rien de tout cela. Mais si vous êtes Mrs. Durbeyfield, on m'a envoyé vous dire que les chambres que vous vouliez étaient louées. On ne savait pas que vous arriviez avant de recevoir votre lettre ce matin… et c'était trop tard. Mais je suis sûr que vous trouverez à vous loger ailleurs.

L'homme avait remarqué le visage de Tess, devenu d'une pâleur mortelle à cette nouvelle.

— Qu'allons-nous faire, Tess ? demanda Joan, amèrement. Voilà l'accueil que nous réservent tes aïeux ! Il ne nous reste plus qu'à essayer plus loin.

Une fois en ville, pendant que Joan et Liza-Lu allèrent s'enquérir d'un logement, Tess demeura sur le chariot pour surveiller les enfants. Lorsque la mère et la fille revinrent, une heure plus tard, après des recherches infructueuses, le conducteur du chariot annonça que les chevaux étaient à moitié morts et qu'il fallait décharger les meubles car il était obligé de faire une partie du trajet de retour dans la soirée.

— Déchargez ici dans ce cas, répondit Joan avec insouciance. Je trouverai bien un lieu quelque part.

Le chariot était arrêté sous le mur du cimetière, à l'abri des regards. Le conducteur ne se le fit pas dire deux fois et déposa à terre le maigre chargement. Une fois qu'il eut fini, Joan le paya, dépensant presque jusqu'à son dernier shilling, et il partit, trop content de ne plus avoir à faire avec cette famille. La nuit était sèche et il se disait qu'il ne leur arriverait rien.

Tess contempla les meubles d'un air désespéré. Tout autour s'étendaient des collines, autrefois propriété des d'Urberville. D'anciennes fondations, couvertes de verdure, indiquaient l'emplacement du manoir, et tout près, se dressait, imperturbable, la nef de l'église, appelée Nef d'Urberville.

— Le caveau de la famille d'Urberville nous appartient, n'est-ce pas ? dit la mère de Tess en revenant de l'église et du cimetière où elle était allée en reconnaissance. Eh bien, c'est là que nous camperons, mes enfants, jusqu'à ce que la ville de vos ancêtres nous trouve un toit. Tess, Liza-Lu et Abraham, aidez-moi. Nous allons faire un nid pour les enfants, et ensuite, nous jetterons un coup d'œil alentour.

Un quart d'heure plus tard, le vieux lit à colonnes fut dégagé du tas de meubles et installé sous le mur sud de l'église. Au-dessus du ciel de lit se trouvait une magnifique fenêtre à meneaux qui datait du XV^e^ siècle. On l'appelait la fenêtre d'Urberville, et dans sa partie supérieure, on discernait les mêmes emblèmes héraldiques que ceux qui figuraient sur le seau et la cuillère de John Durbeyfield.

Joan tira les rideaux du lit de façon à en faire une tente et y coucha les petits.

— Au pire, nous pourrons dormir là, nous aussi, cette nuit, dit-elle. Mais essayons de chercher encore. Nous en profiterons pour rapporter à manger. Oh, Tess, à quoi bon avoir joué à te marier avec des gentlemen si c'est pour nous laisser dans cet état ?

Sur ces paroles, elle remonta le petit chemin qui séparait l'église de la ville, accompagnée de Liza-Lu et d'Abraham. Aussitôt arrivés dans la rue principale, ils aperçurent un homme à cheval qui regardait de tous côtés.

— Ah, je vous cherchais, dit-il en les rejoignant. Voilà en vérité une réunion de famille sur un lieu historique !

C'était Alec d'Urberville.

— Où est Tess ? ajouta-t-il.

Joan n'appréciait guère Alec. Elle lui indiqua vaguement la direction de l'église et continua son chemin, tandis que ce dernier lui disait qu'il la reverrait dans le cas où elle reviendrait bredouille de ses recherches de logement. Quand Joan et ses enfants furent au loin, il se dirigea vers l'auberge et en ressortit peu de temps après, à pied.

Pendant ce temps, Tess, qui était restée avec les petits et qui, après avoir parlé un moment avec eux, ne voyait plus ce qu'elle pouvait faire pour leur bien-être, alla marcher un peu dans le cimetière, que les ombres de la nuit commençaient à obscurcir. La porte de l'église était ouverte, et elle y entra pour la première fois de sa vie.

Sous la fenêtre, en dessous de laquelle ils avaient installé le lit, se trouvaient les tombes des d'Urberville dont les dates couvraient plusieurs siècles. Surmontées d'un dais, elles avaient la forme d'un autel. Les sculptures étaient abîmées et brisées, les plaques mortuaires arrachées et les trous des rivets évoquaient les trous des hirondelles de rivage dans le sable. De tout ce qu'on lui avait raconté sur l'extinction de sa famille, rien ne lui parut plus terrible que ce pillage.

Alors qu'elle s'éloignait, elle passa près d'une tombe, la plus vieille de toutes, sur laquelle reposait un gisant. Dans la pénombre, elle ne l'avait pas remarquée et n'y aurait sans doute pas prêté attention si elle n'eut l'impression que la statue de pierre bougeait. Elle s'en approcha et découvrit qu'elle était vivante. Le choc qu'elle éprouva alors fut si violent qu'elle en fut saisie et s'affaissa, près de s'évanouir, mais pas avant cependant de reconnaître Alec d'Urberville.

Il bondit de la pierre tombale et la soutint.

— Je vous ai vue entrer, dit-il en souriant, et je me suis mis là pour ne pas vous déranger dans vos méditations. Une petite communion, n'est-ce pas, avec ces vieux bonshommes qui croupissent là-dessous ?

Il tapa du pied sur le sol duquel monta un écho caverneux.

— Cela les a un peu secoués, croyez-moi, continua-t-il. Et vous pensiez que j'étais l'effigie en pierre de l'un d'eux ? Eh bien, non ! Le petit doigt du faux d'Urberville peut plus pour vous que toute la dynastie réunie des vraies d'Urberville qui sont là-dessous. À présent, donnez-moi un ordre. Que dois-je faire ?

— Allez-vous-en, murmura-t-elle.

— Très bien. Je m'en vais chercher votre mère, dit-il platement avant d'ajouter : Mais méfiez-vous. Vous finirez par être aimable !

Quand il fut parti, Tess se pencha vers l'entrée des caveaux et dit :

— Pourquoi faut-il que je sois de ce côté-ci de la porte ?

Pendant ce temps, Marian et Izz Huett avaient poursuivi leur voyage. Mais elles ne pensaient guère à l'endroit où elles allaient : elles parlaient d'Angel Clare et de Tess, et de l'amoureux tenace de Tess, dont elles savaient de quelle manière il était lié à leur amie, pour l'avoir en partie entendue et en partie devinée.

— Ce n'est pas comme si elle ne l'avait pas connu avant, disait Marian. Qu'il ait fait sa conquête une fois, là est toute la différence. Ce serait vraiment regrettable qu'il la séduise de nouveau. Mr. Clare ne sera jamais rien pour nous, Izz. Pourquoi on en voudrait à Tess à cause de lui ? On ferait mieux d'essayer de les raccommoder. Si seulement il savait dans quelle situation difficile elle se trouve et la menace qui plane sur elle, il reviendrait peut-être s'occuper d'elle.

— Tu crois qu'on devrait le mettre au courant ?

Elles y réfléchirent tout le long du chemin, mais une fois arrivées, elles furent si affairées par leur nouvelle installation qu'elles n'y pensèrent plus. Un mois plus tard, alors qu'elles n'avaient plus de nouvelles de Tess, elles apprirent que Clare était sur le point de rentrer. Agitées de nouveau par leur attachement pour le jeune homme, quoique bien disposées à l'égard de Tess, les deux filles unirent leurs efforts pour écrire la lettre suivante :

*Honorable monsieur,*

*Veillez sur votre Femme si vous l'aimez autant qu'elle vous aime. Car elle souffre à cause d'un Ennemi qui a l'apparence d'un Ami. Monsieur, il y a quelqu'un près d'elle qui devrait être Loin. On ne devrait pas tenter une femme au-delà de ses Forces, et les larmes, comme l'eau qui coule continuellement, peuvent user une Pierre… et plus, un Diamant.*

*De la part de deux personnes qui vous veulent du bien.*

Elles adressèrent cette lettre à Angel Clare au presbytère d'Emminster, là où elles savaient qu'il avait de la famille. Après quoi, face à leur propre générosité, elles se laissèrent aller à un état d'exaltation émue qui les fit chanter quelques mesures hystériques et pleurer à la fois.

# Septième Partie

# L'accomplissement

# 53

La nuit tombait sur le presbytère d'Emminster. Les deux bougies qu'on allumait tous les soirs brûlaient sous leur abat-jour dans le bureau du pasteur, mais celui-ci ne se trouvait pas là. De temps en temps, il entrait, attisait le feu, puis ressortait, s'arrêtant parfois devant la porte d'entrée avant de passer au salon puis de retourner vers la porte d'entrée. Celle-ci faisait face à l'ouest et, bien que l'obscurité régnât dans la maison, il y avait encore suffisamment de lumière pour qu'on y voie distinctement. Mrs. Clare, qui était assise au salon, rejoignit son mari sur le pas de la porte.

— On a le temps encore, dit le pasteur. Il ne sera pas à Chalk-Newton avant six heures, même si le train n'a pas de retard, et ensuite il lui faut parcourir dix miles sur une route de campagne, et avec notre vieux cheval qui plus est.

— Mais il l'a fait en une heure avec nous…

— C'était il y a des années.

Ils patientèrent ainsi, sachant qu'il ne servait à rien de conjecturer et qu'ils devaient tout simplement attendre.

Enfin, un bruit léger se fit entendre dans l'allée. Mrs. Clare se précipita par le couloir sombre jusqu'à la porte, suivie de son mari. Le nouvel arrivant, qui s'apprêtait à entrer, vit leurs visages inquiets sur le seuil et la lueur du soleil couchant dans leurs lunettes car ils faisaient face aux derniers rayons du jour, alors qu'eux ne pouvaient distinguer que sa silhouette contre la lumière.

— Oh, mon garçon ! Mon garçon ! Te voilà enfin ! s'écria Mrs. Clare. Mais ce n'est pas mon Angel, ce n'est pas mon fils qui est parti, ajouta-t-elle en se détournant brusquement, saisie par le chagrin.

Le vieux Mr. Clare fut, lui aussi, choqué, de voir Angel aussi amaigri par les soucis et l'insalubrité du climat qu'il avait connu dans ce pays où il s'était si imprudemment enfui tant ce qu'il vivait ici lui faisait horreur. Le squelette se devinait derrière l'homme et presque le spectre derrière le squelette. Ses orbites enfoncées étaient d'une teinte morbide et l'éclat de ses yeux avait disparu.

— J'ai été malade, là-bas, dit-il, mais je vais bien maintenant.

Cependant, comme pour se moquer de cette affirmation, ses jambes parurent céder sous lui, et il s'assit pour ne pas tomber. Ce n'était qu'un léger accès de faiblesse, dû à la fatigue du voyage et à l'excitation du retour.

— Y a-t-il eu du courrier pour moi récemment ? demanda-t-il. J'ai reçu la dernière lettre que vous m'avez envoyée tout à fait par hasard, et avec un retard considérable car je me trouvais dans les terres, sinon, je serais rentré plus tôt.

— Elle était de ta femme, n'est-ce pas ?

— Oui.

Une autre lettre était arrivée depuis, mais, sachant que son fils serait bientôt parmi eux, le pasteur ne l'avait pas fait suivre. Angel s'empressa de l'ouvrir et fut des plus troublés en découvrant les sentiments que Tess exprimait dans cette dernière missive griffonnée à la hâte.

*Oh, pourquoi m'avez-vous traitée si monstrueusement, Angel ! Je ne le mérite pas. J'ai bien réfléchi : je ne pourrai jamais, jamais vous pardonner ! Vous savez que je ne voulais pas vous faire de mal... pourquoi m'en avoir autant fait, alors ? Vous êtes cruel, vraiment cruel ! Je vais m'efforcer de vous oublier. Tout ce que j'ai reçu de vos mains n'est qu'injustice !*

T.

— C'est bien vrai ! s'exclama-t-il en jetant la lettre. Peut-être ne se réconciliera-t-elle jamais avec moi !

— Ne te mets pas martel en tête, Angel, pour une simple fille de la terre, déclara Mrs. Clare.

— Une fille de la terre ! Nous sommes tous des enfants de la terre. Je préférerais qu'elle le soit dans le sens que vous l'entendez. Mais laissez-moi vous confier ce que je ne vous ai jamais dit auparavant : son père descend de l'une des plus vieilles familles normandes, comme bien d'autres qui mènent une pauvre vie de paysan dans nos villages et qu'on appelle des « fils de la terre ».

Il se retira peu après, et le lendemain, se sentant encore très fatigué, il demeura dans sa chambre à réfléchir. Il avait quitté Tess dans de telles circonstances qu'il lui avait semblé, lorsqu'il se trouvait au sud de l'équateur et qu'il venait de recevoir sa lettre si tendre, que rien ne serait plus facile au monde que se jeter dans ses bras dès qu'il déciderait de lui pardonner. Mais maintenant qu'il était de retour, il découvrait que les choses étaient moins aisées qu'il ne l'imaginait. Tess était passionnée, et sa dernière lettre montrait qu'à force de l'attendre, ses sentiments à son égard avaient changé – trop justement changé, il le reconnaissait tristement. Serait-il sage, dès lors, d'aller la voir chez ses parents sans avoir été annoncé ? Si son amour pour lui s'était effectivement transformé en aversion au cours des dernières semaines de leur séparation, une rencontre soudaine pourrait conduire à des paroles amères. Clare pensa donc qu'il valait mieux préparer Tess à leurs retrouvailles en envoyant un mot à Marlott pour annoncer son retour, et pria pour qu'elle vive toujours chez ses parents, comme il lui avait conseillé de le faire avant de quitter l'Angleterre. Il posta sa lettre le jour même et, avant la fin de la semaine, une courte réponse de Mrs. Durbeyfield lui parvint. Celle-ci n'arrangea pas cependant ses affaires car elle ne contenait aucune adresse, et, à sa surprise, n'avait pas été envoyée de Marlott.

*Monsieur, la mère de Tess vous écrit ces quelques lignes pour vous dire que ma Fille est loin de moi en ce moment et que je ne sais pas quand elle reviendra, mais je vous le ferai savoir aussitôt qu'elle me préviendra. Je n'ai pas le droit de vous dire où elle vit actuellement, mais sachez juste que ma famille et moi avons quitté Marlott depuis quelque Temps.*

*Salutations,*

J. DURBEYFIELD.

Ce fut un tel soulagement pour Clare d'apprendre que Tess était apparemment en bonne santé que la réticence de sa mère à lui communiquer son adresse ne le perturba pas outre mesure. Tous lui en voulaient, évidemment, et il ne lui restait plus qu'attendre que Mrs. Durbeyfield l'informât du retour de Tess, qui, d'après sa lettre, ne devrait pas tarder. Après tout, il ne méritait pas plus.

Un jour ou deux passa sans qu'aucune nouvelle missive de Joan Durbeyfield n'arrive. Angel recouvra toutefois un peu de ses forces. Il ressortit l'ancienne lettre qu'il avait reçue au Brésil et que Tess lui avait écrite depuis Flintcomb-Ash, et la relut. Les mots de la jeune femme le touchèrent autant que la première fois.

*Je me tourne vers vous dans mon malheur, car je n'ai personne d'autre vers qui me tourner… Je crois que je vais mourir si vous n'arrivez pas vite, ou si vous ne me demandez pas de vous rejoindre… je vous en prie, ne soyez pas juste, seulement indulgent envers moi… Si vous étiez là, je pourrais mourir dans vos bras. La mort me serait une joie si elle signifiait que vous m'avez pardonné… si vous m'envoyiez, ne serait-ce que quelques lignes, et me disiez,* j'arrive bientôt, *j'attendrais, Angel. La joie au cœur !… Pensez, pensez comme cela me fait mal de ne plus jamais vous voir, jamais ! Ah, si seulement j'avais les moyens de faire que votre cœur souffre une petite minute par jour comme le mien souffre tous les jours, et toute la journée, cela vous conduirait peut-être à prendre en pitié votre pauvre esseulée… Je serais satisfaite, oui, heureuse, de vivre auprès de vous comme votre servante, si je ne puis vivre comme votre femme. Je ne demande qu'à être près de vous, qu'à pouvoir vous regarder et penser que vous êtes à moi… Je ne rêve que d'une chose sur terre, sous terre ou au paradis : vous retrouver, mon chéri. Venez, venez et sauvez-moi de ce qui me menace !*

Clare décida de ne plus accorder de crédit aux dernières paroles sévères qu'elle lui avait écrites mais d'aller la retrouver tout de suite. Il interrogea son père pour savoir si elle lui avait demandé de l'argent pendant son absence, et comme celui-ci lui répondit que non, il lui vint pour la première fois à l'esprit que c'était par orgueil qu'elle ne l'avait point fait et qu'elle avait donc dû souffrir de dures privations. D'après quelques remarques qu'il laissa échapper, ses parents finirent par deviner la véritable raison de leur séparation, mais parce que les réprouvés étaient dans leur sollicitude chrétienne ceux vers qui ils se tournaient, leur tendresse que la naissance, la simplicité et même la pauvreté de Tess n'avaient pas engendrée, fut aussitôt éveillée par son péché.

Alors qu'Angel rassemblait deux ou trois affaires pour son voyage, ses yeux se posèrent sur une pauvre missive toute simple arrivée récemment – celle de Marian et de Izz Huett – et qui commençait par ces termes :

*Honorable monsieur, Veillez sur votre Femme si vous l'aimez autant qu'elle vous aime…*

Et se terminait ainsi :

*De la part de deux personnes qui vous veulent du bien.*

# 54

Un quart d'heure plus tard, Angel quittait le presbytère sous le regard de Mrs. Clare, qui suivit la fine silhouette de son fils disparaissant dans la rue. Il avait refusé l'offre de son père de prendre la vieille jument, sachant combien on en avait besoin à la maison. Il se dirigea vers l'auberge, où il loua une voiture et attendit non sans mal qu'on l'attelât. Quelques minutes après, il gravissait la colline que trois ou quatre mois plus tôt Tess avait descendue avec tant d'espoir et remontée, brisée par l'anéantissement de ses projets.

Il se rendit d'abord à Flintcomb-Ash, à l'adresse où Tess lui avait écrit, et qu'il supposait être le lieu de séjour auquel sa mère faisait référence. Là, bien sûr, il ne la trouva pas, mais ce qui le découragea bien davantage fut d'apprendre que ni les paysans ni même le fermier n'avaient jamais entendu parler d'une « Mrs. Clare », bien que Tess fût restée dans leur mémoire à tous sous son nom de baptême. De toute évidence, elle avait refusé de se servir de son nom à lui pendant leur séparation, et son sens de la dignité se manifestait autant par cette retenue que par les épreuves qu'elle avait préféré vivre plutôt que demander de l'aide au vieux Mr. Clare.

De Flintcomb-Ash, lui dit-on, Tess Durbeyfield était retournée sans prévenir chez ses parents, de l'autre côté de la vallée de Blackmoor. Il lui fallait donc trouver Mrs. Durbeyfield. Celle-ci lui avait écrit qu'elle ne vivait plus à Marlott tout en se montrant curieusement réticente au sujet de sa nouvelle adresse. Son seul recours, aller à Marlott et mener son enquête. Le fermier qui avait si grossièrement traité Tess se montra des plus obséquieux avec Clare et lui prêta une voiture et un domestique pour le conduire à Marlott, le véhicule avec lequel il était arrivé étant reparti à Emminister.

Clare refusa de profiter de l'offre du fermier au-delà de la lisière de la vallée et renvoya la voiture pour entrer le lendemain à pied dans la région natale de sa chère Tess. La maison dans laquelle elle avait passé les premières années de sa vie était à présent occupée par une autre famille qui ne l'avait pas connue. Clare apprit cependant que John Durbeyfield était mort et que sa veuve avait quitté Marlott pour s'installer avec les enfants à Kingsbere, mais qu'elle avait finalement changé d'avis et avait élu domicile dans un autre village dont on lui indiqua le nom.

En repartant de Marlott, il longea le champ où il avait vu Tess pour la première fois, puis traversa le cimetière. Parmi les pierres tombales les plus récentes, l'une d'elles, d'un modèle légèrement supérieur aux autres, attira son regard. Elle portait l'inscription suivante :

À LA MÉMOIRE

DE

JOHN DURBEYFIELD

OU PLUS LÉGITIMEMENT D'URBERVILLE

DESCENDANT DIRECT DE LA FAMILLE AUTREFOIS ILLUSTRE

DES D'URBERVILLE

MORT LE 10 MARS 18…

COMBIEN LES PUISSANTS SONT TOMBÉS

Un homme, le bedeau apparemment, avait observé Clare, debout devant la tombe, et s'approcha :

— Ah, voilà un homme qui ne voulait pas reposer ici mais souhaitait être enterré à Kingsbere auprès de ses ancêtres, dit-il.

— Et pourquoi n'a-t-on pas respecté son désir ? demanda Angel.

— Pas d'argent… Que Dieu vous bénisse, monsieur… mais c'est que, même cette pierre tombale, malgré toutes les inscriptions qu'on peut y lire, n'a pas été payée !

— Ah… et qui l'a posée ?

L'homme lui donna le nom d'un maçon au village et Clare se rendit chez lui. Là, découvrant que le bedeau disait vrai, il régla la note puis partit en direction du village où vivait Mrs. Durbeyfield.

La distance était trop grande pour la parcourir à pied, mais Clare ressentait tant le besoin d'être seul qu'il se refusa dans un premier temps à prendre une voiture ou le train. À Shaston, cependant, il se résolut à louer un véhicule, mais la route était encore si longue, qu'il n'atteignit sa destination que dans la soirée, vers sept heures environ. Le village étant petit, il n'eut aucune difficulté à trouver la maison de Mrs. Durbeyfield. Entourée d'un jardin clos, elle était légèrement en retrait de la route principale. Pour une raison ou une autre, la mère de Tess ne souhaitait pas le rencontrer et Clare sentit que sa visite dérangeait. Elle se tenait sur le seuil, le visage éclairé par la lumière du crépuscule. C'était la première fois que Clare se trouvait en sa présence, mais il était si préoccupé qu'il remarqua uniquement qu'elle était encore belle et vêtue comme une veuve respectable. Il expliqua bien maladroitement qu'il était le mari de Tess et le but de sa visite avant d'ajouter :

— Je veux la voir sans plus tarder. Vous deviez me réécrire, mais vous ne l'avez pas fait.

— Parce qu'elle n'est point revenue à la maison, répondit Joan.

— Savez-vous si elle se porte bien ?

— Non, je l'ignore, mais vous, vous devriez le savoir, monsieur.

— C'est vrai, reconnut Clare. Où demeure-t-elle ?

Depuis le début de la conversation, Joan avait trahi son embarras en gardant la main sur la joue.

— Je… je ne sais pas exactement. Elle était… mais…

— Où était-elle ?

— C'est qu'elle n'y est plus.

Elle marqua une pause et les jeunes enfants en profitèrent pour se glisser jusqu'à la porte. Le plus jeune tira sur la jupe de sa mère et dit tout bas :

— C'est le monsieur qui doit se marier avec Tess ?

— Il l'a déjà épousée, murmura Joan. Rentre maintenant.

Voyant comme la malheureuse femme s'efforçait de ne pas trop en dire, Clare demanda :

— Pensez-vous que Tess aimerait que j'essaie de la retrouver ? Si ce n'est pas le cas, bien sûr…

— Je ne crois point qu'elle le souhaiterait.

— En êtes-vous sûre ?

— Oui.

Alors qu'il allait s'éloigner, il songea tout à coup à la tendre lettre de Tess et s'écria avec passion :

— Eh bien, moi, je suis sûr qu'elle le souhaiterait ! Je la connais mieux que vous.

— C'est très probable, monsieur, car je n'ai jamais vraiment su qui elle était.

— Je vous en prie, Mrs. Durbeyfield, donnez-moi son adresse. Faites preuve de bonté envers un homme seul et misérable.

La mère de Tess se frotta la joue nerveusement puis, devant la souffrance de Clare, elle finit par dire :

— Elle vit à Sandbourne.

— Ah… mais où ? Sandbourne est une grande ville.

— Je n'en sais pas plus… Je n'y suis jamais allée.

Il était clair que Joan disait la vérité et Angel n'insista pas.

— Avez-vous besoin de quoi que ce soit ? demanda-t-il doucement.

— Non, monsieur, répondit Joan. Nous ne manquons de rien.

Clare repartit sans être entré dans la maison. Il y avait une gare à trois miles de là. Après avoir payé son cocher, il s'y rendit à pied et arriva à temps pour prendre le dernier train pour Sandbourne.

# 55

À onze heures du soir, après avoir réservé une chambre dans l'un des hôtels de la ville et télégraphié son adresse à son père, Clare marcha dans les rues de Sandbourne. Il était trop tard pour faire une visite ou interroger qui que ce soit, aussi repoussa-t-il ses projets de bien mauvais gré au lendemain matin.

Cette station balnéaire à la mode, avec ses deux gares, ses jetées, ses pinèdes, ses promenades et ses jardins couverts apparaissaient aux yeux de Clare comme un lieu féerique créé d'un coup de baguette magique et auquel on aurait permis de prendre un peu la poussière. À la lueur des réverbères, il suivit les allées sinueuses de ce monde nouveau à l'intérieur d'un monde ancien. Entre les arbres, il pouvait distinguer, qui se détachaient du ciel étoilé, les toits, les cheminées, les belvédères et les tours des nombreuses demeures extravagantes que l'on avait construites. C'était une ville faite d'hôtels particuliers qui semblait, de nuit, encore plus impressionnante. La mer était toute proche, mais discrète : elle murmurait, et il pensa que c'étaient les pins ; les pins murmuraient exactement dans la même tonalité, et il pensa que c'était la mer.

Où Tess pouvait-elle bien se trouver, une fille de ferme, sa jeune épouse, au milieu de toute cette richesse et cette élégance ? Plus il y réfléchissait, plus il était intrigué. Y avait-il des vaches à traire ici ? Des champs à labourer ? Certainement pas. Elle devait probablement travailler comme domestique dans l'une de ces grandes maisons, et alors qu'il longeait leur façade, il regarda les fenêtres des chambres où les lumières s'éteignaient les unes après les autres, en se demandant laquelle pouvait être la sienne.

Conjecturer ne servait à rien, aussi, juste après minuit, il rentra se mettre au lit, mais pas avant de relire une dernière fois la lettre passionnée de Tess. Le sommeil, cependant, ne vint pas – comment pouvait-il dormir si près d'elle et pourtant si loin ? – et il ne cessa de soulever le store et de regarder l'arrière des maisons en se demandant à nouveau derrière quel châssis à guillotine elle reposait. Il aurait aussi bien fait de rester debout toute la nuit. Le lendemain matin, il sortit peu après sept heures et prit la direction de la grande poste. À la porte, il croisa le facteur qui s'apprêtait à faire sa tournée du matin.

— Connaissez-vous l'adresse d'une Mrs. Clare ? demanda-t-il.

L'homme secoua la tête. Se rappelant alors que Tess continuait peut-être d'utiliser son nom de jeune fille, Clare ajouta :

— Ou d'une Miss Durbeyfield ?

— Non, répondit le facteur. Vous savez, tous les jours, il y a des gens qui arrivent et qui repartent. Sans le nom de la maison, c'est impossible de les trouver.

Apercevant l'un de ses camarades qui sortait de la poste à ce moment-là, le facteur lui répéta le nom de Durbeyfield.

— Je ne connais pas de Durbeyfield, dit celui-ci, mais il y a un d'Urberville aux *Hérons*.

— C'est cela ! s'écria Clare, ravi de découvrir que Tess avait corrigé la véritable prononciation de son nom. Quel genre d'endroit est-ce, *Les Hérons* ?

— Un hôtel meublé très chic. Il n'y a que cela ici, monsieur.

Clare se fit expliquer l'emplacement de la maison et s'empressa de s'y rendre. Il arriva en même temps que le laitier. *Les Hérons*, quoiqu'une villa ordinaire, se dressait au milieu d'un jardin privé, et était certainement le dernier endroit où l'on se serait attendu à trouver des chambres meublées tant elle avait l'apparence d'une maison particulière. Si cette pauvre Tess y travaillait comme domestique, ainsi qu'il le redoutait, elle devait certainement attendre le laitier à la porte de service. Il était sur le point de s'en approcher quand, pris de doute, il décida de sonner à la porte d'entrée.

Bien qu'il fût encore tôt, la propriétaire en personne ouvrit et Clare demanda Teresa d'Urberville ou Durbeyfield.

— Mrs. d'Urberville ?

— Oui.

Tess se faisait donc passer pour une femme mariée, et il en fut soulagé, même si elle n'avait pas adopté son nom.

— Voulez-vous bien avoir la bonté de lui dire qu'un parent désirerait la voir ?

— Il est un peu tôt. Qui dois-je annoncer ?

— Angel.

— Mr. Angel ?

— Non, Angel. C'est mon prénom. Elle comprendra.

— Je vais voir si elle est réveillée.

Elle le fit entrer dans le salon où, en attendant, il regarda par les rideaux fleuris la petite pelouse avec ses rhododendrons et ses arbustes. Manifestement, sa situation n'était pas aussi terrible qu'il le craignait, et il lui traversa l'esprit que pour se l'assurer, elle avait sans doute récupéré les bijoux et les avait vendus. Il ne la blâma pas pour autant. Bientôt, son oreille aux aguets perçut un bruit de pas dans l'escalier. Son cœur se mit à battre si violemment qu'il parvint à peine à rester debout.

« Mon Dieu ! Que va-t-elle penser de moi, j'ai tant changé ! » se dit-il à lui-même.

La porte s'ouvrit. Tess apparut sur le seuil – pas du tout comme il s'attendait à la voir – et demeura figée sur place, abasourdie. Sa beauté naturelle était, sinon rehaussée, mise en lumière par sa tenue. Elle portait une robe de chambre en cachemire gris perle, négligemment nouée autour de la taille, et des mules de la même teinte. Son cou se dressait au-dessus d'une collerette de duvet et ses cheveux, dont il se souvenait si bien, étaient en partie enroulés à l'arrière de sa tête. Des mèches pendaient sur ses épaules, preuve qu'elle s'était coiffée à la hâte.

Il avait tendu les bras vers elle à son arrivée, mais voyant qu'elle ne s'était pas avancée et se tenait immobile dans l'encadrement de la porte, il les laissa retomber. Son teint jaunâtre et sa maigreur squelettique lui firent paraître le contraste entre eux si marqué qu'il pensa que son apparence la dégoûtait.

— Tess ! dit-il d'une voix rauque. Pouvez-vous me pardonner d'être parti ? Ne voulez-vous pas… approcher ? Comment se fait-il que vous soyez devenue… ainsi ?

— Il est trop tard ! s'écria-t-elle, et sa voix résonna durement dans la pièce tandis que ses yeux brillaient d'un éclat surnaturel.

— Je vous ai mal jugée… Je ne vous voyais pas telle que vous étiez, continua-t-il, suppliant. Mais j'ai compris mon erreur, depuis, ma Tessy bien-aimée.

— Il est trop tard, trop tard ! répéta-t-elle en agitant les mains avec l'impatience de quelqu'un qui souffre et pour qui chaque instant dure une heure. N'avancez pas, Angel ! Non, il ne le faut pas ! Restez où vous êtes !

— Mais ne m'aimez-vous pas, ma femme chérie ? Est-ce à cause de ma maladie qui m'a tant affaibli ? Mais non, vous n'êtes pas si changeante. Je suis venu vous chercher, mes parents vous feront bon accueil maintenant.

— Oui, oui, je vous aime, mais il est trop tard, vous comprenez ?

On aurait dit une fugitive dans un rêve qui tente de se sauver mais ne le peut pas.

— Ne savez-vous pas tout ? Ne le savez-vous pas ? Comment alors êtes-vous arrivé ici si vous ignorez tout ?

— Je me suis renseigné ici ou là et je vous ai trouvée.

— Je vous ai attendu, je vous ai tellement attendu, continua-t-elle, de son ancienne voix émouvante et flûtée. Mais vous n'êtes pas venu. Je vous ai écrit, et vous n'êtes pas venu non plus. Il n'arrêtait pas de me dire que vous ne reviendriez jamais, et que j'étais stupide d'attendre. Il était bon avec moi, et avec ma mère, et avec nous tous après la mort de père. Il…

— Je ne comprends pas.

— Il m'a regagnée à lui.

Clare la dévisagea puis, comprenant le sens de ses paroles, il vacilla comme un homme atteint de la peste, et baissa les yeux. Son regard tomba alors sur ses mains autrefois roses, et à présent blanches et plus délicates.

— Il est en haut, reprit Tess. Je le déteste maintenant, parce qu'il m'a menti ! Il disait que vous ne reviendriez pas, et vous êtes *là* ! Ces vêtements sont ceux qu'il me force à porter : ce qu'il faisait de moi m'était égal, et retourner vers lui n'était pas si terrible que cela. Il a été un mari pour moi, vous ne l'avez jamais été ! Partez, Angel, je vous en supplie, et ne revenez plus jamais.

Ils demeurèrent figés, la douleur de leurs cœurs trompés s'exprimant dans leurs regards avec une tristesse qui faisait pitié à voir. Tous deux semblaient implorer quelque chose pour les protéger de la réalité.

— Tout est ma faute, dit Clare.

Il ne put poursuivre : les mots étaient aussi inexpressifs que le silence. Mais il avait vaguement conscience d'une chose, qu'il ne perçut clairement que plus tard : la Tess d'autrefois avait mentalement cessé de reconnaître le corps qu'elle habitait comme le sien – elle le laissait aller à la dérive, tel un cadavre porté par le courant, sans chercher à le diriger par sa volonté.

Quelques instants passèrent et, quand il releva la tête, il découvrit qu'elle avait disparu. Son visage contracté se glaça tandis qu'il se concentrait sur le temps présent. Une minute ou deux plus tard, il marchait dans la rue sans savoir où il allait.

# 56

Mrs. Brooks, la propriétaire des *Hérons*, n'était pas particulièrement curieuse. Néanmoins, la visite d'Angel à ses riches locataires Mr. et Mrs. d'Urberville (comme elle les considérait) fut suffisamment insolite quant à l'heure et au style pour réveiller cet instinct si féminin.

Tess avait parlé à cet Angel Clare du seuil de la salle à manger, sans entrer dans la pièce, et Mrs. Brooks, qui se trouvait dans le salon, porte entrouverte, put capter quelques fragments de la conversation – si on pouvait appeler cela une conversation – entre ces deux êtres misérables. Puis elle avait entendu Tess remonter l'escalier jusqu'au premier étage et Clare partir. Quand la porte à l'étage se ferma, elle sut que Tess avait réintégré son appartement. Elle monta alors à son tour l'escalier doucement et alla se tenir derrière la porte de l'appartement que les d'Urberville louaient à la semaine. Tout ce qu'elle parvint à distinguer dans un premier temps fut une syllabe, continuellement répétée, sur le ton grave de la plainte.

— Oh… Oh… Oh !

Puis un silence, un lourd soupir et de nouveau :

— Oh… Oh… Oh !

Elle regarda par le trou de la serrure et ne réussit à voir qu'un coin de la table du petit déjeuner, qui était déjà servi, et à côté, une chaise devant laquelle Tess était visiblement agenouillée, le visage incliné sur le siège, les mains sur la tête. Les pans de sa robe de chambre et les broderies de sa chemise de nuit s'étalaient sur le sol derrière elle, et ses pieds, dont les pantoufles étaient tombées, pointaient sur le tapis. C'était de ses lèvres que montait le murmure d'un désespoir innommable.

La voix d'un homme s'éleva de la pièce voisine :

— Que se passe-t-il ?

Tess ne répondit pas mais poursuivit sur un ton qui s'apparentait plus à un soliloque qu'à une exclamation, et à un chant funèbre qu'à un soliloque, dont Mrs. Brooks n'entendit que des bribes :

— ... et puis mon cher mari est revenu... et je ne le savais pas... vous avez usé de votre cruelle persuasion pour me convaincre... vous n'avez cessé d'y avoir recours... et tous les jours, encore et encore ! Il fallait subvenir aux besoins de mes frères et sœurs, et de ma mère... et vous vous en êtes servi pour me faire fléchir... Et vous disiez que mon mari ne reviendrait pas, qu'il ne reviendrait jamais... vous m'avez torturée et dit que j'étais stupide de l'attendre... J'ai fini par vous croire et je vous ai cédé !... Et il est revenu ! Et maintenant, il est parti, parti une seconde fois, et je l'ai perdu à jamais... et il ne m'aimera plus, plus jamais... il ne fera que me haïr... Oh, je l'ai perdu, à présent... je l'ai de nouveau perdu à cause de vous !

Elle se tordit les mains, la tête toujours sur le siège, et tourna le visage vers la porte. Mrs. Brooks y lut alors l'expression de la douleur : ses lèvres saignaient à force d'avoir été mordues, et ses longs cils mouillés, sur ses yeux fermés, se plaquaient sur ses joues.

— Et il se meurt... il a l'air si mal, comme s'il se mourait... et mon péché le tuera au lieu de me tuer ! Oh, vous avez mis ma vie en pièces… vous avez fait de moi ce que je vous suppliais de ne pas faire à nouveau de moi !… Mon vrai et unique mari… jamais… jamais… Oh, mon Dieu… je ne puis le supporter ! Non, je ne le puis !

Il y eut d'autres paroles dures de la part de l'homme, puis un soudain bruissement : Tess avait bondi sur ses pieds. Pensant que la jeune femme se précipitait hors de l'appartement, Mrs. Brooks s'empressa de redescendre l'escalier. Peine perdue, car la porte ne s'ouvrit pas. La propriétaire des lieux jugea toutefois plus prudent de regagner le salon au rez-de-chaussée. Comme elle n'entendait rien à travers le plancher, bien qu'elle tendît l'oreille, elle retourna dans sa cuisine finir son petit déjeuner interrompu. Elle se rendit ensuite dans la salle à manger avec sa couture en attendant que ses locataires la sonnent pour emporter le petit déjeuner, ce qu'elle avait bien l'intention de faire afin de découvrir, dans la mesure du possible, ce qui se passait. Au-dessus de sa tête, le plancher craqua légèrement, comme si on allait et venait dans la pièce, puis un frôlement de robe contre la rampe de l'escalier lui parvint, suivi du bruit de la porte d'entrée qui s'ouvrit et se referma. La silhouette de Tess lui apparut alors, franchissant le portail, en direction de la rue. Elle s'était habillée et portait la riche tenue de ville qu'elle avait à son arrivée, à la seule différence qu'un voile retombait de son chapeau à plumes. Mrs. Brooks n'avait pu saisir un mot d'adieu, temporaire ou définitif, entre Mr. et Mrs. d'Urberville. Qui sait, ils s'étaient peut-être disputés ou Mr. d'Urberville s'était rendormi, car il aimait se lever tard.

Elle passa dans la pièce du fond, qui était sa chambre, et y poursuivit sa couture. Mrs. d'Urberville ne revint pas et Mr. d'Urberville ne la sonna pas. Mrs. Brooks s'interrogea sur ce retard et le lien qu'il pouvait avoir avec cet inconnu venu rendre visite si tôt à Mrs. d'Urberville. Alors qu'elle y réfléchissait, elle se pencha en arrière dans son fauteuil et, ce faisant, leva les yeux vers le plafond. Une petite tache, qu'elle n'avait jamais remarquée jusqu'ici, attira son attention. Elle était de la taille d'une hostie mais grossit rapidement pour être aussi large que la paume d'une main. C'est alors qu'elle vit qu'elle était rouge. Le plafond blanc, de forme oblongue, avec cette tache rouge en son milieu, évoquait un as de cœur géant. Une étrange inquiétude envahit Mrs. Brooks. Elle grimpa sur la table et toucha du bout des doigts la tache au plafond. C'était humide, et elle se demanda si ce n'était pas du sang. Elle descendit de la table, sortit de la pièce et monta à l'étage avec l'intention d'entrer dans la chambre au-dessus, qui était la chambre à coucher des d'Urberville. Mais si intrépide fût-elle alors, elle n'osa pas tourner le bouton de la porte. Elle posa son oreille contre le battant. Un silence de mort régnait à l'intérieur entrecoupé par un bruit régulier. Floc, floc, floc.

Mrs. Brooks descendit l'escalier quatre à quatre, ouvrit la porte d'entrée et courut dans la rue. Un homme qu'elle connaissait, l'un des ouvriers qui travaillait dans la villa voisine, passait par là, et elle le supplia de l'accompagner chez elle : elle craignait qu'il ne soit arrivé quelque chose à l'un de ses locataires. L'homme accepta et la suivit à l'étage. Elle ouvrit la porte et s'écarta pour le laisser passer avant d'entrer à son tour. La pièce était vide. Le petit déjeuner reposait sur la table, exactement comme elle l'avait servi. Il ne manquait que le couteau à découper. Elle pria l'ouvrier de franchir la porte en accordéon pour regarder dans la chambre.

Il s'exécuta, fit un pas ou deux dans la pièce, et revint presque aussitôt, livide.

— Mon Dieu, l'homme dans le lit est mort ! Je crois bien qu'il a reçu un coup de couteau ! Il y a une mare de sang par terre.

L'alarme fut bientôt donnée, et la maison qui avait été si calme jusqu'alors résonna du bruit d'allées et venues. Un chirurgien arriva. La blessure était petite, mais la pointe de la lame avait touché le cœur de la victime, qui gisait sur le dos, pâle, immobile, mort, comme s'il avait à peine bougé après qu'on l'eut frappé d'un coup de couteau. En un quart d'heure, la nouvelle qu'un gentleman qui séjournait aux Hérons avait été poignardé dans son lit se répandit dans toute la ville.

# 57

Pendant ce temps, Angel Clare avait repris machinalement le chemin par lequel il était venu, et une fois à son hôtel, s'était assis, le regard dans le vide, pour prendre son petit déjeuner. Il mangeait et buvait sans en avoir conscience quand il demanda brusquement sa note. Après l'avoir réglée, il prit son sac de voyage à la main et sortit. Au moment où il passait la porte de l'hôtel, on lui remit un télégramme de sa mère, laquelle lui annonçait qu'elle était heureuse de connaître son adresse et l'informait que son frère Cuthbert avait demandé Mercy Chant en mariage et que celle-ci avait accepté.

Clare froissa le télégramme et se dirigea vers la gare. À son arrivée, il apprit qu'il n'y avait pas de train avant une heure. Il s'assit pour attendre. Au bout d'un quart d'heure, n'en pouvant plus, il se leva. Il avait le cœur brisé, et bien que rien ne le pressât, il voulait quitter cette ville qui avait été la scène d'une telle expérience. Aussi décida-t-il de marcher en direction de la prochaine gare et de laisser le train le rattraper là.

La route qu'il suivit était en rase campagne et plongea bientôt dans une vallée à travers laquelle on la voyait s'étendre d'un bout à l'autre. Clare en avait parcouru la plus grande partie et remontait la pente ouest quand, s'arrêtant pour se reposer, il jeta machinalement un coup d'œil derrière lui. Pourquoi ?

Il n'aurait su le dire, mais quelque chose semblait l'y avoir poussé. Tandis qu'il contemplait le ruban que faisait la route, un point mouvant apparut sur la blanche vacuité de son tracé. C'était une silhouette humaine, qui courait. Clare attendit, avec le vague pressentiment qu'on essayait de le rejoindre. La silhouette qui descendait la pente était celle d'une femme, mais il était si loin de penser que Tess pût le suivre que, même à son approche, il ne la reconnut pas sous les nouveaux habits qu'elle portait. Ce ne fut que lorsqu'elle se trouva tout près de lui qu'il comprit que c'était elle.

— Je vous ai vu… vous éloigner de la gare… juste avant que je n'y arrive… et je vous ai suivi jusqu'ici !

Elle était si pâle, si essoufflée, elle tremblait tant qu'il n'osa pas lui poser la moindre question, mais il lui prit la main et, la glissant sous son bras, l'entraîna sur le chemin. Pour éviter de croiser quelque voyageur, il abandonna la grand-route et s'engagea dans un sentier sous les sapins. Une fois au cœur des branchages gémissants, il s'arrêta et la regarda d'un air interrogateur.

— Angel, dit-elle comme si elle attendait sa question, savez-vous pourquoi j'ai couru après vous ? Pour vous dire que je l'ai tué !

Un pauvre sourire apparut sur son visage tandis qu'elle parlait.

— Quoi ! s'exclama-t-il, persuadé, à cause de l'étrangeté de ses manières, qu'elle délirait.

— Je l'ai fait… je ne sais pas comment, continua-t-elle. Je le devais, pour vous, et pour moi, Angel. Je craignais depuis longtemps, depuis le jour où je l'ai frappé avec mon gant, que je le ferais pour me venger du piège qu'il m'a tendu quand j'étais jeune et innocente, et du mal qu'il vous a fait à travers moi. Il est venu se mettre entre nous et a causé notre perte, mais maintenant, il ne le pourra plus. Je ne l'ai jamais aimé, Angel, comme je vous ai aimé. Vous le savez, n'est-ce pas ? Vous me croyez ? Vous ne reveniez pas, et j'ai dû retourner vers lui. Pourquoi êtes-vous parti, *pourquoi*, alors que je vous aimais tant ? Je ne comprends pas pourquoi vous avez agi de la sorte. Mais je ne vous reproche rien. Seulement, Angel, me pardonnerez-vous ma faute maintenant que je l'ai tué ? Je me disais quand je courais après vous que vous me pardonneriez sûrement maintenant. Cela m'est venu à l'esprit comme un éclair lumineux que je vous regagnerais ainsi. Je ne pouvais supporter plus longtemps de vous avoir perdu. Vous n'imaginez pas comme j'étais incapable d'accepter l'idée que vous ne m'aimiez plus. Dites-moi que vous m'aimez maintenant, mon chéri, dites-le, maintenant que je l'ai tué !

— Je vous aime, Tess, oh, oui, tout mon amour pour vous m'est revenu, dit-il en la serrant dans ses bras avec ferveur. Mais que voulez-vous dire ? Vous… vous l'avez tué ?

— Oui, c'est ce que je veux dire. Je l'ai tué, murmura-t-elle comme en plein rêve.

— Comment… Réellement ? Est-il mort ?

— Oui. Il m'entendait pleurer à cause de vous, et il s'est moqué de moi, et il vous a traité d'un nom ignoble. C'est à ce moment-là que je l'ai fait. Mon cœur ne pouvait le tolérer. Il m'avait déjà harcelée à propos de vous… Je me suis ensuite habillée et je suis partie à votre recherche.

Petit à petit, il finit par croire qu'elle avait juste tenté de faire ce qu'elle disait, et l'horreur que lui causait son geste impulsif se mêlait de stupeur face à la force de son étrange amour pour lui qui avait apparemment annihilé tout sens moral chez elle. Incapable de mesurer la gravité de sa conduite, elle semblait enfin heureuse, et il la regarda tandis qu'elle posait sa tête contre son épaule et pleurait de joie. Clare se demanda quelle obscure disposition coulait dans les veines des d'Urberville pour conduire à cette aberration, si c'était une aberration. Il lui traversa l'esprit que la légende familiale du carrosse et du meurtre devait reposer sur des actes semblables commis par les d'Urberville. Malgré la confusion et l'état de surexcitation qui régnaient alors en lui, il arriva à la conclusion que, dans ce moment de folle douleur dont elle parlait, Tess avait perdu son équilibre mental et plongé dans cet abîme.

C'était terrible, si c'était vrai, et triste si c'était une hallucination. Mais n'importe, sa femme qu'il avait délaissée était là, cet être aimant et passionné qui s'en remettait à lui, sûre qu'il ne serait jamais pour elle qu'un protecteur. Il comprit qu'elle ne le verrait jamais autrement. La tendresse s'empara enfin de Clare. Il couvrit Tess de baisers, et lui tint la main en disant :

— Je ne vous abandonnerai jamais, très cher amour, et je vous protégerai par tous les moyens qui sont en mon pouvoir, quoi que vous ayez fait ou n'ayez pas fait !

Ils poursuivirent alors leur marche sous les arbres, Tess tournant de temps en temps la tête pour le regarder. Bien que la maladie l'eût épuisé et enlaidi, elle ne discernait pas le moindre défaut en lui. À ses yeux, il était, comme autrefois, la perfection, physiquement et moralement. Son visage décharné était aussi beau que l'aube, aujourd'hui comme au premier jour de leur rencontre, car c'était le visage du seul homme sur terre qui l'avait aimée purement et avait cru en sa pureté.

Se fiant à son instinct face aux éventuelles possibilités qui risquaient de se présenter à eux, il ne se dirigea pas, comme il en avait eu l'intention, vers la première gare après la ville, mais s'enfonça plus avant dans la forêt. Ils allaient, se tenant par la taille, sur le tapis sec des aiguilles de pins, enivrés par l'idée d'être enfin réunis, sans la présence d'aucun être vivant entre eux et ignorant celle d'un cadavre. Ils parcoururent ainsi plusieurs miles puis Tess, comme s'éveillant brusquement, regarda autour d'elle et demanda timidement :

— Allons-nous quelque part en particulier ?

— Je ne sais pas, ma chérie. Pourquoi ?

— Je ne sais pas.

— Marchons encore un peu. Quand le soir viendra, nous trouverons une chambre… dans une chaumière isolée, peut-être. Vous n'êtes pas fatiguée ?

— Non ! Je pourrais aller au bout du monde avec vous à mon bras.

Marcher était, apparemment, la meilleure chose à faire. Aussi hâtèrent-ils le pas, évitant les grandes routes et suivant d'obscurs sentiers en direction du nord. Pourtant, toute la journée, il y eut dans leurs mouvements quelque chose de vague et d'imprécis : ni l'un ni l'autre ne songeaient à fuir, à se déguiser ou à se cacher. Ils ne pensaient qu'au temps présent, sans rien prévoir, comme deux enfants qui suivraient leurs plans.

À la mi-journée, ils arrivèrent à proximité d'une auberge, en bord de route. Tess voulait s'y arrêter pour manger quelque chose mais il la persuada de l'attendre à l'abri des arbres et des buissons pendant qu'il irait leur chercher de quoi se nourrir. Elle portait des vêtements à la mode, même son ombrelle à la poignée en ivoire était de forme inconnue dans ce coin reculé où ils avaient atterri, et une telle tenue aurait attiré l'attention des clients. Il ne tarda pas à revenir avec assez de victuailles pour dix et deux bouteilles de vin – assez en tout cas pour tenir un jour ou deux, si quelque événement imprévu devait survenir.

Ils s'installèrent sur les branches sèches et partagèrent leur repas. Deux heures plus tard, ils ramassaient les restes et se remirent en route.

— Je me sens suffisamment forte pour aller n'importe où, dit Tess.

— Il vaut mieux, je pense, que nous nous dirigions vers l'intérieur du pays, où nous pourrons nous cacher pendant un temps, et où on nous cherchera moins que près de la côte, fit observer Clare. Plus tard, quand ils nous auront oubliés, nous rejoindrons un port.

Elle ne répondit rien, se contentant de se serrer plus étroitement contre lui. Le soir, au détour d'un sentier, ils aperçurent, derrière un ruisseau surmonté d'un pont, un écriteau sur lequel était peint, en lettres blanches :

*CHAMBRE MEUBLÉE À LOUER DANS BELLE MAISON*

L'adresse d'un agent à Londres suivait. Ils franchirent la grille et une ancienne et vaste construction en brique, d'architecture classique, leur apparut.

— Je la connais, dit Clare. C'est le manoir de Bramshurst. Il doit être fermé depuis longtemps puisque l'herbe a poussé entre les pierres de l'allée.

— Certaines fenêtres sont ouvertes, remarqua Tess.

— Sans doute pour aérer les chambres.

— Toutes ces pièces vides et nous qui n'avons pas de toit sur nos têtes.

— Vous êtes fatiguée, ma Tess. Nous nous arrêterons bientôt.

Et, embrassant sa triste bouche, il l'entraîna de nouveau sur le chemin.

Lui aussi commençait à se sentir las. Ils avaient parcouru une quinzaine de miles et il était temps de réfléchir à un lieu où ils pourraient se reposer. Ils observèrent de loin quelques fermes isolées, quelques petites auberges et furent tentés de s'arrêter dans l'une de ces dernières, mais, au dernier moment, le cœur leur manqua et ils s'éloignèrent. Finalement, épuisés, ils firent halte.

— Ne pouvons-nous pas dormir sous les arbres ? suggéra Tess.

Clare, qui ne trouvait pas la saison suffisamment avancée, dit :

— J'ai repensé à ce manoir vide que nous avons passé. Retournons-y.

Ils revinrent sur leurs pas mais une demi-heure s'écoula avant qu'ils ne se tinssent de nouveau devant la grille. Clare pria alors Tess de ne pas bouger pendant qu'il vérifiait que personne ne se trouvait à l'intérieur. Elle s'assit au milieu des buissons et Clare avança à tâtons vers la maison. Il demeura absent longtemps et quand enfin, il la rejoignit, elle était folle d'inquiétude, non pas pour elle, mais pour lui. Clare lui raconta alors qu'il avait appris d'un petit garçon croisé en chemin qu'une vieille femme du hameau voisin s'occupait de la maison et venait seulement quand il faisait beau pour ouvrir et fermer les fenêtres. Elle serait donc là, au coucher du soleil.

— Nous pouvons entrer par l'une des fenêtres du rez-de-chaussée et nous reposer, dit-il.

Sous son escorte, Tess avança hardiment vers la façade de la maison, dont les volets fermés, pareils à des yeux aveugles, excluaient toute possibilité d'être vus de l'extérieur. On atteignait la porte principale par un perron. L'une des fenêtres, à côté, était ouverte. Clare l'enjamba et aida Tess après lui. À l'exception du hall, toutes les pièces étaient plongées dans l'obscurité. Ils montèrent l'escalier. Là aussi, les volets étaient fermés, la ventilation se faisant, ce jour-là du moins, par la fenêtre ouverte du hall et par une autre qui se trouvait à l'étage, à l'arrière de la maison. Clare ouvrit la porte d'une vaste chambre, la traversa et entrouvrit les volets de quelques centimètres. Un rai de lumière pénétra dans la pièce, révélant un mobilier ancien et lourd, des tentures en damas pourpre et un énorme lit à baldaquin.

— Le repos, enfin ! s'écria-t-il en posant son sac et le panier de provisions.

Ils restèrent immobiles et silencieux jusqu'à l'arrivée de la vieille femme qui devait fermer les fenêtres et remirent, par précaution, les volets en place au cas où celle-ci ouvrirait la porte de leur chambre pour une raison ou une autre. La femme vint entre six et sept heures, mais n'approcha pas de l'aile où ils se trouvaient. Ils l'entendirent fermer les fenêtres, verrouiller la porte et partir. Clare laissa alors de nouveau filtrer un peu de lumière, puis ils dînèrent et furent peu à peu enveloppés par les ombres de la nuit, qu'aucune bougie ne dispersa.

# 58

La nuit fut étrangement solennelle et calme. Aux premières heures du jour, Tess raconta tout bas à Angel comment il avait marché dans son sommeil en la portant dans ses bras, traversé la Froom au risque de tomber avec elle dans ses eaux, puis comment il l'avait déposée dans le cercueil de pierre de l'abbaye en ruine. Il ignorait tout.

— Pourquoi ne m'avez-vous rien dit le lendemain ? demanda-t-il. Bien des malentendus et des malheurs auraient pu être évités.

— Ne pensez pas au passé, répondit-elle. Je refuse de penser à autre chose qu'à maintenant. Car qui sait ce que nous réserve demain ?

Mais le lendemain les épargna. Il plut le matin et il y avait du brouillard, et comme Clare savait que la gardienne de la maison ne passait que les jours de beau temps, il s'aventura hors de la chambre et explora la maison, laissant Tess endormie. Il trouva de l'eau mais rien à manger. Profitant du brouillard, il décida d'aller acheter du thé, du pain et du beurre dans un village à deux miles de là, ainsi qu'une petite bouilloire et une lampe à alcool qui leur permettrait de chauffer l'eau sans fumée. Lorsqu'il revint dans la chambre, Tess se réveilla et ils prirent un petit déjeuner.

Ils ne tenaient pas particulièrement à sortir, et la journée se déroula, puis la suivante, et la suivante, jusqu'à ce que, sans qu'ils s'en rendent compte, cinq jours s'écoulèrent dans une réclusion absolue, sans que rien ni personne ne vînt troubler leur paix. Les changements du temps étaient leur seul événement, les chants des oiseaux leur seule compagnie. Par un accord tacite, ils n'évoquèrent qu'une fois, et du bout des lèvres, ce qui s'était produit après le jour de leur mariage. Ces heures obscures semblaient emportées dans le chaos, que scellaient le présent et le passé comme si elles n'avaient jamais existé. Dès que Clare laissait entendre qu'ils allaient bientôt devoir abandonner leur refuge et gagner Southampton ou Londres, Tess manifestait une étrange répugnance à bouger.

— Pourquoi mettre fin à tout ce qui est doux et beau, disait-elle. Ce qui doit arriver arrivera.

Et, regardant par l'entrebâillement des volets, elle ajoutait :

— Tout est tourment dehors. Ici, tout est bonheur.

Alors, il regardait à son tour. Et c'était vrai : au-dedans, l'amour, l'union, la faute pardonnée. Au-dehors, l'inexorable.

— Et puis… et puis, confia-t-elle un jour en pressant sa joue contre celle de Clare, j'ai peur que ce que vous pensez de moi maintenant ne dure pas… Je ne veux pas vivre au-delà du sentiment qui vous habite en ce moment, non, je ne le veux pas. Je préférerais être morte et enterrée quand viendra le temps où vous me mépriserez. Ainsi, je ne saurai jamais que vous m'avez méprisée.

— Jamais je ne vous mépriserai !

— Je l'espère aussi. Mais étant donné ce qu'a été ma vie, je ne vois pas comment un homme ne pourrait pas, tôt ou tard, s'empêcher de me mépriser… Dans quelle mauvaise folie je suis tombée ! Et dire qu'autrefois, j'étais incapable de faire du mal à une mouche ou un ver de terre, et que la vue d'un oiseau dans sa cage me faisait souvent pleurer.

Dans la nuit qui suivit ce jour-là, le ciel morne s'éclaircit. La vieille femme qui s'occupait de la maison se réveilla tôt. Le lumineux lever du soleil lui donnait une énergie nouvelle et elle décida de se rendre au manoir sur-le-champ et de profiter de la belle journée qui s'annonçait pour l'aérer. Elle arriva à six heures et, après avoir ouvert les fenêtres du bas, monta à l'étage pour ouvrir celles du haut. Elle était sur le point de tourner la poignée de la chambre où se trouvaient Tess et Clare quand elle crut entendre respirer de l'autre côté de la porte. Aussitôt, elle battit en retraite puis, estimant que son ouïe lui avait joué un tour, elle revint vers la porte et tourna doucement la poignée. Un meuble bloquait le passage de l'intérieur et elle ne put ouvrir le battant que de quelques centimètres. Un rai de lumière qui filtrait à travers l'entrebâillement des volets tombait sur les deux visages du couple endormi, les lèvres de Tess entrouvertes comme une fleur à demi éclose près de la joue de Clare.

La vieille femme fut si frappée par leur air innocent et l'élégance de la robe de Tess, posée sur une chaise, ses bas de soie à côté, la jolie ombrelle et les autres habits avec lesquels elle était arrivée parce qu'elle n'en avait pas d'autres, que son premier mouvement d'indignation en voyant ces deux vagabonds effrontés céda à un accès de sentimentalité pour ce qui lui apparut comme une fugue amoureuse. Elle referma la porte et s'éloigna aussi doucement qu'elle était arrivée avec l'intention de consulter ses voisins au sujet de cette étrange découverte.

Une minute à peine après son départ, Tess se réveilla, puis ce fut au tour de Clare. Ils eurent aussitôt la sensation que quelque chose les avait dérangés, bien qu'ils fussent incapables de dire quoi : mais le malaise que ce sentiment engendra ne fit cependant que s'accroître. Dès que Clare fut habillé, il scruta la pelouse à travers la fente entre les volets.

— Nous devons partir tout de suite, dit-il. Il fait beau et je n'arrive pas à m'ôter de l'esprit que quelqu'un est dans la maison. En tout cas, la femme qui s'en occupe passera sûrement aujourd'hui.

Tess hocha la tête d'un air absent, se leva et s'habilla. Après avoir remis la chambre en ordre, ils ramassèrent les quelques effets qui leur appartenaient et partirent sans bruit. Une fois dans le bois, Tess se retourna pour regarder une dernière fois la maison :

— Ah ! Heureuse demeure, adieu, dit-elle. Ma vie n'est plus qu'une question de semaines. Pourquoi ne sommes-nous pas restés ?

— Ne dites pas cela, Tess ! Bientôt, nous aurons quitté cette région, et nous poursuivrons notre route vers le nord. Personne ne pensera à venir nous y trouver. C'est plutôt du côté des ports du Wessex qu'on nous cherchera, si on nous cherche. Quand nous serons dans le nord, nous gagnerons le premier port et nous partirons.

L'ayant ainsi persuadée, ils continuèrent leur chemin. Grâce à leur long repos au manoir de Bramshurst, ils étaient plus en forme et, vers la mi-journée, ils atteignirent les abords de la ville de Melchester, célèbre pour ses nombreux clochers d'église. Clare décida de passer l'après-midi là et de repartir à la faveur de la nuit. Juste avant le coucher du soleil, il alla acheter quelques provisions pendant que Tess l'attendait sous un bouquet d'arbres. À son retour, ils se remirent en marche et franchirent la frontière entre le Upper Wessex et le Mid-Wessex aux alentours de huit heures du soir.

Comme une large rivière les empêchait de passer, ils durent traverser Melchester pour profiter du pont qui enjambait la ville. Il était alors environ minuit. Le long des rues désertes, éclairées par intermittence par quelques réverbères, ils évitèrent les pavés pour étouffer au mieux le bruit de leurs pas. Une fois hors de la ville, ils suivirent la grand-route qui, après quelques miles, débouchait sur une vaste plaine.

Bien que le ciel fût couvert, une lumière diffuse provenant d'un fragment de lune les avait guidés jusqu'alors. Mais la lune avait disparu à présent et les nuages bas semblaient presque posés sur leurs têtes. Il faisait aussi noir que dans un four. Pourtant, ils parvinrent à trouver leur chemin. Tout autour, ce n'était qu'immensité profonde, sombre et désolée, battue par un vent frais.

Ils avaient péniblement parcouru deux ou trois miles quand, soudain, Clare sentit la présence toute proche d'un immense monument, qui se dressait devant eux sur l'herbe. Ils avaient failli s'y heurter.

— Quel monstrueux endroit est-ce là ? dit-il.

— Il bourdonne, fit observer Tess. Écoutez !

Clare prêta l'oreille. Le vent, qui jouait sur l'édifice, produisait un sourd frémissement semblable au son d'une gigantesque harpe à une corde. Nul autre son n'en sortait. Clare tendit la main et avança d'un pas jusqu'à toucher la surface verticale de la structure. Faisant glisser ses doigts, il comprit qu'il était en contact avec un colossal pilier rectangulaire. Il tendit alors l'autre main et sentit un pilier identique, juste à côté. À une hauteur indéfinie au-dessus de leurs têtes, quelque chose obscurcissait le ciel noir, comme une immense architrave unissant les piliers horizontalement. Ils se glissèrent avec précaution en dessous. Les surfaces répercutaient leur doux bruissement, et pourtant, il leur semblait être encore dehors. L'endroit n'avait pas de toit. Tess retint sa respiration et Angel, perplexe, se demanda tout haut :

— Qu'est-ce que cela peut être ?

En tâtonnant, ils rencontrèrent un troisième pilier, comme une tour carrée et aussi dure que la première. Un peu plus loin, un quatrième, puis un cinquième. L'endroit ne consistait qu'en portes et piliers, certains liés au-dessus par des architraves continues.

— C'est un Temple des Vents, dit Clare.

Le pilier suivant était isolé, d'autres composaient des dolmens trilithes, d'autres étaient couchés, leurs flancs formant une chaussée suffisamment large pour qu'une voiture y passe. Bientôt, ils comprirent qu'ils se trouvaient au milieu d'une forêt de monolithes, groupés sur la vaste étendue herbeuse de la plaine. Le couple s'enfonça plus avant dans ce pavillon de nuit jusqu'au centre.

— C'est Stonehenge ! s'écria Clare.

— Le temple païen ? demanda Tess.

— Oui. Plus vieux que les siècles, plus vieux que les d'Urberville ! Qu'allons-nous faire, chérie ? Nous découvrirons sans doute un abri un peu plus loin.

Mais Tess, trop fatiguée, s'allongea sur un bloc de pierre de forme oblongue, abrité du vent par un pilier, et encore chaud du soleil de la veille.

— Je ne veux pas aller plus loin, Angel, dit-elle en tendant la main pour attraper la sienne. Ne pouvons-nous pas rester ici ?

— J'ai bien peur que non. De jour, l'endroit est visible à des lieues à la ronde, même si c'est difficile à croire maintenant.

— Je me souviens que quelqu'un de la famille de ma mère était berger par ici. Et à Talbothays, vous disiez que j'étais une païenne. Aussi, me voilà chez moi.

Il s'agenouilla à côté d'elle et déposa un baiser sur ses lèvres.

— Vous avez envie de dormir, chérie. J'ai l'impression que vous êtes couchée sur un autel.

— J'aime beaucoup être ici, murmura-t-elle. C'est si solennel et si solitaire, après mon immense bonheur, avec juste le ciel au-dessus de moi. Comme si nous étions seuls au monde, vous et moi. Je voudrais qu'il n'y ait personne… sauf Liza-Lu.

Clare songea qu'elle pouvait en effet se reposer ici en attendant que le jour se lève, et, étendant son manteau sur elle, il s'assit à son côté.

— Angel, s'il m'arrivait quoi que ce soit, accepteriez-vous de veiller sur Liza-Lu pour moi ? demanda-t-elle après qu'ils eurent écouté longtemps le bruit du vent entre les piliers.

— Oui.

— Elle est si bonne, si simple et pure… Ah, Angel, je voudrais que vous l'épousiez, si vous me perdez, comme cela arrivera bientôt. Oh, si vous pouviez dire oui !

— Si je vous perds, je perds tout… Et elle est ma belle-sœur.

— Ce n'est pas grave, mon chéri. On épouse souvent sa belle-sœur, à Marlott. Et Liza-Lu est si douce et charmante, et elle est devenue si belle. Je pourrais vous partager avec elle de bon cœur quand nous serons des esprits ! Oh, si vous vouliez être son professeur, Angel, et faire son éducation ! Elle n'a pris que ce qu'il y a de bien en moi et a laissé tout le mal. Si elle devait devenir vôtre, ce serait presque comme si la mort ne nous avait pas séparés… Voilà, je l'ai dit. Je n'en parlerai plus.

Elle se tut et il s'absorba dans ses pensées. Au loin, dans le ciel, vers le nord-est, il voyait à travers les piliers un rai horizontal de lumière. La masse des nuages noirs se soulevait tel le couvercle d'une marmite, laissant entrer au bord de la terre le jour naissant, contre lequel les monolithes et les trilithes commençaient à se détacher.

— Offrait-on des sacrifices à Dieu ici ? demanda Tess.

— Non.

— À qui alors ?

— Au soleil, je crois. Cette pierre, là, qui se dresse toute seule, est dans la direction du soleil, qui bientôt se lèvera derrière elle.

— Cela me rappelle quelque chose, mon chéri, dit-elle. Vous vous souvenez, qu'avant de nous marier, vous refusiez tout le temps de me contrarier quand j'évoquais mes croyances. Mais je savais ce que vous pensiez, et je pensais comme vous… non pas pour des raisons qui m'étaient personnelles, mais parce que vous pensiez ainsi. Dites-moi, maintenant, Angel : pensez-vous que nous nous retrouvons après la mort ? Je veux savoir.

Il l'embrassa, pour éviter de lui répondre.

— Oh, Angel, je crains que cela ne veuille dire non ! s'écria-t-elle dans un sanglot étouffé. Je voudrais tellement vous revoir… tellement, tellement ! Quoi ? Même pas vous et moi, Angel, qui nous aimons tant ?

À cette question critique, posée à un moment aussi critique, il ne répliqua pas non plus, et ils se turent de nouveau. Quelques minutes plus tard, la respiration de Tess se fit plus régulière. Elle lâcha la main de Clare et s'endormit. Peu après, le vent nocturne tomba et les petites flaques tremblotantes dans les creux des pierres s'immobilisèrent. Au même moment, quelque chose sembla bouger au bord de la déclivité, à l'est – à peine un point, derrière la pierre de Soleil. C'était la tête d'un homme, qui marchait dans leur direction. Clare regretta qu'ils n'aient pas poursuivi leur route, mais étant donné les circonstances, il décida de ne pas bouger. L'homme se dirigeait droit vers le cercle de piliers où ils étaient.

Il entendit alors un bruit derrière lui, un frôlement de pieds. Se retournant, il aperçut par-dessus les colonnes couchées une autre silhouette ; puis, avant même qu'il ne s'en rende compte, une autre arrivait par la droite, et une autre par la gauche. L'aube tombait en plein sur l'homme qui venait de l'ouest et Clare vit qu'il était grand et marchait d'un pas ferme. Tous se resserraient autour d'eux, dans un but évident. Tess avait donc dit la vérité ! Bondissant sur ses pieds, il jeta un regard circulaire à la recherche d'une arme, d'une pierre, d'un moyen de s'échapper, n'importe quoi. Mais l'homme le plus proche était déjà sur lui.

— C'est inutile, monsieur, dit-il. Nous sommes seize, et toute la région est encerclée.

— Laissez-la finir son somme, implora-t-il tout bas tandis que les hommes se rassemblaient tout autour.

Quand ils virent où elle dormait, ils ne firent pas d'objection et restèrent là, à la veiller, aussi immobiles que les piliers qui les entouraient. Clare s'approcha du bloc de pierre, se pencha sur Tess et tint sa pauvre petite main dans la sienne ; sa respiration était à présent rapide et courte, comme celle d'une créature fragile. Tous attendirent dans le jour grandissant, le visage et les mains comme argentés, le reste du corps sombre, les pierres brillant d'un éclat gris-vert, et la plaine, une masse d'ombre. Bientôt, la lumière se fit plus vive. Un rayon de soleil éclaira la silhouette endormie de Tess, et, se glissant sous ses paupières, la réveilla.

— Que se passe-t-il, Angel ? demanda-t-elle en se redressant. Sont-ils venus pour moi ?

— Oui, mon cher amour, répondit-il.

— C'est ainsi que cela devait être, murmura-t-elle. Angel… je suis presque heureuse… oui, heureuse ! Ce bonheur n'aurait pas pu durer… c'était trop… et je l'ai plus que goûté.

Maintenant, je vais mourir pour que vous ne me méprisiez pas.

Elle se leva, s'ébroua et s'avança vers les hommes. Aucun n'avait bougé.

— Je suis prête, dit-elle calmement.

# 59

L'ancienne cité de Wintoncester, autrefois capitale du Wessex, s'étendait au milieu de ses collines dénudées sous le soleil vif et chaud d'un matin de juillet. De la porte ouest, la grand-route monte une longue pente et laisse les maisons derrière elle. Sur cette route, deux personnes marchaient rapidement, comme si, dans leur préoccupation, et non leur gaieté, elles ne se rendaient pas compte de la pénible ascension. Elles venaient de sortir par une porte étroite à barreaux, pratiquée dans une haute muraille un peu plus bas. Elles semblaient avoir hâte de s'éloigner de la ville, et cette route leur offrait le moyen le plus rapide d'y arriver. Bien que jeunes, elles allaient tête baissée, tristes sous les rayons du soleil implacable.

L'une d'elles était Angel Clare, l'autre une créature élancée, pas encore terminée, moitié fille moitié femme, image spiritualisée de Tess, plus menue qu'elle, mais avec les mêmes yeux : c'était la belle-sœur de Clare, c'était Liza-Lu. Ils marchaient main dans la main sans se parler. Quand ils atteignirent le sommet de la colline, les horloges de la ville sonnèrent huit heures. Ils tressaillirent de concert en les entendant puis continuèrent d'avancer jusqu'à la première borne, qui se dressait, toute blanche, au bord de la route. Là, comme poussés par une force qui semblait commander leur volonté, ils s'arrêtèrent et, se retournant, attendirent, immobiles, près de la pierre.

La vue, de ce sommet, était presque illimitée. La ville qu'ils venaient de quitter occupait toute la vallée, avec sa cathédrale aux fenêtres normandes et à la majestueuse nef, l'église Saint-Thomas et sa flèche, l'université et l'ancien hospice où jusqu'à ce jour les pèlerins y recevaient du pain et de la bière. Derrière la ville, on apercevait le plateau arrondi de la colline Sainte-Catherine, et plus loin encore, le paysage, immense, jusqu'à ce que l'horizon se fonde dans la radiance du soleil suspendu au-dessus.

Contre ces lointaines étendues de terre s'élevait, devant les monuments de la ville, un grand bâtiment de brique rouge aux toits plats et gris et dont la rangée de fenêtres à barreaux indiquait qu'il s'agissait d'une prison. On ne la voyait guère de la route quand on passait devant, à cause des ifs et des chênes verts, mais d'ici, elle apparaissait nettement. La petite porte par laquelle le couple était sorti un peu plus tôt se trouvait dans le mur de cette construction. Au milieu du bâtiment, se dressait une affreuse tour octogonale qui, vue d'ici, à contre-jour, semblait enlaidir la ville. Pourtant, c'était elle que le couple regardait, et non la belle architecture des autres édifices.

Un grand mât était fiché sur la corniche de la tour. Leurs yeux le fixaient. Quelques minutes après que les cloches sonnèrent l'heure, quelque chose monta lentement le long du mât et se tendit sous la brise. C'était un drapeau noir.

Justice était faite et Tess n'était plus. Les chevaliers d'Urberville et leurs dames dormaient, ignorants, dans leurs tombes. Les spectateurs muets s'agenouillèrent alors, comme en prière, et demeurèrent ainsi longtemps, dans une absolue immobilité tandis que le drapeau continuait de flotter en silence. Puis, sitôt qu'ils en eurent la force, ils se relevèrent et, main dans la main à nouveau, reprirent leur route.

# CE ROMAN VOUS A PLU ?

DONNEZ VOTRE AVIS ET
RETROUVEZ L'AGENDA BLACK MOON
SUR LE SITE

**www.Lecture-Academy.com**

« Pour l'éditeur, le principe est d'utiliser des papiers composés de fibres naturelles, renouvelables, recyclables et fabriquées à partir de bois issus de forêts qui adoptent un système d'aménagement durable. En outre, l'éditeur attend de ses fournisseurs de papier qu'ils s'inscrivent dans une démarche de certification environnementale reconnue. »

Composition Nord Compo

Imprimé en Espagne par RODESA
Dépôt légal 1ère publication : février 2013

20.2997.3 – ISBN 978-2-01-202997-2
Edition 01 : février 2013

Loi n° 49-956 du 16 juillet 1949
sur les publications destinées à la jeunesse.